Pacte avec un milliardaire grec

*

Liaison avec un grec

*

L'épouse d'un milliardaire grec

JULIA JAMES

Pacte avec un milliardaire grec

MILLIARDAIRES GRECS

Traduction française de
LOUISE LAMBERSON

HARLEQUIN

Titre original :
THE GREEK'S PENNILESS CINDERELLA

Ce roman a déjà été publié en 2021

HARPERCOLLINS FRANCE
83-85, boulevard Vincent-Auriol, 75646 PARIS CEDEX 13
Service Clients — https://www.harlequin.fr/contenu/contactez-nous
ISBN 978-2-2805-2225-0

Édité par HarperCollins France.
Composition et mise en pages Nord Compo.
Imprimé en août 2025 par ScandBook UAB en Lituanie
en utilisant 100% d'électricité renouvelable.
Dépôt légal : septembre 2025.

FSC
www.fsc.org
MIXTE
Papier | Pour une gestion forestière responsable
FSC® C021394

Pour limiter l'empreinte environnementale de ses livres, HarperCollins France s'engage à n'utiliser que du papier fabriqué à partir de bois provenant de forêts gérées durablement et de manière responsable.

Prologue

Xandros regarda Stavros Coustakis en fronçant les sourcils.

— Que voulez-vous que je fasse, bon sang ? Que je coure après elle pour la traîner de force devant l'autel ?

Son hôte soutint son regard avec son impassibilité coutumière, mais une lueur dure couvait au fond des yeux gris-vert. C'était une couleur inhabituelle pour un Grec, mais après tout cet homme ne savait quasiment rien de ses origines, il l'avait reconnu lors de leur première entrevue. Une chose était néanmoins certaine : à la différence de Xandros, il ne descendait pas d'une longue lignée d'ancêtres illustres.

— Non. Ça ne servirait à rien. Et de toute façon, ce n'est plus ma fille, désormais.

Xandros le dévisagea en silence. Stavros n'était pas réputé pour être un tendre, mais l'entendre ainsi renier sa propre fille sans le moindre regret, la moindre hésitation, avait quelque chose de glaçant. De son côté, Xandros ne pouvait nier que la désertion de sa fiancée l'arrangeait.

Il n'était pas pressé de renoncer à sa vie de célibataire, à sa liberté, aux aventures aussi délectables qu'éphémères qui pimentaient son existence. Grâce à sa position sociale et à son physique avantageux, il n'avait jamais manqué de partenaires féminines. Et dans les milieux huppés qu'il fréquentait, il avait la chance de côtoyer quantité de femmes ravissantes, sophistiquées – et sexy – qui ne demandaient qu'à partager son lit.

Après tout, il n'avait qu'une petite trentaine d'années, il

pouvait bien s'accorder encore quelques années de liberté avant de s'engager à vie dans le mariage, non ?

Cependant, Xandros était tout à fait conscient de ses responsabilités. Non seulement il devait perpétuer la lignée des Lakaris, mais également poursuivre la tâche entreprise par son père. Comme celui-ci le lui avait répété toute sa vie, les vieilles fortunes déclinaient si elles n'étaient pas continuellement régénérées par des fonds nouveaux.

C'était cette nécessité qui avait régi l'enfance de Xandros, car les dépenses inconsidérées et les investissements irréfléchis de son grand-père avaient conduit la famille Lakaris au bord de la ruine.

Les problèmes financiers avaient rythmé ses jeunes années. Son père, harcelé par les créditeurs, avait frôlé la faillite. Sa mère craignait en permanence que leur belle maison de campagne ne doive être vendue, aussi son époux s'était-il battu sans relâche pour réparer les erreurs de son père prodigue.

Il y était largement parvenu, et lorsque Xandros avait atteint l'âge adulte, la fortune familiale était reconstituée. Mais il avait été marqué à vie par le devoir de continuer le travail de son père et de veiller à ce que la famille ne manque plus jamais d'argent. De faire en sorte que la fortune familiale ne soit plus jamais en danger.

Une opportunité idéale s'était présentée sous la forme d'un projet de fusion avec l'empire Coustakis. Son père, peu de temps avant de disparaître prématurément, avait même qualifié cette fusion « d'idéale à plus d'un titre ».

Xandros avait bien saisi les allusions de son père quand il parlait de resserrer les liens entre les deux familles. En dépit des origines obscures de Stavros, Ariadne, sa fille, serait l'*épouse* idéale pour Xandros...

Évidemment. Ariadne, bien qu'un peu jeune pour lui car âgée de moins de vingt-cinq ans, remplissait toutes les conditions. Ravissante, intelligente et cultivée, elle évoluait dans les mêmes cercles que lui, et, aux yeux des parents de Xandros, elle présentait en outre l'avantage d'avoir eu une mère au pedigree des plus respectables – et qui avait été la meilleure amie de celle de Xandros.

D'autre part, Stavros Coustakis lui-même s'était montré très favorable à la perspective d'unir leurs deux familles.

L'idée de devenir le beau-père d'un Lakaris me plaît bien, avait-il déclaré sans détour à Xandros. *Et d'avoir des petits-enfants portant le nom illustre des Lakaris, cela va sans dire*, avait-il enchaîné d'un ton cynique.

L'aval du riche homme d'affaires s'ajoutant à l'enthousiasme de son défunt père et à l'insistance de sa mère, Xandros avait eu du mal à prendre *sa* décision. Mais il avait fini par se faire une raison et accepter.

Et il avait imaginé qu'Ariadne avait suivi le même raisonnement, ce qu'il comprenait parfaitement tant elle souhaitait échapper à son despote de père. Ils n'étaient amoureux ni l'un ni l'autre, mais ils s'appréciaient et s'entendaient bien, et Xandros avait décidé de faire de son mieux pour être un mari fidèle et attentionné. Avant de devenir un père affectueux pour leurs enfants.

Mais quelques heures plus tôt, un incroyable SMS lui avait ouvert les yeux et il s'était précipité au domicile de Stavros, une luxueuse propriété dans une banlieue cossue d'Athènes.

Je suis désolée, Xandros, mais je ne peux pas t'épouser. Je quitte Athènes. Pardon. Ariadne.

Les mots tourbillonnèrent à nouveau dans sa tête, suivis du soulagement immense qu'il avait ressenti en saisissant les conséquences de la décision d'Ariadne. Si sa fiancée se retirait du contrat, lui-même redevenait libre de réaliser une fusion lucrative avec Coustakis Corp. – Sans se retrouver coincé par les liens du mariage.

— Très bien, dit-il posément à Stavros. Ariadne ne fait plus partie de l'équation. Mais, comme je vous l'ai dit d'entrée de jeu, épouser votre fille n'a jamais été pour moi une condition indispensable à notre projet de fusion.

Assis derrière son bureau au style baroque affreusement surchargé de dorures et de volutes, Stavros le contempla en silence. Xandros ne désirait qu'une chose, quitter au plus vite ce manoir dégoulinant de luxe ostentatoire. Pour sa part, il préférait le minimalisme de son appartement d'Athènes, ou, mieux encore, la sobriété de sa villa de Kallistris, aux volets bleus et aux murs blanchis à la chaux.

Kallistris ! Ce simple nom le revigorait ! Son île privée, son havre de paix. L'endroit où il allait se réfugier aussi souvent que ses affaires et sa vie sociale le lui permettaient. Il l'avait achetée à sa majorité avec l'idée qu'il pourrait toujours s'y retirer, notamment en cas de coup dur.

En sortant de chez Coustakis, il demanderait à son pilote de préparer l'hélicoptère. Il irait passer le week-end là-bas, pour oublier toute cette histoire. Loin de cet homme qu'il n'aimait pas, le père de la femme qu'il n'avait jamais vraiment désiré épouser et qui, de toute évidence, ne le désirait pas plus que lui. Alors Stavros pouvait dire adieu à ses ambitions. Il n'aurait pas de Lakaris pour gendre, ni de petits-enfants portant *ce nom illustre*. Point final.

En revanche, Xandros souhaitait connaître sa réponse concernant ce qui lui tenait à cœur – la fusion de leurs entreprises.

— Vous allez devoir me donner – ou pas – un accord de principe, enchaîna-t-il.

Il jeta délibérément un coup d'œil à sa montre.

— Je pars à Kallistris ce soir.

— Ah... Je crains que vous ne deviez remettre cela à plus tard, répondit Stavros, narquois. Parce que, voyez-vous...

Un éclat menaçant traversa fugacement son regard.

— ... Si vous tenez vraiment à ce que cette fusion ait lieu, mon cher, je préférerais que vous partiez plutôt à Londres.

Il sourit. D'un sourire froid et cruel qui fit tressaillir Xandros malgré lui.

— Pour aller chercher...

Le sourire s'agrandit, provocateur, presque... pervers.

— ... Mon *autre* fille.

1

Accroupie à côté du seau rempli d'eau savonneuse, Rosalie versa de la javel pure sur le carrelage crasseux de la cuisine.

Toute la pièce était dans le même état. Celui ou celle qui avait habité cette maison était un porc, il n'y avait pas d'autre mot.

Elle soupira de nouveau et frotta énergiquement le sol. Il fallait bien payer le loyer, manger… Elle n'avait donc pas le choix.

Mais un jour…

Un jour, elle ne nettoierait plus la saleté des autres. Un jour, elle ne vivrait plus dans un appartement minuscule au loyer scandaleusement élevé. Un jour, elle n'achèterait plus ses vêtements dans des friperies. Un jour, elle s'offrirait le restaurant quand elle en aurait envie au lieu de se nourrir exclusivement de biscottes et de conserves…

Un jour, elle ne serait plus pauvre.

Elle avait grandi dans la pauvreté. Sa mère, de santé fragile, l'avait élevée grâce aux allocations familiales et Rosalie s'était occupée d'elle dès son plus jeune âge. À vingt ans, elle n'avait jamais eu de vie à elle. Les deux femmes partageaient un logement social miteux, dans l'East End de Londres.

Quant à son géniteur, il ignorait tout de son existence, d'après sa mère, qui avait vécu avec lui une brève aventure romantique, la seule et unique de sa vie. Il s'agissait d'un étranger qui travaillait sur un chantier de construction. Quand elle s'était aperçue qu'elle était enceinte, elle avait tenté de le revoir mais il avait déjà quitté le pays. Elle lui avait écrit en passant par l'entreprise de bâtiment, pour lui dire qu'elle était enceinte de lui, mais ils n'avaient pas dû réussir à le joindre car il n'avait jamais répondu à sa lettre…

Rosalie, dès qu'elle avait été en mesure de le faire, avait écrit à son tour à son géniteur, sans non plus obtenir de réponse.

Et à présent, elle n'avait plus personne ; sa pauvre mère avait succombé à une maladie pulmonaire au cours de l'hiver. Rosalie avait alors perdu et le logement social et les allocations. En revanche, elle avait gagné sa liberté.

À vingt-six ans, elle pouvait commencer à se construire une vie. Faire quelque chose d'elle-même. Obtenir une qualification, s'instruire, échapper à la pauvreté et au quartier misérable où elle avait toujours vécu.

Elle soupira de nouveau en s'acharnant sur les taches récalcitrantes. Elle avait mal au dos. Elle était arrivée à 8 heures du matin, il était 16 heures passées. Et il lui restait encore une bonne heure de travail avant de fermer la maison, d'aller remettre les clés à l'agence, puis de retourner à ses études dans son studio minuscule.

Quelques mois auparavant, déterminée à obtenir les diplômes qui lui permettraient enfin de sortir de la pauvreté, elle s'était en effet inscrite à des cours de comptabilité en ligne.

Se redressant d'un mouvement vif, elle alla vider le seau dans l'évier pour le remplir d'eau propre. Comme elle s'emparait de la serpillière, elle arrêta son geste en fronçant les sourcils.

Quel était ce bruit ? Le son se répéta, c'était la sonnette de la porte d'entrée.

Étonnée, et sur ses gardes car la maison se trouvait dans un quartier dit « sensible », elle se dirigea vers le vestibule, posa son seau, ouvrit prudemment la porte, et s'immobilisa en écarquillant les yeux.

Un homme de haute stature lui faisait face. Aux cheveux noirs, aux yeux incroyables, au visage…

Fascinée, elle le dévisagea en silence, déglutit…

— Je cherche Rosalie Jones.

Il avait une belle voix, au timbre chaud mâtiné d'un accent étranger.

Que faisait cet homme splendide dans un quartier aussi sordide ? À en juger par le costume élégant qui mettait son corps d'athlète en valeur, il appartenait à un tout autre univers.

Et, plus bizarre encore, il la cherchait, elle, Rosalie Jones...

— Que lui voulez-vous ? demanda-t-elle en se ressaisissant.

Le visage aux traits nobles se durcit.

— Je dois lui parler, répondit-il avec impatience.

— C'est moi, répondit-elle, crispée. Je suis Rosalie Jones.

— Vous ? fit-il, l'air abasourdi.

La façon dont il la contemplait avec incrédulité la mit affreusement mal à l'aise. Après avoir passé la journée à nettoyer cette maison dégoûtante, elle devait avoir une allure à faire peur...

Sans lui demander la permission, il s'avança, l'obligeant à reculer, et entra dans le vestibule.

— Qu'est-ce que vous... ? fit-elle, choquée.

Mais il avait déjà refermé la porte et, l'air toujours aussi incrédule, se tourna vers elle.

— Vous êtes *vraiment* Rosalie Jones ?

Pourquoi était-ce si difficile à croire ?

Il était si grand, si imposant, que sa présence emplissait le petit vestibule. Sa proximité, renforcée par l'exiguïté de l'espace, augmentait encore le trouble qui avait gagné Rosalie. Le luxe et le raffinement exsudaient de cet homme superbe, depuis la coupe de cheveux jusqu'aux élégantes chaussures en cuir fin. Elle contempla le costume gris anthracite, sans doute taillé sur mesure, la chemise blanche sur laquelle ressortait une cravate en soie rouge carmin... Une assurance stupéfiante émanait de toute sa personne, de celles que l'on acquière dès la naissance.

— Oui, dit-elle en redressant le menton. Et *vous*, qui êtes-vous ? Et pourquoi voulez-vous me parler ?

La belle bouche sensuelle se pinça légèrement.

— Je m'appelle Alexandros Lakaris, et je suis envoyé par votre père.

La jeune femme, manifestement choquée, entrouvrit les lèvres, puis le sang se retira de son visage. À dire vrai, Xandros lui-même ne s'était pas encore complètement remis de la révélation ahurissante de Stavros Coustakis.

Il repensa au dialogue hallucinant qui avait suivi.

— Votre *autre fille* ? avait-il répété, suffoqué.

— Oui. Vous avez bien entendu. J'ai une autre fille, qui vit à Londres, et je veux que vous alliez la chercher.

Stavros s'était interrompu, mais pas la lueur dure brillant dans ses yeux verts.

— À supposer, bien sûr, que vous soyez toujours intéressé par cette fusion à laquelle vous sembliez tant tenir...

Tendu à l'extrême, Xandros avait répliqué d'un ton neutre :

— J'aimerais que vous m'en disiez un peu plus, Stavros.

— Elle s'appelle Rosalie Jones et vit avec sa mère. Ou plus exactement, elle *vivait* avec sa mère jusqu'au récent décès de celle-ci. J'ai connu sa mère il y a... Voyons..., il y a plus de vingt-ans, à l'époque où je travaillais au Royaume-Uni. Nous avons vécu une très brève aventure et sommes repartis chacun de notre côté. Mais j'ai toujours été au courant de l'existence de ma fille, naturellement, et je pense que le moment est venu de la faire venir à Athènes.

Il avait souri, de son sourire froid et cruel.

— Afin qu'elle prenne la place de celle que je ne considère plus comme ma fille.

Le sourire était devenu franchement malsain.

— Je suis impatient de faire sa connaissance.

Ensuite, impossible d'en savoir davantage. Et Xandros était désagréablement conscient d'avoir été joué et manipulé. De toute évidence, Stavros Coustakis se voyait toujours dans son rôle de futur beau-père d'un Lakaris.

Eh bien, il allait devoir déchanter ! Xandros était venu à Londres dans un seul but : rencontrer la fille délaissée par Coustakis depuis sa naissance et la prémunir contre toutes les promesses que son géniteur pourrait lui faire miroiter.

Se marier avec Ariadne, qu'il connaissait depuis des années, passe encore. Mais épouser une demi-sœur anglaise dont il ne savait rien, cela relevait de l'absurde !

Le simple souvenir de la façon dont Stavros lui avait intimé d'aller chercher son *autre fille* redoubla la colère qui bouillait en lui. Et aussi pour une autre raison, toute différente, et qu'il ne comprenait pas très bien.

Il se concentra sur la jeune femme pétrifiée qui le dévisageait en silence. Il n'arrivait pas encore à croire qu'il avait affaire à Rosalie Jones. C'était impossible, bon sang !

Même si la liaison de Stavros avec sa mère avait été très brève, il aurait veillé à ce que son enfant ne manque de rien. Stavros Coustakis était à la tête de l'une des plus grandes fortunes de Grèce ! Sa fille devait par conséquent être l'équivalent british d'Ariadne. Elle aurait dû habiter Chelsea, par exemple, ou Notting Hill, Hampstead…

Au lieu de cela, elle était dans ce quartier sordide. Et dans une tenue…

Il laissa son regard descendre sur le T-shirt taché, le pantalon en coton épais, trop large et mouillé au bas des jambes, la serpillière qu'elle tenait dans une main, le seau posé un peu plus loin dans l'entrée. Elle avait les cheveux relevés en une sorte de chignon dont s'échappaient de petites mèches. Quant au visage…

Sa première impression d'ensemble avait été si négative qu'il n'avait pas fait attention au reste. Mais maintenant…

Il plissa les yeux. Elle avait le teint blafard, OK, sans doute à cause de la fatigue, et une traînée sale sur la joue, mais à part cela…

Des traits fins, une bouche pulpeuse, et des yeux magnifiques qui, en dépit des ombres mauves les soulignant… *étaient de la même nuance gris-vert que ceux de Stavros Coustakis.*

Conclusion : elle était bel et bien sa fille.

Un nouveau choc le traversa tandis qu'il voyait le reflet de ce qu'il ressentait sur le visage de Rosalie Jones.

— Mon *père* ? répéta-t-elle enfin d'une voix rauque.

Rosalie se rendit compte qu'elle lâchait la serpillière. Sa vision se brouilla, tout se mit à tourner autour d'elle.

Elle avait mal entendu. Cet homme ne pouvait pas avoir dit… C'était impossible…

Elle l'entendit vaguement pousser un juron dans une langue inconnue. Le vestibule continuait de vaciller bizarrement, elle eut l'impression de tomber…

Soudain, il lui prit le bras d'une main ferme et l'entraîna dans la kitchenette, où il l'assit sur la chaise à côté de la table bancale. La sensation de vertige cessa, la pièce reprit son aspect normal. Rosalie battit des paupières, puis leva les yeux vers le bel étranger qui la dominait de toute sa hauteur.

— Oui, votre père, dit-il. Stavros Coustakis.

— Stavros Cous… Cous… ?

Il se pencha vers elle en fronçant les sourcils.

— Stavros Coustakis.

La voix virile et profonde lui caressa la peau. Le simple fait de regarder cet homme sublime faisait naître en elle des sensations déplacées.

Elle battit de nouveau des cils.

— J'ai un père ?

— Vous l'ignoriez ? répondit-il d'un ton incrédule. Vous ne saviez pas que Stavros Coustakis était votre père ?

— Non, je n'en savais rien.

Il ne la croyait pas. En fait, il ne croyait pas qu'elle était Rosalie Jones.

Son *père*… Le mot résonna étrangement dans son esprit, elle ne l'avait jamais employé pour la bonne raison que sa mère lui avait dit qu'elle n'avait pas de *père*.

Et voilà que, tout à coup, on venait lui annoncer qu'elle en avait un. Pour de vrai.

— Comment m'a-t-il trouvée ? demanda-t-elle tout bas.

— Vous devrez le lui demander vous-même, répondit le splendide étranger, presque sèchement.

— Où est-il ?

— Il vit à Athènes.

— À Athènes ? répondit-elle, ahurie. Mon père est *grec* ?

Les paroles de sa mère lui revinrent à la mémoire : *C'était un bel étranger... et si romantique...*

— Oui, répondit brièvement l'envoyé de son père.

Le beau visage aux traits nobles s'était fermé, comme s'il lui dissimulait quelque chose.

Il regarda autour de lui avant d'ajouter :

— Préparez vos affaires, nous partons.

Elle le dévisagea avec stupeur.

— Comment cela ?

— Je vous emmène à Athènes, répondit-il d'une voix dure. Chez votre père.

Xandros observa la jeune femme à la dérobée tandis que le chauffeur prenait la direction qu'il lui avait indiquée. Elle gardait le même air stupéfait, comme si elle ne comprenait pas ce qui se passait.

Elle n'était pas la seule.

Il était venu à Londres dans le seul but de mettre en garde la demi-sœur d'Ariadne contre les combines de Stavros. Mais sa colère s'était transformée en fureur. Il avait toujours su que Coustakis était un homme dur et impitoyable – comme il l'avait prouvé en déshéritant Ariadne –, mais ce qu'il avait fait à son autre fille était... impardonnable.

Ce salaud l'avait laissée dans l'ignorance, il l'avait condamnée à la pauvreté...

Sa fureur redoubla, doublée d'une émotion inconnue. Stavros voulait que sa fille anglaise lui soit amenée à Athènes ? Très bien, il allait être satisfait ! Pas question d'abandonner la jeune femme à son triste sort et à sa vie misérable.

Elle avait accepté de partir sans trop protester, mais ce n'était pas étonnant. Après avoir découvert soudain qu'elle avait un père dont elle ignorait tout, elle souhaitait faire sa connaissance, évidemment ! Et puis rien ne la retenait à Londres, où elle vivait dans des conditions sordides et devait travailler comme femme de ménage pour gagner sa vie !

Aussi Xandros avait-il attendu qu'elle range seau et serpillière, ôte ses gants en caoutchouc jaune, enfile une veste usée, prenne un grand sac informe et accepte de le suivre, tout simplement. Avant de partir, elle avait glissé les clés dans la boîte aux lettres en disant qu'elle appellerait l'agence, puis était montée à bord de la voiture qui attendait Xandros.

À son grand soulagement, elle n'avait plus posé de questions. Il aurait eu du mal à y répondre, surtout celles concernant la façon dont son père avait appris son existence.

Il se pinça les lèvres.

À Stavros de lui dire la vérité en face.

En outre, il y avait des détails pratiques à régler. Rosalie Jones avait-elle un passeport, par exemple ? Oui, heureusement. Le chauffeur s'arrêta bientôt au bas d'un immeuble peu reluisant, dans une rue aussi sinistre que celle de la maison qu'ils venaient de quitter.

Des bouteilles vides et des détritus traînaient sur les marches devant la porte d'entrée. Des rideaux pendaient lugubrement aux fenêtres.

La jeune femme ne fut pas longue et réapparut dix minutes plus tard avec une vieille valise que le chauffeur déposa dans le coffre.

Elle se réinstalla à l'arrière du véhicule et Xandros l'observa du coin de l'œil. Elle s'était changée et portait un jean délavé avec un sweat-shirt gris clair. Et bien qu'elle ait l'air toujours aussi fatigué, les magnifiques yeux gris-vert illuminaient son visage au teint pâle.

Il sortit son Smartphone et se concentra sur ses messages. Qu'avait-il à faire de l'allure de la fille naturelle de Stavros Coustakis ? Il la ramenait à Athènes uniquement parce qu'il était outré par le mépris de son géniteur, qui l'avait cruellement condamnée à la pauvreté.

Peut-être pourrait-elle faire appel à un avocat et porter plainte contre lui ? Ou proposer son histoire à un journaliste.

Raconter comment l'un des hommes les plus fortunés de Grèce avait abandonné sa propre fille, la vouant à une vie misérable...

En tout cas, Xandros ne consentirait jamais à la proposition absurde de Stavros. Il n'échangerait pas Ariadne avec cette demi-sœur jamais reconnue par son géniteur.

Lui-même ne la connaissait pas, bon sang ! Cette femme était une totale étrangère pour lui !

Et tant pis si son refus entraînait l'anéantissement de tout espoir de fusion entre les deux entreprises !

2

Son sac serré contre sa poitrine, Rosalie gardait les yeux résolument fixés sur les rues qui défilaient derrière la vitre. Jamais encore elle n'était montée à bord d'une voiture aussi luxueuse, aux vitres fumées, conduite par un chauffeur. Et jamais elle ne s'était trouvée assise à côté d'un homme comme Alexandros Lakaris...

Elle s'était installée le plus loin possible de lui, mais il ne faisait de toute façon pas attention à elle et consultait ses messages sur son téléphone portable – un magnifique Smartphone qui devait valoir une petite fortune.

Peu importait que cet homme soit beau comme un dieu. Elle s'en fichait complètement. Et peu importait qu'elle ait eu une allure épouvantable quand il l'avait trouvée en plein travail.

La seule chose qui comptait, c'était la nouvelle extraordinaire qu'il lui avait apportée.

Elle avait un père ! Bien réel ! Il avait enfin découvert son existence et souhaitait la rencontrer !

Les pensées tourbillonnaient dans son esprit, comme un torrent fou, lui donnant le vertige.

Dans son studio, elle avait rassemblé quelques affaires à la hâte, les avait fourrées dans sa vieille valise, et s'était changée. Pas le temps de prendre une douche ni de se laver les cheveux.

Si seulement sa mère avait pu être là ! Elle aurait été si heureuse de savoir que son père avait envoyé quelqu'un la chercher ! Qu'il désirait la connaître !

La voiture s'arrêta soudain, et Rosalie prit conscience qu'ils se trouvaient à proximité de Hyde Park, devant un hôtel de luxe.

Se tournant vers Alexandros Lakaris, elle le vit glisser son Smartphone dans la poche de sa veste.

— Que se passe-t-il ? demanda-t-elle. Nous n'allons pas à l'aéroport ?

— Nous prendrons l'avion demain. Je ne suis arrivé à Londres que ce matin. Vous passerez la nuit à mon hôtel.

— Je n'ai pas les moyens de prendre une chambre ici ! dit-elle, horrifiée.

— Non, mais votre père peut se le permettre, croyez-moi.

Il se pinça légèrement les lèvres.

— Il a également les moyens de vous offrir de nouveaux vêtements.

Les beaux yeux sombres brillèrent un bref instant.

— Vous aurez tout le temps d'aller faire un tour dans les boutiques avant notre départ, dit-il d'un ton neutre.

Quand il baissa les yeux vers son corps, elle fut traversée de sensations qu'elle n'aurait pas dû ressentir. Le regard d'Alexandros Lakaris n'était plus méprisant mais plutôt… songeur. Elle se sentit soudain si exposée, si consciente de son propre corps, qu'elle rougit tandis qu'une chaleur inconnue se répandait dans son ventre.

— Vous pourriez aussi profiter des prestations offertes par l'hôtel, fit-il d'une voix plus douce. Il y a tout ce qu'il faut : salon de coiffure, institut de beauté…

Elle le dévisagea d'un air perplexe. Ce type de *prestations* devait coûter horriblement cher.

— Pour les factures, il vous suffira de donner le numéro de votre chambre, dit-il, comme s'il avait deviné ses pensées.

— Je ne voudrais pas coûter trop cher à mon père, répondit-elle après avoir dégluti.

Une lueur amusée éclaira les yeux sombres.

— Il n'a *aucun* problème de ce côté-là, je vous assure.

— Monsieur Lakaris, insista-t-elle en serrant de plus belle son sac contre elle, tout ce que je sais sur lui, je le tiens de ma mère, qui m'a dit qu'il était étranger et travaillait sur un chantier de construction. En tant que maçon. Alors…

— Disons qu'il a fait du chemin depuis, l'interrompit Alexandros Lakaris. Maintenant, d'autres travaillent *pour* lui.

Elle fronça les sourcils. Disait-il vraiment la vérité ? Mais puisque lui-même était de toute évidence fortuné – à en juger par ses vêtements, la pince à cravate et la montre en or, la voiture avec chauffeur –, il ne pouvait pas être envoyé par un miséreux…

— Comment l'avez-vous connu ? demanda-t-elle.

— Nous sommes tous les deux dans les affaires et nous travaillons ensemble à un projet de fusion, répondit-il d'un ton détaché. C'est pour cette raison que j'ai accepté de venir vous chercher à Londres pour lui.

Elle l'aurait bien interrogé davantage, mais il ouvrait la portière et sortit du véhicule. Un portier en uniforme à boutons dorés s'avança du côté de Rosalie, lui ouvrit la portière, puis un autre – le *bagagiste*, apprit-elle plus tard – alla prendre sa valise dans le coffre ouvert par le chauffeur.

Après être descendue de voiture, elle contempla l'établissement qui ressemblait à un palace et fut envahie par une excitation sans nom. Sa vie avait-elle basculé d'un coup de baguette magique ? Allait-elle vraiment passer de la pauvreté à une existence privilégiée ?

Prenant conscience que le portier tenait l'immense porte de verre ouverte et attendait qu'ils entrent, elle s'avança et pénétra, éblouie, dans le hall rutilant de lumière.

Alexandros Lakaris se dirigea droit vers la réception, comme s'il était le propriétaire des lieux. Pas étonnant qu'il se sente chez lui dans un hôtel cinq étoiles, s'il évoluait en permanence dans ce genre d'univers, songea Rosalie en l'observant.

Consciente de déparer dans un tel environnement, elle le suivit rapidement. Des hommes et des femmes élégants traversaient nonchalamment le vaste hall au sol pavé de marbre clair, s'installaient dans les fauteuils en cuir blanc…

Elle eut un instant envie de fuir mais se ressaisit aussitôt et redressa le menton.

Elle détestait être pauvre, mais elle n'avait pas honte de sa condition ! Ce n'était ni une tare ni un crime, après tout. Et puis, elle en avait peut-être fini avec la pauvreté. Pour toujours.

— Votre clé, dit Alexandros Lakaris en lui tendant un étui cartonné contenant un passe magnétique. Votre chambre se trouve au cinquième étage,

Elle prit l'étui et le remercia, le plus posément possible.

— Vous me ferez savoir à quelle heure je dois être prête demain ? demanda-t-elle, presque désinvolte.

Sans attendre sa réponse, elle se détourna et se dirigea vers les ascenseurs, entra dans le premier qui se trouvait justement au rez-de-chaussée, puis appuya sur la touche correspondant au cinquième étage.

Une fois dans la cabine aux parois brillantes, elle ferma les yeux et fit rouler ses épaules pour en chasser la raideur. Ses longues journées de travail l'épuisaient, elle avait mal aux reins, au dos, aux bras…

L'ascenseur ralentit, s'immobilisa. Les portes coulissèrent en silence. Rosalie s'avança sur l'épais tapis couleur ivoire, remonta le couloir et s'arrêta bientôt devant la porte portant le numéro 5 en caractère doré.

Le cœur battant à tout rompre, elle glissa le passe magnétique dans la serrure.

Elle vivait un vrai conte de fées. Demain, elle s'envolerait pour Athènes – son premier voyage à l'étranger – où elle rencontrerait le père qu'elle n'avait jamais connu et qui avait miraculeusement découvert son existence.

D'ici là, elle allait séjourner dans un palace… et en profiter *au maximum* !

Debout en veste de smoking devant le miroir en pied de sa suite, Xandros redressa légèrement son nœud papillon. S'il n'avait pas été contraint de venir à Londres, il aurait ignoré l'invitation à ce gala de charité, mais puisqu'il se trouvait sur place… Et puis, qui savait ? Peut-être serait-ce l'occasion de discuter avec un homme d'affaires de sa connaissance qui y serait sûrement et tâter le terrain en vue d'une éventuelle fusion entre leurs entreprises.

Parce qu'il pouvait désormais renoncer à tout espoir côté Coustakis. Jamais il n'accepterait son odieux marché !

Stavros avait-il vraiment cru pouvoir remplacer Ariadne par une *autre* fille qu'il faisait venir à Athènes d'un claquement de doigts uniquement parce que cela l'arrangeait, après l'avoir négligée depuis sa naissance ?

Ses pensées dérivèrent vers le cinquième étage. Xandros n'avait pas amené Rosalie Jones dans cet hôtel uniquement parce qu'il était fou furieux contre Coustakis, mais parce que la pauvreté était toujours aussi effrayante à ses yeux. Elle ravivait des souvenirs angoissants, de ses parents se parlant à voix basse, les traits tendus, se demandant sur quelles nouvelles dépenses ils allaient devoir rogner. De sa mère répétant qu'elle ne supporterait pas de renoncer à leur maison de famille. De son père travaillant tard le soir au bureau, multipliant les efforts pour reconstituer la fortune dilapidée par son propre père.

Le fait qu'il y soit parvenu grâce à ses efforts acharnés n'avait pas effacé l'angoisse, le sentiment d'insécurité et la peur qui avaient dominé l'enfance puis la jeunesse de Xandros. Encore maintenant, il frémissait rien que d'y repenser.

Aussi comprenait-il fort bien que Rosalie Jones, après avoir connu la pauvreté toute sa vie, réduite à nettoyer des logis répugnants pour survivre, soit impatiente de faire la connaissance de son géniteur et espère connaître des jours meilleurs.

Et il était content de lui avoir conseillé de soigner son apparence avant de s'envoler pour Athènes. Elle avait pour père l'un des hommes les plus riches de Grèce, bon sang !

À quoi ressemblerait-elle une fois vêtue et chaussée plus élégamment ? Coiffée, maquillée...

Sa virilité réagit instantanément, et sans équivoque. Rosalie Jones avait un corps svelte aux proportions harmonieuses. Des courbes féminines à souhait. Des yeux magnifiques...

Il repoussa les images déplacées qui défilaient dans son esprit. Il était désolé pour elle, certes, mais rien de plus.

Résolu à se concentrer sur la soirée et les opportunités qui l'attendaient, il sortit bientôt de l'hôtel et s'avança vers la voiture garée un peu plus loin.

Après avoir exploré la chambre magnifique réservée pour elle par Alexandros Lakaris, admiré l'immense lit recouvert d'un jeté blanc, les rideaux de satin encadrant les larges fenêtres, l'impressionnant écran de télévision installé face au lit, la salle de bains aux murs pavés de marbre gris clair – plus spacieuse à elle seule que son studio tout entier –, Rosalie avait appelé l'institut de beauté et pris rendez-vous pour le programme de soins le plus complet parmi ceux qui lui avaient été proposés.

Quand, deux heures plus tard, elle ressortit de l'institut, ses douleurs, sa fatigue avaient disparu. Et elle avait la peau douce et lisse comme de la soie...

Confortablement installée dans le grand lit, bien calée contre les oreillers, elle surfait maintenant sur les innombrables chaînes en dégustant le succulent repas apporté par le service d'étage, accompagné de la demi-bouteille de vin blanc trouvée dans le minibar.

Le paradis !

Si quelqu'un lui avait dit ce matin-là qu'elle finirait la journée dans ce palace, elle ne l'aurait jamais cru !

Et dans quelques heures, elle s'envolerait pour la Grèce, où elle rencontrerait son père pour la première fois...

Un seul regret l'habitait. Que sa mère ne soit pas là pour partager sa joie. Qu'elle ignore que l'homme dont elle était tombée éperdument amoureuse autrefois les ait finalement retrouvées.

Profondément émue, Rosalie leva son verre et porta un toast muet à sa défunte mère. Au moment où elle le reposait sur le plateau, des coups discrets furent frappés à la porte.

Croyant qu'il s'agissait du service d'étage, elle se leva et alla ouvrir, pour se retrouver face à... Alexandros Lakaris.

Xandros avait longuement hésité entre passer voir si tout allait bien pour Rosalie Jones ou la laisser tranquille. Puis, parce qu'il se sentait responsable d'elle, il avait décidé de faire un détour par le cinquième étage.

Cette femme n'était rien pour lui, mais il lui avait fait quitter son univers habituel et l'avait amenée dans un environnement totalement étranger. Aussi devait-il s'assurer qu'elle n'était pas trop déphasée.

— Vous ne devez pas ouvrir sans savoir à qui vous avez affaire, dit-il d'un ton sévère.

Une légère roseur colora les joues au teint de porcelaine.

— Je croyais que c'était le service d'étage, répondit-elle d'un ton désinvolte. Vous venez me dire à quelle heure je dois être prête demain ?

— Je voulais surtout m'assurer que vous alliez bien, répondit-il avec calme.

— Je vais très bien. *Merveilleusement* bien, même !

Envolées, la désinvolture et l'indifférence. Elle souriait jusqu'aux oreilles, l'air... aux anges.

Il la contempla en retenant son souffle. Et pas seulement à cause du sourire radieux qui illuminait son beau visage aux traits délicats. Sa protégée avait subi une véritable métamorphose...

Sa peau avait un éclat doux et satiné, toute marque de fatigue avait disparu. Elle avait dû se faire couper les cheveux. Pour l'instant, il ne pouvait juger du résultat car ils étaient tirés en arrière sur les côtés, des petites mèches ondulant autour de son visage. Les mains fines n'avaient pas été oubliées, ni les ongles, désormais rose pastel.

Il contempla les doigts minces retenant les pans du peignoir sans pour autant dissimuler la gorge à la peau laiteuse, comme soyeuse...

Sa libido réagit au quart de tour. Vêtue de ce seul peignoir, la femme qui, les yeux brillants, entrouvrait les lèvres était... la tentation incarnée.

La soirée n'avait pas été productive côté affaires, mais le dîner avait été exquis, les vins plus qu'acceptables, et à présent il n'avait qu'un désir : se détendre en compagnie de cette créature enchanteresse, glisser la main entre les pans du peignoir, les écarter, tandis que, de l'autre main, il caresserait la joue à la peau satinée, soulèverait le petit menton rond, pencherait le visage vers le sien, goûterait aux lèvres entrouvertes…

Avait-il perdu l'esprit ?

Il repoussa les visions délirantes qui l'assaillaient et se retint de reculer d'un pas pour mieux résister à la tentation.

— Tant mieux, dit-il d'un ton brusque. Nous partirons pour l'aéroport après le déjeuner. Vous avez par conséquent toute la matinée. Passez à la réception avant de partir, ils vous réserveront une conseillère achat dans le grand magasin de votre choix, et vos dépenses seront réglées directement par moi. Je verrai cela plus tard avec votre père.

Et il prendrait un malin plaisir à présenter une facture salée à Coustakis. Pas seulement parce que celui-ci avait honteusement négligé sa fille. Xandros était en effet prêt à parier que Stavros savait qu'il serait consterné en découvrant que son autre fille n'avait rien de commun avec Ariadne. Qu'elle ne possédait ni la culture de celle-ci, ni sa sophistication. Qu'en fait, Rosalie Jones ressemblait plutôt à une souillon.

Avant de passer par l'institut de beauté de l'hôtel.

Il se pinça les lèvres. Coustakis serait bientôt forcé d'admettre qu'il n'aurait pas de Lakaris pour gendre ! Et qu'il ne pouvait manipuler tout le monde à sa guise !

Xandros sourit intérieurement à la perspective de lui livrer une Rosalie Jones métamorphosée en parfaite demi-sœur d'Ariadne.

Revenant au présent, il reprit d'un ton délibérément neutre :

— Quand vous aurez terminé vos achats, déjeunez au restaurant de l'hôtel – il est excellent. Nous nous retrouverons ensuite dans le hall de l'hôtel, à 14 h 30.

Il inclina brièvement la tête avant d'ajouter, du même ton neutre :

— À demain. Bonne nuit.

Sur ces mots, il tourna les talons et regagna sa suite en s'interdisant de penser une *seule* fois à Rosalie Jones.

Et à son sourire radieux.

3

Rosalie s'engouffra dans la limousine venue la chercher tandis que le chauffeur déposait tous ses précieux sacs dans le coffre. Elle venait de passer trois heures fabuleuses dans un grand magasin de luxe de Knightsbridge, où elle avait été prise en charge par une conseillère adorable et incroyablement compétente.

L'expérience avait été grisante. Elle avait *adoré* essayer tous ces vêtements luxueux qu'elle n'aurait jamais osé rêver porter – encore moins posséder ; choisir des accessoires raffinés, notamment des escarpins à talons vertigineux, mais aussi des ballerines et des sandales en cuir doux et souple.

Et tout cela, grâce à son père !

Un mélange d'excitation et de joie envahit Rosalie à la pensée que, le soir même, ils allaient faire connaissance.

Une fois de retour à l'hôtel, une femme de chambre s'empara des sacs aux logos prestigieux et en déposa le contenu dans les grandes valises toutes neuves.

Rosalie n'avait plus qu'à descendre déjeuner au restaurant du rez-de-chaussée, avant de rejoindre Alexandros Lakaris dans le hall.

Son humeur s'assombrit d'un coup. Il lui avait bien fait comprendre qu'il n'avait que faire d'elle. Mais au fond, c'était normal, puisqu'il n'était que l'émissaire de son père. Ce qui ne l'avait pas empêchée, quand il était passé la voir la veille au soir, encore plus séduisant en smoking, de le dévorer des yeux…

Elle n'était rien pour Alexandros Lakaris au même titre que

lui n'était rien pour elle, se répétait-elle. Par conséquent, elle adopterait la même attitude, brusque et impersonnelle.

Une heure plus tard, après un délicieux déjeuner servi par un personnel attentionné, elle quitta le restaurant en empruntant la sortie donnant directement sur le hall.

Ayant appris par la réception que Rosalie Jones déjeunait bien à l'hôtel, Xandros l'attendit comme convenu dans le hall après avoir demandé à son chauffeur de se tenir prêt à partir.

Une femme mince et élégante apparut, perchée sur de hauts talons aiguilles mettant en valeur ses chevilles délicates et ses mollets galbés. Vêtue d'un tailleur bleu marine faisant ressortir sa taille de guêpe, elle portait une écharpe de soie bleu-vert qui flottait derrière elle tandis qu'elle s'avançait, la tête haute, un double rang de perles en cristal gris clair scintillant sur sa gorge.

Stupéfait, Xandros contempla les cheveux blonds ondulant autour du beau visage au maquillage subtil…

Rosalie Jones. La fille de Stavros.

Elle était… *divine*.

Déjà la veille, il avait pressenti qu'il suffirait de pas grand-chose pour rendre justice à sa beauté cachée, mais, à présent, celle-ci lui était révélée dans toute sa splendeur.

En version citadine et sophistiquée, Rosalie Jones était aussi attirante, aussi sexy qu'en peignoir. Et cette fois, il ne désirait pas le moins du monde ignorer la séduction qui émanait de cette ravissante créature.

Les hommes présents dans le hall n'étaient pas non plus indifférents à sa beauté, et la suivaient des yeux d'un air appréciateur…

Cela le réjouit. Et peu importait pourquoi.

— Nous partons maintenant ? demanda-t-elle d'un ton brusque en s'arrêtant devant lui.

Il se secoua. Il devait cesser de la dévisager comme un abruti, bon sang !

— À l'aéroport, précisa-t-elle avant de tourner brièvement

les yeux vers la réception. J'ai demandé que l'on garde ma vieille valise et mes anciens vêtements, pour l'instant.

Il la dévisagea en silence, à court de repartie – ce qui ne lui arrivait jamais. Puis ils sortirent côte à côte de l'hôtel et montèrent à bord de la voiture qui les attendait.

— Vous avez fait quelques achats, si je comprends bien ? demanda-t-il quand le chauffeur eut démarré.

Quand elle tourna la tête vers lui, il perçut les effluves d'un parfum particulièrement sensuel.

— Oh oui ! C'était *fabuleux* !

Comme la veille au soir, un sourire radieux illumina tout son visage. Et, comme la veille au soir, Xandros en eut le souffle coupé.

— Ma conseillère a été *fantastique*, dit Rosalie Jones, les yeux brillant de beaux reflets irisés. Elle savait exactement ce qui m'irait ; elle m'a fait gagner un temps fou !

Il s'autorisa un bref coup d'œil au buste mince, aux affriolantes rondeurs…

— Vous êtes parfaite, dit-il lentement.

— Je veux donner la meilleure impression possible à mon père, répondit-elle en guise d'explication. Pour qu'il soit fier de moi, vous comprenez ? Et qu'il ne regrette pas d'avoir découvert mon existence. Moi j'ai un seul regret, que ma pauvre mère ne soit plus là pour partager mon bonheur. Elle aurait été si heureuse !

Gardant une expression neutre, Xandros s'interdit de réagir, mais l'entendre vanter les mérites supposés de son géniteur lui était extrêmement pénible. La pauvre, elle allait tomber de haut…

— Elle a connu mon père si peu de temps, dit-elle tristement. Il a disparu peu après leur rencontre et, ensuite, elle n'a plus jamais réussi à retrouver sa trace, si bien qu'il n'était pas au courant de mon existence.

Elle se mordilla la lèvre en serrant son élégant sac à main contre elle.

— Maintenant que je sais qu'il a bien réussi, je me dis que c'est vraiment *affreux* qu'il n'ait pas pu nous aider, ma mère et moi. Elle a toujours eu une santé fragile et elle ne pouvait pas travailler. Nous survivions grâce aux allocations de l'État et j'ai dû m'occuper d'elle, même quand j'étais toute petite… Ce n'était vraiment pas facile…

Elle s'interrompit un instant, se mordilla à nouveau la lèvre, et reprit :

— Plus tard, quand j'ai été en âge de travailler, je ne pouvais pas, puisqu'il fallait que je m'occupe d'elle. Je ne pouvais pas non plus faire d'études. C'est pour cela que je fais ce boulot ingrat. Je vis le plus modestement possible, pour mettre de l'argent de côté. Je me suis inscrite à des cours en ligne…

S'interrompant une nouvelle fois, elle sourit, de ce sourire merveilleux qui éblouissait Xandros malgré lui.

— Mais maintenant, tout va changer ! Ma vie va être *merveilleuse* !

Toute tristesse avait disparu de sa voix et de son regard. Elle le regardait, les yeux brillant d'espoir.

Il s'interdit de montrer quoi que ce soit, alors que son récit l'avait profondément ébranlé.

Pourquoi ne lui disait-il pas quel genre d'homme était réellement Stavros ? Pourquoi ne lui conseillait-il pas de ne pas trop attendre de lui ? De ne pas se faire d'illusion ?

Impossible. Il ne pouvait se résoudre à anéantir tous ses espoirs. À la voir s'effondrer…

Et puis, cette histoire de famille ne le regardait pas. Il ne devait pas l'oublier. Comme il devait se rappeler que, même si elle était ravissante et incroyablement sexy, il devait contrôler ses réactions physiques et pour le moins… déplacées.

Elle finirait sans doute par se dire que mieux valait un père comme Stavros que pas de père du tout. D'autant qu'elle obtiendrait forcément quelque chose de lui, non ? Dans le cas contraire, elle n'aurait qu'à raconter son histoire aux tabloïdes, qui seraient ravis de descendre Stavros Coustakis !

— Mais *comment* a-t-il découvert mon existence ? demanda-t-elle soudain.

— Comme je vous l'ai dit hier, c'est à lui de répondre à cette question, répondit-il d'un ton détaché.

À son grand soulagement, elle se contenta d'acquiescer d'un hochement de tête. Avant de revenir bientôt à la charge.

— Que pouvez-vous me dire d'autre sur lui ? J'ai compris qu'il avait bien réussi, mais dans quel domaine, exactement ?

— Principalement dans la construction. Mais ensuite, il a diversifié ses activités : assurance, finance... Ce genre de chose. C'est un homme d'affaires très habile.

— J'en suis ravie pour lui...

Elle se mit à jouer avec la poignée de son sac, puis fronça les sourcils.

— Et côté... vie personnelle ? demanda-t-elle en rosissant. Je... Je viens de réaliser que je n'étais peut-être pas sa seule enfant... ?

Une lueur inquiète traversa ses yeux gris-vert.

— Est-il marié ?

— Veuf. Sa femme est morte il y a quelques années. Mais... ils ont eu une fille. Un peu plus jeune que vous. Elle s'appelle Ariadne.

Elle le regarda en écarquillant les yeux.

— Mais c'est merveilleux ! J'ai une sœur ! Oh ! vous ne pouvez pas imaginer comme je suis heureuse ! Je vais la voir ? Ce soir ?

— Non, elle est actuellement à l'étranger.

— Oh ! quel dommage ! J'espère... qu'elle ne sera pas contrariée d'apprendre qu'elle a une sœur...

Comment savoir ce qu'Ariadne penserait de cette demi-sœur inconnue surgissant de nulle part ?

— Vous la connaissez ?

Impossible de répondre à cette question sans lui donner des explications qu'il préférait garder pour lui. Aussi hocha-t-il la tête lorsque, à son grand soulagement, son Smartphone sonna dans sa poche.

— Excusez-moi..., murmura-t-il en sortant l'appareil.

Par chance, ils arrivaient à Heathrow, ce qui lui évita de fournir des précisions sur sa relation avec Ariadne.

De toute façon, sa demi-sœur serait bien obligée de gérer la situation au fur et à mesure, elle n'aurait pas le choix !

D'ailleurs, ce n'était pas son problème à lui, se répéta-t-il. Parce que, même s'il souhaitait que Rosalie réclame et obtienne la part d'héritage qui lui était due et dont elle avait été privée toute sa vie, une chose demeurait certaine. Rien ni personne ne le convaincrait de se soumettre à l'odieux marchandage concocté par Stavros et visant à lui faire épouser la demi-sœur d'Ariadne.

Même si la Cendrillon trouvée à Londres s'était métamorphosée en une déesse au charme irrésistible.

Le fauteuil en cuir beige avait beau être confortable, le champagne exquis, et les hôtesses incroyablement serviables et aimables, Rosalie sentit rapidement la fatigue la rattraper et le vol lui parut interminable.

Quand ils atterrirent à l'aéroport international d'Athènes, il faisait déjà nuit en raison du décalage horaire de deux heures avec l'Angleterre. Et, d'après Alexandros Lakaris, il faudrait encore une heure de trajet en voiture pour arriver dans la banlieue cossue où vivait son père.

Elle était si impatiente de le voir ! De faire enfin sa connaissance ! Mais quand la voiture venue les chercher quitta l'aéroport, Rosalie eut soudain l'impression d'avoir perdu toute énergie, et son excitation se mua bientôt en appréhension.

— Nous sommes presque arrivés.

La voix d'Alexandros Lakaris la fit tressaillir. Tournant les yeux vers la vitre, elle ne parvint pas à voir grand-chose, mais distingua néanmoins des panneaux indicateurs en caractères grecs et donc indéchiffrables. Les véhicules roulaient du « mauvais » côté, les devantures des vitrines lui paraissaient étranges...

Après avoir quitté la route nationale, la voiture emprunta des routes moins fréquentées ; sur le bas-côté, la haute silhouette des arbres se dressait dans la semi-obscurité. Des murs imposants, percés à certains endroits de grilles, protégeaient des manoirs éclairés.

La voiture bifurqua à nouveau et s'arrêta bientôt devant un haut portail métallique. Le chauffeur dit quelque chose dans une sorte d'Interphone, et les grilles s'ouvrirent lentement.

De plus en plus nerveuse, Rosalie resserra les doigts sur son sac en cuir. La voiture roulait maintenant sur une large allée de gravier, avant de s'arrêter devant un imposant manoir.

Le chauffeur sortit du véhicule et vint lui ouvrir sa portière. Rosalie se tourna vers Alexandros Lakaris et se força à lui sourire, mais sans doute ne réussit-elle qu'à esquisser une grimace crispée.

— Merci de m'avoir conduite jusqu'ici, dit-elle d'un ton faussement enjoué.

Pas question de lui montrer qu'elle n'en menait pas large. Tout comme elle n'avait rien laissé paraître quand, à sa sortie du restaurant de l'hôtel, il l'avait enfin *vue* ! Elle n'était plus invisible à ses yeux, tout à coup !

Elle avait adoré et savouré ce moment. Mais il semblait si loin, à présent...

Le plus gracieusement possible, elle descendit du véhicule et leva les yeux vers la façade blanche ornée de balcons en fer forgé aux motifs compliqués.

La maison de son père.

Mais... impossible de retrouver l'excitation ressentie plus tôt. La nervosité et l'appréhension l'emportaient sur tout le reste.

La large double porte s'ouvrit – était-ce son père qui venait l'accueillir ?

Apparemment non. Rosalie regarda l'homme élégant en veste blanche, sans doute le majordome, qui l'invitait à entrer en lui murmurant quelque chose en grec.

Se retournant à demi, elle vit le chauffeur se réinstaller au volant et adressa un petit geste de la main à Alexandros Lakaris.

Y répondit-il ? Impossible de le savoir, à cause de la vitre fumée. La voiture s'éloigna, franchit les grilles et disparut rapidement, comme engloutie par l'obscurité.

Rosalie redressa les épaules et pénétra dans la demeure de son père, mais sans pouvoir chasser l'horrible sentiment de solitude – pour ne pas dire d'abandon – qui l'avait envahie.

Xandros se concentra sur les phares des véhicules venant en sens inverse. Un instant, juste avant que Rosalie ne gravisse les marches, il avait failli se précipiter pour la rejoindre et entrer avec elle. Pour ne pas la laisser seule face à l'impitoyable Stavros Coustakis.

Mais il n'en avait rien fait, bien sûr. Parce que la suite de cette affaire ne le concernait pas, bon sang ! Rosalie Jones n'était pas sous sa responsabilité. Elle n'avait fait que traverser fugacement sa vie, voilà tout.

En chemin vers le centre-ville d'Athènes, il réfléchit à la façon dont il allait passer la soirée, et la nuit. Après avoir appris la désertion d'Ariadne, il avait éprouvé un délicieux sentiment de soulagement. Eh bien, il pouvait savourer sa liberté retrouvée, désormais !

Ses aventures avec les femmes ne dépassaient jamais les six mois, durée qui lui convenait parfaitement. Mais, alors qu'il passait mentalement en revue les éventuelles partenaires susceptibles de l'intéresser, il fut envahi par une sensation désagréable qui lui fit froncer les sourcils. Agacé, il tapota l'accoudoir. Les créatures ravissantes ne manquaient pas, dans son entourage, mais, étrangement, aucune d'elles ne retenait son attention ce soir.

Une silhouette mince et svelte revenait sans cesse le hanter. Celle d'une femme ravissante à la taille de guêpe, aux longues jambes interminables, aux cheveux blonds et soyeux ondulant autour de son beau visage. Une déesse aux sublimes yeux gris-vert, au sourire radieux, éblouissant...

Xandros *s'interdit* de penser à elle.

Le chapitre était clos. Rosalie Jones était *définitivement* sortie de sa vie !

4

Rosalie contempla la vaste chambre à la décoration un peu surchargée à son goût et se retourna vers le domestique qui se tenait respectueusement sur le seuil de la vaste chambre.

Avec un peu de chance, il parlerait anglais…

— Quand verrai-je mon père ? demanda-t-elle posément.

— M. Coustakis est sorti, répondit l'homme dans un anglais correct mais teinté d'un fort accent. Vous le verrez demain matin.

Demain ? Sidérée, elle allait répliquer lorsque deux autres domestiques, âgées d'une vingtaine d'années, entrèrent dans la chambre, l'une portant un grand plateau, l'autre un plus petit – son dîner et du café, apparemment.

L'homme s'inclina, puis s'en alla, suivi de ses collègues.

Rosalie regarda la porte se refermer sur eux et sentit poindre le mal de tête. Elle était *exténuée*. Dans ces conditions, peut-être était-ce aussi bien qu'elle ne fasse la connaissance de son père que le lendemain matin, quand elle aurait repris des forces.

Mais le mélange de nervosité et d'appréhension qui l'avait envahie ne disparut pas, même après une longue douche dans la luxueuse salle de bains, avec robinetterie dorée et murs pavés de marbre ocre clair.

La chambre regorgeait de dorures, il y en avait partout, depuis les montants du lit et les pieds des lampes de chevet jusqu'aux broderies des rideaux, les entrelacs tarabiscotés formés par les branches du gigantesque lustre en cristal…

En fait, une impression *oppressante* se dégageait de l'ensemble.

Rosalie s'assit dans le fauteuil recouvert de soie damassée, rose et doré, pour jeter un coup d'œil au dîner, servi sur un plateau... doré naturellement. Soulevant le couvercle – doré... –, elle découvrit du poulet rôti, des pommes de terre sautées et des haricots verts.

Le tout avait l'air appétissant, mais elle remit le couvercle en place. Sans doute faisait-elle preuve d'impolitesse en n'honorant pas ce repas, mais elle se sentait incapable d'en avaler une seule bouchée.

Elle coupa un petit pain en deux et étala du beurre dessus, lequel avait un goût étrange. Le café aussi. Et sans lait.

Brusquement, une profonde nostalgie l'envahit. Elle ne regrettait pas son studio miteux, non, mais le logement social où elle avait grandi avec sa pauvre mère. Leur vie était dure, mais elles se soutenaient l'une l'autre et Rosalie s'y sentait chez elle. C'était leur maison.

À la pensée de s'installer pour de bon dans ce manoir dégoulinant de luxe, entourée de domestiques, un drôle de frisson la parcourut.

Qu'est-ce qu'il lui prenait ? Elle n'allait tout de même pas faire la difficile alors qu'elle avait une chance extraordinaire d'être là, dans cette riche demeure, chez *son père* !

Quand elle s'allongea dans le lit immense, au matelas trop mou, aux draps de satin trop lisses, elle s'efforça d'imaginer la rencontre du lendemain matin.

Il la prendrait dans ses bras. La serrerait contre lui, les larmes aux yeux. Ce serait merveilleux !

Vaincue par la fatigue, elle ferma les yeux et s'endormit aussitôt.

Mais au réveil, Rosalie fut bien forcée d'admettre que ce n'était pas la rencontre imminente avec son père qui avait habité ses rêves. Ils avaient tous tourné autour de l'homme venu la chercher à Londres.

Ce qui était absurde. Parce qu'elle n'avait rien à faire d'Alexandros Lakaris. Absolument rien.

D'autant qu'il avait paru très pressé de se débarrasser d'elle.

Il l'avait déposée devant la porte du commanditaire, comme un paquet encombrant.

Vraiment pas de quoi alimenter des rêves… plus qu'agréables !

— M. Coustakis vous attend.

Rosalie détourna les yeux de la haute fenêtre donnant sur d'immenses jardins probablement entretenus par une armée de jardiniers, et se concentra sur le domestique qui s'inclinait avec respect devant elle.

Un tumulte d'émotions l'envahit, mais elle n'en montra rien et le remercia d'un sourire, puis le suivit dans le long couloir qui menait à l'escalier monumental.

Tout en descendant les marches recouvertes d'un tapis pourpre à motifs dorés, elle passa mentalement en revue sa tenue vestimentaire. Ne voulant pas décevoir son père, ni encourir sa désapprobation, elle avait choisi une robe en soie jaune pâle, mi-longue, à manches trois-quarts et décolleté rond. Après s'être fait un chignon bien net, elle s'était contentée d'un léger trait d'eye-liner et d'une touche de mascara. Quant aux chaussures, elle avait opté pour des ballerines blanches à petits talons qui résonnèrent sur le sol pavé de marbre de l'imposant hall circulaire.

Le domestique frappa discrètement à la double porte située en face de l'escalier, et une voix impérieuse dit quelque chose en grec. Sans doute l'équivalent de « Entrez ».

Le dos raide, le domestique ouvrit les deux battants et Rosalie entra, le cœur battant à tout rompre.

L'homme qui devait être son père trônait littéralement dans un fauteuil à très haut dossier, derrière un *énorme* bureau – à l'ornementation surchargée lui aussi – installé au centre d'un tapis immense recouvrant presque entièrement le parquet ciré. La pièce était bordée de rayonnages sur lesquels s'alignait une quantité impressionnante de livres.

En réalité, Rosalie n'eut qu'une impression floue de l'ensemble. Elle ne voyait distinctement que l'homme qui, immobile, la regardait s'avancer vers lui.

Arrivée à proximité du bureau, elle s'attendait à ce que son père se lève et vienne vers elle pour la saluer. L'embrasser. Lui souhaiter la bienvenue chez lui. Dans sa vie.

Mais il n'en fit rien. Il resta assis dans son fauteuil à la dévisager de la tête aux pieds.

— Eh bien, dit-il tout à coup. Tu es là.

Le regard perçant remonta sur le visage de Rosalie.

— Tourne-toi, ordonna-t-il avec un geste autoritaire de la main.

Pétrifiée, la gorge soudain sèche, elle le regarda. Que se passait-il ? Il lui donnait un ordre en guise d'accueil ? Au lieu de se lever pour venir l'embrasser ? La prendre dans ses bras ?

— J'ai dit : tourne-toi.

La voix au fort accent s'était durcie, comme s'il n'appréciait pas qu'elle ne lui obéisse pas au doigt et à l'œil.

— Pourquoi ? demanda-t-elle en redressant le menton.

Ça lui avait échappé. Ç'avait été plus fort qu'elle.

— Parce que je te dis de le faire, rétorqua-t-il sèchement.

— *Pardon* ? fit-elle, incrédule.

Une lueur dure, presque méchante, traversa les yeux verts. *Gris-vert*, comme les siens.

— Si tu veux obtenir quelque chose de moi, tu feras ce que je te dis !

La voix avait pris une tonalité encore plus autoritaire, pour ne pas dire despotique.

— Et à en juger par ton allure, tu as hâte de profiter de ce que j'ai à t'offrir. À supposer que j'y sois disposé.

Il s'appuya en arrière au haut dossier en bois précieux incrusté de dorures.

— Tu comprends mieux la situation, à présent ?

Non, pas du tout. Elle se trouvait *enfin* face à son père, qui s'adressait à elle comme il le faisait sans doute avec ses domestiques !

Une douleur sourde lui traversa la poitrine. Mais il y avait néanmoins une part de vérité dans ces propos. Dès qu'elle avait eu carte blanche pour s'acheter tout ce qu'elle désirait, elle s'était précipitée dans un magasin de luxe.

— Je... Je suis désolée..., bredouilla-t-elle. Je... J'ai acheté de beaux vêtements parce que j'ai... j'ai pensé que vous apprécieriez que je... je me fasse belle... pour vous. Je voulais vous faire plaisir.

Le regard perçant vrilla le sien, dur et impitoyable.

— Eh bien, si tu veux me faire plaisir, fais ce que je te dis. Tourne-toi !

Les épaules et le dos raides, elle s'exécuta. Quand elle eut fait un tour complet sur elle-même, son père hocha la tête, le regard un peu radouci.

— C'est mieux, fit-il lentement en scrutant son visage. Tu as mes yeux, parfait. Le reste doit te venir de ta mère. Je me souviens à peine d'elle.

— Elle, elle se souvenait très bien de vous ! fit-elle impulsivement. Elle m'a raconté tout ce qu'elle a...

L'expression de son père changea à nouveau. Une lueur cynique brilla dans ses yeux.

— J'ai fait en sorte qu'il n'y ait pas grand-chose à raconter, l'interrompit-il. Et je n'ai pas changé d'attitude par la suite.

Elle déglutit. La douleur s'intensifia dans sa poitrine, l'empêchant de respirer normalement. Rien ne se passait comme elle l'avait imaginé. Quelque chose n'allait pas. Son père n'aurait pas dû se comporter ainsi avec elle.

— Alors... Comment avez-vous découvert mon existence ? Ma mère m'a dit qu'elle avait essayé de prendre contact avec vous quand elle a appris qu'elle était enceinte, qu'elle vous avait écrit par l'intermédiaire de l'entreprise de bâtiment. Mais vous deviez déjà avoir quitté l'Angleterre parce qu'elle n'a jamais reçu de réponse. Sa lettre n'a pas dû vous parvenir...

— Oh mais si ! Elle m'est bien parvenue !

Interloquée, Rosalie contempla l'homme trônant derrière son bureau, tel un roi. Un tyran.

— J'ai toujours été au courant de ton existence ! fit-il avec impatience.

— Vous avez *toujours* été au courant ? dit-elle avec effort.

— Évidemment !

— Et vous ne vous êtes jamais manifesté ?

— Pourquoi l'aurais-je fait ?

— *Pourquoi* ? Parce que je suis *votre fille* !

Horrifiée, elle vit une expression de dégoût envahir les traits de son père.

— En quoi cela me concernait-il ? Pourquoi me serais-je intéressé à toi, ou à ton idiote de mère ?

Son visage se durcit.

— Jusqu'à tout récemment, tu ne m'avais jamais servi à rien, dit-il avec mépris. Mais maintenant, tu peux m'être utile. C'est uniquement pour cette raison que je t'ai fait venir.

Cette fois, la douleur coupa un instant le souffle de Rosalie.

— Vous saviez que j'existais et vous n'avez *rien* fait pour nous aider, ma mère et moi ? Saviez-vous qu'elle avait une santé fragile ?

Un éclair mauvais traversa les yeux si semblables aux siens.

— C'était une idiote ! dit-il de nouveau. Un crampon, une faible femme ! Et puis, les services sociaux se sont occupés de ton cas. Ta mère a touché des allocations, obtenu un logement social. Pourquoi aurais-je gaspillé mon argent pour toi ?

Ces paroles dures et cruelles l'atteignirent en plein cœur.

— Vous êtes *riche* ! riposta-t-elle en embrassant la vaste pièce du regard. Alors que nous étions affreusement pauvres ! Ma mère était trop malade pour pouvoir travailler, quant à moi, je ne le pouvais pas non plus parce que je devais m'occuper d'elle…

— Tais-toi ! ordonna-t-il en frappant le bureau du plat de la main. Ne viens pas pleurnicher devant moi ! Mon argent m'appartient – tu m'entends ? Libre à moi d'en faire ce que je veux !

Son regard devint franchement méchant.

— Et si tu veux en obtenir ne serait-ce qu'un centime, tu vas devoir changer d'attitude, ma fille !

Ma fille ! Elle sentit son visage se contracter. Comme si cet individu ignoble l'avait giflée physiquement.

Elle n'était pas la fille de cet homme insensible et cruel. Il savait… Depuis toujours… Et il n'avait jamais rien fait pour elles…

À travers une sorte de brouillard, elle vit son géniteur se lever, contourner le bureau. Il allait s'excuser, la prendre enfin dans ses bras, la serrer à l'étouffer…

Mais il se contenta de lui saisir le coude et de la faire asseoir sur l'une des deux chaises assorties au fauteuil.

— Calme-toi, ordonna-t-il avant de s'asseoir face à elle.

Elle s'efforça de maîtriser le tremblement qui l'agitait.

— Maintenant que tu es débarrassée de toutes ces chimères que tu t'étais fourrées dans la tête, tu vas m'écouter.

Il avait des paupières lourdes, remarqua-t-elle machinalement. Et des rides profondes auréolaient sa bouche mince au pli dur.

— Tu n'as aucune raison de penser que tu ne tireras pas profit de cette aventure, dit-il. Au contraire. C'est ton jour de chance, crois-moi ! Tu pourras t'acheter toutes les robes de créateur que tu voudras ! Te vautrer dans le luxe et l'oisiveté !

La poitrine douloureusement serrée, le cœur en miettes, elle l'écoutait, figée sur sa chaise.

— Dis-moi, fit-il, la voix soudain mielleuse. Que penses-tu de notre bel Alexandros ?

Elle le dévisagea en silence, déglutit.

— Alexandros Lakaris ?

— Oui, le séduisant Alexandros Lakaris, de si bonne famille. Et qui s'est montré si avide d'aller te chercher et de te ramener à Athènes !

Il y avait du cynisme dans sa voix. De l'amusement et de la cruauté.

— A-t-il eu l'air déçu quand il t'a trouvée ? Quand il a découvert que ma propre fille était obligée de faire le ménage pour survivre ? Il a dû être bigrement dépité !

La bouche aux lèvres minces se crispa.

— C'est lui qui t'a envoyée te faire bichonner avant de paraître devant moi ?

Il éclata d'un rire dur.

— Il a de la chance qu'en dépit de tes origines, tu ne sois pas un laideron. Il suffisait d'y mettre le prix ! Il peut s'estimer doublement chanceux – et toi aussi ! Tu vas profiter de tout le luxe et le confort que tu voudras – avec Alexandros Lakaris en prime ! Toutes les femmes d'Athènes vont t'envier !

Les yeux gris-vert étincelèrent.

— Et moi, j'obtiendrai exactement ce que je veux : un Lakaris pour gendre !

Le brouillard se dissipa d'un coup.

— Pour gendre ? répéta-t-elle lentement.

Il leva la main d'un geste impatient.

— Mais oui, naturellement ! Pourquoi crois-tu que je t'aie fait venir ici ? Pour que tu épouses Alexandros Lakaris, bien entendu !

Les mots résonnèrent dans l'esprit de Rosalie, se mirent à tourner en boucle…

— Vous êtes fou…, murmura-t-elle.

— N'abuse pas de ma patience ! Tout est arrangé. Réglé. Lakaris veut fusionner son entreprise avec la mienne – association qui nous profitera à tous les deux –, mais j'y consentirai à une condition. Et cette condition, c'est toi. Pourquoi cet air horrifié ? Ne me dis pas que ton futur mari te déplaît ?

— Vous êtes fou…, dit-elle de nouveau dans un souffle.

Rassemblant ses dernières forces, elle se leva. Il s'agissait d'un cauchemar. *Elle allait se réveiller…*

Lentement, elle se détourna, ne désirant plus qu'une seule chose : sortir de cette pièce, de cette maison…

— Si tu pars maintenant, tu ne remettras plus jamais les pieds chez moi ! rugit son géniteur derrière elle. Tu pourras retourner à ton taudis et à ta vie misérable ! Tu n'obtiendras *rien* de moi – tu entends ? Pas un centime !

Elle fit volte-face et carra les épaules.

— Et vous, vous pouvez aller au diable, monsieur Coustakis !

Sur ces paroles, elle quitta la pièce en larmes, la gorge atrocement nouée et le cœur en lambeaux.

Quant à ses beaux rêves, elle pouvait leur dire adieu.

Xandros, incapable de se concentrer, referma son ordinateur portable d'un geste brusque.

La même image passait et repassait dans son esprit. Titillant sa conscience…

Rosalie Jones gravissant les marches la veille au soir, avant de disparaître dans le hall, comme aspirée par l'atmosphère oppressante du manoir… Elle y était entrée en toute innocence, forte de ses beaux rêves de rencontre merveilleuse avec son père inconnu, persuadée qu'il allait l'accueillir à bras ouverts.

Eh bien, elle avait perdu ses illusions, à présent. Ils avaient dû faire connaissance, et elle avait compris quel genre d'homme était Stavros.

Elle devait être anéantie.

Incapable de rester en place, Xandros repoussa son siège, appuya sur la touche permettant de communiquer directement avec son assistante, et lui annonça qu'il s'absentait un moment. Il verrait son directeur financier plus tard.

Il avait tort de réagir ainsi, se répéta-t-il pour au moins la cinquantième fois. Il ne voulait plus être impliqué dans cette histoire de famille malsaine. Ni avec la fille naturelle de Stavros Coustakis. Cela ne le regardait pas. Il n'était pas responsable d'elle.

Mais… Il ne pouvait pas l'abandonner comme cela. Il n'en avait pas le droit.

Que cela lui plaise ou non, il aurait dû la prévenir de ce qui l'attendait, lui ôter ses illusions. Il aurait au moins pu s'assurer qu'elle… encaissait le choc, qu'elle ne se laissait pas écrabouiller par son géniteur.

Dix minutes plus tard il montait en voiture et s'éloignait rapidement du centre d'Athènes. Son plan était vague, mais la première étape consistait à se rendre chez Coustakis vérifier que tout allait bien pour elle. Simplement pour être en paix avec sa conscience.

Mais en aucun cas pour revoir Rosalie Jones à des fins personnelles.

Rosalie accéléra le pas. Elle marchait sans rien voir sur le bas-côté de la route, guidée par un seul objectif : trouver un bus, un tram, un train… N'importe quel moyen de transport susceptible de la conduire à l'aéroport.

Elle n'avait pas le choix. Elle devait quitter ce pays et rentrer à Londres. Le plus vite possible. Quitte à dépenser ses maigres économies pour un billet d'avion.

La colère et la tristesse faisaient rage en elle, une douleur atroce lui labourait la poitrine. Les larmes roulaient sur ses joues mais elle continuait à avancer comme un automate, serrant contre elle son sac à main contenant son précieux passeport et son portefeuille.

Soudain, elle prit conscience qu'une voiture de sport venant en sens inverse ralentissait puis s'arrêtait à quelques mètres d'elle.

Une haute silhouette en descendit...

N'en croyant pas ses yeux, Rosalie regarda Alexandros Lakaris venir à grands pas vers elle, lui prendre le bras...

— Que s'est-il passé ? demanda-t-il d'un ton vif.

Elle le regarda en battant des cils, la vue brouillée par les larmes. Il fronça les sourcils, dit quelque chose en grec, sans doute un juron, du même ton vif.

— Je rentre en Angleterre ! Je vais à l'aéroport ! Il doit bien y avoir un bus, un tram, ou...

— Il faut que nous parlions, dit-il, l'air sombre.

— Non ! répondit-elle en dégageant son bras d'un mouvement brusque. Il n'y a plus rien à dire ! Mon cher père m'a tout expliqué ! Et je n'ai *rien* à faire de ses projets absurdes ! Ni de lui ! Il est *complètement* fou !

Alexandros Lakaris poussa un nouveau juron.

— Que vous a-t-il dit, exactement ? demanda-t-il, le visage de plus en plus sombre.

Il la regarda en secouant la tête.

— J'aurais dû vous prévenir, vous préparer à...

— Il a dit qu'il avait *toujours* su que j'existais ! explosa Rosalie. Il était au courant depuis le début et il n'a rien fait ! Rien du tout ! Il a laissé ma pauvre mère se débrouiller toute seule ! Sans lever le petit doigt pour l'aider ! Il nous a laissées *croupir* dans la misère !

Sa voix se brisa, un sanglot jaillit de ses lèvres. Les larmes coulèrent de nouveau sur ses joues sans qu'elle ne tente de les retenir.

— Il savait qu'elle survivait uniquement grâce aux allocations familiales ! Dans un logement social ! Il savait qu'elle était pauvre et malade ! Il aurait pu lui envoyer de l'argent, lui verser une pension. Il aurait pu *l'aider* !

Elle s'efforça en vain de ravaler ses larmes.

— Il était milliardaire, alors que nous, on n'avait *rien* ! Mais ce salopard s'en fichait complètement ! *Complètement* !

Mon Dieu, elle n'en pouvait plus... C'était trop dur, trop douloureux, trop injuste...

Tremblant de la tête aux pieds, en proie à un désespoir sans fond, elle se mit à sangloter comme une enfant.

5

Soudain, Rosalie sentit des bras l'entourer puis la bercer, tandis qu'elle était secouée de gros sanglots. À cause de ce qu'avait enduré sa pauvre mère, et elle-même, à cause de la cruauté de celui qu'elle devrait désormais considérer comme son père alors qu'il avait anéanti tous ses rêves de bonheur.

À peine consciente du torse ferme contre lequel elle s'abandonnait, des bras puissants refermés sur son dos, elle continua de sangloter jusqu'à ce qu'elle ait versé toutes les larmes de son corps.

Doucement, délicatement, les grandes mains chaudes glissèrent sur sa taille, tandis que ses sanglots s'espaçaient avant de cesser complètement. Rosalie se rendit compte qu'Alexandros Lakaris l'avait reposée sur la terre ferme. Elle prit le blanc mouchoir en coton fin qu'il lui tendait, se moucha, puis s'essuya les joues en battant des cils.

Lorsqu'il parla, il y avait dans sa voix une douceur, une *gentillesse* qu'elle ne lui avait encore jamais entendue.

— Venez, je vous déposerai où vous voudrez – je vous dois bien cela.

Lui prenant le bras, il l'entraîna vers la voiture, ouvrit la portière, et Rosalie se laissa tomber sur le siège en cuir, les jambes tremblantes. Elle ne ressentait plus rien. Elle était vidée.

Après s'être installé à la place du conducteur, Alexandros Lakaris se pencha pour lui boucler sa ceinture de sécurité. Puis il la regarda et dit, toujours avec gentillesse :

— Je suis désolé de ne pas vous avoir prévenue de ce qui vous attendait. De vous avoir laissée seule là-bas hier soir.

Il s'interrompit en soupirant.

— Et je suis désolé que vous ayez dû découvrir quel genre d'homme est votre père.

Son expression changea, devint plus résolue. Rosalie, tout en se rendant confusément compte que ce genre de pensée était déplacé, songea de nouveau qu'il était d'une beauté somptueuse. Elle ne pouvait s'empêcher d'admirer les yeux aux reflets sombres, les longs cils noirs et épais, la bouche sensuelle et ferme, les cheveux de jais.

La voix cynique de son père lui revint. *Toutes les femmes d'Athènes t'envieront…*

Elle se força à oublier ces mots venimeux. À oublier *tout* ce que cet homme détestable lui avait dit.

— Stavros Coustakis n'est pas réputé pour son empathie ni sa compassion envers autrui, disait Alexandros Lakaris d'une voix tendue. En revanche, il est bien connu pour sa propension à manipuler les gens.

Il s'interrompit un bref instant.

— C'est ce qu'il a essayé de faire avec moi et…

S'interrompant à nouveau, il plongea son regard dans celui de Rosalie.

— … avec vous.

Les lèvres pincées, il tambourina sur le volant.

— Nous devons parler, Rosalie. Que cela vous plaise ou non. Je dois vous expliquer certaines choses. Mais pas dans un espace aussi exigu.

Il alluma le contact et le moteur se mit à vrombir.

— Je vous emmène déjeuner.

S'attendant sans doute à ce qu'elle proteste, il leva la main.

— Et ensuite, je vous conduirai à l'aéroport – d'accord ?

Son attitude était si différente de celle de la veille. Rosalie eut l'impression qu'il lui parlait désormais vraiment. Qu'il était sincère et ne lui cachait rien.

Soudain, elle comprit pourquoi il s'était montré si brusque, à Londres.

Il savait ce qui se passerait quand elle se retrouverait face à son père.

— D'accord, murmura-t-elle.

Une profonde lassitude l'envahit tout à coup, si intense qu'elle s'appuya contre le repose-tête et ferma un instant les yeux. Peu importait l'endroit où Alexandros l'emmenait. Elle lui faisait confiance.

Sans doute avait-elle somnolé car la belle voix de baryton la fit tout à coup tressaillir.

— Je vous présente la mer Égée.

Émergeant de sa torpeur, elle constata qu'ils étaient arrivés sur la côte. Émerveillée, elle contempla la mer s'étalant à perte de vue et miroitant paisiblement au soleil.

Quelques instants plus tard, Alexandros se gara à côté d'un restaurant en bord de mer. Rosalie observa la façade blanche – de toute évidence, il s'agissait d'un établissement chic, fréquenté par une clientèle fortunée –, puis le port de plaisance en contrebas, où des yachts se balançaient doucement le long des pontons.

Quand Alexandros descendit de voiture, Rosalie l'imita et inclina la tête en arrière pour offrir son visage à la caresse du soleil. Puis elle rouvrit les yeux et regarda la promenade qui longeait la côte et descendait vers une petite plage de galets blancs.

— Les Athéniens viennent ici quand ils en ont assez de la ville, dit Alexandros.

— Je les comprends. Cet endroit est vraiment charmant.

— Il y a mieux, mais ce site a l'avantage d'être accessible rapidement depuis Athènes.

Il se tourna vers elle.

— On va déjeuner ?

Heureusement, il n'y avait pas trop de monde dans le restaurant, et la table qui leur fut attribuée se trouvait un peu à l'écart, tout en donnant sur la terrasse.

En baissant les yeux vers le menu, Rosalie prit soudain conscience qu'elle mourait de faim. En outre, après toutes ces émotions, elle savourait le simple fait d'être assise là, au calme, dans un environnement paisible.

De toute façon, elle se sentait incapable de songer à autre chose qu'au présent. Elle n'aurait tout simplement pas eu l'énergie pour autre chose.

Comme Alexandros, elle choisit du poisson grillé accompagné de riz et de salade composée, tous particulièrement goûteux.

Alexandros garda le silence, la laissant manger en paix. Ce calme lui fit du bien. De sa place, elle apercevait le port, les voiliers, les vaguelettes ondulant la surface de l'eau. Une sorte d'harmonie régnait dans ces lieux. De sérénité.

Exactement ce dont elle avait besoin.

Un peu rassérénée, elle reposa sa fourchette et son couteau sur son assiette vide.

— Ça va mieux ? demanda Alexandros.

Elle hocha la tête. Il était vraiment différent de la veille. Quelque chose avait d'autre part changé entre eux, mais elle n'aurait su précisément dire quoi.

D'un geste de la main, il héla le serveur et commanda deux cafés puis se tourna à nouveau vers elle.

— Maintenant que vous avez repris des forces, nous pouvons parler.

Xandros s'adossa à sa chaise et regarda Rosalie avec attention. Elle ne s'était pas encore complètement remise du choc, mais elle allait mieux, c'était évident.

Il aurait dû la prévenir, certes, mais s'il ne pouvait pas revenir en arrière, il pouvait au moins réparer ses torts.

L'émotion rejaillit en lui. Un peu plus tôt, tandis qu'elle sanglotait de désespoir, il l'avait prise dans ses bras sans réfléchir, d'instinct. Et alors, la sensation du corps mince pressé contre le sien… avait fait naître en lui une émotion profonde qu'il n'avait pas cherché à endiguer.

Et il la ressentait de nouveau, là, maintenant.

Même les yeux rougis par les larmes, cette femme conservait

sa beauté. Parce qu'il ne s'agissait pas seulement de beauté physique. Elle venait de l'intérieur.

Des pensées surgirent dans son esprit, trop déconcertantes pour être approfondies. Aussi fit-il de son mieux pour les ignorer.

— Je ne sais pas ce que votre père vous a raconté, dit-il. Quant à moi, je vais vous dire ce qu'il faut que vous sachiez.

Tendant la main vers sa tasse de café, il la porta à ses lèvres avant de poursuivre :

— Si je suis en relation avec votre père, c'est parce que nous envisageons de fusionner nos entreprises. Cela m'ouvrirait de nouvelles perspectives – pas dans le bâtiment, ce n'est pas mon secteur d'activité –, mais dans l'investissement et la finance.

Il but une nouvelle gorgée de café.

— Cette fusion nous serait profitable à tous les deux, bien que pour des raisons différentes. Mais votre père désire davantage qu'une simple transaction commerciale.

S'interrompant de nouveau, il observa Rosalie dont l'expression avait changé. Elle le regardait en plissant le front.

— Il désire unir nos deux familles.

Les beaux yeux gris-vert flamboyèrent de colère.

— Il m'a fait part de ses *intentions*, répondit-elle avec mépris. Il m'a dit que, si je vous épousais, toutes les femmes d'Athènes m'envieraient.

Xandros retint un juron. Elle y allait un peu fort, tout de même...

— Et il m'a informée que si je n'étais pas d'accord, que je refusais son alléchante proposition, je pouvais retourner à mon taudis et à ma vie misérable, et que je n'obtiendrais pas un centime de son fichu argent !

Son regard devint d'une froideur impressionnante. Elle serra les mâchoires, l'air déterminé.

— Eh bien, c'est exactement ce que je vais faire, dit-elle d'un ton lugubre. Je regrette que vous m'ayez croisée !

De la détresse avait coloré sa voix. Un voile de tristesse assombrit son regard.

— Pourquoi ne me dites-vous pas que c'est l'unique raison de votre venue à Londres ? Que vous vous êtes déplacé uniquement pour me ramener ici et conclure avec lui cette *transaction* aussi malsaine qu'absurde !

— Ce n'est pas ce qui s'est passé, répondit-il, crispé. Vous avez raison en ce qui concerne votre père. C'était ce qu'il voulait, en effet. Mais de mon côté…

Il soupira.

— Je n'ai jamais eu la moindre intention d'adhérer à son plan ! Je suis allé à Londres à sa demande, c'est vrai, mais dans le seul but de vous mettre au courant de son projet d'unir nos deux familles – projet auquel, pour ma part, je refuse de participer !

À présent, il devait préciser un dernier détail.

— Quant à la raison pour laquelle je vous ai finalement ramenée en Grèce, j'estimais qu'étant la fille de Stavros, vous méritiez de jouir enfin de la vie confortable et privilégiée à laquelle vous avez droit.

Il fronça les sourcils.

— Après avoir découvert, avec incrédulité et indignation, les conditions misérables dans lesquelles vivait la fille de l'un des hommes les plus riches de Grèce, comment aurais-je pu vous laisser là-bas ?

Il soupira à nouveau.

— Alors j'ai décidé de vous ramener à Athènes avec moi. Dans l'espoir que, une fois que vous sauriez la vérité sur votre père et auriez découvert qu'il était fabuleusement riche, vous pourriez…

Il haussa l'épaule.

— … je me disais que, à défaut de faire comprendre à votre géniteur qu'il avait l'obligation morale de vous aider financièrement, vous et votre mère, vous obtiendriez au moins quelque chose de lui ! Personnellement, tout ce qui m'intéresse, c'est une fusion *d'entreprises* – croyez-moi !

Détournant les yeux, il contempla la promenade conduisant à la petite plage, puis regarda de nouveau Rosalie.

— Stavros avait une raison de vouloir vous faire venir en Grèce. Votre demi-sœur avait elle aussi refusé de marcher dans ses combines.

Elle le dévisagea en entrouvrant les lèvres.

— Il voulait que vous épousiez *Ariadne* ? demanda-t-elle, manifestement choquée.

Il acquiesça d'un hochement de tête.

— Elle est partie. Elle a quitté la Grèce.

— Ah, je vois..., fit Rosalie avec amertume. Après avoir depuis toujours totalement ignoré mon existence, mon cher père s'est soudain rendu compte que je pourrais lui être utile...

— C'est à peu près cela, dit Xandros en reprenant sa tasse.

Stavros devait avoir cru qu'à la différence d'Ariadne, son *autre* fille, dont il connaissait la misère - sans avoir jamais rien fait pour lui venir en aide -, accepterait facilement son odieux marché et serait intimidée par ses menaces.

Eh bien, Rosalie Jones n'était pas la faible créature que Stavros avait imaginée. Elle préférait retourner à sa dure existence plutôt que de se soumettre aux exigences de son géniteur en échange d'une vie confortable.

Xandros ne put s'empêcher d'admirer le courage, la détermination et la force de la jeune femme.

Il reposa sa tasse vide sur la table.

— Vous tenez vraiment à rentrer à Londres ?

À en juger par l'expression de tristesse qui voila son regard, cette perspective était loin de l'enchanter, mais elle avait pris sa décision et ne changerait pas d'avis.

Un frisson glacé le parcourut au souvenir du travail ingrat qu'elle faisait, dans l'un des quartiers les plus pauvres de l'East End.

Il ne pouvait pas la laisser retourner à cette existence misérable !

Non. Elle ne repartirait pas là-bas ! C'était inconcevable que la fille d'un milliardaire vive dans des conditions pareilles ! Il pouvait l'aider à obtenir un dédommagement de son géniteur, lui trouver un avocat. Ou un journaliste ? Voire les deux ?

— Je n'ai pas le choix ! dit-elle soudain avec un mélange de colère et d'amertume. Je refuse d'avoir quoi que ce soit à faire avec un homme aussi vil, aussi cruel, qui a dit des choses aussi horribles sur ma pauvre mère ! Tout en sachant qu'elle était enceinte de lui, il l'a abandonnée, la condamnant à la misère alors que, de son côté, il avait brillamment réussi dans les affaires !

Il ne lui a jamais versé un centime pour l'aider à élever sa fille ! Alors il peut bien aller au diable !

Elle s'interrompit pour reprendre son souffle.

— Il a cru pouvoir *m'acheter* avec son maudit argent, il s'imaginait que je serais prête à ramper devant lui pour en récolter ne serait-ce que des miettes, plutôt que de retourner à ma vie misérable ! Il s'attendait à voir une femme docile et malléable !

La rage l'emportait sur l'amertume. Et rehaussait encore sa beauté. Ses yeux paraissaient encore plus lumineux...

Une idée germa soudain dans l'esprit de Xandros, si extravagante qu'il voulut l'éradiquer d'emblée.

Sans succès. Comme si son esprit se rebellait et refusait de capituler.

Il existait en effet une autre éventualité. Une solution qui permettrait à Rosalie de ne pas retourner à sa vie misérable. Et qui lui serait profitable à lui aussi. À plusieurs niveaux.

Le cœur lui martelant les côtes, il contempla le beau visage expressif...

C'était fou, comme idée, et lui-même aurait été fou de l'exprimer à voix haute...

— Et s'il y avait une alternative ?

Elle le regarda, l'air complètement désarçonné.

— Comment cela ? Laquelle ?

Thée mou, elle était si belle tandis qu'elle le dévisageait ainsi en écarquillant ses magnifiques yeux gris-vert...

Allait-il vraiment lui faire part de l'idée folle qui s'incrustait dans son esprit ? Le désirait-il ?

Il n'avait pas le temps d'y réfléchir.

— Vous m'épousez effectivement.

Rosalie dévisagea Xandros en silence, avec dégoût.

— Laissez-moi vous expliquer, dit-il. Vous m'épousez, exactement comme le désire votre père, mais vous le faites à *vos* conditions, pas aux siennes.

Indifférent à la glaciale expression d'indignation qui empreignait le visage aux traits délicats, il développa mentalement sa pensée avant de lui en dire davantage.

Un tel mariage fonctionnerait ! Bien mieux que l'union envisagée avec Ariadne ! Parce que avec elle, il se serait retrouvé lié à vie – ils auraient eu des enfants et il aurait dû renoncer à sa liberté pour toujours.

Mais en épousant Rosalie, il s'agirait d'un simple arrangement temporaire dont ils ressortiraient gagnants tous les deux.

— Nous nous marions, le plus vite possible, afin que votre père ne puisse plus rien objecter au projet de fusion. Ensuite, il faudra environ six mois pour la concrétiser – ce genre d'opération nécessite des ajustements juridiques, des vérifications comptables, des réorganisations de personnel... Ce genre de processus n'est jamais simple ni rapide.

Il baissa un instant les yeux sur sa tasse vide pour clarifier ses idées.

— Nous resterons mariés jusqu'à ce que tout soit réglé et ensuite, une fois que la fusion sera entérinée et que j'aurai obtenu ce que je désire... nous divorcerons et repartirons chacun de notre côté. Vous en tirerez profit vous aussi, je vous le promets. Pour vous remercier de m'avoir aidé à mener à bien ce projet, je vous allouerai une généreuse indemnité compensatoire qui vous permettra de rentrer en Angleterre et de choisir la voie que vous voudrez. Vous pourrez même ne plus jamais travailler, si vous le souhaitez.

Le regard rivé au sien, il ajouta :

— Vous ne connaîtrez plus jamais la pauvreté, Rosalie.

Il voulait qu'elle comprenne. Qu'elle accepte. Qu'elle dise *oui*.

Mais il y avait autre chose. Il sentait frémir en lui l'émotion qu'il avait tenté de refouler quand il l'avait aperçue, marchant au bord de la route et regardant fixement devant elle. La sensation qui l'avait submergé ensuite, lorsqu'il l'avait prise dans ses bras et serrée contre lui, se propagea en lui, impossible à ignorer.

Il la regarda. Assise face à lui, elle le dévisageait d'un air incrédule, de ses beaux yeux gris-vert aux reflets irisés...

La vérité fondit sur lui. Il désirait cette femme. Il s'était forcé à faire abstraction de l'attirance qu'il éprouvait pour elle, parce qu'il était persuadé qu'il le *devait*. Parce qu'il refusait d'entrer dans le jeu malsain de Stavros. Mais s'il réussissait à persuader Rosalie d'accepter sa proposition..., il pourrait assouvir le désir qui le consumait.

Six mois. C'était la durée habituelle de ses liaisons, de toute manière. Une fois le désir éteint, la relation devenait insipide et fastidieuse. Aucune femme n'avait retenu plus longtemps son attention et son intérêt, ce qui ne le dérangeait pas le moins du monde. Au contraire.

Aussi l'arrangement qu'il proposait à Rosalie Jones était-il parfait. À tout point de vue.

Ne manquait plus que son assentiment...

Rosalie entendait ce que Xandros disait, les mots qu'il prononçait, mais sans parvenir à y croire. Cependant, la dernière phrase résonnait dans son esprit.

Vous ne connaîtrez plus jamais la pauvreté.

Elle déglutit, embrassa du regard la salle de restaurant à la décoration raffinée, les tables maintenant toutes occupées par des gens élégants.

Bougeant légèrement sur sa chaise, elle sentit la caresse de la soie sur sa peau, se rappela le prix affiché sur l'étiquette de la robe. Il lui aurait été impossible de se l'acheter avec son maigre salaire...

Elle repensa aux deux journées qui venaient de s'écouler, à la nuit passée à l'hôtel cinq étoiles, au luxe et au confort qu'elle avait découverts, savourés. Au vol en première classe, au champagne délicieux pris à bord, au personnel attentionné. À la fortune que tout cela représentait. Elle repensa à la voiture de sport racée arborant un célèbre emblème sur la carrosserie brillante, au moelleux des sièges en cuir. ...

Puis elle reporta son attention sur l'homme assis en face d'elle, contempla la veste de costume faisant ressortir la large carrure, la cravate en soie bleu roi sur laquelle luisait une épingle en or.

L'homme splendide et si séduisant qui l'observait en silence, d'un regard indéchiffrable.

Après avoir goûté au luxe, eu un aperçu d'un univers auquel, même dans ses rêves les plus fous, elle n'aurait jamais imaginé pouvoir accéder un jour, elle avait vu tous ses espoirs anéantis par le père qu'elle avait été si impatiente, si heureuse de rencontrer enfin.

Ne lui restait plus qu'à rentrer à Londres, qu'à retourner à son ancienne vie. La seule qu'elle connaîtrait jamais et qui s'étalait à l'infini devant elle, lugubre et monotone.

À moins que...

6

— Qu'en pensez-vous ?

Rosalie mit un point d'honneur à soutenir le regard impénétrable d'Alexandros.

Il attendait sa réponse, or elle ne pouvait lui en donner aucune. Pas maintenant. De trop nombreuses pensées occupaient son esprit. Peut-être le devina-t-il, car il enchaîna :

— Cela fait beaucoup de choses à assimiler. Pour vous comme pour moi.

Sa voix était redevenue plus douce, une lueur chaude éclairait les beaux yeux sombres.

Passer la soirée à les regarder aurait été si facile ... Se laisser aller aux émotions qui se bousculaient en elle...

C'était si tentant...

Alexandros se servit un verre d'eau.

— Voilà ce que je propose. Ne précipitez rien et ne rentrez pas à Londres dès aujourd'hui. Restez au moins jusqu'à demain à Athènes. Je vous réserverai une chambre d'hôtel à mes frais, pour que vous puissiez réfléchir tranquillement avant de me donner votre réponse.

Il vida son verre d'un trait et se leva.

— Venez, allons marcher un peu, dit-il en lui tendant la main. L'air marin nous fera du bien.

Comme elle ne bougeait pas, il ajouta, avec un adorable petit sourire :

— Les deux derniers jours ont été éprouvants, surtout pour vous.

Quand il lui prit la main, elle le laissa faire et se leva. Elle ne protesta pas davantage quand il guida sa main, légèrement tremblante, sous son bras musclé.

Quelques instants plus tard, après qu'il se fut brièvement arrêté pour régler l'addition, ils sortirent du restaurant. Puis il l'entraîna vers la promenade qui descendait vers la petite plage de galets.

La chaleur du soleil fit un bien fou à Rosalie, qui l'accueillit comme une bénédiction, un baume apaisant sur ses blessures encore vives.

Alexandros lui désigna deux îles visibles depuis la côte et lui raconta que la baie avait été le théâtre de la célèbre bataille de Salamine, qui, au cinquième siècle avant Jésus-Christ, avait opposé la flotte grecque à celle de l'Empire perse.

Elle l'écouta avec attention, heureuse d'oublier ses pensées et ses émotions, ne fût-ce que le temps d'une balade au bord de la mer. Elle en savait si peu sur la Grèce, antique et moderne…

Pourtant, cela faisait partie de son héritage ! Elle était aussi grecque qu'anglaise, même si elle ne l'avait jamais su avant d'apprendre l'identité de son géniteur. Stavros Coustakis avait beau être dur et cruel, elle souhaitait apprendre à connaître la part qu'il lui avait léguée.

Elle jeta du coin de l'œil un regard à l'homme qui marchait à ses côtés. Ils se promenaient tranquillement ensemble, comme s'ils formaient déjà un couple…

Mais sa proposition était absurde, non ? Elle ne pouvait tout de même pas envisager d'épouser Alexandros Lakaris ?

Un vertige la gagna, mais elle se ressaisit aussitôt. Il avait raison : elle devait prendre son temps et réfléchir calmement. Et dans l'immédiat, elle pouvait profiter du cadre idyllique et se détendre.

Tournant les yeux vers le port de plaisance, elle demanda à Alexandros s'il avait un bateau.

— Oui. Un simple hors-bord, répondit-il. Qui reste amarré à Kallistris.

— Kallistris ?

— Mon île.

Elle le regarda en écarquillant les yeux.

— Votre île ? Vous avez une *île* ? Une île *entière* à vous tout seul ?

— C'est une toute petite île, fit-il, l'air amusé. Mais c'est l'endroit que j'aime le plus au monde.

Elle le dévisagea avec curiosité.

— Vous voulez bien m'en parler ? demanda-t-elle sans réfléchir.

— Elle est accessible par hélicoptère et j'y vais le plus souvent possible.

Il parlait de cet endroit avec affection. De toute évidence, il y était très attaché, en effet.

— Il n'y a pas grand monde là-bas, dit-il. Principalement des chèvres ! Et en haut de la plage une vieille maison de pêcheur, maintenant transformée en villa. Et aussi une petite propriété à proximité, à l'intérieur des terres, où vivent Panos et Maria, qui s'occupent de la villa et de l'île pour moi.

— Ce doit être très beau, dit-elle d'un ton rêveur.

Comme ils arrivaient à l'extrémité de la plage, il s'arrêta et se tourna vers elle.

— Qu'aimeriez-vous faire, maintenant ? Un petit tour en voiture avant de regagner Athènes ?

Elle hocha la tête. C'était plus simple de le laisser prendre les décisions. Elle n'avait qu'à se laisser porter, suivre le courant.

Autant passer la nuit à Athènes, finalement. La proposition d'Alexandros était absurde, mais elle pourrait au moins y réfléchir tranquillement.

Et puis, était-elle si absurde que cela, sa proposition ? À la fin des six mois, elle pourrait rentrer en Angleterre avec une somme rondelette – car il tiendrait parole, elle n'avait aucun doute là-dessus – qui lui permettrait de choisir la voie qui lui plaisait *vraiment*.

Elle pourrait aller s'installer à la campagne, par exemple. Ou dans une ville où la vie serait moins stressante qu'à Londres. Ou même s'acheter une maisonnette au bord de la mer…

Des images défilèrent dans son esprit. D'adorables petits cottages, avec un jardin, des fleurs...

Revenant au présent, et à la réalité, elle se rendit compte qu'ils arrivaient déjà en haut de la promenade, à quelques mètres du restaurant à côté duquel était garée la voiture de sport.

Alexandros lui ouvrit la portière côté passager avant de se tourner soudain vers elle en fronçant les sourcils.

— Où sont vos bagages ? Vos nouveaux vêtements ?

De nouveau crispée, elle s'installa à bord du véhicule pendant qu'il contournait l'avant.

— Je les ai laissés là-bas, dit-elle tandis qu'il s'asseyait au volant. Et je regrette de ne pas avoir pu y ajouter ceux que j'avais sur le dos ! Je les lui renverrai de Londres.

Alexandros murmura quelque chose en grec et alluma le moteur.

— L'un de mes assistants ira les chercher, dit-il d'une voix tendue.

Il se tourna brièvement vers elle.

— Accepteriez-vous de les garder si je vous en faisais cadeau ? J'avais l'intention d'envoyer les factures à Stavros, mais vu les circonstances...

— Je ne peux pas accepter ! répondit-elle vivement. Comment avez-vous pu penser une chose pareille ?

— Si vous acceptez ma proposition, la question sera réglée, répondit-il.

Sur ces mots, il tourna de nouveau la tête vers elle et elle vit une lueur malicieuse scintiller dans ses yeux.

— Vous dites cela pour me tenter ? fit-elle en haussant les sourcils.

— Vous laisseriez-vous tenter ? répondit-il du tac au tac.

Elle secoua la tête et baissa les yeux, avant de redresser la tête en soupirant.

— Monsieur Lakaris...

— Mes amis m'appellent Xandros.

— Entendu. Je ne veux pas que vous m'offriez quoi que ce soit... Xandros. Ni vêtements hors de prix, ni chambres d'hôtel de luxe, ni repas dans des restaurants chics...

— Vous étiez pourtant ravie d'acheter ces vêtements, quand vous croyiez que votre père paierait la facture.

— C'était différent. Stavros Coustakis est mon père. Mais vous seriez...

— ... Votre mari, dit-il à sa place. Et vous ma femme.

Il s'interrompit un bref instant.

— Et vous me permettriez de gagner beaucoup d'argent, grâce à cette fusion d'entreprises !

Tournant de nouveau les yeux vers elle, il poursuivit :

— Cela ne vous rassure pas ?

— Si, un peu..., répondit-elle avec réticence.

— C'est bien, dit-il d'un ton ferme. Et maintenant...

Il enclencha une vitesse et le puissant véhicule bondit sur la chaussée comme un félin.

— ... Oublions tout cela et profitons du paysage. Que diriez-vous de pousser jusqu'au cap Sounion ? Il y a un temple dédié à Poséidon avec un panorama grandiose. Si une garde-robe de luxe ne suffit pas à vous convaincre de m'épouser, la Grèce y parviendra peut-être !

Sur ce trait d'humour, il la gratifia d'un sourire en coin qui acheva de la chambouler.

La proximité de cet homme superbe la troublait malgré elle. Comment rester insensible à sa beauté virile ? Au charisme qui émanait de toute sa personne ?

Toutes les femmes d'Athènes t'envieront !

Son père savait ce qu'il faisait. C'était un être méprisable, insensible et cruel, mais pas stupide.

Elle chassa les pensées amères qui l'assaillaient de nouveau. Mieux valait se concentrer sur la proposition de Xandros.

Vous ne connaîtrez plus jamais la pauvreté...

Elle pourrait épouser cet homme splendide, profiter de sa richesse et vivre dans le confort que lui aurait offert son géniteur s'il n'avait pas été aussi égoïste et inhumain.

Et au terme des six mois que durerait ce mariage, elle retrouverait sa liberté et partirait avec suffisamment d'argent pour repartir de zéro, se construire une nouvelle vie.

Cette fois, elle ne rêvait pas. Tout cela était bien réel, à sa portée ! Elle n'avait qu'à dire *oui*…

Mais allait-elle vraiment le faire ?

Installé dans le restaurant panoramique qui occupait tout le toit de l'hôtel, Xandros tourna le regard vers l'entrée. Il était content que Rosalie l'ait laissé lui réserver une chambre dans cet établissement. Elle ne rejetait donc pas complètement sa proposition, c'était déjà ça. Et quand il lui avait proposé de dîner avec lui, elle avait paru… heureuse.

Quant à lui, plus il réfléchissait et plus il considérait sa solution comme idéale.

Tout en sirotant son cocktail à base de gin, il passa mentalement en revue tous les avantages d'un mariage avec Rosalie. Comme il le lui avait expliqué quelques heures plus tôt, cette union leur serait extrêmement profitable à tous les deux. Mais il s'était bien gardé d'ajouter qu'il désirait également l'épouser pour des motivations plus personnelles.

Soudain, elle apparut, l'air hésitant, sur le seuil du restaurant. Fasciné malgré lui, Xandros la regarda s'avancer au milieu des tables, guidée par le maître d'hôtel.

Il avait suffi d'un coup de fil pour faire transporter ses valises à l'hôtel. Et elles lui étaient manifestement bien parvenues.

Lentement, il promena son regard sur la petite robe noire qui mettait son corps mince en valeur, la veste de soirée, noire elle aussi mais rehaussée de broderies argentées. Pour tout ornement, un long collier en argent. Quant à ses cheveux blonds, ils tombaient librement sur ses épaules rondes.

Une élégance inouïe se dégageait de Rosalie tandis qu'elle s'avançait vers lui sur ses escarpins à talons aiguilles, avec un ensorcelant balancement des hanches.

Elle était d'une beauté… renversante !

Jamais il ne tolérerait qu'elle retourne à sa vie misérable, se promit-il avec force. Par conséquent, il ferait tout son possible pour la convaincre de l'épouser.

Il se leva pour l'accueillir, sans dissimuler son admiration ni le plaisir qu'il avait à la contempler.

À en juger par la roseur qui colora ses pommettes, Rosalie n'était pas insensible à la chaleur de son regard. Ni à sa personne, il en était absolument certain. Déjà, à Londres, il avait senti, en mâle habitué à plaire – et grâce à sa grande expérience avec les femmes –, qu'elle était sensible à son charme autant qu'il l'était au sien, même si elle se montrait distante avec lui.

Attitude qu'il comprenait parfaitement, puisqu'il avait lui-même gardé ses distances. Mais maintenant qu'elle avait perdu toutes ses illusions concernant son père et que, de son côté, il avait cessé de nier l'attirance qu'il ressentait pour elle, il n'avait plus à feindre l'indifférence.

Son pouls s'accéléra... Sans réfléchir, il passa le bras autour de la taille de Rosalie et l'attira à lui.

— Vous êtes ravissante ! murmura-t-il, la voix rauque.

Il contempla le beau visage, les grands yeux gris-vert écarquillés, les lèvres entrouvertes...

Incapable de résister à l'invitation muette, il pencha la tête et l'embrassa. Le baiser fut léger, fugace. Un simple effleurement, une sorte de *bonsoir*, de ceux que l'on adresse en public à une femme que l'on connaît intimement...

Mais la caresse suffit à embraser sa libido, aussi dut-il faire un effort sur lui-même pour sourire à Rosalie, lâcher la taille fine et tirer la chaise pour elle.

La roseur s'était accentuée. Ainsi, il ne s'était pas trompé : l'attirance était réciproque. Le désir rugit en lui, avec une telle intensité que cette fois Xandros eut du mal à reprendre le contrôle de ses sens.

Sans quitter Rosalie des yeux, il se rassit. Elle baissa alors la tête et, sans doute pour se donner une contenance, déplia lentement sa serviette et l'étala soigneusement sur ses genoux tandis que ses joues reprenaient peu à peu leur teinte habituelle.

Xandros se reprit. Il fallait d'abord qu'elle se sente à l'aise avec lui. Pour le reste, rien ne pressait. Il aurait tout le temps de lui dire ce qu'il ressentait...

— J'ai pensé qu'il valait mieux dîner ici, à l'hôtel, fit-il d'un ton neutre. La nourriture est excellente et je me suis dit que vous aimeriez sans doute la vue.

Il tourna les yeux vers les baies vitrées donnant sur l'immense terrasse et le petit halètement de Rosalie le ravit.

— L'Acropole ! murmura-t-elle d'une voix émerveillée.

— Et le Parthénon.

Une seule pensée l'habitait : user de tous les moyens à sa disposition pour la convaincre d'accepter sa proposition.

La présence de Rosalie attirait les regards sur lui. Pas parce qu'il dînait avec une femme superbe – la haute société athénienne y était habituée –, mais parce que, jusqu'à tout récemment, on l'avait vu en compagnie d'Ariadne Coustakis.

C'était un avantage supplémentaire de sa proposition. Elle lui fournissait en effet une explication à la fin de sa relation avec Ariadne – le coup de foudre imprévu en faisant la connaissance de sa demi-sœur avait conduit sa fiancée à lui rendre sa liberté.

L'histoire fonctionnerait, et ferait taire toutes les spéculations sur son mariage précipité avec une autre. Xandros ne désirait pas que Rosalie fasse les frais de commérages malsains.

— Il paraît si proche ! dit-elle.

— En fait, il se trouve assez loin, mais on ne s'en rend pas compte parce qu'il n'y a ni tours ni gratte-ciel entre nous. De nombreux immeubles offrent une vue sur l'Acropole. Le mien, entre autres.

Il entreprit de lui parler des ruines des autres temples situés sur l'Acropole et au pied de la colline. Elle l'écouta avec intérêt, lui posa des questions, et lorsque le serveur apporta les entrées, elle paraissait complètement détendue.

— Il faut que je m'achète un guide touristique, dit-elle en plissant le front. C'est vraiment triste que je ne sache rien sur une ville que j'aurais dû connaître depuis toujours...

Elle s'interrompit, souleva son verre de vin et le porta à ses lèvres.

— Il n'est pas trop tard pour apprendre à aimer votre second pays, répondit-il avec calme.

Si vous m'épousez…

Non, mieux valait la laisser tirer elle-même les conclusions. Tranquillement.

Durant tout le dîner, il garda un ton décontracté, amical, et constata avec plaisir, et même avec émotion, qu'en dépit de la pauvreté dans laquelle elle avait grandi, elle ne manquait pas d'intelligence. Et qu'elle était d'une grande curiosité. Elle posait les bonnes questions, avait un avis personnel sur bien des choses, et faisait preuve d'une sensibilité qui plut beaucoup à Xandros.

À un moment donné, alors qu'il évoquait les origines de sa famille, qui remontaient jusqu'à l'Empire byzantin, elle le dévisagea en fronçant les sourcils.

— C'est parce que ma famille peut retracer ses origines jusqu'à une période aussi reculée que votre père, qui est un self-made-man, désire aussi ardemment unir son nom au mien.

L'expression de Rosalie changea.

— Il y a fait allusion, répondit-elle, crispée.

— Avant, ou après avoir menacé de vous mettre à la porte ? demanda-t-il, indigné. De vous renvoyer – si vous ne lui obéissiez pas – à la pauvreté à laquelle il vous avait condamnée dès votre naissance.

Il secoua la tête, il connaissait la réponse à sa question. Une chose était certaine : si Rosalie l'épousait, ce ne serait pas parce qu'elle aurait cédé à l'odieux chantage de son père.

— Mais nous n'avons pas à tenir compte de lui, dit-il. Après la façon méprisable dont il vous a traitée, il ne mérite aucune considération ! Nos actes ne le concernent en rien, ils ne regardent que nous.

Inutile de lui préciser qu'à une époque pas si lointaine, sa propre famille avait été au bord de la faillite à cause de l'insouciance et des extravagances de son grand-père.

Ni que s'il tenait autant à une fusion Lakaris-Coustakis, c'était parce que son père l'avait convaincu qu'une telle association était le meilleur moyen de sécuriser et d'accroître la fortune familiale.

Son plan fonctionnerait, se répéta-t-il en contemplant la femme ravissante assise face à lui.

Ne restait plus qu'à la convaincre d'accepter sa proposition. Ensuite, il pourrait assouvir le désir qui le consumait.

7

Rosalie s'étira voluptueusement dans le grand lit en savourant la douceur des draps blancs. Elle avait beaucoup mieux dormi que chez son père, dans cette chambre à la décoration surchargée et à l'atmosphère oppressante.

Ses rêves avaient été colorés par les souvenirs de la journée. Et de la soirée. Notamment le moment où Xandros l'avait embrassée lorsqu'elle l'avait rejoint au restaurant...

Maintenant bien réveillée, elle revécut l'instant où il avait penché la tête vers elle, effleuré ses lèvres en une exquise caresse.

Ç'avait été bref et... magique... et totalement inattendu.

Rien dans le comportement antérieur de Xandros n'avait laissé présager qu'il puisse la considérer comme une femme attirante. Elle avait bien vu son expression lorsqu'elle était sortie du restaurant de l'hôtel cinq étoiles, à Londres, dans ses nouveaux vêtements. Elle avait été ravie de constater qu'il la voyait *enfin*, qu'elle n'était plus invisible à ses yeux.

Mais après l'avoir complimentée sur sa nouvelle allure, il avait repris son attitude distante. Et, après l'avoir déposée devant le manoir de son père, il avait paru très pressé de repartir.

Elle repensa à la façon dont elle avait sangloté dans ses bras la veille, à la gentillesse qu'il lui avait témoignée, au réconfort qu'il lui avait prodigué. Plus tard, il lui avait expliqué pourquoi il l'avait ramenée avec lui à Athènes, combien il avait été choqué de découvrir la misère dans laquelle elle vivait à Londres.

Elle s'était *complètement* trompée sur Xandros. Il y avait en lui une chaleur qu'elle n'aurait jamais soupçonnée. Quant à ce baiser…

Mais elle ne devait pas se faire d'illusions. Il embrassait sans doute toutes les femmes qu'il invitait à dîner. A fortiori celle qu'il voulait persuader de l'épouser.

D'ailleurs, mieux valait se concentrer un peu sur sa proposition. Devait-elle, oui ou non, se marier avec Alexandros Lakaris, pour une durée de six mois, dans le seul but d'en retirer un bénéfice financier ?

Un tumulte d'émotions, de pensées, reprit possession de son esprit. Pouvait-elle vraiment accepter ? Comme il l'y exhortait ?

Elle contempla le plafond en réfléchissant à toutes les conséquences d'un tel arrangement. Durant six mois, elle serait la femme d'Alexandros Lakaris, vivrait dans le luxe, pourrait s'offrir tout ce qu'elle désirait. Elle découvrirait la Grèce…

Si elle rentrait à Londres, à sa vie misérable, combien de temps lui faudrait-il pour gagner suffisamment d'argent et revenir à Athènes ? Même si, après avoir achevé sa formation, elle obtenait un emploi plus décent ?

Après avoir cru pouvoir changer de vie grâce à son père, elle avait maintenant la possibilité de le faire grâce à Xandros.

À présent, elle savait qu'il était bien plus gentil et attentionné qu'elle ne l'avait d'abord cru. Et que sa colère n'était pas dirigée contre elle mais contre Stavros. En outre, elle avait découvert qu'elle aimait être avec lui, bavarder avec lui. Il lui avait déjà appris quantité de choses sur son pays – qui était désormais également en partie le sien à elle –, sans jamais se montrer paternaliste ou méprisant.

Et puis, elle ne pouvait nier qu'il suffisait d'un seul regard des beaux yeux sombres aux longs cils noirs pour lui faire éprouver des sensations inconnues… et délicieuses. Elle aurait pu passer tout son temps à contempler cette perfection virile… À s'en délecter…

Comment aurait-elle pu rester insensible à son charme ?

Contrainte de s'occuper de sa mère puis de travailler, elle n'avait jamais eu le loisir de sortir, de fréquenter des garçons puis des hommes. Alors, forcément, n'ayant aucun élément de comparaison, elle était fascinée par Xandros.

Si elle acceptait de l'épouser, qu'attendrait-il de leur union ? Jusqu'où irait leur relation ? Et elle, que désirerait-elle partager avec lui ?

Elle ne put s'empêcher de repenser à la sensation de la belle bouche effleurant la sienne, à la chaleur qui s'était déployée dans tout son corps, faisant naître en elle une pléiade de désirs inconnus...

La sonnerie du téléphone la fit tressaillir et elle répondit.

— Bonjour, fit la voix chaleureuse et amicale de Xandros. Vous avez déjà pris votre petit déjeuner ? Parce que sinon, que diriez-vous d'un brunch au bord de la piscine ? Dans une demi-heure ?

— Alors, dit prudemment Xandros une fois installé avec Rosalie sous un grand parasol bleu et blanc, avez-vous pris votre décision ?

Il ne voulait pas faire pression sur elle, mais... il voulait l'entendre dire *oui*.

Protégé par ses lunettes de soleil, il pouvait l'observer discrètement et ce qu'il voyait lui confirmait qu'il avait pris la bonne décision.

Dans cette robe dos nu à motifs jaunes et rose fuchsia exposant ses épaules rondes et fines, Rosalie était encore plus belle et plus sexy. Les cheveux noués en queue-de-cheval mettaient en valeur le visage aux traits délicats, à peine maquillé – une simple touche de mascara et un trait d'eye-liner pour les yeux, et un soupçon de rouge à lèvres rose transparent.

Elle dégageait un charme naturel, frais, différent mais aussi puissant.

— Votre proposition tient toujours ? demanda-t-elle en redressant le menton.

— Si vous me demandez si j'ai changé d'avis, la réponse est *non*, dit-il d'une voix ferme.

Que dire pour la rassurer ? Car elle avait besoin de l'être, à en juger par la lueur craintive qui couvait dans ses yeux.

— Cela fonctionnera. Je vous le promets. Vous ne le regretterez pas, vous pouvez me faire confiance.

Il ponctua ses paroles d'un petit sourire en coin. Combien de femmes auraient hésité à accepter une demande en mariage de sa part ?

Mais après tout, Ariadne avait refusé…

Ce qui l'avait bien arrangé, reconnut-il en son for intérieur. Il contempla la demi-sœur de son ex en plissant les yeux. Comment avait-il cru pouvoir épouser Ariadne et être heureux avec elle ? Il n'en revenait pas lui-même. Elle était belle, certes, mais jamais il n'avait éprouvé pour elle le désir lancinant qui pulsait en lui à cet instant.

Rosalie l'attirait follement. Elle lui plaisait de plus en plus. Et si elle disait le *oui* qu'il brûlait d'entendre, tous ses désirs seraient exaucés.

— Vous faut-il davantage de temps ? demanda-t-il doucement.

— Non, non, répondit-elle à la hâte. Cela ne changerait rien… Je… J'ai réfléchi à votre proposition dans tous les sens… Quelques heures de plus ne me serviraient à rien. Ni même quelques jours.

Rêvait-il, ou une légère roseur colorait-elle ses joues ?

— Alors ? demanda-t-il, suspendu à ses lèvres.

Elle déglutit, redressa le menton d'un cran supplémentaire, le regarda droit dans les yeux…

— D'accord ! dit-elle précipitamment.

Comme si elle craignait de changer d'avis.

— Vous avez pris la bonne décision, murmura-t-il en lui prenant la main.

Un sentiment de triomphe, *d'exaltation*, l'envahit. Jamais la vie ne lui avait paru aussi belle, le soleil aussi éclatant.

Jamais il n'avait désiré une femme comme il désirait Rosalie, s'avoua-t-il avec un frisson brûlant.

— Elle vous plaît ?

Rosalie contempla l'émeraude sertie de diamants qui étincelait à son doigt.

Était-ce bien réel ? Avait-elle vraiment, moins de vingt-quatre heures plus tôt, accepté la proposition d'Alexandros Lakaris ? Aurait-elle dû prendre davantage de temps pour réfléchir avant de lui donner sa réponse ?

Non, elle avait tourné et retourné la question dans sa tête, et en venait toujours à la même conclusion : ou bien elle disait *oui*, ou bien elle retournait à sa vie misérable. Or elle ne supportait pas l'idée de se retrouver là-bas, dans ce quartier minable.

Figée devant le comptoir de la joaillerie où l'avait emmenée Xandros, elle sentit sa gorge se nouer.

Si seulement sa mère avait pu être là et voir cette magnifique bague ! Elle aurait été si heureuse pour sa fille...

C'était à cela qu'il fallait songer. Personne, pas même le monstre qui l'avait engendrée, ne souffrirait de la décision qu'elle avait prise. Cette union leur profiterait à tous les deux, Xandros et Stavros, et dans six mois, elle en bénéficierait elle aussi. Elle ne deviendrait pas milliardaire comme eux, bien sûr, mais elle aurait les moyens de se construire une vie qui correspondait à ses besoins, ses aspirations.

— Si elle ne vous plaît pas, essayez-en une autre, dit Xandros. Ce n'est pas le choix qui manque.

— Elle est magnifique ! répondit Rosalie en levant les yeux vers lui. Mais... vous pensez que c'est vraiment nécessaire ?

— Absolument, répondit-il, péremptoire. Ce mariage doit paraître authentique, Rosalie. Il le sera, bien sûr, mais personne ne doit en douter, d'accord ? Alors, je crains que vous ne soyez *obligée* de porter une bague de fiançailles !

Il s'était exprimé d'un ton léger, avec humour, mais elle avait compris le message. À partir de maintenant, la future Madame Lakaris devait jouer son rôle.

Après avoir quitté la joaillerie de luxe, ils passèrent à la mairie pour s'occuper des formalités relatives au mariage et Rosalie apprit qu'elle devrait fournir un certificat de naissance. Xandros déclara aussitôt qu'il en ferait expédier un exemplaire à Athènes par courrier express.

— Ce sera une cérémonie privée, dit-il ensuite. Sans invités. Cela vous ennuie ?

Un soulagement immense gagna Rosalie.

— Non ! Pas du tout !

La présence de son père lui aurait été insupportable. Xandros l'avait informée qu'il se chargeait de mettre Stavros au courant et qu'elle n'aurait par conséquent pas à le voir ni même à reprendre contact avec lui.

— Laissons-le penser qu'après votre petit caprice – car c'est ainsi qu'il verra la chose –, j'ai réussi à vous convaincre qu'il avait raison, lui avait expliqué Xandros au cours du brunch. Le reste est assez vrai, au fond : je vous ai emmenée à l'hôtel et j'organise maintenant notre mariage sans perdre de temps. Quant à mon intérêt dans cet arrangement...

Sa voix avait pris un accent rauque.

— ... je serai clair avec lui et lui ferai bien comprendre que le mariage n'aura lieu *qu'après* qu'il m'aura donné sa parole – par écrit – de procéder à la fusion et d'enclencher immédiatement le processus. Il me laissera régler tous les détails que nécessitera l'opération – et de son côté, il coopérera et signera tous les documents juridiques requis.

Il y avait également des formalités à régler entre Xandros et elle, aussi après la mairie se rendirent-ils au cabinet de son avocat. Là, Rosalie protesta sur un seul point : le montant de l'indemnité qui lui serait allouée au moment du divorce.

— C'est beaucoup trop ! insista-t-elle à nouveau quand ils quittèrent le cabinet.

— Vous n'avez pas le droit de protester, Rosalie, répondit Xandros. Si vous voulez que je vous montre à combien j'estime l'augmentation annuelle des dividendes une fois la fusion concrétisée, pas de problème. Il faut que vous compreniez que je vais devenir encore plus riche que je ne le suis déjà ! Vous l'aurez bien mérité, cet argent, je vous assure !

Elle soupira. Une somme pareille... après avoir été si pauvre...

— Ne vous inquiétez pas, murmura-t-il en lui prenant la main. Tout se passera en douceur, je vous le promets.

La chaleur de sa voix lui fit du bien, d'autant qu'elle apprit ensuite qu'elle devrait rester à l'hôtel jusqu'au mariage, après quoi elle irait s'installer chez Xandros.

L'après-midi même, il lui fit visiter son appartement afin qu'elle s'habitue à la perspective d'y vivre.

Médusée, elle contempla l'espace immense aux lignes pures.

— Pas trop austère ? demanda Xandros.

Elle secoua la tête. Cela lui paraissait si... intime... d'être là, seule avec lui, chez lui. De son côté, il se comportait avec elle comme d'habitude. Ce dont elle lui sut gré, car sa gentillesse lui permettait de se sentir à l'aise. Mais en même temps...

Elle l'observa à la dérobée tandis qu'il passait en revue la pile de courrier posée sur le bureau, ouvrant les enveloppes l'une après l'autre avec un coupe-papier en argent. Puis elle s'éloigna pour ne pas le déranger et alla jeter un coup d'œil à la cuisine superbement équipée.

Ensuite, elle s'aventura du côté des chambres, au nombre de trois : deux destinées aux invités et celle de Xandros. Immobile sur le seuil, elle contempla la vaste pièce lumineuse.

La partagerait-elle avec son mari ? se demanda-t-elle en tressaillant.

Depuis le premier soir où ils avaient dîné ensemble, il ne l'avait plus embrassée, pas même un petit baiser sur la joue en guise de bonjour ou bonsoir. Elle aurait aimé lui demander quel genre de vie commune il envisageait, mais sans se risquer à aborder le sujet.

Parce que cela n'avait pas d'importance. Elle allait épouser l'homme le plus splendide, le plus séduisant qu'elle eût jamais rencontré et, depuis ce baiser, elle était en proie à une sorte de manque, de désir inconnu, mais peu importait. Leur mariage reposait sur des intérêts financiers, rien de plus. Et elle devrait s'en contenter.

Lentement, elle tourna les yeux vers le lit immense trônant au milieu de la chambre...

— Ah, vous êtes là !

Elle tressaillit et se retourna vers Xandros.

— Vous avez tout vu ? demanda-t-il en haussant un sourcil.

Un bref instant, une lueur indéchiffrable éclaira les yeux sombres, avant de s'éteindre aussitôt.

— J'ai parcouru mon courrier – principalement des invitations ! Mais nous les ignorerons jusqu'à ce que nous soyons mariés. Ensuite...

Il laissa son regard descendre sur le buste de Rosalie.

— ... Vous sortirez de votre cachette et je vous présenterai au monde entier !

Une chaleur importune envahit les joues de Rosalie. Voulait-il l'exhiber comme une poupée ? Était-ce pour cela qu'il lui offrait une garde-robe de luxe ? Pour convaincre ses amis et connaissances – et Stavros – de l'authenticité de leur mariage ? Sans leur laisser soupçonner un seul instant que dans moins d'un an ils auraient divorcé et que Xandros aurait obtenu ce qu'il convoitait : la fusion Lakaris-Coustakis ?

Incapable d'analyser les émotions contradictoires qui se bousculaient en elle, elle se détourna et regagna l'immense espace central. Là, elle s'arrêta devant les baies vitrées donnant au loin sur l'Acropole et le Parthénon. Mais cette vue grandiose ne suffit pas à calmer l'agitation qui régnait en elle.

Deux grandes mains chaudes se posèrent légèrement sur ses épaules, elle sentit le souffle de Xandros lui caresser la nuque.

Son cœur se mit à battre la chamade. À le sentir aussi proche, à respirer les effluves épicés de son eau de toilette... Elle aurait aimé s'appuyer contre lui, sentir les bras musclés l'enlacer, mais elle n'osait pas bouger.

— La vue est saisissante, n'est-ce pas ? murmura-t-il.

Elle hocha la tête. Un instant, elle sentit les doigts de Xandros se resserrer sur ses épaules, comme pour la faire pivoter vers lui... avant de la prendre dans ses bras...

Au lieu de cela, il lui déposa un petit baiser sur le dessus de la tête et écarta les mains de ses épaules.

— Je vous raccompagne à votre hôtel, dit-il en reculant d'un pas.

Se retournant vers lui, elle acquiesça d'un léger sourire, et, l'air serein et détaché, le suivit bientôt dans le couloir. Alors qu'en réalité elle ne pouvait refouler un sentiment de déception, mêlé de regrets et de mélancolie.

C'était tellement stupide. Elle n'avait pas le droit d'être déçue ! Encore moins de se laisser aller à la mélancolie !

Mais hélas, le savoir n'y changea rien.

Xandros se serait volontiers passé de cette visite chez sa mère, mais il se devait d'aller la voir. Avant de s'envoler pour Londres, quand il lui avait téléphoné pour lui annoncer, avec ménagement, qu'Ariadne avait rompu leurs fiançailles, elle avait réagi vivement.

— Mais pourquoi ? s'était-elle écriée, abasourdie. Je croyais que tout était réglé, que vous étiez d'accord pour vous marier !

— Moi aussi, avait-il répondu. Mais Ariadne en a décidé autrement et je dois respecter sa décision.

Comme il fallait s'y attendre, sa mère avait été désappointée. Elle souhaitait ardemment qu'il épouse Ariadne, la fille de son amie d'enfance, afin de concrétiser la fusion envisagée par son mari. Elle pensait à juste titre que c'était une excellente opportunité d'accroître et de sécuriser la fortune familiale à laquelle le cher défunt avait consacré toute son énergie, tous ses efforts.

À ses yeux, Ariadne était l'épouse idéale pour Xandros, aussi déplorerait-elle sa décision soudaine d'épouser la demi-sœur d'Ariadne au lieu de celle-ci.

Il devait donc lui expliquer les raisons de cette décision précipitée et essuyer les reproches qui ne manqueraient pas de pleuvoir sur lui. Avec un interrogatoire en règle…

— Qui est cette fille sortie de nulle part, Xandros ? Tu ne la connais pas ! Tu ne sais quasiment rien d'elle ! Et tu ne peux tout de même la considérer comme une égale d'Ariadne !

— En effet, répondit-il en soutenant le regard indigné de sa mère. Rosalie comprend parfaitement les raisons qui me poussent à l'épouser, elle sait que notre mariage ne sera qu'un arrangement temporaire. D'autre part...

Il reprit son souffle avant de poursuivre :

— ... Ce mariage ne profitera pas qu'à moi ; j'ai pris cette décision en pensant aussi à elle. Rosalie a vécu dans des conditions très dures. Stavros Coustakis n'avait jamais reconnu son existence. Il les a condamnées à la pauvreté, elle et sa mère. Rosalie mérite mieux que cela !

— Tu le crois vraiment ? demanda lentement sa mère. Tu es sûr de savoir ce que tu fais, Xandros ?

— Oui, répondit-il, catégorique. Et c'est très simple, je t'assure.

Elle le regarda et ouvrit la bouche, mais il la devança. Mieux valait changer de sujet.

— Au fait, tu as des nouvelles d'Ariadne ? Impossible de la joindre par téléphone. À mon avis, elle est allée se réfugier chez ses grands-parents maternels, en Écosse.

— Non, je n'ai aucune nouvelle, répondit sa mère en secouant la tête. J'essaie de ne pas m'inquiéter, mais...

— Ne t'en fais pas, la rassura Xandros. Ariadne a jugé bon de s'isoler quelque temps, mais elle finira par réapparaître. Quand elle le décidera.

Que dire d'autre ? Pas la peine de lui faire part de ses soupçons quant à la raison qui avait pu pousser Ariadne à rompre leurs fiançailles. Cela ne le regardait plus.

Toutes ses pensées étaient désormais concentrées sur sa demi-sœur. La jeune femme à la beauté sensuelle qui l'attirait mille fois plus qu'Ariadne et qui allait devenir sa femme. Même s'il s'agissait d'une union temporaire, cet arrangement lui serait doublement profitable : enrichissement considérable d'une part, et plaisir délectable de l'autre...

8

La veille de leur mariage, Xandros et Rosalie dînèrent dans un restaurant ultra-chic, mais dont le charme sobre et raffiné, l'atmosphère paisible, plurent d'emblée à Rosalie.

— C'est l'un des endroits préférés de ma mère quand elle vient à Athènes, dit Xandros en prenant le menu.

— Votre mère ? répéta Rosalie en plissant le front. Je... Je n'avais pas réalisé qu'elle était encore... vivante.

— Elle est *très* vivante, répondit-il, pince-sans-rire. Elle ne vit pas à Athènes mais à la campagne. Nous irons la voir après notre mariage.

Il s'interrompit avant d'ajouter :

— Je lui ai expliqué les raisons qui nous ont amenés à nous marier et elle les comprend.

Rosalie resta silencieuse. Le fait que la mère de Xandros soit encore en vie ne changeait rien, au fond. Ce n'était pas comme si elle allait devenir sa vraie belle-mère.

Le cœur battant sourdement dans sa poitrine, elle observa l'homme qui allait devenir son mari tandis qu'il s'entretenait avec le maître d'hôtel. Elle contempla les cheveux de jais, la bouche sensuelle, les beaux yeux sombres. Aussitôt, les sensations désormais familières se déployèrent en elle, dans tout son corps. Elle aurait pu passer sa vie à le regarder, à se repaître de sa beauté...

Un mélange de regrets et de mélancolie l'envahit, comme lorsqu'il lui avait fait visiter son magnifique appartement.

Elle devait apprendre à dominer ses désirs, admettre que leur unique baiser avait été une simple façon de la saluer. Xandros se conduisait de la même manière avec toutes les femmes qu'il invitait à dîner.

— Vous avez le trac ? demanda-t-il soudain.

Il avait remarqué son trouble mais se trompait sur sa cause, dieu merci.

— Vous n'avez *aucune* raison de vous inquiéter. Je veux que vous profitiez de la vie dont vous avez été privée jusqu'à présent, Rosalie.

Comment ne pas être troublée par les pépites mordorées scintillant dans les magnifiques yeux sombres rivés aux siens ? Toutes les femmes devaient éprouver la même chose.

Or il avait été très clair, leur mariage serait un pur arrangement pratique, rien de plus. Et elle aurait dû s'en réjouir. Il fallait absolument qu'elle se concentre sur les vraies raisons de leur mariage, parce que si elle s'abandonnait à des rêves chimériques, elle allait au-devant de cruelles déceptions.

Aussi devait-elle cesser de fantasmer à propos de cet homme sublime. D'attendre de lui ce qu'il n'était pas disposé à lui offrir.

Durant le dîner, elle réussit à s'y tenir et à savourer l'instant présent. Le repas fut exquis, naturellement, et Xandros se montra aussi charmant et attentionné que d'habitude.

Il la reconduisit ensuite à l'hôtel et insista pour l'accompagner jusqu'à la porte de sa chambre.

— Ce n'est vraiment pas nécessaire ! protesta-t-elle en riant. Je ne risque pas de me perdre !

— On ne sait jamais, répondit-il, l'air taquin, en haussant les sourcils. Vous pourriez vous tromper d'étage, ou trébucher, avec ces talons vertigineux.

Un frisson la traversa et quand elle voulut rire à nouveau, son rire sonna faux. Seule avec Xandros dans le couloir désert, elle était encore plus troublée par sa proximité et avait du mal à le cacher.

Devant la porte de sa chambre, elle fouilla d'une main tremblante dans son sac, sortit la clé magnétique et se tourna vers

Xandros pour lui souhaiter bonne nuit d'un ton léger, mais les mots restèrent bloqués dans sa gorge.

Il était si proche, *trop* proche, mais elle ne pouvait pas s'écarter. Les effluves épicés lui caressèrent les narines, elle contempla l'ombre brune recouvrant la mâchoire volontaire, lui donnant l'air encore plus viril, plus sexy, puis leva les yeux vers les siens en retenant son souffle.

La merveilleuse chaleur l'envahit tout entière tandis que Xandros la regardait en souriant. Mais il ne s'agissait plus du sourire amical auquel il l'avait habituée. Elle retrouvait le sourire entrevu une seule fois... le premier soir où ils avaient dîné ensemble.

Elle sentit ce sourire se répandre en elle. Le regard aux reflets fauves la fascinait, l'envoûtait. Confusément, elle se rendit compte que Xandros lui prenait le passe de la main et la glissait dans la serrure, poussait la porte...

Mon Dieu, ce sourire, cette bouche sensuelle, attirante...

— Demain à cette heure-ci, nous serons mariés, dit-il lentement. Et tout se passera bien, Rosalie, je vous le promets. Cette union nous comblera tous les deux.

Incapable de prononcer un mot, le cœur lui tambourinant les côtes, elle hocha la tête en silence.

Quelque chose changea dans le regard rivé au sien, elle entendit Xandros murmurer des mots incompréhensibles.

— Vous ne devriez pas..., murmura-t-il.

Sa voix coula en elle, faisant naître des sensations inouïes dans les moindres recoins de son corps.

— Vous ne devriez pas me regarder de cette façon...

— De quelle façon... ? demanda-t-elle en chuchotant.

La chaleur s'intensifia en elle, impossible à contrôler, se répandit entre ses cuisses...

Des étincelles dorées luirent dans les yeux sombres. Le sourire se fit carnassier, prédateur.

— Comme si vous désiriez que je...

Il pencha le visage vers elle, sa bouche effleura la sienne. Puis, avec une douceur exquise et un art divin, il augmenta la pression de ses lèvres et approfondit le baiser.

Le plaisir déferla en elle. Elle laissa Xandros la goûter, l'explorer, la posséder...

Son corps s'abandonna contre le sien tandis qu'elle fermait les yeux pour mieux savourer les sensations fabuleuses qui la parcouraient.

Jamais elle n'aurait imaginé connaître de tels plaisirs. Jamais elle n'aurait pensé pouvoir éprouver un désir aussi impérieux de s'offrir tout entière à un homme.

Une plainte monta de sa gorge. Elle referma les mains sur le dos musclé et se pressa contre lui, ivre de sa chaleur virile...

À son grand désarroi, il écarta brusquement les lèvres des siennes et la repoussa.

Elle rouvrit les yeux et tressaillit. Le visage fermé, le regard impénétrable, il la contemplait d'un air presque... détaché.

— Je n'aurais pas dû, dit-il, la voix légèrement rauque. C'était une erreur.

Une sensation de froid gagna Rosalie. Plus aucune trace de sensualité ou de chaleur, dans la belle voix grave.

— Il est tard, dit-il. Il faut que nous nous reposions. Nous sommes attendus à la mairie à 11 heures.

— Je...

En proie à une atroce confusion, les joues en feu, elle le dévisagea un instant en silence.

— Je...

Elle voulait qu'il la prenne dans ses bras, la serre contre lui, l'embrasse à nouveau, encore et encore...

— Non.

Cette fois, il y avait de la dureté dans sa voix, et même du rejet.

— Bonne nuit, Rosalie.

Il se détourna et s'éloigna à grands pas dans le couloir, tourna à l'extrémité et disparut.

Un sentiment de vide gagna Rosalie. De désolation et d'abandon. Après lui avoir donné un avant-goût du paradis, Xandros l'avait repoussée, rejetée.

Un sanglot lui monta aux lèvres au souvenir de ses paroles.

Je n'aurais pas dû. C'était une erreur.

Debout sur son balcon, Xandros regardait sans le voir l'Acropole resplendissant au loin dans un halo de lumière dorée tandis que ses propres paroles résonnaient dans son esprit.

Il crispa les doigts sur le parapet. Il avait commis une sacrée erreur, en effet. Une erreur *monumentale* ! Il lui avait fallu faire appel à toute sa volonté pour se détourner et s'éloigner de Rosalie. À chaque pas, il brûlait de faire demi-tour, de courir la rejoindre dans sa chambre, de...

Quel imbécile ! Il n'aurait jamais dû la raccompagner jusqu'à sa porte. Mais il ne voulait pas la quitter. Pas encore. Alors, il avait tout fait pour prolonger cette soirée délicieuse.

Il serra les mâchoires, il devait se ressaisir. Il s'interdit de repenser au baiser qui avait littéralement embrasé sa libido. Rien qu'au souvenir de ces instants, le désir rugissait en lui, réclamant l'assouvissement.

Pourtant, il savait bien que tout rapprochement intime serait fatal. Mais il n'avait pu résister à la tentation, cela avait été plus fort que lui.

Dorénavant, il devrait exercer un contrôle d'acier sur lui-même. Jusqu'au lendemain soir.

Et alors... Il pourrait enfin laisser libre cours à son désir.

Rosalie serait sa femme, et il la posséderait tout entière.

Rentrant dans l'appartement, il referma la porte-fenêtre et se dirigea vers sa chambre en ôtant cravate et boutons de manchette.

Puis, après s'être déshabillé rapidement, il gagna la salle de bains attenante, prêt à endurer une nouvelle douche froide.

Non, *glacée*...

Lorsque l'hélicoptère entama sa descente, Rosalie sentit son cœur s'emballer, comme lorsque Xandros lui avait annoncé, juste après leur mariage, qu'ils passeraient leur lune de miel à Kallistris, son île privée.

À vrai dire, elle ne s'attendait pas à un voyage de noces, vu la nature quelque peu précipitée de leur union ! Mais Xandros tenait manifestement à faire les choses dans les règles, d'où la bague de fiançailles, et la lune de miel.

Un interprète officiel avait traduit au fur et à mesure les paroles rituelles en anglais et la cérémonie s'était déroulée comme dans un rêve. Soudain, Rosalie s'était retrouvée avec une alliance au doigt, puis avait appris qu'ils allaient partir pour Kallistris.

À ce qu'elle comprit à demi-mot, le but de l'opération était de montrer au monde extérieur, notamment aux médias – et à Stavros –, que leur mariage était un vrai mariage. Mais peu importait. Elle était ravie de s'isoler, loin des regards curieux, et de découvrir l'île si chère à Xandros.

Repensant soudain à ce qui s'était passé la veille au soir, elle tressaillit. Quand il l'avait quittée brusquement, elle avait traversé un moment difficile, c'était le moins que l'on puisse dire. Mais durant les heures qui avaient suivi, elle s'était fait une raison. Elle n'avait pas le choix, de toute façon.

Xandros l'avait embrassée sur le coup d'une impulsion, s'était ressaisi et rendu compte qu'il avait commis une *erreur*, voilà tout. Très bien, elle avait compris la leçon. Dorénavant, elle se montrerait enjouée, gaie, amicale, enthousiaste... et garderait ses distances.

Chassant les idées sombres qui ternissaient sa joie, elle se concentra sur l'île – la plus petite de l'archipel, d'après Xandros –, qui se détachait sur le bleu éclatant de la mer Égée.

L'hélicoptère atterrit bientôt sur une petite piste circulaire près de la côte et Xandros descendit à terre d'un bond gracieux. Il remercia le pilote, tandis que Rosalie, contente d'avoir opté avant de partir pour un ensemble pantalon en coton souple, sautait à son tour de l'appareil.

Xandros s'était changé lui aussi. Dans sa tenue décontractée, pantalon en lin écru et une chemise blanche, en lin elle aussi, il était plus beau, plus séduisant que jamais.

— Attention aux pales ! cria-t-il en entraînant rapidement Rosalie vers le bord de la piste.

L'hélicoptère décolla à nouveau, et Xandros se tourna vers elle.

— Bienvenue à Kallistris, Rosalie.

Il y avait de la chaleur dans son regard, dans son sourire. Le cœur de Rosalie fit un petit bond, mais elle se contenta de lui sourire tranquillement en retour.

Il lui désigna la jeep qui quittait la route côtière et se dirigeait vers eux.

— Voilà Panos ! dit-il, l'air content.

Quelques instants plus tard, il lui présenta son fidèle gardien. L'homme, au visage à la peau burinée par le soleil et le vent, tendit la main à Rosalie avec un grand sourire. Son anglais était limité mais il lui dit que Maria, sa femme, le parlait presque couramment.

— *Kalimera*, dit-elle en souriant.

— Bienvenue à Kallistris, *Kyria* Lakaris ! répondit-il en lui serrant vigoureusement la main.

Un frisson traversa Rosalie. Madame Lakaris... Il allait falloir qu'elle s'habitue à son nouveau nom...

De la même façon qu'elle allait devoir s'habituer à vivre avec Xandros. En *amis*, bien sûr.

Durant le trajet, Xandros bavarda en grec avec Panos et Rosalie admira le paysage en s'agrippant au cadre de la fenêtre ouverte tandis que le véhicule roulait sur la route non goudronnée.

Ils passèrent un cap rocheux, et une petite baie apparut soudain en contrebas, bordée de l'autre côté par un second cap.

— Oh... Comme c'est beau ! s'exclama spontanément Rosalie en apercevant la plage de galets blancs.

Puis elle découvrit, en haut de la plage et faisant face à la mer, une petite villa d'un étage entourée de lauriers roses et d'oliviers aux troncs gris et noueux.

On aurait dit une carte postale. Comment ne pas être émerveillée ? Elle contempla les murs blanchis à la chaux, la porte et les volets peints en bleu, les bougainvilliers rose foncé courant sur la façade...

— Elle te plaît ? demanda Xandros en se tournant vers elle.

— Je la trouve... parfaite !

Sa joie et sa bonne humeur étaient revenues, intactes. La situation ne manquerait pas d'être compliquée, leur relation serait... délicate, mais elle avait bien l'intention de profiter au maximum de son séjour à Kallistris. Parce qu'elle n'aurait jamais l'occasion de revenir sur une île privée. Quant à cette adorable villa, Rosalie était impatiente de la voir de plus près et d'en explorer l'intérieur.

Xandros la gratifia d'un sourire éblouissant tandis que Panos s'arrêtait dans un crissement de pneus et un nuage de poussière blanche, puis l'aida à descendre de la jeep.

— Bienvenue ! Bienvenue !

Une femme d'une cinquantaine d'années, de petite taille mais robuste, sortit de la villa et s'avança à leur rencontre en souriant.

Elle prit affectueusement Xandros dans ses bras et lui dit quelque chose en grec, avant d'inviter Rosalie à entrer dans la maison.

— Venez, venez ! disait-elle en souriant toujours plus.

À l'intérieur, il faisait beaucoup plus frais. Rosalie suivit Maria dans un couloir pavé conduisant à une pièce toute simple mais décorée avec goût. Sans doute sa chambre...

Maria et Panos savaient-ils que Xandros et elle n'étaient pas vraiment mariés ? Que leur avait-il dit, au juste... ?

Peu importait, de toute façon. Et surtout, cela ne changeait rien à la situation.

Panos apporta sa valise, et Maria s'en empara d'autorité pour la poser sur le lit.

— Allez rejoindre votre mari ! dit-elle en se tournant vers Rosalie. Je m'occupe de tout !

Il n'aurait servi à rien d'insister, aussi Rosalie reprit-elle le couloir en sens inverse. Quand elle ressortit de la villa, la chaleur avait encore augmenté. S'abritant les yeux de la main, elle contempla la mer d'un bleu cristallin, la plage de galets blancs...

Sans réfléchir, elle se débarrassa de ses sandales, remonta son pantalon sur ses mollets et s'avança bientôt dans l'eau.

— Quel délice ! dit-elle, ravie.

Un bruit de pas la fit se retourner.

— Je suis heureux de te l'entendre dire.

Xandros, vêtu d'un short en jean, sa chemise en lin blanche déboutonnée à l'encolure, offrait son torse musclé à ses regards, ses longues jambes nues à la peau hâlée…

Quand elle leva les yeux vers son visage, l'expression de son regard lui fut dissimulée par des lunettes de soleil. La brise soulevait ses cheveux noirs, lui donnant un air un peu bohème et follement sexy…

En fait, Xandros était la sensualité incarnée. Elle déglutit. Une aura sensuelle exsudait de lui, de toute sa personne.

Elle déglutit à nouveau.

— Je ne dois pas être la seule à apprécier cet endroit ! répondit-elle d'un ton faussement détaché. Tous ceux et celles qui viennent ici doivent penser la même chose !

— Personne ne vient jamais ici.

Suffoquée, elle le dévisagea en silence.

— Cette île est mon sanctuaire, mon refuge, dit-il. Je n'y amène jamais personne.

Sauf la femme qui n'était pas vraiment sa femme, pour y vivre une lune de miel qui n'en était pas une…

— Maria nous a servi des rafraîchissements, dit-il tranquillement. Tu dois avoir soif, non ?

Lui emboîtant le pas, elle le suivit en direction de la villa, devant laquelle une table et des chaises avaient été installées à l'ombre d'un immense parasol déporté.

Maria déposa un grand plateau en bois sur la table et y disposa café, pichet de jus de fruits et carafe d'eau, ainsi qu'un assortiment de pâtisseries présentées sur un plat en céramique bleu et blanc. Puis elle se tourna vers eux.

— Mangez, vous devez mourir de faim !

Rosalie se servit un verre de jus de fruits coupé d'eau bien fraîche.

— Si tu ne goûtes pas aux pâtisseries de Maria, tu vas la vexer, dit nonchalamment Xandros.

— Je suis certaine qu'elles sont délicieuses, mais je mange trop depuis quelques jours, répondit-elle d'un ton détaché. Si je continue comme ça, je vais devenir énorme !

Le regard sombre descendit lentement sur son buste, son ventre…

— Tu as de la marge, il me semble.

Mon Dieu, quand il lui disait ce genre de chose, il ne se rendait pas compte de l'impact de son regard, de sa voix, sur elle, partout en elle…

Qu'il s'en rende compte ou non, c'était à elle de ne pas y réagir. De se *contrôler* et de rester maîtresse d'elle-même. Sinon, elle ne survivrait pas à cette lune de miel ni à cette parodie de mariage – même si la comédie ne durait que six mois.

9

— Tu veux te baigner ? demanda Xandros en reposant sa tasse vide sur la table.

Il se leva sans attendre la réponse de Rosalie. Qu'elle l'accompagne ou pas, nager *lui* ferait le plus grand bien. Cela lui permettrait d'oublier temporairement le désir qui le tenaillait.

Pas question de brûler les étapes et de la brusquer. Et puis, il n'était plus un adolescent incapable de se contrôler.

Ce soir... Elle deviendrait pleinement sa femme ce soir...

— Alors ? Tu viens ?

Elle se leva à son tour en souriant.

— Je vais me changer et je te rejoins !

Il l'imita et, cinq minutes plus tard, il l'attendait au bord de l'eau. Il la regarda émerger de la villa dans un maillot une pièce turquoise, une serviette de bain sur les épaules, les cheveux rassemblés à la va-vite sur le dessus de la tête.

Son cœur se mit à battre à un rythme sauvage. Elle était... à croquer... Et un peu embarrassée, comprit-il en la voyant s'arrêter à un mètre de lui.

Il se détourna et s'avança jusqu'à avoir de l'eau jusqu'à la taille, puis plongea, avant de refaire surface et de s'éloigner vers le large en fendant l'eau de son crawl vigoureux.

Quand il estima être suffisamment loin du rivage, il se retourna et héla Rosalie qui s'était avancée et avait de l'eau jusqu'aux genoux.

— Viens ! Elle n'est pas froide du tout !

— Elle est *délicieuse* ! répondit-elle en continuant d'avancer.

Soudain, elle tendit les bras en avant et se jeta à l'eau, puis se dirigea vers Xandros en nageant la brasse. Quand elle fut à deux mètres de lui, elle se retourna sur le dos et, les yeux clos, les lèvres entrouvertes, fit la planche.

Il contempla le corps superbe offert à la caresse du soleil, vêtu d'un simple maillot turquoise. Il l'imagina nue, sur son lit, offerte à son seul regard...

Une sensation inconnue lui noua la gorge, lui étreignit la poitrine. La beauté de Rosalie lui faisait presque mal.

Il regarda le beau visage, la bouche pulpeuse... Il aurait pu l'embrasser, là, maintenant...

Non, encore un peu de patience. Et ce soir, ils auraient tout le temps de profiter l'un de l'autre. Et ils ne se contenteraient pas de baisers...

— Tu ressembles à une sirène, dit-il en souriant.

— J'ai l'impression d'en être une, répondit-elle sans rouvrir les yeux. C'est absolument divin.

Se retournant à son tour sur le dos et fermant les yeux, il fit la planche à côté d'elle.

— Je confirme – c'est *divin* !

Ils flottèrent ainsi paisiblement côte à côte, jusqu'à ce qu'il se rende compte qu'ils dérivaient vers la haute mer.

Se retournant sur le ventre, il dit à Rosalie qu'ils feraient mieux de regagner la plage.

— Je croyais qu'il n'y avait pas de marées en Méditerranée ? répondit-elle en le suivant.

— Il y a une *légère* marée, et des courants. Mais rien de comparable avec ce que vous avez en Grande-Bretagne, bien sûr.

— Je ne suis jamais allée à la plage en Angleterre. Ni nulle part ailleurs. C'est ma première fois !

— Tu n'étais jamais allée au bord de la mer ? demanda-t-il, interloqué.

— Non, jamais ! Même pas à Southend, la station balnéaire la plus proche de l'East End. Ma mère n'était jamais assez bien pour y aller. Elle n'était jamais assez bien pour quoi que ce soit, en fait. Et nous n'avions pas les moyens de nous offrir des vacances.

Il y avait de la légèreté dans sa voix, mais aussi de la tristesse. Xandros repensa à l'égoïsme, la cruauté de Stavros qui les avait *délibérément* laissées vivre dans la misère.

Même aux heures les plus sombres de son enfance, à l'époque où l'inquiétude de ses parents était à son comble, il n'avait jamais manqué de rien. Alors que Rosalie avait manqué de *tout* et avait dû se battre pour survivre.

Eh bien, il veillerait désormais à ce qu'elle jouisse d'une existence confortable et n'ait plus jamais aucun souci matériel. Il ferait tout son possible pour la combler. Matériellement et… physiquement.

Soudain, il comprit.

Il voulait la rendre heureuse.

C'était un sentiment nouveau pour lui, étrange. Et fort agréable.

— Si tu n'es pas trop fatiguée, nous pourrions marcher un peu, dit-il quand ils eurent regagné la terre ferme. Je te montrerai ce côté-ci de l'île.

— Je ne suis pas du tout fatiguée, au contraire, répondit-elle en souriant. Nager m'a redonné de l'énergie !

Après avoir pris une douche et s'être rhabillés, ils se dirigèrent vers le sentier étroit s'avançant entre les lauriers-roses.

Quand ils arrivèrent en haut de la falaise surplombant la côte découpée, Rosalie s'exclama à nouveau :

— Comme c'est beau !

Xandros se tourna vers elle et la regarda. Elle avait chaussé ses lunettes de soleil et retenu ses cheveux en arrière au moyen d'une barrette, mais des mèches s'en étaient échappées, qu'elle repoussait de la main en regardant la vue.

Jamais il ne se lasserait de la regarder.

Pas plus qu'il ne se lasserait de son île. Parce que toutes les deux possédaient la même beauté *naturelle*.

— Je crois qu'il est temps de rentrer, dit-il d'un ton neutre. Nous reviendrons un autre jour, en apportant le déjeuner. C'est l'endroit idéal pour pique-niquer – et aussi pour admirer le coucher de soleil. Mais ce soir, ce sera plutôt depuis la plage, en sirotant le champagne !

Elle tourna la tête vers lui en souriant.

— Et nous avons intérêt à avoir faim, fit-il sur le ton de la plaisanterie. Parce que Maria nous prépare un véritable festin – elle est aux fourneaux depuis ce matin, d'après Panos.

Un festin destiné à célébrer leurs noces – et à leur donner des forces. Avant de se retirer pour savourer d'autres délices, s'adonner à d'autres plaisirs...

Rosalie contempla son reflet dans le miroir en pied accroché au mur de sa chambre. Elle avait choisi une robe en mousseline jaune bouton d'or à taille haute, qui tombait en plis souples jusqu'à ses chevilles et dont le bustier froncé se prolongeait par des mancherons à volants. En guise de coiffure, un bandeau brodé lui ceignait le front ; quant au maquillage, une simple touche de mascara et de brillant à lèvres transparent.

Avant de quitter sa chambre, elle se drapa les épaules dans une étole en soie sauvage blanc cassé, et jeta un dernier coup d'œil à son reflet...

En avait-elle trop fait ? Sa tenue était-elle trop sophistiquée pour une soirée en tête à tête avec Xandros sur la plage ?

Allait-il penser qu'elle essayait de le séduire ?

Elle chassa les interrogations et les doutes qui l'assaillaient. Il suffirait que son comportement ne soit pas ambigu. Jusqu'à présent, elle avait réussi à garder ses distances avec Xandros, à afficher une sérénité qu'elle était loin d'éprouver. Elle s'était montrée gaie et enjouée, amicale. Elle l'avait écouté, s'efforçant de ne pas le regarder trop souvent...

Rassérénée, elle sortit de la villa et descendit vers la plage où Xandros l'attendait, installé sur une chaise longue en toile écrue. Le soleil couchant semblait flotter au-dessus de l'horizon, nimbant le ciel de pourpre et d'or.

— Viens t'asseoir, dit-il en se levant. Le spectacle vient juste de commencer.

Elle remarqua la bouteille de champagne dans un seau à glace sur la table en teck, et s'installa dans la seconde chaise longue.

Xandros se rassit, prit la bouteille et versa le liquide pétillant dans deux flûtes en cristal.

Quand elle prit celle qu'il lui tendait, Rosalie tressaillit en sentant ses doigts effleurer les siens.

— À nous ! À notre mariage ! dit-il en levant sa flûte. Qu'il nous apporte tout ce que nous désirons !

Le champagne était délicieux, le cadre paisible, le soleil embrasant le ciel constituait un spectacle grandiose, en effet, mais…

Rosalie tressaillit, son cœur se serra.

Que se passerait-il si ses propres désirs dépassaient les objectifs qu'ils s'étaient fixés ? Si elle attendait davantage de ce mariage que Xandros ?

Elle se sermonna. Ce n'était pas le moment de se livrer à ce genre de pensée. Mieux valait savourer ces instants précieux.

Son regard croisa celui de Xandros. Aussitôt, un frisson délicieux la parcourut, au plus profond de son être.

Elle tourna les yeux vers la mer dont la surface miroitait de mille reflets dorés, puis ils demeurèrent silencieux tous les deux, se contentant de regarder le soleil descendre à l'horizon.

Seul le bruit des vaguelettes léchant les galets troublait le silence.

Peu à peu, le disque de feu rejoignit la mer et s'unit à elle, tel un incendie embrasant une immense étoffe, puis disparut soudain.

Xandros se leva.

— Le festin doit être prêt – je m'en voudrais de faire attendre Maria !

Ils remontèrent lentement vers la villa, Xandros portant le seau et la bouteille de champagne d'une main, les flûtes de l'autre. Au lieu de franchir le seuil, il contourna la maison et Rosalie découvrit alors une charmante petite terrasse au sol de pierre, protégée par un muret bas sur lequel s'alignaient des géraniums en pot, rouges et blancs. Des sarments de vigne tapissaient les arceaux en fer forgé de la pergola, s'entrelaçant avec une guirlande électrique.

La table était dressée pour deux, la nappe en lin blanc était parsemée de fleurs rose pâle, et une grosse bougie sur un support en faïence bleue diffusait une belle lumière dorée.

Rosalie sourit, charmée par l'atmosphère romantique qui se dégageait de l'ensemble.

De toute évidence, Xandros partageait son plaisir car il sourit à son tour et l'invita à prendre place.

Comme il s'asseyait face à elle et remplissait les flûtes vides, Maria apparut sur la terrasse, émergeant de l'arrière de la villa où se trouvait probablement la cuisine.

— Bienvenue ! Bienvenue ! dit-elle en souriant jusqu'aux oreilles. Et bon appétit !

Elle déposa sur la table un immense plateau débordant de victuailles, et donna en grec des explications que Xandros traduisit au fur et à mesure :

Viande d'agneau coupée en fines lamelles et marinée dans un mélange d'huile d'olive, de plantes aromatiques et d'épices puis cuite pendant des heures au barbecue ; riz parfumé ; pommes de terre rôties, accompagnées de haricots verts et de tomates grillées...

Un véritable festin, en effet...

— Je t'avais prévenue, dit-il avec un sourire malicieux.

— Où sont les autres invités ? répondit-elle en riant.

Il rit avec elle, et la servit avant de se servir lui-même.

Tout était divinement bon. L'agneau fondait dans la bouche...

Soudain, Maria réapparut avec une bouteille de vin rouge qu'elle posa sur la table en disant quelque chose en grec.

— Tu dois être en forme pour ta nuit de noces, traduisit Xandros.

La flamme de la bougie projetait des reflets dorés dans ses yeux sombres, mais il y avait autre chose dans son regard. Un éclat nouveau, incandescent...

Elle recommençait ! Elle se faisait des idées, voyait des choses qui n'existaient pas !

Elle leva son verre et but une gorgée de vin. Mais au cours du repas, elle eut de plus en plus de mal à ne pas se laisser aller à des pensées aussi troublantes qu'absurdes.

Lorsqu'ils avaient dîné ensemble à Athènes, Xandros s'était

toujours montré attentionné avec elle, mais ce soir, dans ce cadre romantique et intime, son regard restait en permanence posé sur elle. Chaud… Caressant…

Probablement traitait-il toutes les femmes de la même façon. Sans se rendre compte du singulier effet qu'il lui faisait, à elle. Son charme faisait partie de lui, de sa personne.

Il remplit à nouveau leurs verres. Et Maria resurgit tout à coup de nulle part, débarrassa la table en un tournemain et disparut, avant de réapparaître avec un plateau chargé d'une quantité impressionnante de pâtisseries…

— Je ne peux plus rien avaler ! dit Rosalie en secouant la tête.

Xandros éclata de rire, souleva son verre et le vida d'un trait.

— Ces pâtisseries sont plus légères que celles que nous avons mangées en arrivant. Goûtes-en une – tu vas adorer, j'en suis certain !

Comment résister à la tentation ? Elle choisit la plus petite et ferma les yeux : elle était *délicieuse*.

À sa grande stupeur, Xandros en dévora une bonne demi-douzaine avec appétit…

Où mettait-il tout cela ? Elle le revit en caleçon de bain, les gouttelettes d'eau scintillant sur son torse musclé, ses pectoraux parfaits, ses impressionnants abdominaux…

Je n'aurais pas dû. C'était une erreur.

Le souvenir des paroles qu'il avait prononcées la veille la calma instantanément. Il ne voulait pas d'elle, pas de cette façon. Il ne la désirait pas *physiquement*. Et elle commettrait elle aussi une erreur en s'autorisant à croire le contraire.

Repoussant son assiette où ne restaient que quelques miettes, Xandros, les yeux mi-clos, dévisagea Rosalie en silence. Puis, sa serviette à la main, il se pencha en avant.

— Tu as une miette de gâteau sur la lèvre, dit-il d'une voix rauque.

Délicatement, il ôta la miette en question, lui effleurant les lèvres des doigts.

Le cœur de Rosalie s'emballa. La bougie se consumait toujours sur son support bleu désormais recouvert de coulées de cire. Les fleurs exhalaient leur parfum doux et sucré…

La proximité de Xandros la troublait profondément. Il l'attirait irrésistiblement, c'était plus fort qu'elle…

Xandros. Son mari *temporaire*. Ils étaient ensemble dans ce cadre idyllique uniquement parce qu'ils avaient passé un *contrat*.

Il se leva, repoussa sa chaise en arrière.

— On se passe de café ? demanda-t-il en souriant.

Envoûtée par ce sourire, elle fixa la belle bouche sensuelle, puis leva les yeux vers les siens.

— J'aimerais essayer une tradition très ancienne…

Sans lui laisser le temps de réagir, il s'approcha, se pencha et la souleva dans ses bras, avant de contourner la villa et d'y entrer par la porte principale.

— Et voilà ! Ma femme a franchi le seuil de ma maison dans mes bras ! s'exclama-t-il en riant.

Son regard étincelait, triomphant et possessif.

Incapable de respirer, de prononcer un mot, Rosalie lui passa les bras autour du cou.

— Xandros…, murmura-t-elle.

Elle se sentait dépassée, submergée. Vaincue. Comment aurait-elle pu encore résister alors qu'il la serrait contre lui et s'avançait maintenant dans le couloir conduisant aux chambres ? Et qu'il ne se dirigeait pas vers celle de Rosalie, mais vers la sienne ?

Quelques instants plus tard, il l'étendit sur le lit, alluma la lampe de chevet et s'allongea à côté d'elle.

Puis, s'appuyant sur un coude, il la regarda.

Le cœur de Rosalie battait si fort qu'elle crut qu'il allait exploser. Fascinée, elle ne pouvait que se repaître du regard ardent rivé au sien.

— J'ai attendu ce moment toute la journée, dit-il lentement.

Il inspira profondément.

— Je l'attends depuis l'instant où je t'ai vue sortir du restaurant de l'hôtel, à Londres. Et cette attente interminable est enfin arrivée à son terme.

Quand il pencha la tête vers elle, que sa bouche prit la sienne, elle fut perdue. Il l'embrassait avec une lenteur presque insupportable, prenant tout son temps pour ouvrir ses lèvres, explorer sa bouche, la goûter, cherchant sa langue, la réclamant, l'enlaçant...

Elle fondit tout entière. Ce baiser était plus dévastateur encore que celui de la veille.

Une joie inconnue l'envahit, se répandit dans les moindres cellules de son corps. Xandros l'attira contre lui, sa bouche prit complètement possession de la sienne.

Plus rien n'existait que le bonheur infini qui ruisselait en elle. L'univers entier avait disparu. Seul comptait le plaisir que lui offrait cet homme somptueux.

Soudain, il s'écarta et plongea son regard brûlant dans celui de Rosalie.

— Notre nuit de noces ne fait que commencer, dit-il de sa belle voix grave. Et elle n'est pas près de s'achever, crois-moi...

10

Les paroles de Xandros produisirent une sorte de déclic en Rosalie, qui redescendit brutalement sur terre.

— Je... Je ne comprends pas..., dit-elle, confuse.

— Qu'est-ce que tu ne comprends pas ?

Il la dévisagea un instant en plissant légèrement le front.

— C'est pourtant très simple, non ? murmura-t-il, avec ce petit sourire en coin si sexy.

— Mais... tu disais que c'était une erreur. Hier soir... Après m'avoir embrassée devant la porte de ma chambre...

Il éclata de rire, d'un rire chaud, sensuel et malicieux.

— Tu ne te rends pas compte de l'effort surhumain que cela m'a coûté de te quitter, hier soir ! C'est pour ça que ce baiser était une erreur !

Ses yeux étincelèrent, de désir pur.

— J'ai enduré un véritable supplice ! Déjà à Londres, dès le premier soir ! Quant au moment où je t'ai trouvée sur le seuil de ma chambre, chez moi, en train de contempler le lit...

Il poussa un juron étouffé.

— Je vivais une torture permanente ! Je comptais les minutes me séparant du moment où tu serais enfin à moi...

Une jubilation inconnue envahit Rosalie, doublée d'une excitation insensée...

— Mais maintenant..., dit-il.

Sa voix rauque passa sur elle comme une promesse, une caresse qui la fit vibrer au plus intime de sa féminité.

— Maintenant..., répéta-t-il lentement. Le moment est juste. *Tout* est juste. Parfait.

Quand il se pencha de nouveau vers elle et lui effleura délicatement les lèvres, elle s'abandonna. À lui. Corps et âme.

À la perspective de ne plus devoir réprimer l'élan qui la poussait vers lui, elle éprouvait un sentiment de libération, d'exaltation émerveillée. Ç'avait été si difficile de se contrôler, de refouler ses émotions, ses désirs... Mais c'était terminé. Ses fantasmes devenaient réalité, ses rêves se réalisaient. Xandros la *désirait*. Il brûlait pour elle et rien que pour elle. Le désir flamboyait dans ses yeux.

Un tremblement naquit au tréfonds de son être. En proie à un vertige, elle eut l'impression que tous ses sens se réveillaient, exultaient, se réjouissaient. Une véritable ivresse la gagna, qui n'était pas due au champagne ni au vin.

Lorsqu'il approfondit son baiser, elle y répondit avec fièvre. Elle lui ouvrit sa bouche, mêla sa langue à la sienne, jusqu'à ce qu'il écarte à nouveau les lèvres des siennes et redresse la tête.

Les yeux luisant d'incroyables reflets fauves, il glissa les doigts dans ses cheveux, les caressa lentement, comme pour en savourer la douceur. Puis il lui effleura la joue, descendit sur sa bouche, en suivit le contour. Tout en la *dévorant* des yeux, avec une intensité farouche qui la fit violemment frissonner.

Avec la même lenteur, les longs doigts glissèrent sur son menton, son cou, sa gorge ; elle le laissait faire en retenant son souffle, le regard soudé au sien.

La main chaude poursuivit son chemin...

— Tu es si belle... Si incroyablement belle...

Il referma la paume sur son sein. Un courant brûlant traversa Rosalie. Un gémissement franchit ses lèvres. Il caressait la pointe durcie à travers l'étoffe avec un art qui la fit bientôt haleter. Puis il pencha la tête et sa bouche remplaça sa main, faisant de nouveau gémir Rosalie. Elle était encore habillée, mais elle se sentait terriblement exposée. Des ondes délicieuses la parcouraient à chaque nouvelle caresse des lèvres expertes.

Tout en continuant son exquise torture, il fit glisser un mancheron de son épaule, entraînant la bretelle du soutien-gorge.

Ce ne fut que lorsqu'elle sentit ses doigts lui effleurer les seins qu'elle prit conscience qu'il les avait dénudés.

Le plaisir redoubla d'intensité, un halètement lui échappa. Tout son corps se consumait. Tous ses sens vibraient, réclamaient. Le désir montait inexorablement en elle. Elle avait *besoin* de Xandros. De ses mains, de sa bouche. De tout son corps.

D'instinct, elle creusa les reins pour mieux s'offrir aux caresses de sa bouche et de sa langue.

Elle brûlait de s'offrir à lui. Tout entière.

Soudain, elle eut l'impression que le désir déferlait en elle, avant de se concentrer dans le lieu le plus intime, le plus secret de son corps. Le lieu qu'aucun homme n'avait jamais ni vu ni touché.

Une chaleur délicieuse palpitait entre ses cuisses, qui s'écartèrent d'elles-mêmes.

Xandros devina-t-il qu'elle était prête pour lui ?

Quelque chose changea dans son attitude. Ses caresses devinrent plus précises, faisant fuser le plaisir partout en elle. Puis il redressa la tête et reprit sa bouche avec passion.

Tout à coup, il se redressa à nouveau, pour saisir la robe de mousseline par le bas et la remonter sur les jambes de Rosalie qui souleva les hanches pour l'aider à la lui ôter.

Quelques instants après, elle était complètement nue. Exposée à son regard. Offerte.

Durant un long moment, il la contempla en silence. Puis il murmura quelque chose en grec avant de revenir à l'anglais.

— Tu es si belle. Si merveilleusement belle...

D'un mouvement agile, il descendit du lit.

— Ne bouge pas, ordonna-t-il, la voix rauque.

Le cœur battant à tout rompre, la bouche sèche, elle le regarda se déshabiller. Mais quand il posa les mains sur la ceinture du pantalon, elle ferma les yeux... et entendit le rire mâle et triomphant de celui qui allait devenir son premier amant.

Les yeux toujours fermés, elle le sentit s'allonger à côté d'elle, puis, doucement, repousser une mèche de sa joue tandis qu'elle se risquait à ouvrir les paupières.

Le regard de Xandros étincelait comme de l'or.

Elle allait se donner à lui, devenir femme d'une autre manière.

Quand il reprit sa bouche et que les grandes mains chaudes glissèrent sur son corps nu, elle referma les siennes sur le dos puissant. À la peau douce, lisse, satinée… S'enhardissant, elle remonta jusqu'à l'épaule avant de redescendre lentement, de plus en plus bas. Sur les reins, les hanches étroites…

Soudain, ce fut le choc. La sensation était inouïe, grisante. Du bout des doigts, elle effleura le membre viril, le caressa. Il était terriblement excité… mais l'intensité du désir de Xandros ne l'effraya pas. Au contraire. Elle brûlait de le sentir en elle.

Elle le désirait tout entier. Elle voulait tout de lui.

À cet instant, il lui écarta les cuisses, s'installa entre ses jambes et la pénétra d'un coup de reins vigoureux.

Une douleur aiguë la transperça, avant de disparaître aussi soudainement qu'elle était apparue. Mais Rosalie avait été si surprise qu'elle n'avait pu retenir un cri.

S'immobilisant aussitôt, Xandros redressa la tête et la dévisagea d'un air interdit et incrédule.

— Rosalie ! Pourquoi ne m'as-tu rien dit, bon sang !

— Je… Je…

Il se retira précautionneusement et roula sur le flanc.

Un sentiment d'abandon et de froid envahit Rosalie. Elle se sentait confuse, perdue. Une tristesse sans fond s'abattit sur elle. Si vive qu'elle fondit en larmes.

Xandros poussa un juron et la prit dans ses bras, la serra contre lui, la berçant comme une enfant.

Il n'y avait plus aucune incrédulité dans sa voix, rien que de la douceur, et même de la tendresse. Il lui parla en grec, pour la réconforter, la rassurer. Elle ne comprenait pas un mot de ce qu'il disait, évidemment, mais le timbre chaud de la belle voix grave lui réchauffa le cœur.

Soudain, elle se rendit compte qu'elle ne pleurait plus. Depuis combien de temps Xandros lui murmurait-il de douces paroles en lui caressant le dos ? Elle n'aurait su le dire. Et puis, elle se sentait épuisée, tout à coup...

Incapable de résister plus longtemps à la fatigue, elle ferma les paupières et sombra dans le sommeil.

Xandros regarda la surface de l'eau miroiter au soleil matinal, mais toutes ses pensées étaient tournées vers la femme qui dormait sans doute encore dans son lit.

Son épouse. *Sa* femme.

La créature innocente dont il était le premier amant.

Rosalie bouleversait son existence. À tous les niveaux. Il se sentait transformé, et la sensation était... déroutante. Étrange et merveilleuse...

Entendant des pas se rapprocher derrière lui sur les galets, il se retourna et sourit avec chaleur.

— *Kalimera*, dit-il doucement.

Mais elle ne lui rendit pas son sourire. Ni son bonjour. Elle s'arrêta à quelques mètres de lui, l'air hésitant, vêtue d'un short turquoise et d'un T-shirt rose clair. Ses cheveux tombaient librement sur ses épaules, son visage ne portait aucun maquillage.

Il sentit quelque chose frémir en lui.

Elle était encore plus belle ainsi...

Mais elle paraissait contrariée. Triste.

Il s'avança vers elle et lui prit les mains.

— Comment vas-tu ? demanda-t-il en scrutant ses traits. Je suis tellement désolé de... de t'avoir fait mal cette nuit. Mais... je n'avais pas du tout réalisé...

Elle baissa les yeux en rougissant, l'air si confus, si peiné qu'il la prit dans ses bras et l'embrassa dans les cheveux.

— C'est *moi* qui devrais m'excuser ! dit-elle en redressant la tête. Je t'ai... déçu !

Abasourdi, il la dévisagea en silence. Pensait-elle vraiment ce qu'elle disait ? Il l'embrassa de nouveau, sur la bouche cette fois, mais tout doucement, pour la rassurer.

— Ne pense *jamais* cela, dit-il d'une voix ferme. À partir de maintenant, nous avancerons à *ton* rythme. Et quand tu seras prête – tout se passera bien.

Il lui sourit.

— Je te promets, ma belle épouse, que la prochaine fois que tu crieras dans mes bras, ce sera de plaisir…

Durant un long moment, ils se regardèrent dans les yeux en silence. Il en avait assez dit. Pour l'instant, du moins. Et il savait également que s'il la gardait enlacée plus longtemps, il ne pourrait résister au désir de l'embrasser avec passion. Ce qui n'aurait fait que l'effaroucher. Aussi laissa-t-il retomber ses bras et reprit d'un ton enjoué :

— Allons prendre le petit déjeuner maintenant. Et ensuite, nous profiterons de cette belle journée !

Assise en face de Xandros sur la terrasse, Rosalie contempla la table couverte de petits plats sur lesquels Maria avait disposé toutes sortes de mets plus appétissants les uns que les autres. Il y avait à nouveau de quoi nourrir une bonne douzaine de convives…

Mais le pain fait maison fleurait délicieusement bon, un arôme puissant montait de la cafetière en porcelaine blanche, et Rosalie se rendit compte qu'elle mourait de faim.

Xandros la regarda en souriant et, cette fois, elle lui rendit son sourire. Il se montrait si gentil avec elle, si accommodant et si patient. Grâce à lui, elle avait réussi à chasser tous ses doutes, toutes ses pensées tristes. Il la comprenait et se soumettrait à son rythme, il lui en avait fait la promesse. De façon à ce qu'elle puisse s'habituer à sa nouvelle vie, à lui. Et à la dimension charnelle de leur mariage.

Alors elle suivrait son conseil et prendrait son temps pour faire la paix avec les émotions contradictoires qui s'agitaient en elle. Et surtout, elle profiterait de cette belle journée, en effet. À commencer par cet alléchant petit déjeuner.

— Sers-toi, dit-il en lui passant le beurrier et un pot de miel doré.

Oui, elle savourerait chaque instant de ces moments uniques passés à Kallistris. Elle apprendrait à connaître l'île de Xandros, se repaîtrait du soleil grec et de la mer Égée. Tout était si différent de ce qu'elle avait connu dans l'East End. Dans le quartier où elle habitait et travaillait, les rues étaient sales, les murs couverts de graffiti souvent obscènes.

Là, à Kallistris, tout respirait la paix et l'harmonie. Et la beauté.

Elle regarda Xandros qui continuait de lui sourire avec chaleur tandis qu'un doux éclat dorait son regard sombre. Elle repensa à la façon dont il l'avait prise dans ses bras après l'avoir trouvée en train de marcher sur le bas-côté de la route, alors qu'elle fuyait le manoir de son père. Il l'avait consolée, réconfortée, bercée comme une enfant alors qu'elle pleurait à gros sanglots.

Il avait fait la même chose cette nuit. Un mélange confus d'émotions l'envahit. Elle aurait été incapable de les analyser mais elle savait que Xandros en était le centre.

— Alors, qu'aimerais-tu faire aujourd'hui ? demanda-t-il en reposant sa tasse de café.

Comme elle le regardait sans répondre, il poursuivit :

— Nous pourrions aller nager comme hier, puis nous allonger un peu sur la plage avant que le soleil ne soit trop haut. Et ensuite, si tu en as envie, nous pourrions peut-être faire un tour en mer ? Qu'en dis-tu ?

Elle sourit timidement et acquiesça d'un petit hochement de tête.

Mais tout fut plus facile qu'elle ne l'avait imaginé. Notamment grâce à Xandros. Ils nagèrent un long moment, puis s'allongèrent côte à côte sur de grandes serviettes de bain. Le soleil agit sur elle comme un baume. Quand ils regagnèrent la villa pour se changer, elle se sentait complètement ragaillardie.

Plus tard, ils déjeunèrent sur la terrasse, savourant le repas froid concocté par Maria : du fromage de chèvre frais, des tomates au goût sucré, des olives succulentes provenant de l'oliveraie située à proximité de la villa. Le tout accompagné du délicieux pain fait maison.

Ensuite, Xandros l'emmena comme prévu faire un tour en bateau. Ils traversèrent la baie tranquillement, dans un sens puis dans l'autre, la brise soulevant les cheveux de Rosalie, les embruns lui caressant les narines.

Une impression de paix l'envahit de nouveau. Une sorte de bien-être inconnu. Elle se sentait complètement détendue.

Après avoir regagné le rivage, Xandros lui proposa une promenade à pied – pas vers la falaise, cette fois, mais à l'intérieur des terres, là où se trouvait la maison de Maria et Panos.

Ce dernier eut l'air ravi, et très fier, de montrer son jardin potager à Rosalie. Ses pêchers et ses citronniers aux branches ployant sous le poids des fruits. Son oliveraie. Son cheptel : poules et poulets, coq, porcs, et enfin deux mules qui les accueillirent avec un vigoureux braiement.

Après lui avoir présenté tout son petit monde, Panos l'invita à s'asseoir avec Xandros autour d'une table en bois rustique installée à l'arrière de la maison, et leur offrit des gâteaux aux amandes accompagnés d'un verre de son eau-de-vie de pêche, qu'il distillait lui-même. Ses deux chiens à l'air féroce mais, en réalité, aussi doux que des agneaux, s'étaient allongés aux pieds de Rosalie et haletaient tranquillement, attendant de toute évidence qu'elle leur prête attention et les caresse – ce qu'elle fit volontiers.

Finalement, Xandros et elle repartirent avec une énorme pastèque et un panier de tomates mûries au soleil. Sans doute Panos craignait-il que Maria ne les laisse mourir de faim, dit Xandros tandis qu'ils reprenaient le chemin de la villa.

— Ils ont une bonne vie, répondit Rosalie sans réfléchir. Simple, mais saine.

— C'est bien vrai. Je me demande de temps en temps si je pourrais vivre comme eux… Peut-être que je me lasserais de mon île… Quand on jouit pleinement d'une chose que l'on aime, cette chose perd parfois tout attrait à nos yeux.

Comment aurait-elle pu le savoir ? se demanda Rosalie en contemplant la mer étincelant au soleil. Elle n'avait jamais eu le loisir de jouir pleinement de quoi que ce fut… La seule chose dont elle n'avait pas manqué, c'était d'amour maternel.

Elle tourna les yeux vers l'homme marchant à côté d'elle.

L'homme merveilleux qui la faisait fondre d'un simple regard, d'un simple baiser. L'amant fabuleux qui lui avait fait découvrir la force du désir, qui l'avait transportée dans un univers où régnaient la passion et la volupté…

Jusqu'à ce que son manque d'expérience ne la rattrape et que son corps soit soudain dépassé.

Mais Xandros lui avait promis d'attendre. C'était à elle d'imposer son rythme. Et quand elle serait prête… elle deviendrait vraiment sa femme et, à ce moment-là, elle crierait de plaisir dans ses bras.

À vrai dire, elle n'avait pas songé que ce mariage temporaire lui apporterait de tels… bénéfices. Mais puisque c'était le cas, pourquoi les aurait-elle refusés ?

Brusquement, toute peur, toute appréhension la déserta. Xandros était l'amant idéal avec qui partager sa première expérience sexuelle. Alors, pourquoi ne pas profiter de l'occasion unique qui s'offrait à elle ?

Blottie dans les bras musclés, contre le torse chaud et ferme, Rosalie sentait les ondes de plaisir continuer de frémir partout en elle.

Leur étreinte avait été incroyable, elle avait répondu à chacune des caresses de Xandros avec une fougue, une hardiesse stupéfiantes. Elle s'était offerte tout entière à lui, corps et âme. Et sans plus aucune crainte.

Elle avait crié, encore et encore, mais plus de douleur, cette fois-ci. D'émerveillement et de joie tandis qu'elle s'abandonnait à la jouissance en s'agrippant aux solides épaules de son amant, creusant les reins pour mieux accueillir le plaisir qui l'inondait. Il l'avait suivie et ils avaient joui ensemble, dans une harmonie parfaite.

Et maintenant, elle reposait dans ses bras, apaisée et… heureuse.

Xandros savourait la chaleur du corps ferme lové contre lui. Résolu à lui faire oublier cette maudite première expérience ratée, il s'était, comme il le lui avait promis, totalement dévoué au plaisir de Rosalie. Mais il devait reconnaître qu'elle lui avait facilité la tâche. Non seulement elle avait été prête, mais elle avait montré une ardeur qui l'avait autant surpris que ravi.

Leur première vraie étreinte avait été... incroyable. Jamais il n'avait éprouvé un plaisir aussi intense, aussi singulier. Jamais il n'avait connu un tel embrasement de tous les sens.

Qu'avait Rosalie de si particulier qui lui donnait l'impression de vivre une expérience unique, spéciale ?

Réagissait-il ainsi parce qu'ils étaient mariés ? Ou parce que c'était la première fois qu'il amenait une femme sur son île ? Qu'il partageait son refuge avec quelqu'un ?

Les questions flottèrent dans son esprit, de plus en plus vagues... Puis Xandros sentit ses paupières se fermer malgré lui, tandis que ces interrogations s'évaporaient petit à petit, telle la brume matinale aux premiers rayons du soleil.

Rosalie, allongée sur sa chaise longue, appliqua une nouvelle couche de crème solaire sur ses bras en souriant. Elle avait pris des couleurs, depuis son arrivée à Kallistris. Et découvert tellement de choses ces jours derniers...

Cinq jours de bonheur absolu ! Cinq nuits encore plus fabuleuses... De longues heures enchantées durant lesquelles elle s'était entièrement donnée à Xandros.

Comment pouvait-on être aussi heureux ? Car il partageait son bonheur, jour et nuit. Quand ils se baignaient ensemble, naviguaient, se promenaient main dans la main, pique-niquaient, prenaient l'apéritif sur la plage, regardaient le soleil se coucher et la lune se lever, savourant les festins que leur préparait Maria avant de se retirer dans l'intimité de la grande chambre, brûlant de désir et se précipitant dans les bras l'un de l'autre à peine la porte refermée...

L'intensité de son plaisir, de son bonheur, venait-elle du fait que Xandros était son premier amant ?

Ou réagissait-elle ainsi parce qu'il l'avait emmenée loin de sa vie misérable pour la transporter sur la terre de ses ancêtres paternels, puis sur cette île idyllique où, parfois, elle se surprenait à penser qu'elle aimerait passer le restant de ses jours ?

Impossible de répondre à ces questions. Une seule certitude l'habitait : lorsque Xandros la prenait dans ses bras, elle s'envolait au paradis.

Sans faire de bruit, Xandros se rapprocha de Rosalie qui somnolait sur sa chaise longue, vêtue en tout et pour tout d'un minuscule bikini rose framboise. Doucement, il s'assit sur l'autre chaise, puis se pencha vers elle et s'autorisa une légère caresse sur le ventre nu et plat à la peau désormais dorée.

Elle ouvrit les yeux et sourit.

— Une petite baignade avec moi, avant d'aller déjeuner ? demanda-t-il après lui avoir effleuré les lèvres d'un baiser de papillon.

— J'accepte toutes les propositions ! répondit-elle en se redressant en position assise.

— Toutes ? fit-il en haussant un sourcil. Vraiment *toutes* ?

Une lueur coquine traversa les beaux yeux gris-vert, accompagnée d'une adorable roseur colorant les hautes pommettes.

C'était leur denier jour à Kallistris. Ils repartiraient pour Athènes tôt le lendemain matin. Xandros avait toujours du mal à quitter son île, mais cette fois il éprouvait encore plus de réticence à s'en aller. Il serait bien resté plus longtemps avec Rosalie, au lieu de retourner s'immerger dans le travail – notamment pour se concentrer sur la finalisation de la fusion Lakaris-Coustakis.

Curieuse ironie du sort, tout de même… Il avait épousé Rosalie dans le seul but d'obtenir cette fusion, et maintenant il regrettait de ne pas pouvoir passer plus de temps avec elle. Une fois rentré à Athènes, il ne la verrait hélas plus que le soir.

Eh bien, il allait devoir s'arranger pour lui consacrer le plus de temps possible. Et se libérer le week-end. Ou au moins une partie du week-end.

Après l'avoir aidée à se lever, il se débarrassa de son pantalon sous lequel il portait son caleçon de bain, puis ils entrèrent dans l'eau ensemble, main dans la main.

Il repensa à la première fois où ils s'étaient baignés, à peine quelques jours plus tôt. En réalité, il avait l'impression d'être son amant depuis bien plus longtemps. Comme s'ils avaient toujours été en couple. Comme s'ils resteraient toujours ensemble.

D'où lui venaient ces pensées absurdes ? Il lâcha la main de Rosalie pour piquer une tête, avant de s'éloigner rapidement. Il adorait le crawl plus que toute autre nage et accéléra le rythme, fendant l'eau délicieusement fraîche et transparente. C'était Kallistris qui lui faisait cet effet. Dès qu'il mettait le pied sur l'île, il oubliait toujours tout le reste, se contentant de savourer le présent.

Mais une fois rentré à Athènes, quand il retournerait à ses affaires, l'attirance qu'il ressentait pour Rosalie commencerait peut-être à s'émousser. L'enchantement disparaîtrait sans doute peu à peu. Là, sur son île où il n'avait jamais amené aucune autre femme, elle lui paraissait singulière, spéciale, mais une fois de retour à la vie urbaine...

Faisant demi-tour, il se dirigea vers Rosalie qui nageait tranquillement la brasse là où elle avait pied. Il plongea pour refaire surface à côté d'elle et elle s'arrêta de nager, surprise par son apparition subite.

Il sourit et l'embrassa.

Demain, ils regagneraient Athènes et la réalité reprendrait ses droits. Mais en attendant...

Il regarda Rosalie en plissant les yeux.

— Je n'ai jamais fait l'amour dans l'eau... On essaie ?

— Je préfère laisser ça aux dauphins ! dit-elle en riant.

— OK. À la place, je propose une longue sieste !

— D'accord...

Ce soir-là, Rosalie se prépara avec soin pour son dernier dîner à la villa de l'île. Elle voulait être très belle. Pour Xandros.

Si seulement ils avaient pu rester à Kallistris, au lieu de

rentrer à Athènes… Mais ils n'avaient pas le choix. Xandros devait retourner à ses affaires et se concentrer sur le projet de fusion de son entreprise avec celle de Stavros. C'était pour cela qu'il l'avait épousée.

Leur mariage ne représentait pour lui qu'un moyen d'atteindre un but. Qu'ils soient devenus amants était une sorte de bonus, rien de plus.

Et dans six mois, ils divorceraient et poursuivraient leur chemin séparément, lui en Grèce, elle en Angleterre.

Elle se détourna du miroir.

Le lendemain, ils quitteraient cette île enchanteresse. Mais la femme qui regagnerait Athènes ne serait pas celle qui en était partie le jour de son mariage. Elle avait changé et ne reviendrait pas en arrière.

L'émotion lui noua la gorge, mais cela ne dura pas. Elle était bien décidée à profiter au maximum de sa dernière soirée sur l'île.

Attrapant son grand châle en soie fleurie, elle sortit de la chambre et se dirigea vers la terrasse. Maria avait préparé un dîner spécial pour leur dernier soir et Xandros devait l'attendre.

À Athènes, tout serait différent. Il ne passerait plus ses journées avec elle, aussi avait-elle déjà réfléchi à la façon dont elle occuperait ses journées : explorer Athènes, apprendre le grec – et reprendre ses cours en ligne.

Quand elle serait de retour en Angleterre, toute qualification serait un atout. Car, même si, grâce à la générosité de Xandros, elle n'aurait plus besoin de travailler pour vivre, elle n'avait pas non plus l'intention de rester à ne rien faire !

Elle pourrait peut-être créer une entreprise… Faire des investissements judicieux… Après tout, elle avait toute la vie devant elle ! Sans Xandros…

Parcourue par un frisson, elle s'enveloppa dans le grand châle, qui ne suffit pas à chasser la sensation de froid qui l'avait envahie.

11

En dépit de ses bonnes résolutions, Rosalie se sentit affreusement esseulée et désœuvrée lorsque Xandros et elle eurent regagné Athènes. Il partait tôt le matin et rentrait tard le soir, la laissant seule à l'appartement, complètement livrée à elle-même.

Déterminée à ne pas sombrer dans la mélancolie, elle explora la ville, visita les musées, s'inscrivit à des cours de grec en ligne et reprit ses études entamées à Londres – sur le superbe ordinateur portable offert par Xandros. À la demande de celui-ci, elle répertoria les boutiques de luxe dans le but d'enrichir sa garde-robe, pourtant déjà bien fournie... C'était vraiment frivole, comme occupation, mais elle adorait s'acheter de superbes vêtements et des accessoires raffinés.

Après avoir été privée de tout pendant tant d'années, elle aurait dû savourer pleinement sa nouvelle existence et être reconnaissante à Xandros de lui permettre de ne plus connaître aucun souci matériel. Elle aurait dû ne pas se sentir négligée tandis que les soirées s'écoulaient lentement, heure après heure, et qu'il ne rentrait toujours pas.

Elle n'en avait pas le droit. Mais il lui manquait terriblement, comme les jours heureux passés à Kallistris.

Là-bas, ils avaient fait l'amour jour et nuit. Son mari était un amant fabuleux et attentionné, il l'avait rendue folle de plaisir. Désormais, quand elle se réveillait, il était déjà levé et se préparait à partir au bureau, puis il la quittait après un bref baiser sur les lèvres. Rien de plus.

Elle soupira. Elle n'avait pas le droit de se plaindre, ni de se sentir frustrée, se répéta-t-elle pour la énième fois. Elle était une *privilégiée*, bénéficiant de tout le confort possible et imaginable.

Elle n'avait pas le droit de vouloir garder Xandros pour elle toute seule.

Quelle drôle d'idée ! Elle avait su dès le début que leur mariage aurait une durée limitée. Qu'ils resteraient ensemble le temps de réaliser la fusion d'entreprises que Xandros désirait plus que tout au monde. Qu'elle-même n'était pour lui qu'un moyen d'y parvenir.

Elle aurait par conséquent bien dû s'attendre à ce que, dès leur lune de miel achevée, il se consacre *exclusivement* à son projet.

Entendant la clé tourner dans la serrure alors qu'il était encore tôt, Rosalie retrouva instantanément sa bonne humeur et se précipita vers Xandros qui laissait tomber son attaché-case en cuir noir sur le sofa.

— Enfin ! s'exclama-t-il en la soulevant dans ses bras. Un week-end *entier* avec toi au lieu de rester enfermé dans mon bureau !

Après l'avoir embrassée, il la reposa doucement sur ses pieds.

Il soupira.

— J'ai assez bossé, j'ai besoin de faire une pause. L'un de mes amis fête son anniversaire et je ne voudrais pas rater ça. Et puis... il est grand temps que je te présente à mes amis ! Mais d'abord...

L'éclat doré incendia les yeux sombres.

— Je veux me faire pardonner de t'avoir autant négligée...

Elle sentit son cœur s'emballer, des frissons délicieux la parcoururent.

— Trop de temps s'est écoulé depuis Kallistris..., dit-il d'une voix rauque en se penchant sur son visage.

Son baiser fut lent et sensuel, la faisant fondre tout entière.

Il la souleva de nouveau dans ses bras et l'emporta dans la chambre. Là, il l'étendit sur le lit avant de s'allonger à côté d'elle, puis, délicatement, lui repoussa une mèche du front.

— Et cela fait beaucoup trop longtemps que je ne t'ai pas dit à quel point tu étais belle, *Kyria* Lakaris...

— Oui, dit-elle dans un murmure, beaucoup trop longtemps...

Le désir frémissait partout en elle, une joie immense lui emplissait le cœur.

Quel soulagement... Son merveilleux amant ne s'était pas lassé d'elle... Il la désirait encore...

La bouche ferme glissa sur son cou, sa gorge, tandis qu'il déboutonnait son chemisier avant de s'occuper de sa propre chemise. Il s'installa entre ses cuisses, pressant la puissante érection contre son sexe pour lui montrer à quel point il la désirait.

Dès que, les mains tremblant d'impatience, ils eurent achevé de se déshabiller l'un l'autre, il la pénétra. Elle cria son prénom, le murmura, le chuchota, tandis qu'il instaurait un enivrant va-et-vient.

Quelques instants plus tard, la jouissance les emporta tous les deux. Ensemble.

Encore traversée par les ondes de plaisir, elle s'accrocha aux solides épaules. Leurs cœurs battaient aussi fort l'un que l'autre, à l'unisson.

— J'ai été fou de travailler autant, dit-il tout bas en la serrant contre lui.

Soudain, il se redressa et s'appuya sur un coude.

— Mais c'est terminé, maintenant ! Je suis *tout* à toi – pour *tout* le week-end !

Il pencha la tête et l'embrassa doucement.

— Et ce soir, *Kyria* Lakaris, je veux que tu choisisses ta plus belle robe pour que tous les mâles présents m'envient !

Plus tard, lorsqu'ils rejoignirent les amis de Xandros dans le salon privé du restaurant huppé où avait lieu la fête, ceux-ci les accueillirent chaleureusement et s'empressèrent de parler en anglais à Rosalie – même si l'essentiel de la conversation se poursuivit en grec.

À un moment donné, deux des femmes les plus élégantes de l'assemblée se rapprochèrent de Rosalie en souriant.

— Nous sommes au comble du désespoir ! dit la première d'un ton exagérément plaintif. Xandros a fini par se laisser apprivoiser !

— Nous désirions toutes l'épouser, mais il nous a échappé ! se lamenta la seconde.

Un éclat malicieux brilla dans ses yeux noirs.

— Vous nous confiez votre secret ?

— C'est le même que celui d'Ariadne ! dit sa comparse. Je ne…

Elle ne put achever sa phrase – Xandros les avait rejointes et passait le bras autour des épaules de Rosalie.

— Viens, je voudrais te présenter le héros de la soirée, dit-il en l'entraînant vers son ami.

L'ami en question ne dissimulant pas son admiration, elle ne put que se féliciter d'avoir multiplié les efforts pour faire honneur à Xandros. Elle avait choisi sa dernière acquisition, une robe de soirée en crêpe de soie mauve, dont la coupe mettait particulièrement en valeur son corps mince.

— Si tu ne veux pas que je te la chipe, je te conseille de ne pas me laisser seul avec ta femme ! fit-il à Xandros, les yeux étincelants. Elle est *ravissante* !

Rosalie sourit de la plaisanterie, mais fut néanmoins heureuse de sentir Xandros la serrer étroitement contre lui.

Le dîner fut très convivial et se déroula dans la bonne humeur, tout le monde s'exprimant en grec, naturellement. Elle était contente de voir Xandros aussi détendu, mais une douleur sourde lui étreignait la poitrine, qu'elle ne parvenait pas à cerner. De temps en temps, il se tournait vers elle et lui traduisait les propos de l'un ou l'autre, surtout quand il s'agissait d'une blague. Il lui souriait, lui passait le bras autour de la taille, montrant à ses amis qu'ils étaient bel et bien mariés, qu'ils formaient un couple. Mais elle sentait une… distance entre eux.

Elle ne faisait que passer dans sa vie, et lui dans la sienne. D'ici à l'hiver prochain, tout serait terminé. Elle serait de retour à Londres. Xandros appartiendrait au passé…

Sa gorge se noua. Elle repensa à la façon dont leurs corps s'étaient mêlés quelques heures plus tôt, à ses cris de volupté, aux plaintes rauques de son amant… Ils avaient paru unis. Comme si rien ni personne ne pourrait jamais les séparer. Alors que leur séparation avait été planifiée dès le départ.

La mélancolie revint l'assaillir. Une douleur aiguë lui traversa la poitrine. À Kallistris, tout avait été si merveilleux, si parfait que, stupidement, elle s'était laissée aller à imaginer que son bonheur ne connaîtrait pas de fin...

Xandros consulta son écran d'ordinateur en fronçant les sourcils. Les documents que Stavros était censé lui envoyer plus d'une semaine auparavant n'étaient toujours pas arrivés.

Il se pinça les lèvres. À quoi jouait Coustakis, bon sang ? Qu'avait-il encore imaginé pour freiner le processus ? Il avait obtenu ce qu'il désirait, à présent – un Lakaris pour gendre. Alors qu'est-ce qui le retenait, cette fois-ci ? À ce rythme, la fusion serait finalisée bien plus tard que prévu !

D'un autre côté... Xandros sourit. Il était impatient de voir se concrétiser enfin son projet, certes, mais ce retard lui permettrait de rester plus longtemps avec Rosalie...

D'un autre côté, cette situation impossible l'obligeait à passer de longues heures au bureau, au lieu de rentrer profiter de la compagnie de sa femme.

Avant qu'ils se séparent et partent chacun de leur côté.

Il fronça de nouveau les sourcils. C'était une façon bien négative de voir les choses... Alors que leur mariage temporaire ne présentait que des avantages, pour lui-même et pour Rosalie.

Une fois la fusion finalisée, elle rentrerait en Angleterre avec l'assurance de ne plus jamais manquer de rien. Tandis que lui resterait en Grèce et reprendrait son ancienne vie de célibataire, libre de tout engagement.

Sauf que...

Le regard toujours rivé à son écran, désormais passé en mode veille, il tressaillit.

Sauf que cette perspective ne lui disait absolument rien.

Il repensa au week-end de repos qu'il s'était accordé. Il avait été ravi d'emmener Rosalie à cette fête d'anniversaire. À sa grande surprise, il avait découvert qu'il était *heureux* de faire partie de ceux de ses amis qui vivaient en couple, mariés ou non. D'avoir quitté le clan des célibataires endurcis et fiers de l'être. De son côté, Rosalie avait paru apprécier la compagnie de ses amis.

Tous avaient compris que sa relation avec Ariadne appartenait désormais au passé. Ils avaient tous vu qu'il était envoûté par sa femme – et pas seulement à cause de sa beauté.

Il adorait être avec elle. En fait, il l'avait su dès le début, cela le frappait soudain. Même avant de la faire sienne. Elle était facile à vivre, simple et naturelle, notamment avec Maria et Panos. Sa bonne humeur était contagieuse et il ne se lassait pas de la voir sourire, de l'entendre rire...

Leur week-end avait été bien rempli ! Le samedi, ils avaient pris la voiture et traversé le canal de Corinthe en direction du Péloponnèse. Ils s'étaient arrêtés à Épidaure puis à Mycènes. Rosalie avait contemplé les ruines du théâtre, puis la célèbre porte des Lionnes en écarquillant les yeux tandis qu'il lui avait parlé de la Grèce antique et de ses héros légendaires.

Ils avaient passé la nuit à Nauplie, au bord de la mer Égée. Rosalie avait été enchantée par les ruelles pavées, les vieilles maisons. Ils s'étaient promenés la main dans la main, tranquillement, heureux d'être ensemble...

Il aurait aimé renouveler l'expérience au plus vite, mais ce serait hélas impossible. Pas parce qu'il devrait rester au bureau pour travailler, mais à cause de l'invitation à déjeuner de sa mère le samedi.

Pas question d'annuler. Il fallait qu'elle fasse la connaissance de Rosalie, ne fût-ce que pour contrer toute éventuelle rumeur selon laquelle elle refuserait de recevoir sa nouvelle belle-fille. Ou qu'elle ne l'invitait pas chez elle parce qu'elle pressentait que leur union ne durerait pas longtemps.

Ce genre de rumeur ne devait surtout pas parvenir aux oreilles de Stavros !

Pourvu qu'elle se montre aimable avec Rosalie... Il soupira. Et qu'elle ne lui fasse pas comprendre qu'elle aurait préféré que son fils épouse Ariadne...

La maison de la mère de Xandros apparut au bout de l'allée de gravier et Rosalie en eut le souffle coupé.

Flanquée de hauts cyprès, l'imposante bâtisse de trois étages s'élevait au milieu d'une immense propriété située en pleine campagne, au nord d'Athènes. Devant la superbe demeure s'étendait un large bassin circulaire orné d'une ravissante fontaine.

— Cette maison a été construite au dix-neuvième siècle, dit Xandros. Par mon arrière-arrière-grand-père. C'est ici que j'ai grandi.

Il s'interrompit un bref instant et ajouta :

— J'ai eu beaucoup de chance.

Quelque chose avait changé dans sa voix. Elle avait pris un accent plus sombre.

— Elle a failli être vendue, poursuivit-il en se garant au pied des marches de pierre.

Il coupa le contact et se tourna vers Rosalie.

— Mon grand-père menait la grande vie, dépensant sans compter et sans réfléchir. Son fils – mon père, donc – a dû se battre pour sauver le patrimoine familial. Durant toute mon enfance, la situation a été critique. Il a réussi, mais…

Après s'être interrompu un instant, il poursuivit en plissant le front :

— Les soucis, le stress, ont eu raison de sa santé et il est mort prématurément. C'est pour ça que je tiens tant à cette fusion Lakaris-Coustakis. Pour que ma famille ne risque plus de connaître les difficultés financières au milieu desquelles j'ai grandi.

Une expression contrite envahit ses traits.

— Tu dois être… choquée de m'entendre parler ainsi, vu ce que toi et ta mère avez enduré…

— Non…, répondit-elle en secouant la tête. Cela explique pourquoi tu as été aussi gentil avec moi. Et pourquoi tu ne veux pas que je retombe dans la pauvreté.

Il avait fait un parallèle entre leurs deux situations, même s'il n'y avait pas de comparaison entre ce qu'ils avaient vécu.

D'autre part, elle comprenait mieux pourquoi il était aussi déterminé à concrétiser coûte que coûte la fusion Lakaris-Coustakis.

— Et toi, tu es gentille de me dire ça, répondit-il en souriant. J'espère que tu pourras faire preuve de la même indulgence envers ma mère...

Son sourire disparut.

— Il faut que je te dise une chose, Rosalie. Ma mère et celle d'Ariadne étaient des amies très proches. C'est pour ça qu'elle souhaitait que j'épouse ta demi-sœur. Elle a fini par accepter qu'Ariadne ne partage pas son enthousiasme, mais...

Il s'interrompit. La double porte s'ouvrait sur un homme de haute taille – probablement le majordome –, en costume sombre. Xandros descendit de voiture, salua l'imposant personnage, et vint ouvrir la portière de Rosalie, désormais nerveuse et tendue.

Tout l'impressionnait : la majestueuse bâtisse, le majordome... En outre, savoir que la mère de Xandros aurait préféré que son fils épouse Ariadne n'était pas pour la rassurer.

Elle redressa les épaules. Heureusement, leur hôtesse savait à quoi s'en tenir sur la nature de leur mariage...

Devinant sans doute son appréhension, Xandros lui pressa la main, puis ils suivirent le majordome qui les fit bientôt entrer dans un salon dont l'élégance valait celle de la maison.

La femme qui les y accueillit était tout aussi élégante.

— Soyez la bienvenue, ma chère, dit-elle avec un léger sourire.

Elle sourit en revanche avec une franche chaleur à son fils qui l'embrassait sur la joue.

Ce fut principalement lui qui parla durant leur visite, s'en tenant à des sujets anodins comme leur récente excursion dans le Péloponnèse, ce dont Rosalie lui fut reconnaissante. Il s'exprimait surtout en anglais, mais sa mère lui répondait la plupart du temps en grec.

Sans doute cherchait-elle à exclure de la conversation une Rosalie qui se raisonna aussitôt... Et alors ? Qu'est-ce que ça pouvait bien lui faire, que la mère de Xandros ne l'aime pas ? Peu importait qu'elle désapprouve le choix de son fils, puisqu'ils divorceraient dans quelques mois.

Durant le déjeuner, dans une salle à manger aussi raffinée

que le salon, elle entendit leur hôtesse mentionner le prénom d'Ariadne. Xandros répondit quelque chose en grec, mais, à en juger par le ton de sa voix, il n'avait pas apprécié la remarque et le faisait bien sentir à sa mère. Puis il repassa à l'anglais et évoqua un épisode de son enfance.

Ce fut la seule fois où sa mère manifesta un tant soit peu de jovialité et Rosalie vit ses yeux sombres s'éclairer.

— Cette propriété est un endroit merveilleux pour un enfant – il y a tant d'espace, dans la maison et à l'extérieur ! Je suis si impatiente de voir mes petits-enfants courir partout, dit-elle en regardant Rosalie. Bien sûr, si Xandros avait épousé Ariadne...

Il l'interrompit sèchement, en grec. Sa mère se pinça les lèvres, mais n'acheva pas sa phrase.

Rosalie avait néanmoins compris le message. Eh bien, *Kyria* Lakaris mère devrait attendre un peu avant de voir ses petits-enfants courir partout dans sa superbe propriété ! Il faudrait d'abord que son fils ait divorcé.

Et qu'il se remarie. Avec une vraie épouse, cette fois, la compagne avec qui il partagerait sa vie, aurait des enfants...

Pas question de s'aventurer sur ce terrain. Imaginer des bambins jouant gaiement au soleil, dans les magnifiques jardins sur lesquels donnaient les fenêtres de la salle à manger...

Rosalie *s'interdit* de divaguer. Et puis, pourquoi avait-elle la gorge nouée, tout à coup ? C'était ridicule !

Lorsque le repas prit enfin fin et qu'elle remonta en voiture avec Xandros, elle soupira de soulagement.

— Merci, dit-il doucement avant de démarrer. Merci d'avoir supporté ma mère.

— Elle est inquiète parce que notre mariage n'est pas un vrai mariage, répondit Rosalie. Elle veut te protéger, c'est compréhensible.

Il lui jeta un rapide regard.

— Merci, répéta-t-il. Tu es vraiment généreuse, Rosalie.

Après s'être interrompu un instant, il reprit, la voix plus tendue :

— Tu vois, elle aime beaucoup Ariadne, et son silence l'inquiète.

Je lui ai dit qu'elle réapparaîtrait quand elle se sentirait prête à le faire.

— J'espère que ce sera bientôt. Je serais si heureuse de faire sa connaissance avant de quitter la Grèce !

Elle tourna les yeux vers la campagne inondée de soleil. Les champs de blé, de maïs, les oliveraies. On était maintenant au cœur de l'été. Le temps passait si vite. La date de son départ approchait à grands pas...

— Ça avance, en ce qui concerne la fusion ? demanda-t-elle d'un ton détaché.

— Pas aussi vite que je le pensais. Ton père n'est pas très pressé, apparemment. Il fait tout pour ralentir le processus, il ne m'envoie pas certains documents essentiels, il ne répond pas à mes coups de fil...

Quand il haussa l'épaule, Rosalie prit conscience que la mauvaise volonté de Stavros comportait au moins un avantage. Pour elle, du moins.

Cette mauvaise volonté retardait, ne fût-ce qu'un peu, la fin de leur mariage.

— C'est l'un de ces petits jeux de pouvoir dont il a le secret, j'en suis certain ! dit Xandros. Histoire de montrer qu'il contrôle la situation... et les gens.

Il se tourna vers elle.

— Tu es bien placée pour le savoir ! Mais on y arrivera ! fit-il d'un ton plus léger. Et puis, ne gâchons pas notre week-end à cause des caprices de Stavros ! Nous allons prendre les petites routes pour rentrer à Athènes, comme ça, tu profiteras pleinement du paysage.

Il pouvait prendre la route qu'il voulait, peu importait à Rosalie. Elle aurait été n'importe où, avec lui...

Quelques instants plus tard, il se tourna de nouveau vers elle.

— Que dirais-tu d'aller passer un week-end à Kallistris dans pas trop longtemps ?

Une joie immense l'envahit, chassant d'un coup sa mélancolie.

— J'adorerais ! répondit-elle avec un grand sourire.

Xandros réussit à se libérer deux semaines après avoir proposé à Rosalie de retourner à Kallistris le temps d'un week-end.

L'île était toujours aussi belle, la petite plage aussi paisible. La villa aux murs blanchis à la chaux avait conservé tout son charme, la mer son bleu transparent miroitant au soleil.

Les deux jours passèrent trop vite, mais ils en profitèrent au maximum, nageant et faisant des petites virées en mer, se dorant au soleil sur la plage – et savourant les repas gargantuesques préparés pour eux avec amour par Maria.

Rosalie aurait aimé rester là jusqu'à la fin de ses jours. Avec Xandros.

Elle n'avait pas le droit de nourrir ce genre de rêve, d'espoir insensé, elle le savait, mais cela ne servait pas à grand-chose. Pas plus que cela n'arrêtait le compte à rebours enclenché dès le jour de leur mariage.

Une fois rentrés à Athènes, elle reprit ses habitudes. Elle se sentait… chez elle en Grèce, désormais.

Les jours passèrent, les semaines. Xandros travaillait toujours autant, si bien qu'elle ne le voyait pas beaucoup. Ils réussirent à retourner à Kallistris de temps en temps. Mais pas aussi souvent qu'elle l'aurait souhaité.

Parfois, il l'emmenait dîner dans de superbes restaurants. Ou danser dans des clubs à la mode.

Ses journées, elle les passait seule, mais cela ne la dérangeait plus. Quelques amies de Xandros l'avaient invitée à déjeuner, mais elle avait toujours refusé. Principalement parce qu'elle ne voulait pas se trahir et faire allusion par inadvertance à la durée limitée de leur mariage.

Aussi préférait-elle déjeuner en tête à tête avec elle-même, la plupart du temps à la terrasse de son café préféré. Comme ce jour-là.

Grâce aux manuels trouvés en librairie et aux podcasts, elle avait fait de gros progrès en grec et le mettait en pratique lorsqu'elle se promenait dans Athènes – et même parfois en conversant avec Xandros.

Une fois installée devant la petite table ronde, elle sortit de son sac le magazine qu'elle venait d'acheter au kiosque puis son mini-dictionnaire qu'elle posa à portée de main, lorsqu'une ombre s'étala soudain sur le magazine qu'elle venait d'ouvrir.

Croyant qu'il s'agissait du serveur venant prendre sa commande, elle leva les yeux en souriant.

Mais son sourire se figea aussitôt sur ses lèvres. Un frisson glacé la traversa.

Ce n'était pas le charmant serveur.

C'était Stavros.

12

Suffoquée, Rosalie regarda Stavros s'asseoir face à elle sans y avoir été invité.

— Tu n'es pas contente de me voir ? fit-il d'un ton sarcastique.

Sa voix était toujours aussi désagréable. Son regard aussi dur.

— Pourtant, je t'ai trouvé un mari somptueux – et richissime de surcroît, poursuivit-il sur le même ton. Je savais bien que tu reviendrais à la raison et que tu accepterais de l'épouser. Je ne t'ai pas laissée dans la misère pour que tu dédaignes la première occasion de t'en sortir ! Tu t'es *précipitée* dessus, ma fille ! Parce que tu aimes le luxe. Comme tout le monde.

— Que voulez-vous ? demanda-t-elle, affreusement crispée.

— Ce que je veux ? répondit-il en haussant ses épais sourcils noirs. Tu n'as pas une petite idée ?

Le regard gris-vert fouilla le sien. Ses yeux avaient exactement la même teinte que les siens, mais, à part cela, elle n'avait *rien* de commun avec lui.

Il se pencha en avant, fixa le ventre de Rosalie.

— Je veux un petit-fils, un Lakaris.

Sa voix devint mielleuse.

— Il est peut-être déjà en route ? Ton superbe mâle a eu tout le loisir de t'engrosser !

Elle crut suffoquer. Pas à cause de la grossièreté de Stavros, mais à cause du sous-entendu.

Il éclata d'un rire brutal et méchant.

— Tu croyais que je me contenterais qu'il te passe l'alliance au doigt ? Il devra aussi te faire un marmot ! Alors, je répète ma question : es-tu déjà enceinte, oui ou non ?

Le salaud, il savourait son triomphe.

— La réponse est *cruciale*... pour ton beau mari !

Elle déglutit. Son cœur lui martelait les côtes, elle avait du mal à respirer.

— Que... Que voulez-vous dire ?

— Elle est cruciale, dit de nouveau Stavros, s'il veut voir sa précieuse fusion se concrétiser enfin.

Il la regarda en plissant les yeux.

— Pas de bébé, pas de fusion ! conclut-il, implacable.

Sur ces mots, il se leva et la toisa un bref instant en silence.

— Tu le lui diras de ma part !

Une moue cruelle se dessina sur ses lèvres minces.

— Pourquoi crois-tu qu'il t'a épousée et qu'il te bichonne comme une poupée ? Parce que, grâce à toi, il espère mettre la main sur mon entreprise ! Et ne viens pas pleurnicher devant moi s'il te laisse tomber. Je ne lèverai pas le petit doigt pour t'aider, tu m'entends ? Tu retourneras à ta vie misérable, à ton quartier sordide, et tu trimeras comme une esclave pour ne pas crever de faim !

Il se détourna à demi, prêt à s'en aller, avant de lui asséner :

— Alors, si tu veux continuer à te vautrer dans le luxe, débrouille-toi pour tomber enceinte, ma fille !

Cette fois il lui tourna le dos et se dirigea vers une voiture noire aux vitres fumées garée à proximité, s'engouffra à l'arrière, et le chauffeur invisible démarra aussitôt.

Une nausée monta aux lèvres de Rosalie. Pétrifiée sur sa chaise, elle regarda le véhicule s'éloigner rapidement avant de tourner au premier carrefour et de disparaître.

Le Parthénon trônait sur l'Acropole, auréolé de lumière dorée. Debout sur le balcon, Rosalie le fixait sans rien voir.

Elle devait parler à Xandros. Lui raconter que son père l'avait menacée, parce que c'était bien de *menace* qu'il s'agissait. *Pas de bébé, pas de fusion.*

Son ventre se noua. Ils avaient cru déjouer les manigances de Stavros… Le prendre à son propre piège… Mais l'impitoyable homme d'affaires avait continué à les manipuler à leur insu.

Comment le dire à Xandros ? Comment lui annoncer que leur mariage n'avait servi à rien ? Que la fusion à laquelle il tenait tant n'aboutirait jamais ?

Or elle *devait* le lui dire. Elle n'avait pas le choix.

Mais pas ce soir. Elle voulait profiter encore un peu – un tout petit peu… – de lui, de leur belle harmonie avant d'anéantir tous les espoirs de Xandros.

Se rendant compte qu'il était déjà tard, elle rentra précipitamment dans l'appartement. Ils avaient prévu de sortir, aussi devait-elle se changer. Elle allait se faire très belle pour lui. Elle voulait voir les pépites mordorées scintiller dans les magnifiques yeux sombres, le désir incendier son regard…

Elle lui dirait le lendemain matin…

Et si elle ne lui disait rien du tout ? songea-t-elle soudain en se déshabillant. Si elle ne lui parlait pas de l'impossible exigence de son géniteur ?

Elle pourrait aussi la satisfaire…

Depuis leur retour de lune de miel, elle prenait la pilule. Il suffisait d'arrêter de la prendre…

Une émotion inconnue l'envahit. Porter l'enfant de Xandros ! Rester avec lui pour toujours ! Fonder une famille avec lui ! Vivre avec cet homme merveilleux jusqu'à la fin de ses jours… C'était son vœu le plus cher, le plus ardent, se dit-elle, le cœur battant la chamade.

Elle pouvait faire en sorte que ce vœu soit exaucé. Ce serait facile…

Et impardonnable.

Xandros sourit en regardant les petits-enfants de Panos et Maria faire les fous pour attirer l'attention des adultes. Leur fille passait le week-end avec eux, et Rosalie et lui avaient décidé le matin même de venir à Kallistris.

Il tourna les yeux vers sa femme qui, comme lui, souriait aux deux jeunes enfants, l'aîné caressant maintenant les chiens de Panos, sa petite sœur poursuivant un poulet en poussant des cris suraigus. Puis il vit leur mère courir après sa fille pour l'empêcher de faire une bêtise – se jeter sur la pauvre bestiole, par exemple. La jeune femme était enceinte mais, ayant hérité des formes généreuses de sa mère, sa grossesse ne se voyait pas encore.

Reportant son attention sur Rosalie, il promena son regard sur le corps mince qu'il ne se lassait pas d'explorer. Si *elle* était enceinte, cela se verrait rapidement...

Rosalie enceinte ? D'où lui était venue cette pensée, bon sang ?

— On va piquer une tête ? lui demanda-t-il pour chasser définitivement cette idée saugrenue.

Quelques instants plus tard, ils descendaient main dans la main sur la plage. Mais, alors qu'il attendait une remarque de Rosalie sur les adorables petits-enfants de Maria et Panos, elle resta silencieuse. Elle était apparemment perdue dans ses pensées. Peut-être ne parlait-elle pas des deux bambins pour la même raison que lui. Parce que la grossesse, les bébés, les enfants, ne les concernaient pas, ni de près ni de loin...

Il se rendit compte qu'il avait resserré les doigts autour des siens, comme pour l'empêcher de s'en aller.

Pourtant, il devrait tôt ou tard la laisser partir.

Il fronça les sourcils et l'observa de nouveau à la dérobée. Le rire des enfants continuait de résonner dans sa tête, des images naissaient dans son esprit, se précisaient...

Et s'ils avaient eux aussi des enfants ? S'ils décidaient de vivre ensemble pour de bon, de fonder une famille... ?

Les questions restèrent en suspens dans son esprit. Sans réponse.

Il tourna les yeux vers la mer s'étalant à l'infini. Des mouettes descendaient en piqué, rasaient la surface de l'eau. Soudain, l'une d'elles replia ses ailes et plongea – sans doute avait-elle repéré une proie qui l'intéressait.

Cette proie était invisible aux yeux de Xandros, mais elle existait bel et bien, là, sous la surface de l'eau miroitant au soleil.

Il en allait de même pour les réponses aux questions qui continuaient de planer dans sa tête. Elles existaient *forcément*.

Il suffisait de les chercher.

Ce soir, résolut Rosalie en serrant les mains sur ses genoux. Elle lui dirait ce soir. Elle devait *absolument* lui rapporter les paroles de Stavros et se débarrasser de la tentation impardonnable qui avait germé dans son esprit. Tentation renforcée par la vision des petits-enfants de Maria et Panos… Ils étaient si adorables ! Si mignons !

Elle devait parler à Xandros, mais elle repoussait le moment de voir ses espoirs s'écrouler – ses espoirs à lui et ses rêves à elle.

Après le week-end. Elle lui dirait en rentrant à Athènes.

Mais voulait-elle vraiment mettre un terme à leur délicieux compagnonnage ?

Elle sursauta en entendant le téléphone sonner. Le fixe, pas son portable. Bizarre… Xandros ne l'appelait jamais sur le fixe. Il était parti à Thessalonique pour la journée, il avait rendez-vous avec les directeurs de Stavros afin de discuter des réorganisations qui devraient avoir lieu après la fusion.

La fusion qui n'aboutirait pas. Xandros se décarcassait pour rien.

Les nerfs tendus à craquer, Rosalie décrocha avec réticence.

— Allô… !

Pourvu que l'appelant parle anglais…

— Rosalie ?

Elle reconnut instantanément la voix.

— *Kyria* Lakaris ? répondit-elle, surprise.

— Oui. Ma chère…

Pause, comme si la mère de Xandros cherchait ses mots.

— Je suis en bas, dans le hall. Je peux monter ?

L'appréhension de Rosalie se transforma en malaise.

— Oui… Bien sûr.

Après avoir reposé le combiné, elle alla ouvrir la porte, juste au moment où celles de l'ascenseur coulissaient.

Rosalie s'écarta poliment pour laisser la visiteuse entrer.

— Il faut que je vous parle, ma chère.

Elle s'assit sur un des sofas, Rosalie sur l'autre.

— Quelque chose est arrivé à Xandros ? demanda-t-elle avec anxiété.

— Non, non...

Quelque chose était néanmoins arrivé. Et ce quelque chose n'allait pas lui faire plaisir, Rosalie le pressentait.

— Ariadne est revenue, figurez-vous !

— Oh ! je suis si heureuse ! dit Rosalie en souriant. Je sais que vous étiez inquiète pour elle.

La mère de Xandros hocha la tête.

— Oui... J'étais très inquiète. Mais, comme le pensait Xandros, elle était allée passer du temps chez des parents, en Écosse. Et elle est de retour en Grèce – elle est arrivée ce week-end. Elle est venue me voir à cause de son... différend avec son père...

— Il s'est très mal comporté avec elle, dit Rosalie. Mais j'espère vraiment que cela ne nous empêchera pas de faire connaissance, elle et moi. Je suis impatiente de...

— Ce ne serait pas... souhaitable. Parce qu'Ariadne, voyez-vous...

Elle s'interrompit, l'air embarrassé.

— Ariadne est enceinte.

— Mais c'est merveilleux !

— Vous êtes très généreuse, dit lentement la mère de Xandros.

— Généreuse ? Je ne vois pas en quoi...

— Vous êtes généreuse de vous montrer aussi compréhensive envers celle qui vous a précédée.

Un frisson parcourut Rosalie.

— Celle qui m'a... précédée ?

— Oui. Avant de disparaître, Ariadne était la fiancée de mon fils.

— Sa *fiancée* ?

Kyria Lakaris la regarda en fronçant les sourcils.

— Vous ne le saviez pas ? Tout était organisé pour leur mariage.

Ça a été un choc terrible pour Xandros, quand elle s'est enfuie… et a rompu leurs fiançailles.

— Ils étaient fiancés ? répéta Rosalie d'une voix creuse.

Tout vacillait autour d'elle. Si elle n'avait pas été assise, elle se serait effondrée.

— Il… Il m'a dit qu'Ariadne avait refusé tout net de céder à son père…

— Non, ma chère, l'interrompit de nouveau sa « belle-mère » en secouant la tête. C'est tout le contraire. Elle était entièrement d'accord pour épouser Xandros.

— Mais il… Il m'a dit qu'il ne se laisserait jamais manipuler par Stavros ! Il est venu à Londres pour me le dire !

La mère de Xandros secoua de nouveau la tête.

— C'était *après*. Après l'accès de panique d'Ariadne. Le trac, probablement ! Si Xandros n'était pas parti à Londres, je suis certaine qu'elle se serait ressaisie à temps. Elle et lui étaient parfaitement assortis, voyez-vous.

Ahurie, Rosalie vit le visage de la mère de Xandros s'illuminer.

— Et maintenant, ils vont pouvoir se remettre ensemble ! s'exclama-t-elle, l'air ravi.

— Je ne comprends pas…, murmura Rosalie. Vous… Vous venez de me dire qu'Ariadne est… enceinte. Alors comment Xandros et elle pourraient-ils… se remettre ensemble ?

L'expression de *Kyria* Lakaris avait changé. C'était de la pitié qui se lisait maintenant sur son visage.

Un froid glacial envahit Rosalie.

— Vous êtes mariée avec Xandros depuis moins de trois mois. Et Ariadne… entame son quatrième mois de grossesse. Par conséquent…

Elle regarda Rosalie d'un air sincèrement navré.

— Il n'y a aucun doute : votre demi-sœur porte l'enfant de mon fils.

13

Xandros se jeta sur son lit et, ravi de son idée, attrapa son Smartphone. Il allait appeler Rosalie, lui expliquer qu'il devait rester vingt-quatre heures de plus sur place – parce que Coustakis venait tout juste de mettre ses directeurs au courant, pour la fusion ! Décidément, cet individu malsain était déterminé à freiner le projet, et recourait à toutes sortes de tactiques pour ralentir le processus !

Mais puisqu'il se retrouvait coincé à Thessalonique jusqu'au lendemain soir, il allait proposer à Rosalie de venir le rejoindre. Et dès qu'il en aurait terminé avec les directeurs, il louerait une voiture et l'emmènerait explorer le nord-est de la Grèce.

Il sourit à cette perspective. Deux jours – peut-être trois, voire quatre, s'ils en avaient envie ! – avec elle.

Rosalie.

Rosalie, Rosalie, Rosalie... Le simple fait de répéter son prénom le ravissait. *Elle* le ravissait. Tout en elle l'enchantait.

Une émotion profonde monta en lui. La même que celle qu'il avait ressentie à Kallistris, quand il avait imaginé Rosalie enceinte. Par accident, disons...

Pourquoi *par accident* ?

Des images défilèrent dans sa tête. Des idées, des projets.

Si Rosalie tombait enceinte, accidentellement ou pas, ils resteraient ensemble, bien sûr.

Ce n'était pas ce qu'ils avaient prévu, OK. Mais la situation avait changé. *Il* avait changé, grâce à Rosalie.

Changé au point de réorganiser complètement son existence ? De renoncer définitivement à sa liberté ? Aux joies du célibat ?

Quand on jouit pleinement d'une chose que l'on aime, cette chose perd parfois tout attrait à nos yeux, avait-il dit lui-même à Rosalie.

Il fronça les sourcils. Cela s'appliquait-il à leur relation ? Un jour viendrait-il où il se lasserait d'elle ?

Cette éventualité lui parut si absurde qu'il l'ignora.

Désirait-il vraiment mettre un terme à leur mariage une fois la fusion entérinée ?

Un bébé les empêcherait de se séparer...

Un enfant avec Rosalie...

Il contempla le plafond. Peut-être pourrait-il aborder le sujet le lendemain soir quand elle viendrait le rejoindre...

Histoire de savoir ce qu'elle en pensait...

La perspective de se tromper, d'imaginer des choses qui n'existaient pas, lui fit froid dans le dos. Non, il ne rêvait pas, quand elle s'accrochait à lui en murmurant son prénom, qu'ils jouissaient ensemble – ce qui se produisait désormais à chaque fois qu'ils faisaient l'amour –, il ne s'agissait pas seulement de sexe. Il y avait autre chose.

En dehors du lit aussi. Il la vit sourire, l'entendit rire, se remémora ses baisers passionnés et tendres, sa conversation...

Il voulait être avec elle tout le temps ! Chaque jour et chaque nuit !

Soudain, il voyait tout sous un jour nouveau, découvrait des choses, des perspectives jamais entrevues jusque-là et qui brillaient maintenant d'un bel éclat doré.

Il allait appeler Rosalie, entendre sa voix...

Au même instant, l'appareil sonna.

Il sourit. Elle l'avait devancé...

Mais au son de la voix qu'il reconnut aussitôt, il se redressa brusquement, sans plus sourire du tout.

— *Ariadne* ?

— Xandros ! Il faut que je te parle – tout de suite !

Rosalie vaporisa du détartrant sur les parois de la baignoire, répugnantes de saleté, puis commença à récurer. Énergiquement, mais mécaniquement, comme un automate.

Une tristesse abyssale l'habitait. Pas seulement parce qu'elle était revenue à la case départ, fauchée et devant trimer chaque jour pour gagner sa vie. Mais parce que Xandros lui manquait cruellement.

Xandros. L'homme qu'elle aimait. Avec qui elle avait partagé des moments merveilleux.

La vérité lui était apparue petit à petit, au fur et à mesure qu'elle apprenait à le connaître. À moins qu'elle ne l'ait aimé dès le premier instant. Quand il était venu la chercher alors qu'elle faisait le même boulot ingrat que maintenant. Dans ce même quartier.

Ils s'étaient mariés dans un seul but : fusionner les entreprises Lakaris et Coustakis, mais, pour elle, leur mariage était devenu bien davantage.

La souffrance lui étreignit la poitrine. Comment aurait-elle pu ne pas tomber amoureuse de lui, jour après jour, nuit après nuit ? Comment aurait-elle pu ne pas nourrir des rêves d'avenir avec lui ? S'imaginer vivant avec Xandros jusqu'à la fin de ses jours, portant ses enfants... ?

Elle avait même failli céder à la tentation de tomber délibérément enceinte. Pour le lier à elle pour toujours...

Une sensation de froid la gagna, la faisant frissonner.

Ce serait Ariadne, sa demi-sœur, qui mettrait l'enfant de Xandros au monde. Qui connaîtrait le bonheur dont Rosalie avait osé rêver pour elle-même.

Ils étaient parfaitement assortis..., avait dit la mère de Xandros.

Eh bien, ils formaient de nouveau le couple idéal. Et Stavros avait obtenu ce qu'il voulait : un Lakaris pour gendre et bientôt, un petit-enfant Lakaris – de sa fille légitime.

La souffrance lui laboura la poitrine.

Ariadne aurait tout.

Et elle, la bâtarde, rien.

Rien hormis ses souvenirs. Ses rêves brisés. Son cœur en lambeaux.

Les larmes lui brouillèrent la vue, et elle s'essuya les yeux du revers de sa main gantée de caoutchouc, puis se remit à récurer la baignoire en refoulant le désespoir qui menaçait de la submerger.

Xandros regarda le nom de l'appelant et appuya sur « Répondre ». C'était son avocat. La dernière personne à avoir vu Rosalie avant sa disparition. Quand elle était venue l'informer qu'elle souhaitait entamer une procédure de divorce.

— Vous avez du nouveau ?

Ces derniers temps, il carburait à l'adrénaline. Depuis le coup de fil d'Ariadne à Thessalonique, deux semaines plus tôt, avant de recevoir peu après le SMS de Rosalie.

Xandros, ta mère m'a dit pour Ariadne. Je rentre à Londres.

Ariadne lui avait envoyé un message pour lui dire qu'elle le quittait. Et Rosalie avait fait la même chose.

Non, ce n'était pas du tout la même chose ! Cela n'avait rien à voir ! Quand Ariadne s'était enfuie, il avait ressenti un immense soulagement.

Tandis qu'avec Rosalie, il éprouvait…

Du désespoir. Une sorte de gouffre noir, de vide sans fond, s'était ouvert en lui. Il lui rongeait le cœur, la poitrine.

— Nous avons reçu une adresse de contact.

— Enfin ! fit Xandros en bondissant de son fauteuil.

Cinq minutes plus tard, il avait réservé un billet pour Londres.

Il avait lancé des recherches pour retrouver Rosalie aussitôt après avoir reçu le SMS, bien sûr. Mais elle n'était nulle part. Ni dans son ancien studio, ni à l'agence pour laquelle elle avait travaillé. Elle avait *disparu*.

Mais elle venait enfin de réapparaître !

Xandros sélectionna le numéro d'Ariadne, qui répondit à la première sonnerie.

— Elle s'est manifestée ! Elle a donné une adresse à l'avocat, dit-il. Je pars à Londres.

Son soulagement fut malheureusement de courte durée. À l'hôtel qu'elle avait indiqué comme adresse pour les papiers du divorce, le réceptionniste l'informa qu'aucune cliente ne répondait au nom de Rosalie Lakaris ou Jones.

— Mais elle est forcément descendue ici ! dit Xandros. Elle a demandé que son courrier soit envoyé à cette adresse !

Un mélange de déception et d'inquiétude l'envahit. La carte de crédit qu'il lui avait donnée le jour de leur mariage n'avait pas été utilisée. Comment Rosalie payait-elle son hébergement ? De quoi vivait-elle ? La pensée qu'elle en soit réduite à dépenser ses dernières économies lui était insupportable.

— Je suis vraiment désolé, monsieur Lakaris, répéta le réceptionniste. Mais je ne trouve aucune Rosalie Lakaris ou Jones dans le fichier clients.

Après s'être réservé une suite, Xandros gagna le troisième étage. Une fois dans le salon, il ôta sa veste et se laissa tomber sur le sofa.

Où était passée Rosalie ? Où la chercher ?

Elle aurait pu être n'importe où…

Des coups discrets furent frappés à la porte et Xandros se leva en étouffant un juron. Il traversa le salon à grands pas et ouvrit la porte d'un geste brusque… avant de rester figé sur place, suffoqué.

— Rosalie !

Il n'en croyait pas ses yeux.

Rosalie se sentit blêmir. Ses oreilles se mirent à bourdonner. Elle était pétrifiée… Paralysée…

Jusqu'à ce que Xandros la prenne par les épaules et l'attire dans le salon avant de refermer la porte.

— Rosalie ? Qu'est-ce que tu fabriques, bon sang ?

Sa voix lui fit du bien et du mal à la fois. Elle avait le vertige, son cœur battait à tout rompre…

— Alors c'est pour ça qu'il n'y avait pas trace de ton nom dans le fichier clients !

Il la dévisagea, l'air interdit.

— Tu travailles ici ?

— Ils... Ils fournissent l'hébergement au personnel d'entretien. J'ai dû quitter mon ancien studio et...

Une longue tirade en grec l'interrompit.

— Il faut que nous parlions, conclut Xandros en anglais.

La prenant par le bras, il l'entraîna vers le fauteuil et la força à s'asseoir.

— Pourquoi es-tu partie d'Athènes sans m'en parler d'abord, bon sang ?

Ses yeux étaient presque noirs. Il avait la mine sombre.

— T'en parler ? Mais *de quoi*, Xandros ?

Son cœur battait trop fort. Trop vite. Elle ne supportait pas de voir Xandros. C'était trop douloureux.

Pourquoi l'avait-il fait rechercher ? Pourquoi voulait-il la voir ? Cela ne servait à rien !

— J'étais obligée de partir – c'est évident, non ? Je devais te rendre ta liberté !

Elle déglutit avec peine.

— Pour que tu puisses épouser Ariadne... Comme tu l'as toujours souhaité.

Immobile devant elle, il la dévisagea en silence, sourcils froncés, comme s'il ne comprenait pas ce qu'elle disait. Puis il s'assit et se pencha en avant.

Il avait l'air épuisé. Et très tendu.

— Ta mère m'a tout dit, Xandros ! dit-elle sans plus le regarder. Qu'Ariadne et toi aviez été *fiancés* !

— Ma mère..., fit-il avec une pointe d'amertume dans la voix.

— Il ne faut pas lui en vouloir ! Je lui suis reconnaissante d'être venue me voir. Elle a fait preuve de beaucoup de gentillesse. Elle était embarrassée, et même navrée, je l'ai bien vu !

Un sanglot franchit ses lèvres.

— Si seulement tu n'avais pas renoncé à Ariadne ! Elle serait revenue vers toi, comme elle a fini par le faire. Et...

Rosalie s'interrompit pour reprendre son souffle.

— Mais tout va bien se passer, dit-elle précipitamment. Je

ferai tout pour que le divorce soit réglé le plus vite possible, je te le promets ! Et je ne veux pas un centime de toi !

Elle déglutit à nouveau.

— Tu ne me dois plus rien, puisque tu n'as plus besoin de moi pour la fusion.

Un dernier effort et elle en aurait terminé.

— Il y a une chose que je ne t'ai pas dite, Xandros. Mon père est venu me surprendre un jour que j'étais installée à une terrasse de café pour déjeuner, juste avant notre dernier week-end à Kallistris. Il m'a dit…

Elle rassembla tout son courage.

— Il m'a dit qu'il n'irait pas plus loin – pour la fusion – tant que je ne lui annoncerais pas que j'étais enceinte.

Elle ravala un sanglot.

— Alors, tu vois… Quand ta mère m'a dit, pour Ariadne et toi… j'ai pensé que c'était aussi bien, en fin de compte. Que tout se passait comme tu l'avais souhaité au départ ! Et que Stavros ne chercherait plus à freiner le processus. Que tu obtiendrais la fusion à laquelle tu tiens tant, et l'épouse que tu avais choisie en premier lieu… Tout est bien qui finit bien.

Pour eux, mais pas pour elle.

Elle se força à regarder Xandros et vit une lueur inconnue briller au fond de ses yeux.

— Oui, je l'espère, dit-il lentement. Mais pas de la façon dont tu l'imagines…

— Comment cela… ? murmura-t-elle.

La lueur emplissait les yeux de Xandros. Telle une lumière intérieure.

— Ton petit scénario comporte quelques erreurs, Rosalie.

Son regard la transperça jusqu'au cœur.

— Pour commencer, Ariadne est bien enceinte, mais pas de moi.

Rosalie, figée, le visage blême, dévisageait Xandros en silence. Il dut faire un effort surhumain pour ne pas se lever et la prendre dans ses bras.

— Mais..., balbutia-t-elle. Ta mère m'a dit qu'Ariadne entamait son quatrième mois, alors sa grossesse doit avoir commencé quand elle... quand vous étiez encore fiancés...

— Rosalie, répondit-il, les mâchoires crispées. Pourquoi crois-tu qu'elle a refusé de m'épouser ? Pour montrer à son père qu'elle n'avait pas l'intention de se laisser manipuler par lui, oui, mais pas seulement.

Il se pinça les lèvres.

— Elle a rompu nos fiançailles parce qu'elle avait rencontré un autre homme. Et c'est lui, le père de son enfant. L'idée m'avait traversé, mais je ne l'avais pas vraiment creusée.

Notamment parce qu'il avait rencontré Rosalie et qu'à partir de ce moment-là, tout avait changé pour lui.

— Il n'y a aucun doute sur la paternité de cet enfant ! Il ne peut pas être de moi, pour la simple raison que ta demi-sœur et moi ne sommes pas allés plus loin qu'un petit baiser, un soir que je l'avais raccompagnée chez elle.

Les magnifiques yeux gris-vert paraissaient immenses, et si lumineux...

— Ma mère a mal compris, soupira-t-il. Ariadne a débarqué tout à coup chez elle, enceinte... et elle a pensé, à tort, que mon ex-fiancée portait *mon* enfant. Dès qu'Ariadne a compris la méprise de ma mère, elle m'a téléphoné. Mais il était trop tard.

Il s'interrompit un bref instant.

— Tu étais partie. Tu avais disparu, après être allée voir mon avocat. Pour entamer une procédure de divorce.

Incapable de rester assis plus longtemps, il se leva, se dirigea vers la fenêtre avant de faire demi-tour.

Elle n'avait pas bougé. Elle le regardait, le visage blanc comme un linge.

— Cette démarche était complètement inutile, dit-il avec calme.

Quelque chose changea dans les yeux gris-vert.

Pour la première fois depuis l'appel d'Ariadne, il reprit espoir. Avant de voir le regard de Rosalie se voiler.

— Non, elle est toujours nécessaire, répondit-elle lentement.

À cause de cette exigence absurde de mon père… Il a été très clair : pas d'enfant, pas de fusion.

Xandros enfonça les mains dans ses poches. Prit une profonde inspiration.

— Il n'y aura pas de fusion. Je renonce au projet.

Une sensation étrange se répandit dans la poitrine de Rosalie.

— Tu y renonces ? répéta-t-elle d'une voix sans timbre. Mais *pourquoi* ?

— Pourquoi ? Parce que je veux que tu ne doutes jamais de la raison qui me pousse à te dire ce que je vais te dire.

Une expression nouvelle envahit les traits de Xandros.

— Pourquoi considères-tu l'exigence de ton père comme absurde ? demanda-t-il en la regardant dans les yeux.

— Parce que… Parce que… nous étions supposés rester mariés six mois tout au plus ! Si j'étais tombée enceinte, ç'aurait été une catastrophe !

— Une catastrophe ? Vraiment ?

Elle le dévisagea en silence, interloquée. L'ombre d'un sourire passa sur la belle bouche sensuelle.

— Peut-être que ç'aurait été le contraire. Peut-être que j'aurais été ravi.

Un tremblement incontrôlable prit possession d'elle.

— Ne dis pas cela, Xandros…

Sa voix se brisa. Elle eut l'impression que son cœur se déchirait.

— Pourquoi pas ? Parce que la pensée de porter mon enfant te répugne ? Parce qu'un enfant nous lierait l'un à l'autre, pour toute la vie ? Parce que tu ne supporterais pas d'envisager de rester avec moi pour toujours ?

Le tremblement s'accentua. Les larmes jaillirent, roulèrent sur ses joues.

— Cela te répugne, Rosalie ? demanda-t-il d'une voix insupportablement douce.

Son regard fouillait le sien, l'éclat de ses yeux éblouissait Rosalie.

— Ne me dis pas que c'est le cas ! Traite-moi de macho, de

mâle arrogant si tu veux, mais je ne te croirai pas. Parce que tous les souvenirs que je garde de toi, de nous, m'indiquent le contraire. Les souvenirs des moments précieux que nous avons partagés, de nos journées ensemble, de nos nuits merveilleuses. Je ne veux pas que tout cela appartienne au passé, Rosalie. Je veux les vivre avec toi, au présent. Et au futur.

Il lui prit les mains.

— Je ne veux pas que tu me rendes ma liberté ! Je ne veux pas être libéré de toi ! Jamais !

— Tu... Tu avais dit... Nous nous étions mis d'accord... Six mois... Le temps que la fusion...

Il l'attira contre lui.

— Je me fiche de la fusion ! Cela ne m'intéresse plus ! Je voulais te le dire avant que tu disparaisses. Te dire que ce que nous avons vécu ensemble m'a changé ! Que *tu* m'as changé ! Complètement !

Il fit une petite grimace comique.

— Rosalie, je dois te faire un aveu. En fait, j'ai très vite désiré prolonger notre mariage au-delà des six mois prévus. Sans me le dire franchement, bien sûr. Mais maintenant, j'en suis certain : je veux être avec toi, partager chaque jour et chaque nuit avec toi.

Le cœur de Rosalie battait si fort qu'elle avait l'impression qu'il allait jaillir de sa poitrine. Elle regarda Xandros en retenant son souffle. Il venait de prononcer les mots qu'elle avait tant attendus, espérés...

— Les petits-enfants de Maria et Panos m'ont ouvert les yeux, dit-il. J'ai compris que je n'avais aucun désir de retourner à mon ancienne vie. Que je désirais... celle que je partageais déjà avec toi. Et que je voulais avoir des enfants avec la femme merveilleuse que j'avais épousée. La seule qui m'importe. La seule que j'aime.

Il s'interrompit, les yeux brûlants.

— Toi, Rosalie.

Tendant la main vers elle, il essuya tout doucement les larmes qui coulaient toujours sur ses joues. Puis il l'embrassa tandis qu'elle tremblait de la tête aux pieds contre lui.

— Toi et toi seule, murmura-t-il contre sa bouche.

Il demanda d'une voix rauque :

— Veux-tu la même chose que moi ? Crois-tu pouvoir m'aimer comme je t'aime ?

Un cri étouffé franchit les lèvres de Rosalie.

— Je n'avais pas l'intention de t'aimer, Xandros ! Je ne l'ai pas fait exprès ! Parce que je savais que tu ne le voulais pas. Cela ne faisait pas partie de notre arrangement. Nous avions prévu de nous séparer. Mais c'est arrivé... Je suis tombée éperdument, inexorablement amoureuse de toi...

Elle s'interrompit, trop émue pour continuer.

— Les paroles ne sont pas toujours nécessaires..., dit Xandros avec son irrésistible petit sourire sexy. On peut très bien exprimer ses sentiments autrement...

Épilogue

Rosalie prit en souriant la flûte de champagne que lui tendait la domestique de sa belle-mère et la leva en direction de la jeune femme qui, assise face à elle, tenait tendrement son bébé dans ses bras.

Ce fut Xandros qui, debout à côté du fauteuil de Rosalie, porta le toast.

— À ma chère belle-sœur et à sa superbe petite fille !

— À ma chère Ariadne, enchaîna la mère de Xandros.

— À ma sœur, que je suis si heureuse de connaître enfin ! renchérit Rosalie avec chaleur.

Elle croisa le regard d'Ariadne et lui sourit avec affection. Durant les mois qui avaient suivi son départ de Londres et son retour à Athènes, les événements s'étaient succédé, plus heureux les uns que les autres. Pour commencer, la mère de Xandros l'avait accueillie en larmes et lui avait demandé pardon de lui avoir causé un tel chagrin.

— Je ne savais pas que vous aimiez mon fils, Rosalie. Ni qu'il vous aimait. J'ai fait ce que je croyais devoir faire, mais je n'ai jamais souhaité vous causer de mal !

Rosalie lui avait bien volontiers pardonné et, depuis, elle s'entendait à merveille avec sa belle-mère. C'était cette dernière qui avait organisé la rencontre avec Ariadne, laquelle était une véritable explosion de joie et d'émotion partagées.

Un instant, Rosalie songea à l'homme insensible qui les avait engendrées toutes les deux, et qui s'était montré incapable de donner de l'amour ni à ses filles, ni à leurs mères. Puis elle le laissa à son égoïsme, à sa cruauté. À la vie dénuée d'affection qu'il méritait.

Stavros avait néanmoins obtenu ce qu'il désirait : la fusion de son entreprise avec celle de Xandros *et* l'association de leurs deux noms. Rosalie avait en effet réussi à persuader son mari de ne pas renoncer à son projet.

Et dans quelques mois…

Tournant les yeux vers son mari, elle échangea un regard complice avec lui. Pour l'instant, ils gardaient leur secret, mais lorsque sa grossesse commencerait à se voir, ils partageraient la merveilleuse nouvelle avec la famille.

Une seule personne ne serait pas là pour se réjouir avec elle. Sa chère maman. Mais elle resterait à jamais présente dans son cœur et dans ses souvenirs.

Émue, Rosalie regarda de nouveau Xandros et, d'instinct, posa la main sur son ventre en un geste protecteur.

— Rosalie ! s'exclama Ariadne. Je connais ce geste ! Je me trompe ou tu es…

Rosalie éclata de rire et Xandros la regarda d'un air interrogateur, tandis que sa mère les dévisageait, les yeux brillant d'espoir et de joie.

— On leur dit ? demanda-t-il à Rosalie avec un soupir faussement résigné.

Elle hocha la tête en silence. Tant pis pour leur secret…

Son mari leva de nouveau sa flûte de champagne.

— Au prochain petit Lakaris !

Il sourit à Rosalie.

— À moins que ce ne soit une *petite* Lakaris…

La future grand-mère poussa un cri de joie, Ariadne une exclamation ravie, puis Xandros se pencha vers Rosalie et l'embrassa avec tout son amour et toute sa tendresse.

Prologue

— Vous ne voulez pas vous joindre à moi ? Sûr ?

Strato plissa les yeux sous le soleil. La jolie blonde le hélait depuis la piscine de son superyacht, les seins nus au ras de l'eau, les cheveux secs, le brushing impeccable.

— Non merci, dit-il.

Si l'envie de nager lui venait, plutôt que de barboter dans un bassin qu'il pouvait traverser en six brasses, il s'offrirait un plongeon dans la mer, transparente comme le cristal dans cette zone à l'ouest de la Grèce. Et s'il avait envie d'une femme…

C'était bien le problème. Cette femme-là, il n'en voulait pas. Quatre jours lui avaient largement suffi pour constater une fois de plus combien les babillages frivoles lui pesaient. Les potins sur les stars, très peu pour lui. Il préférait de loin les discussions intellectuellement stimulantes pimentées d'un solide sens de l'humour. Quant à cette ardeur surjouée, elle ne saurait se substituer au désir brut, sincère.

Strato se rembrunit. Il manquait toujours quelque chose. Le problème, comprit-il soudain, n'était pas cette fille. C'était lui. Lui qui fuyait les relations sentimentales depuis qu'il avait atteint l'âge de comprendre le danger qu'elles représentaient et ne fréquentait que des femmes respectant cette limite, prêtes à s'amuser, jamais plus. Pourtant, son insatisfaction allait croissant. Il avait invité Liv et son amie à bord sur un coup de tête. Mais, loin de profiter de leur compagnie, il les évitait de plus en plus.

Liv fit la moue et inclina la tête, jouant les coquettes.

— À défaut d'un plongeon, un petit massage vous plairait peut-être ?

La suggestion lui fit froid dans le dos. Ce qu'il voulait vraiment, c'était un moment seul, au calme – tout sauf des doigts noueux lui triturant les épaules en prélude à des étreintes qui le laisseraient encore plus vide qu'avant.

— À moins qu'il ne préfère autre chose, roucoula une voix de gorge.

Sa seconde invitée venait d'émerger des cabines. Elle s'avança d'un pas nonchalant tout en l'observant du coin de l'œil, les hanches provocantes, les épaules tirées en arrière et ses longs cheveux lâchés sur les épaules, exhibant son corps fluet de mannequin. Sous la tunique diaphane rebrodée de pierres précieuses, elle était entièrement nue. Ses lèvres s'incurvèrent en un sourire aguicheur, ostensiblement affamé, mais il n'était pas dupe. Seul son argent lui aiguisait l'appétit.

Strato refoula un soupir. C'était injuste de sa part. À qui la faute si ces filles étaient à bord ? Il avait commis une erreur en les conviant l'autre jour, par excès de fébrilité sans doute.

— Venez donc nous rejoindre toutes les deux, susurra Lene.

Elle laissa glisser sa tunique au sol d'un geste fluide pour révéler son corps racé, et descendit lentement les marches du petit bassin.

— Voudriez-vous nous regarder, Liv et moi, d'abord ? lança-t-elle en caressant l'épaule nue de sa camarade.

Deux paires d'yeux aiguisés se fixèrent sur Strato, qui se sentit soupesé, calculé. Ce n'était pas le désir qui les motivait – ou seulement celui de lui plaire, afin de se vautrer dans le luxe qui leur était offert, les fanfreluches, les bijoux hors de prix, tout en espérant que dans un moment de faiblesse il se déciderait à faire de l'une d'elles sa maîtresse attitrée.

Il sourit et retira ses lunettes de soleil, récoltant en retour deux sourires étincelants et parfaits.

En réalité, son expression avenante masquait une brusque montée de dégoût. Envers lui-même surtout. Avait-il réellement cru qu'une croisière avec ces deux-là l'amuserait ? Le cœur n'y était pas. Il avait un goût de bile dans la bouche. Il savait pourtant dès le départ à quoi s'attendre. Comme elles savaient, elles, ce qu'il était. Un richissime homme d'affaires avec un seuil de tolérance à l'ennui très bas et une aversion pour les ruses féminines.

— Merci de l'invitation, mesdemoiselles, dit-il en se levant. Mille pardons, mais une urgence m'appelle ailleurs.

Il esquissa un geste vers le bureau qu'il avait quitté quelques minutes plus tôt. Qu'elles pensent donc qu'une nouvelle imprévue venait de lui parvenir. Cela préserverait leur dignité au moment de s'entendre signifier leur renvoi.

— Poursuivez, amusez-vous... Mais, hélas, je me vois dans l'obligation de changer mes plans. Vous allez devoir retourner à Athènes dès aujourd'hui, j'en ai peur. Mon hélicoptère viendra vous chercher au coucher du soleil. Un chauffeur vous emmènera ensuite où vous voudrez. Merci de m'avoir tenu compagnie, ajouta-t-il. Ce furent des moments mémorables.

Là-dessus il quitta la piscine, indifférent aux exclamations éberluées qui s'élevaient derrière lui. Son fidèle assistant surgit sur le pont au moment où il atteignait le bastingage.

— Veille à réparer les dégâts, Manoli. Trouve le petit cadeau qui s'impose pour chacune d'elles.

Il resta un moment immobile, les yeux sur l'îlot qui se découpait sur l'horizon, à un bon kilomètre de là. Puis, sur une longue bouffée d'air frais et salé, parfait antidote au goût désagréable sur sa langue, il fendit les eaux émeraude d'un plongeon impeccable et se mit à nager.

1

Strato foula le sable blanc et doux de la plage minuscule jusqu'à un bosquet de tamaris. La longue nage lui avait fouetté le sang. Elle avait aussi fait émerger une solution à la difficulté logistique, soulevée par le siège asiatique, qui l'avait tenu éveillé toute la nuit.

Autant se concentrer là-dessus, plutôt que sur l'erreur qu'il avait commise en invitant Lene et Liv à bord. Il se laissa tomber sur le sable à l'ombre d'une branche et s'étira, s'efforçant de ne penser qu'au travail.

Le vrombissement d'un rotor déchira soudain le silence. Strato leva les yeux. Son hélicoptère avait décollé du yacht. Ses invitées avaient donc décidé de rentrer sur-le-champ se mettre en chasse d'un nouveau sponsor…

Il pinça les lèvres. Quel manque de discernement au moment d'inviter ces filles… Son choix délibéré de relations superficielles, peu exigeantes, le rendrait-il tout aussi creux lui aussi, à force ?

Mais comment éviter cela ? Il ne voulait personne dans son champ intime, cependant les femmes qui se satisfaisaient de liaisons purement physiques ne l'intéressaient plus vraiment. D'autant qu'elles tendaient de plus en plus à voir dans son refus de toute profondeur un défi. Vraiment, Strato Doukas n'aurait aucun point faible ? Aucun désir secret de se fixer, de fonder une famille ? Cette seule idée le glaça. Jamais il n'y aurait de famille dans sa vie. Il n'oublierait pas les leçons de son enfance. Son père y avait veillé.

Tout à coup, il aperçut au loin un petit canot. Blanc, avec une bande bleu et rouge sur la coque. Il filait droit vers cet îlot. Strato soupira. Lui qui était venu savourer ici un moment de solitude...

Plissant les yeux dans la lumière éblouissante, il repéra, soulagé, une unique silhouette à bord, en chemise et chapeau de paille, alors que l'embarcation approchait de la pointe de l'anse. Un pique-niqueur ? Si c'était un paparazzi, il ne tarderait pas à le regretter !

Le chapeau disparu, Strato battit des paupières. Une femme, les cheveux longs jusqu'à la taille. Pas banal, songea-t-il distraitement. La chemise vola bientôt à son tour, révélant une silhouette spectaculaire. On ne voyait pas souvent non plus des corps comme celui-là, dans son milieu social.

Comme l'inconnue se penchait pour ranger ses affaires, il nota sa souplesse, en plus de sa taille de guêpe assortie de courbes plantureuses, à contre-courant de la mode, hélas.

Après une semaine avec ses mannequins maigrichonnes, les rondeurs affriolantes de cette femme aimantèrent son regard comme un phare dans la nuit. Il la regarda jouer des hanches pour retirer un short ample. Même le maillot une-pièce noir ordinaire ne choquait pas sur elle, il lui allait comme une seconde peau...

Strato se surprit à sourire. Tout compte fait, peut-être serait-ce un plaisir de croiser une pique-niqueuse.

Mais, au lieu de s'acheminer vers la plage, l'inconnue enfila masque et tuba et se glissa dans l'eau de l'autre côté du bateau. Cinq minutes durant, Strato observa, curieux, ses allers-retours dans les profondeurs. Aucun risque de noyade – ses longues jambes la propulsaient avec puissance, grâce et précision. Pour finir elle s'éloigna vers les rochers et disparut de l'autre côté du cap.

C'était sans doute aussi bien. Il était venu ici chercher le calme, loin de la gent féminine. S'arrachant à la contemplation de l'horizon, il bâilla et roula sur le côté.

Son chapeau fermement planté sur sa tête, Cora chemina entre les rochers avec prudence. Elle ne releva les yeux qu'une fois atteint le sable fin, et repéra les arbres sous lesquels elle prenait habituellement sa pause déjeuner. Elle n'était pas seule ! Une silhouette était étendue à l'ombre.

Personne ne fréquentait cet îlot minuscule, hormis de rares touristes en plein été, à la faveur d'une escale impromptue d'un bateau venu du continent. Cora se tourna pour scruter la mer. Outre le petit canot en bois emprunté à son père, le seul bateau en vue était un énorme yacht à la coque fuselée mouillant au large, et qu'on imaginait davantage à sa place au Pirée ou dans les Bahamas qu'ici dans ce coin perdu.

Avisant une trace de pas sur la berge, Cora fronça les sourcils. Les propriétaires de ces yachts surdimensionnés ne nageaient pas sur des kilomètres juste pour s'amuser. Un naufragé, peut-être ? Mais ces traces étaient trop fraîches, il ne pouvait pas s'être échoué ici pendant la tempête de la nuit dernière. Elle fit quelques pas vers les arbres et pila net.

Couché sur le côté, l'homme lui tournait le dos. Il était nu. Grand, très grand, mat de peau, les épaules puissantes, le dos effilé, les fesses rondes et fermes, les jambes longues, couvertes d'un fin duvet noir…

Cora, ahurie, sentit sa bouche s'assécher. Dans sa profession les sportifs ne manquaient pas, pourtant elle n'avait jamais vu un spécimen aussi athlétique. Serait-il tout aussi… spectaculaire, vu de face ?

Une brise légère ébouriffait ses cheveux noirs, mais il dormait profondément. Cora remarqua soudain une zone décolorée en travers de l'épaule. Une blessure ?

Lâchant son sac de toile, elle se précipita, le cœur battant. Est-ce qu'il respirait, au moins ? Elle se pencha et relâcha son souffle. Pas de sang en vue. Ce n'était qu'une vilaine cicatrice déjà ancienne, une brûlure peut-être.

Des muscles s'agitèrent sous la peau brunie. L'homme roula vers elle, heurtant sa cheville de l'épaule.

Cora s'écarta d'un bond en le balayant du regard malgré elle. Dans un vertige, elle perçut une puissance, une énergie prodigieuse, avant de se forcer à relever les yeux vers son visage. Un front large, des sourcils noirs, droits et sévères, sur des yeux verts mi-clos qui la regardaient fixement.

Poséidon, songea-t-elle.

N'importe quel Grec aurait repéré les similitudes avec le puissant dieu de la mer, personnification de la force et de la magnificence masculine. Si les récits des dieux se montrant aux mortels comportaient une part de vérité, Poséidon aurait ces yeux-là, perçants, vaguement menaçants, de la teinte exacte de la mer dans laquelle elle venait de plonger.

— Vous êtes vivant, murmura-t-elle.

— Vous vous attendiez à trouver un cadavre ?

Cette voix grave et amusée résonna profondément en elle et lui colla la chair de poule. Elle se raidit et recula d'un pas.

— Je ne savais pas quoi penser. Vous n'avez pas une serviette ? Des vêtements ? dit-elle, les joues brûlantes.

— Y a-t-il une loi obligeant à en avoir toujours sur soi ?

— Je me demandais si vous aviez eu un accident.

— C'est pour cela que vous vous penchiez sur moi ? Pour pratiquer le bouche-à-bouche ?

Le cœur battant, Cora s'épargna la peine de répondre. Son regard glissa sur le nez droit jusqu'aux lèvres souriantes. Joliment dessinées, ces lèvres, pour un homme, entre la mâchoire taillée à la serpe et les pommettes hautes des plus viriles…

Si séduisant que soit cet homme, il y avait en lui un tranchant qui ne lui plaisait pas du tout. Elle connaissait sa mythologie. Les dieux antiques n'étaient pas des créatures gentilles et bienveillantes. Ils étaient dangereux.

L'inconnu n'avait toujours pas esquissé un geste pour couvrir sa nudité. Il restait là, tranquille, comme s'il l'invitait à admirer ses appas.

— Si tout va bien, dit-elle, alors je m'en vais.

— Qu'est-ce qui vous fait dire que tout va bien ? Vous ne m'avez même pas pris le pouls !

Strato dévisagea l'inconnue avec un plaisir bien réel dont il fut le premier étonné. Une Néréide… C'était elle tout à l'heure, la nymphe plongeuse. Sa chevelure était encore trempée, son visage portait la trace du masque. Surtout, la chemise froissée et le short trop large ne parvenaient pas à cacher le corps somptueux dont l'image restait gravée dans sa mémoire.

Ses grands yeux mordorés recelaient un mélange d'impatience et de soupçon très nouveau pour lui. Les femmes le regardaient plutôt avec appétit, d'habitude.

Comme il portait la main à son front, elle baissa les yeux vers son biceps et se rembrunit un peu plus. Il avait fait un peu exprès, d'accord, mais si elle avait écarquillé les yeux tout à l'heure en découvrant son corps, comme tant de femmes avant elle, le peu d'intérêt qu'elle avait manifesté ensuite l'avait agacé. Elle partait déjà lorsqu'il l'avait hélée.

Cette femme n'était décidément pas comme les autres. Elle sondait son visage maintenant, l'air indécis. Il trouva cela intriguant. Et un peu décevant.

Allons ! Il n'aurait pas dû rechercher l'attention d'une femme, lui qui venait d'en chasser deux ne demandant qu'à coucher avec lui. Était-il superficiel au point de ne pas supporter l'indifférence d'une jolie fille… ou si désenchanté qu'un soupçon de nouveauté suffisait à l'émoustiller ?

Dans les deux cas, il n'y avait pas de quoi être fier.

— Vous vous êtes cogné la tête ? demanda-t-elle enfin.

Elle n'avait pas l'air rassurée. Strato s'aperçut qu'il se tenait toujours le front. Une drôle de chaleur envahit sa poitrine, une émotion qui n'avait pas resurgi depuis longtemps. C'était si étrange qu'une parfaite inconnue s'inquiète sincèrement pour lui.

— Non, pourquoi, j'en ai l'air ? répliqua-t-il en lui décochant un sourire nonchalant.

Elle parut troublée, pour sa plus grande satisfaction.

— Non. Tant mieux, dit-elle en se détournant pour partir.

La Néréide était vraiment tendue. Strato se demanda soudain si ces seins opulents seraient aussi bons pour ses mains que pour ses yeux, et s'entendit demander :

— Vous n'auriez pas quelque chose à boire, par hasard ? Je meurs de soif.

Elle s'arrêta net.

— Vous n'avez pas d'eau ? Depuis combien de temps êtes-vous ici ?

— Des heures, je suppose, dit Strato en haussant les épaules.

— Vous supposez ? Avez-vous de quoi manger, au moins ?

Dans sa voix inquiète perçait une pointe de réprobation.

— Je n'ai rien du tout.

Tout compte fait, il était assoiffé. Il aurait dû retourner sur le yacht tout à l'heure. Son équipe ne viendrait pas le chercher avant le soir, sachant qu'il voulait rester seul.

— Qu'est-ce que vous fabriquez ici sans eau ni nourriture ? marmonna-t-elle. C'est de la folie !

Il acquiesça, fasciné. Cela faisait une éternité qu'il n'avait pas essuyé une réprimande. La dernière était venue de sa tante, aux petits soins pour lui jusqu'à la fin, comme si cela pouvait lui épargner l'inévitable, faire de lui un autre homme...

— Ce n'est peut-être pas la saison la plus chaude, mais une déshydratation est vite arrivée. Vous êtes vraiment tout seul ici ? demanda-t-elle en regardant autour d'eux.

— Oui. Mais on doit venir me chercher au coucher du soleil.

— C'est de l'inconscience pure et simple ! Il pourrait arriver n'importe quoi dans l'intervalle, grommela-t-elle tout en faisant glisser de son épaule un vieux sac de toile.

Le regard de Strato dériva de sa bouche pulpeuse vers les cheveux épars sur ses épaules et plus bas, par-delà ses seins appétissants, par-delà l'horrible short qui faisait paraître ses hanches deux fois plus larges, vers ses jambes toniques, superbes.

Oh ! Oui, il pouvait se passer n'importe quoi d'ici le soir.

— Dites, vous n'auriez pas aussi un petit quelque chose à grignoter là-dedans ? s'enquit-il d'un ton détaché.

2

À ces mots, Cora releva le nez de son sac.

La voix indolente ne lui inspirait pas plus confiance que ce sourire trop ingénu pour être honnête. Les yeux verts de l'inconnu riaient. Il se moquait d'elle !

Fallait-il le planter là ? Elle détestait être un objet de moquerie pour les hommes. Chat échaudé…

Le sens pratique l'emporta, toutefois. Combien d'inconscients avait-elle croisés en mer, qui s'essayaient à la plongée sous-marine sans la moindre préparation ou au jet-ski avec un coup dans le nez ? Sans parler de ceux qui échouaient aux urgences, gravement brûlés par le soleil.

Poséidon avait eu tout au moins le réflexe de s'allonger à l'ombre. Et son teint mat le protégeait des mauvais coups de soleil.

Détachant à regret les yeux de ses pectoraux, elle s'aperçut qu'il l'observait encore, avec ce petit sourire en coin qui l'exaspérait. Un souvenir refit surface. Adrian. Très blond, aux yeux très bleus, riant aux éclats.

Elle inspira à fond. Son instinct lui soufflait que cet homme et Adrian avaient beaucoup en commun, mais elle ne pouvait pas le laisser ici sans une goutte d'eau douce.

— Je peux partager mon déjeuner, si vous voulez, dit-elle.

— Ce serait parfait. Merci.

Il se hissa sur un coude. Son sourire éclatant l'aurait fait fondre, si elle n'avait été immunisée contre les beaux gosses égocentriques.

— À une condition, dit-elle.

Il en resta coi. On ne refusait pas grand-chose à Poséidon, clairement. Cela expliquait peut-être son assurance tranquille.

— Oui ? murmura-t-il d'un air soupçonneux.

— Je préférerais ne pas déjeuner avec un étranger complètement nu. Si vous pouviez vous couvrir…

— Et préserver ainsi votre pudeur ? J'ai bien peur de ne pas avoir de quoi. À moins que vous ne me prêtiez un bout de tissu ? suggéra-t-il, les yeux sur la chemise trempée qui collait à ses seins.

Cora retint un sourire. Quelqu'un devrait l'avertir de ne pas trop tirer sur la corde. Il souhaitait évidemment qu'elle retire sa chemise. Les brefs regards vers sa poitrine où les tétons pointaient, à son grand désarroi, ne lui avaient pas échappé.

— Pas de haut-le-cœur à l'idée de porter un vêtement féminin ? Certains craindraient pour leur virilité.

— À choisir, j'aime autant ne pas mourir de faim. Mon ego n'est pas si fragile.

Elle ne put s'empêcher de pouffer. Un type si costaud et manifestement en pleine forme qui lui faisait le coup des yeux de cocker affamé ! Pathétique.

— Soit, dit-elle, lâchant son sac sur le sable.

Du coin de l'œil, elle le vit se redresser furtivement, comme impatient d'assister au strip-tease. Cora glissa les doigts sous l'ourlet de sa chemise et hésita une seconde. Est-ce qu'elle ne commettait pas une grave erreur ? Elle pouvait encore lui laisser un peu d'eau, ou le convoyer jusqu'au port le plus proche, où l'attendaient sans doute ses amis…

Seulement elle avait faim. Reprendre la mer et déjeuner du coup en plein soleil, ce n'était pas davantage recommandé. Et puis, cette joute verbale commençait à lui plaire. Depuis quand son cœur n'avait-il pas battu aussi vite ? Enfin quelque chose qui sortait de l'ordinaire ! Marquer des points contre cet inconnu si content de lui était un plaisir.

Au lieu d'ôter sa chemise, Cora déboutonna son short et le retira prestement.

— Voilà ! dit-elle en le lançant sur les genoux de Poséidon.

D'abord stupéfait, il se reprit aussitôt. Les yeux émeraude caressèrent ses genoux, et le sourire de prédateur qu'il esquissa doucha un peu son sentiment de triomphe. Ses jambes nues semblaient suffire au bonheur de cet homme. Toute sa joie envolée, elle serra les poings sur les hanches, soulagée que sa chemise lui couvre tout au moins les cuisses.

— Si vous voulez partager mon déjeuner, clarifions d'abord un point essentiel. Je ne suis pas au menu, c'est clair ? Je ne resterai pas seule ici avec un type convaincu que mon corps est à sa disposition !

Elle n'avait pas senti chez lui de menace, elle était même sûre que sous ses grands airs prétentieux il ne présentait aucun risque physique, mais il devait comprendre les règles du jeu - ou elle rembarquerait à la vitesse de l'éclair.

Strato croisa des yeux farouches, de la teinte exacte de son cognac préféré. Une vive chaleur se répandit dans sa gorge, comme s'il venait d'en lamper une double dose. Le visage de sa Néréide exprimait de la méfiance et de l'inquiétude. Une pointe de peur, aussi, peut-être.

Vue à travers ses yeux à elle, la situation avait de quoi la préoccuper, en effet. Seule sur une île déserte avec un inconnu plus grand et plus puissant qu'elle, qui ne prenait pas la peine de dissimuler son attirance...

Il flirtait toujours avec des femmes avides de son attention, sa réputation d'amant étant assez flatteuse. Dans ce monde-là, les insinuations étaient des préliminaires plaisants, mais ici il n'était pas sur son terrain de jeux habituel. Sa Néréide ne le connaissait pas, elle ignorait donc qu'il ne lèverait jamais la main sur une femme, qu'elle n'avait rien à craindre...

Il pinça les lèvres, refermant mentalement des volets hermétiques sur les souvenirs anciens, des volets qu'il n'ouvrait jamais en temps normal, hormis dans ses cauchemars.

— Pardon, dit-il d'une voix sourde en se redressant. Je ne voulais pas vous mettre mal à l'aise. Je voulais juste...

— Flirter, acheva-t-elle dans un soupir.

— Vous ne courez absolument aucun danger. Parole d'honneur.

Comment avait-il pu commettre une erreur pareille ? À force de mener une vie décadente où il ne se refusait rien, il avait fini par considérer la promiscuité sexuelle comme la norme universelle. De toute évidence, sa Néréide ne mangeait pas de ce pain-là. Était-ce pour cela qu'elle le fascinait ?

Il appréciait aussi qu'elle ne se laisse pas berner et dise ce qu'elle pense. Elle réagissait vite et avec humour, comme à l'instant, inversant les rôles après avoir deviné qu'il rêvait de la voir retirer sa chemise.

Elle n'était pas insensible à son charme, il le savait. Mais ce n'était ni le moment ni l'endroit pour donner dans la séduction.

— Si vous préférez partir, je ne mourrai pas de soif, promis.

Là-dessus, il tendit la main vers le short qu'elle lui avait lancé, prêt à le lui rendre.

— Non, dit-elle. Gardez-le. Vous serez content d'avoir de quoi vous couvrir si vous restez vraiment jusqu'à ce soir.

Strato se sentit soudain perdu. Parce qu'une femme croisée par hasard lui tournait le dos ? C'était absurde. Il aurait dû se réjouir de cette expérience inédite, lui qui se désolait de mener une vie banale et sans relief depuis quelque temps. Or il se faisait juste l'effet d'un gosse rappelé aux bonnes manières.

— Merci, dit-il. Merci aussi d'être venue voir comment j'allais. C'était très correct de votre part.

Elle secoua la tête en soupirant.

Détournant les yeux des longues tresses qui glissaient autour de ses seins, Strato se concentra sur son visage. Elle n'était pas une beauté à proprement parler, pourtant la beauté pointait partout dans cette bouche généreuse, dans ces yeux chaleureux et intelligents, dans ce sourire qui dansait tout à l'heure sur ses lèvres.

— Vous avez vraiment faim, demanda-t-elle, ou c'étaient des paroles en l'air ?

— Je meurs de faim. C'est ma faute, je n'ai pris que du café ce matin.

Il l'avait avalé vite fait avant de s'éclipser dans son bureau pour échapper à ses invitées.

— Dans ce cas... déjeunons ! déclara-t-elle pour finir en haussant les épaules. C'est le seul coin d'ombre sur l'île, j'ai mes habitudes ici.

À ces mots, une onde de plaisir envahit Strato, qui accepta d'un sourire. Il la vit retenir son souffle, mais il fit mine de n'avoir rien remarqué et s'intima de ne penser qu'au plaisir d'un pique-nique en bord de mer en compagnie d'une créature de rêve.

Dans d'autres circonstances, il aurait cherché des plaisirs d'un autre genre avec elle. Seulement ce ne serait pas simple, or il privilégiait toujours la simplicité en la matière. À moins que ses goûts ne soient en train de changer. Cela expliquerait la nervosité qui le gagnait depuis quelque temps. Et aussi l'attirance spontanée que lui inspirait sa Néréide.

— Merci de votre confiance, murmura-t-il. C'est généreux de votre part. À présent, voulez-vous vous tourner pendant que je m'habille ?

À ces mots, contre toute attente, cette femme qui lui avait tenu tête comme personne s'empourpra. Quel étrange cocktail de confiance et de réserve... Depuis quand n'avait-il pas vu une de ses interlocutrices rougir ?

— Bonne idée, dit-elle en se baissant vers son sac de toile. Voyons un peu ce que Doris m'a préparé...

Les doigts de Strato se crispèrent sur le short humide. Il avait espéré à l'origine qu'elle enlèverait sa chemise, mais il n'avait pas à se plaindre de l'option qu'elle avait choisie.

Ces jambes bronzées, il n'avait pas fini d'en rêver. Fines, fuselées, si longues qu'il n'aurait pas à se plier en deux pour l'embrasser. Et musclées, grâce à la nage sans doute. Assez musclées pour s'enrouler autour de ses reins pendant ses propres plongées dans la chaleur divine de sa féminité...

Il baissa la tête, secoua le short pour en ôter le sable et l'enfila. Le vêtement était tout usé et lui allait comme un sac, mais il avait gardé la chaleur de sa Néréide, et Strato, imaginant aussitôt son corps nu contre lui, inspira profondément. Ne pas l'effrayer... Il avait promis de se tenir correctement. Pour le moment.

— Qui est Doris ?

Cora jeta un regard par-dessus son épaule. Son cœur, le traître, accéléra d'un coup.

Elle l'avait vu allongé tout nu, comment pouvait-il sembler encore plus appétissant dans son vieux short ? C'était peut-être la décontraction avec laquelle il portait ce vêtement usé jusqu'à la corde. L'insouciance, l'assurance tranquille étaient assez irrésistibles pour une femme qui avait passé trop d'années à se désespérer de ses formes.

— Pardon ? balbutia-t-elle.

— Vous avez mentionné une Doris... Qui est-ce ?

— Oh. C'est la cuisinière de l'hôtel de mon père.

En fait, Doris était bien plus que cela.

À la mort de sa mère, Cora n'avait que huit ans. Pendant les six années suivantes elle avait vécu seule avec son père jusqu'à l'arrivée de Doris, qui avait apporté un nouveau souffle dans l'établissement et l'avait prise sous son aile, lui offrant une oreille attentive pendant son adolescence, s'astreignant à la discipliner pour qu'elle ne devienne pas un garçon manqué.

Cora retint un sourire. Pauvre Doris, si gentille, si aimante ! Elle s'était démenée pour faire d'elle une ménagère accomplie, avec un succès tout relatif.

— Vous vivez avec votre père ?

Son interlocuteur semblait intrigué. Il n'était pourtant pas rare que plusieurs générations cohabitent, dans des villages traditionnels comme le sien... Il venait sûrement d'un milieu différent.

Cora tourna les yeux vers la mer et l'immense yacht ancré dans le lointain. Ce yacht était parti d'Athènes, lui avait expliqué Doris après avoir croisé des membres d'équipage venus s'approvisionner au port.

— Pour le moment, oui. Il a eu des problèmes de santé. Une crise cardiaque.

— Je suis navré de l'apprendre.

— Il est rétabli aujourd'hui, dit-elle en étalant les petits paquets de nourriture entre eux.

Et tout irait bien, si son père n'était pas aussi inquiet pour l'avenir de l'hôtel. La crise économique avait surgi alors qu'il venait de contracter un emprunt très lourd pour investir dans des changements majeurs censés lui apporter des bénéfices à terme. Et voilà qu'ils affrontaient aujourd'hui une saison touristique anémique, avec des réservations en nette baisse, sans savoir comment payer les traites. Naturellement, elle était restée pour donner un coup de main.

— Tant mieux. Votre Doris a préparé un festin, dites-moi...

— Elle ne fait jamais rien à moitié. Elle va jusqu'à préparer elle-même sa pâte filo, précisa Cora avec le sourire tout en brisant en deux parts une grande tourte épinards-féta.

Il croqua dedans. Cora le vit plisser les yeux pour savourer lentement sa bouchée. Cet homme plairait à Doris, songea-t-elle. Comme tout individu appréciant sa cuisine.

Elle se demanda tout à trac s'il attaquait d'autres gourmandises avec le même enthousiasme, et sentit le feu lui monter aux joues.

— Voilà de l'authentique cuisine maison, commenta-t-il. Avec des saveurs que j'avais presque oubliées...

— Personne ne cuisine ainsi pour vous ?

— Pas depuis mon enfance, répondit-il, la bouche pleine.

Il mordit cette fois dans la tourte à belles dents, des dents bien blanches, solides. Cora observa, subjuguée, le mouvement rythmique de la mâchoire, puis celui des muscles de la gorge accueillant la bouchée, et déboucha une bouteille d'eau pour boire un coup.

— Puis-je ? demanda-t-il avec un geste vers la bouteille.

Cora la lui tendit et le regarda la porter à ses lèvres.

Cette bouche qui se posait au même endroit que la sienne... Des yeux pétillants l'observaient par-dessus le goulot. Elle se détourna, consternée par la réaction de son propre corps, la tension dans ses seins, l'onde de chaleur naissant dans son ventre. Cela lui ressemblait si peu ! C'était elle peut-être qui avait pris trop de soleil.

Refrénant un soupir agacé, elle poussa vers lui salade, olives et pain. En temps normal elle aurait dévoré ce festin après sa matinée sportive, mais l'appétit s'était envolé. Partager son déjeuner avec cet homme avait été une erreur. S'il ne semblait pas physiquement menaçant, il la troublait comme personne depuis Adrian.

— Vous ne mangez pas ?

Cora releva la tête. Il la regardait. Mal à l'aise, elle s'empara d'une orange, l'éplucha, humant le parfum d'agrume piquant, et fit disparaître un petit quartier bien juteux en bouche.

Le déjeuner se poursuivit en silence. Peu à peu Cora se détendit. Alors qu'ils admiraient l'un et l'autre le paysage, dans une ambiance plutôt conviviale en apparence, la proximité du long bras qui se dépliait pour explorer les bonnes choses préparées par Doris, du grand corps qui s'étirait pour trouver une position plus confortable sur le sable, ne la laissait pas insensible. Son propre corps persistait à pencher vers lui, comme aimanté. Elle s'ébroua, s'écarta discrètement et s'intima de penser à autre chose tout en dégustant son orange. À son père, par exemple…

La matinée avait été rude, une relance de la banque l'avait affolé. Ils risquaient fort de perdre l'hôtel. D'ordinaire ses escapades sur l'îlot l'aidaient à réfléchir, mais aujourd'hui, rien à faire, l'angoisse était la plus forte. Même la mer ne jouait pas son rôle de grande consolatrice. Et, plutôt que de songer à une nouvelle stratégie pour sauver son père de la faillite, elle se laissait constamment distraire par la vue de Poséidon dévorant joyeusement le pique-nique qu'elle avait apporté.

Brusquement, elle prit sa décision. Sa première intuition était juste, tout ceci était une erreur. Après avoir léché le jus collant sur ses doigts, elle saisit la bouteille, versa un peu d'eau sur ses paumes, puis se leva.

— Vous partez ?

Cora sourit, satisfaite. Il n'avait pas l'habitude que les femmes lèvent le camp avant qu'il en ait terminé avec elles, sans doute.

— Il est temps pour moi de rentrer, dit-elle.

Elle hésita, puis sa bonne éducation l'emporta.

— Voulez-vous que je vous dépose quelque part ? ajouta-t-elle.

Leurs yeux se croisèrent. Un frisson lui parcourut l'échine. Elle qui se flattait d'avoir retenu les leçons du passé et dressé des barrières solides contre les prédateurs ! Face à cet homme ces barrières se révélaient subitement friables. Si un regard suffisait…

— Non, merci, répondit-il, tout va bien. Mais il faut que je vous rende ce short…

— Non ! Euh… C'est inutile.

À tout prendre, elle préférait ne plus jamais le revoir, ce short qui lui rappellerait son coup de folie aujourd'hui, cet appétit féroce, surgi de nulle part, pour un parfait inconnu. Elle tourna résolument les talons et s'éloigna sur la plage.

Strato la regarda fouler le sable fin qui se dérobait à chaque pas, faisant onduler ses hanches rondes. D'un geste vif, il saisit la bouteille d'eau et but une longue goulée.

Une fois sur la berge où le sable était plus compact, la démarche de la jeune femme se fit athlétique, les longues jambes dorées adoptant un mouvement de balancier hypnotique. Oh ! Il n'avait pas fini de rêver de ces jambes…

Il but encore à la bouteille, mais sa gorge sèche n'avait qu'un lointain rapport avec un besoin d'eau. Quand était-ce, la dernière fois qu'une femme lui avait tourné le dos ?

Celle-ci était inquiète face à un inconnu. Normal. Il avait donc fait profil bas. Non sans succès – le pique-nique avait été agréable. Et puis, elle avait attaqué cette fichue orange, inconsciente de l'effet que lui faisait la vue de sa langue rose recueillant des gouttes de jus sucré. En la regardant se lécher les doigts, il s'était pris à rêver qu'elle le lèche lui, à la place.

Strato se rembrunit. En dépit de sa réputation de play-boy, ses périodes de célibat s'allongeaient, et jamais il n'avait chassé une

Instantanément Cora regretta le peu de soin apporté à sa propre tenue du jour. De vieilles tennis, un short en jean taillé maison aux bords inégaux et un banal T-shirt noir floqué « La biologie c'est dans les jeans »...

Il stoppa sur la terrasse, les yeux braqués sur elle, et lentement sa bouche s'incurva en un sourire qui fit battre son pouls un peu plus vite.

Elle aspira une bouffée d'air salvatrice et, menton haut, se composa un visage neutre. Elle ne s'était pas trompée, il était encore plus grand qu'elle. Devoir lever la tête vers un homme était inhabituel pour elle. Et, à vrai dire, pas si déplaisant.

— Bonjour, dit-elle. Puis-je vous aider ?

Il retira ses lunettes noires, révélant des yeux émeraude gorgés de chaleur.

— Vous ne me reconnaissez pas ?

Son sourire s'accentua d'un côté, creusant un petit sillon dans la joue hâlée qu'on avait envie de dessiner du bout des doigts. Sentant des fourmillements dans sa main, Cora, horrifiée, reprit hâtivement son chiffon qui était tombé sur une table.

— Si, bien sûr, répliqua-t-elle d'une voix enrouée qu'elle reconnut à peine. J'en déduis qu'on est venu vous chercher le soir comme prévu ?

Il acquiesça, sans la quitter des yeux.

— Vous vous inquiétiez de mon sort ?

— Je...

Pourquoi sa bouche devenait-elle toute sèche sous ce regard aiguisé, au point que les mots se bloquaient dans sa gorge ? Elle avait vingt-six ans, pas seize !

— C'était une situation insolite. Seul, sans eau ni provisions...

Elle avait failli retourner sur place la veille au soir pour s'assurer que tout allait bien. Mais son père était agité, encore angoissé par des soucis financiers, et Doris était sortie, si bien qu'elle avait renoncé.

— Qu'est-ce que vous venez faire ici ? demanda-t-elle.

— Vous voir.

Cora masqua tant bien que mal son ravissement. C'était

stupide de se laisser affecter à ce point. Les hommes trop sexy ne l'intéressaient plus. Son cher papa était le seul homme de sa vie ces temps-ci.

Il n'empêche, son cœur battait, battait...

— Vraiment ? dit-elle d'un ton détaché. Comment m'avez-vous retrouvée ?

Il haussa les épaules.

— Je savais que vous habitiez par ici. Tenez, dit-il en lui tendant ce qu'il avait dans la main. Merci pour le prêt.

Cora ne put retenir un sourire en refermant les doigts sur le tissu familier, usé jusqu'à la corde.

— Vous avez lavé et repassé mon short ?

Le sourire de Poséidon s'élargit, le petit sillon se creusa dans sa joue et Cora se sentit défaillir.

— Une de mes employées s'en est chargée.

Il avait donc du personnel à son service ? Une nouvelle fois le regard de Cora dériva vers le yacht ancré au large. Non, il ne pouvait pas en être le propriétaire, il venait sûrement d'ailleurs.

— Eh bien, merci...

— Un café, ça vous dirait ?

Cora en resta coite.

— Vous servez bien des cafés ici ? ajouta-t-il avec un signe de tête vers les petites tables et les chaises bleues, à l'assise tressée.

— Bien sûr...

— Alors deux cafés, s'il vous plaît. Si vous voulez bien vous joindre à moi ?

Devant cet air si confiant, Cora faillit rétorquer qu'elle avait trop de travail. Seulement l'aventureuse Cora, si longtemps étouffée, resurgit sans prévenir. La Cora qui se régalait des nouvelles expériences, des zones inconnues à explorer dans le cadre d'une profession qui lui tenait à cœur et qu'elle avait dû lâcher pour aider à l'hôtel.

Depuis un moment cette Cora-là semblait avoir disparu, étouffée par le devoir, le désenchantement, l'angoisse... Mais l'effervescence dans ses veines aujourd'hui contait une tout autre histoire, et la joie l'emporta sur la prudence. Depuis quand n'avait-elle pas conversé sur d'autres sujets que la santé de son père ou leurs déboires financiers ?

Elle hocha la tête.

— Je reviens dans un instant, dit-elle avant de s'éloigner.

Strato s'installa de façon à surveiller la porte par laquelle sa Néréide s'était engouffrée, en proie à une intense satisfaction pimentée d'une pointe d'impatience joyeuse. Une sensation qu'il avait oubliée depuis des lustres…

S'il avait su que le périple dans les petites îles grecques se révélerait aussi amusant, il l'aurait entrepris plus tôt. Athènes était trop prévisible, New York devenait ennuyeux. Monte-Carlo appartenait au passé, et Strato n'était pas d'humeur pour la flamboyance des fêtes de Rio.

Ce qui l'attirait vraiment, c'était cette jeune femme qui, miracle, ne s'était pas extasiée à son apparition et le traitait en égal. Qu'arriverait-il s'il choisissait de s'aventurer en eaux profondes, au lieu de se cantonner aux petits poissons ? S'il courtisait une femme complexe, exigeante et très éloignée de ses fréquentations habituelles ?

Confortablement assis, les jambes allongées sous la petite table, indifférent au paysage il fixait la porte de l'hôtel. Lorsque Cora croisa son regard, un petit frisson la secoua et termina sa course dans le creux de son ventre.

À sa vue il se redressa. Allait-il remarquer qu'elle s'était brossé les cheveux ? Elle ne s'était pas changée en revanche, question d'amour-propre. L'ego de cet homme était assez gonflé comme cela.

Elle se remémora l'époque où Doris s'employait à jouer les marieuses. Inévitablement, à son apparition, les candidats ouvraient de grands yeux perdus. Elle était si grande. Certains, attirés par ses courbes généreuses, la dévoraient ouvertement des yeux. Elle en avait encore la chair de poule.

Rien de tel ici. Loin de la gêner, l'intérêt manifeste de Poséidon à son égard la réjouissait. Pour quelle raison ? Mystère. Elle se fraya un chemin entre les tables, la tête haute.

— Voilà, dit-elle, déposant sur la table deux petites tasses de café, deux verres d'eau et une assiette de gâteaux secs avant de s'installer en face de lui.

— Vous avez lancé une fournée vite fait ?

— Oh ! c'est Doris qui les a préparés. Goûtez, l'association miel et noisettes est un délice.

Docile, il prit un gâteau et mordit dedans.

— Donc, vous n'êtes pas cuisinière. Plutôt biologiste, je présume ?

Cora battit des cils, un peu perdue.

— Votre T-shirt, précisa-t-il.

— Oh ! Oui, je suis, ou plutôt *j'étais* biologiste marine.

Elle refoula une pointe de tristesse. Au diable les regrets. Son père avait besoin d'elle, c'était la priorité absolue.

— La zone doit être fascinante à étudier. Il y a un site de ponte de tortues pas loin d'ici, je crois ?

— Absolument. Mais mes recherches sont suspendues pour le moment.

Elle croqua dans un gâteau, pour la douceur.

Relevant les yeux, elle s'aperçut qu'il fixait sa bouche avec une intensité qui lui colla des frissons.

— Vous aidez votre père à tenir cet hôtel, si j'ai bien compris ?

— Oui. Et vous ? Que faites-vous dans la vie ?

— En ce moment ? Le moins possible... Quel est votre nom ? demanda-t-il d'une voix changée, qui lui fit l'effet d'un whisky brûlant avec une note saline un peu âpre, mais glissant aisément dans la gorge.

— Cora. Cora Georgiou.

— Cora... Joli nom pour une Néréide !

— Une nymphe marine, moi ? Allons donc ! se récria Cora en secouant la tête. Elles sont généralement dépeintes sous des traits plus délicats...

Il inclina la tête en silence, semblant mesurer son esprit plus que son corps. Une sensation assez troublante. Si peu d'hommes s'intéressaient à l'intelligence, parmi ceux qu'elle avait croisés. Un regard à son corps, et elle se trouvait classée hors normes et donc rejetée d'office, ou fille facile, au choix. Cet homme était peut-être plus complexe qu'il n'y paraissait.

— De mon point de vue, vous êtes parfaite pour le rôle.

— C'est drôle, dit Cora sans réfléchir, vous pensiez à une Néréide et, moi, je pensais à Poséidon.

Trop tard, elle comprit que ce dieu, modèle de virilité puissante, risquait d'alimenter un ego déjà bien développé.

— Vous m'en voyez flatté, fit-il, amusé. Mais le plus intéressant, c'est que nos esprits aient suivi des routes parallèles.

Cora était du même avis. Elle sirota son café pour cacher son sourire.

— Et vous, comment vous appelez-vous ? s'enquit-elle au bout d'un moment.

— Strato. Strato Doukas.

Cora eut soudain la sensation que la terre s'ouvrait sous ses pieds.

— *Le* Strato Doukas ? murmura-t-elle.

Il haussa les épaules.

— Possible que vous ayez entendu parler de moi.

Possible ? Le milliardaire était célèbre, et plutôt tristement, en Grèce et bien au-delà, pour son mode de vie luxueux. Le bruit courait qu'il avait hissé une entreprise familiale à peine rentable vers le succès planétaire et qu'il s'épargnait désormais la peine de travailler. On le voyait du reste rarement au siège de son empire logistique. Il était trop occupé à prendre du bon temps. Adrian et ses amis évoquaient souvent le personnage avec une envie mêlée d'admiration, anecdotes croustillantes à l'appui.

— Cet endroit n'est pas pour vous, monsieur Doukas.

Un play-boy milliardaire ne fréquentait pas les petits hôtels familiaux. Et encore moins les gens ordinaires comme elle. Ou était-ce une façon de s'encanailler ?

Elle se remémora l'amusement dans ses yeux la veille, qui l'avait charmée. Un peu trop, sans doute. Il se régalait sûrement de sa stupeur devant son corps de dieu grec. Cet homme frayait avec mannequins et mondaines plus sublimes les unes que les autres…

Un frisson la secoua. Elle les connaissait par cœur, ces types qui s'amusaient aux dépens des plus naïves.

— Appelez-moi Strato, je vous en prie…

Cora ne répondit pas. Brusquement le plaisir de la repartie vive semblait à sens unique. Un homme comme lui s'ennuyait forcément avec une femme comme elle.

Elle se remémora soudain un ragot cueilli au vol par Doris en ville. Strato Doukas aurait pris à bord non pas une, mais *deux* maîtresses scandinaves pour lui tenir compagnie. Elle repoussa brutalement sa chaise qui grinça sur les pavés.

— J'ai bien peur de ne pas avoir le temps de m'attarder, dit-elle. Le travail m'appelle.

Il fronça les sourcils. Cora s'aperçut, consternée, que cela n'enlevait rien à son charme.

— Il n'y a pas foule pourtant, si je ne m'abuse ?

Un rappel à la réalité dont elle n'avait pas besoin. Les touristes se faisaient rares avec la crise, et le ferry qui assurait la liaison avec le continent était en cale sèche pour réparations. D'ici quelques mois, sauf miracle, ils allaient devoir mettre la clé sous la porte et vendre… À condition de trouver un acquéreur. Alors, que deviendrait son père ?

— Peu importe, rétorqua-t-elle, la gorge nouée. Je suis occupée. Vous n'en avez peut-être pas conscience, mais nous trimons dur en coulisses pour offrir le confort que d'autres tiennent pour acquis.

À ces mots il se rembrunit franchement.

— Vous pensez que je ne sais pas apprécier le travail bien fait ?

— Je suis certaine que vous appréciez beaucoup de choses, monsieur Doukas. À présent, si vous voulez bien m'excuser… Il faut que j'y aille. Mais prenez donc votre temps, le café est offert par la maison.

Elle n'avait pas fait deux pas qu'il s'était levé à son tour.

— Attendez ! dit-il avec une autorité telle, que Cora s'immobilisa à son corps défendant. Vous avez réellement du travail ou vous avez peur de moi ?

— Peur ? se récria Cora, mains sur les hanches. Aucun homme ne me fait peur !

— Non ? Alors c'est peut-être la connexion naturelle entre nous qui vous effraie ?

Elle n'avait donc pas imaginé ce fil invisible qui les reliait, et qui l'avait charmée encore plus que son corps divin.

Mais non, c'était impossible. Ce milliardaire si séduisant s'était mis en tête de la piéger, elle, la petite roturière, pour s'offrir une distraction inédite, et elle s'était laissé prendre au piège !

— Il n'y a rien entre nous, monsieur Doukas.

Il fit un pas vers elle. Tout à coup il fut si proche qu'elle dut renverser la tête pour soutenir son regard.

Elle n'avait pas le souvenir d'avoir côtoyé d'aussi près un corps aussi beau, tout en muscles et en intensité. Sa chaleur l'enveloppa… Loin de prendre peur devant son air courroucé, elle ressentit une pointe de jubilation.

Une voix dans sa tête lui souffla qu'elle était folle. Téméraire. Qu'elle courait au-devant des ennuis… Mais elle ne serait plus jamais une victime passive. Plutôt mettre Strato Doukas en fureur que de se défiler.

— En êtes-vous si sûre, Cora ? Il me semble, moi, que nous partageons… quelque chose.

Il posa sa grande main sur sa joue, délicatement.

Une onde de désir envahit Cora, si intense que la tête lui tourna. Elle batailla pour conserver une voix égale.

— Navrée, monsieur Doukas. Ce doit être le fruit de votre imagination.

— Possible, concéda-t-il dans un murmure. Après tout, que pourrions-nous avoir en commun ?

Cora, frémissante, ne bougea pas. C'était impossible car, si sa cervelle lui commandait de partir, chaque cellule de son corps hurlait que c'était ici et pas ailleurs qu'elle voulait être. Elle sentit soudain un bras tout chaud s'enrouler autour de sa taille.

— Ceci, peut-être ?

Là-dessus, il se pencha sur ses lèvres, qui s'entrouvrirent sur un soupir de soulagement.

4

Au moment de capturer ses lèvres pulpeuses, Strato marqua une pause, le temps de déchiffrer l'expression de Cora. Les cils battaient sur ces yeux mordorés. Le mépris s'était mué en attente, en impatience même, si brûlante qu'elle jeta de l'huile sur le feu de son propre désir. Comme lui, elle mourait d'envie de ce baiser qu'il retardait.

Il sentait toutefois une réticence chez elle et, pour la première fois de sa vie, il s'agaça d'être jugé sur sa réputation. D'habitude il se fichait complètement de ce qu'on pensait de lui. Il faisait ce qui lui chantait, puisque c'était la seule façon de survivre. Sa Néréide était décidément compliquée, or il se faisait un devoir de ne jamais s'embarrasser de complications. Et pourtant…

Impossible de faire machine arrière. Un besoin obscur, très primaire, l'en empêchait. Ce qui avait commencé comme un divertissement superficiel devenait un enjeu essentiel. Pourquoi sinon, supporterait-il cette attitude insultante ? Comme si cette femme avait le droit de le juger !

En se retenant, il l'obligeait à reconnaître que, loin de vouloir échapper à son emprise, elle se mourait de désir…

Il dévia sa trajectoire et posa les lèvres sur sa gorge soyeuse. Cora gémit et se coula contre lui, inclinant le cou pour l'offrir à son appétit. Elle avait le goût de l'été, chaleur, soleil et miel doré, avec une touche de sel…

Elle lui agrippa les bras avec une telle force que la joie l'envahit. En dépit de ses airs réprobateurs, elle avait rendu les armes. Elle lui donnerait exactement ce qu'il voulait. Le nez sur sa gorge, il se délecta de ses petits cris étouffés. Serait-elle du genre à crier lorsqu'ils seraient nus tous les deux ? C'était une femme passionnée. Pas le style à s'inquiéter de sa coiffure défaite ou à critiquer ses choix dans l'action. Plutôt à suivre ses moindres caprices érotiques.

Strato se sentit durcir à cette perspective et fut récompensé en sentant son corps doux onduler contre lui. Il laissa glisser une main jusqu'à ses fesses pour l'amener plus près encore. Là. C'était mieux… Mais il aspirait à tellement plus.

Il remonta sans hâte vers le coin de sa bouche. Elle tourna aussitôt la tête, quêtant le baiser. Un rejet, vraiment ? Il captura ses lèvres avec une sensation de triomphe. Enfin !

Une tempête se leva alors dans ses veines. Il enlaça Cora plus étroitement et se campa sur ses jambes pour résister au souffle invisible qui le secouait de pied en cap. La saveur de cette femme, la douceur fondante de leurs bouches fusionnant l'une avec l'autre… Une authentique révélation. Il batailla pour garder la tête froide, mais il en voulait davantage.

Elle accueillait son baiser avec grâce, chaleur et appétit, donnant autant qu'il offrait, et plus encore. Un baiser, ce n'était pas assez. Il la voulait tout entière : avec cette femme, les demi-mesures ne suffiraient jamais. Leurs corps s'épousaient à la perfection. Et puis ses courbes voluptueuses le rendaient fou, fou du désir de les explorer longuement, avec minutie. Oh ! La pensée de leurs corps emboîtés l'un dans l'autre…

Leurs bouches restaient scellées comme s'ils étaient amants depuis toujours. Là résidait la différence avec ses expériences passées. Avec Cora tout semblait facile et juste. À croire que leurs corps se connaissaient déjà intimement. Il voulait Cora comme il n'avait jamais voulu une autre femme. Seulement…

Cela ne pouvait pas se passer ici et maintenant.

Dans un sursaut de lucidité, Strato releva la tête. À sa grande satisfaction, elle se cabra contre lui, cherchant de nouveau ses lèvres.

Oh ! Oui, ma beauté. Bientôt. Très bientôt !

Il respirait avec difficulté. Ne pas bouger. Ne pas la hisser sur son épaule pour l'emmener vers la jetée. Ils pouvaient être à bord du yacht en quelques minutes. Et nus dans sa cabine quinze secondes plus tard…

Cora rouvrit les yeux, et Strato crut sombrer dans un puits d'or, ensorcelé par ces paupières lourdes et ces lèvres gonflées, rosies par la passion.

— Cora, je veux…

Un doigt se posa en travers de ses lèvres. Ce geste assez innocent le fit vibrer de plus belle. Une seconde encore, ils demeurèrent enlacés dans le plus grand silence. Puis, avec un soupir, Cora recula d'un pas, et Strato la laissa glisser hors de ses bras.

Instantanément il se sentit abandonné. Il avait envie de la ramener à sa place, contre lui. Mais le lieu ne s'y prêtait pas. Le père pouvait surgir à tout moment. Séduire sa fille en public n'était pas une bonne idée. En outre, Cora méritait mieux. Il faudrait du temps et de l'intimité pour conquérir tout à fait cette créature exquise…

Elle n'était pas maquillée, ni habillée pour séduire, ses yeux mi-clos fixés sur lui étaient un peu hagards, sa poitrine se soulevait par à-coups, ses mains inertes reposaient sur les ourlets mal taillés de son short – et elle était en cette seconde la femme la plus envoûtante qu'il puisse imaginer. Susceptible, oui, mais si spéciale. Elle ne lui facilitait pas les choses, et il aimait ça.

Le temps des jeux était terminé. Ils savaient l'un et l'autre ce qu'ils voulaient.

— J'aimerais que vous partiez maintenant, dit-elle.

— Pardon ?

Strato en perdit le sourire. Assourdi par le sang qui bourdonnait dans ses oreilles, il crut avoir plongé la tête sous l'eau.

Cora croisa les bras.

— Ce que vous me proposez ne m'intéresse pas, monsieur Doukas.

Il se raidit, chaque mot lui faisant l'effet d'une gifle.

Son visage n'exprimait plus que colère. Pourquoi ? Il lui avait laissé une chance de partir avant de l'embrasser. Et ce baiser, elle y avait participé plus que volontiers. Impossible de se méprendre sur ses geignements de plaisir, ni sur l'élan avec lequel son corps se moulait contre le sien.

— Je n'ai pas le souvenir d'avoir proposé quoi que ce soit, mademoiselle Georgiou, répliqua-t-il avec hauteur.

Elle plissa les yeux.

— Que ce soit clair, je ne suis pas là pour vous offrir une diversion. Si c'est ce que vous cherchez, ne comptez pas sur moi !

Elle le balaya d'un regard distrait avant d'ajouter :

— Je me suis laissé dire que vous aviez buffet à volonté sur votre yacht, monsieur Doukas. Ne venez pas ici en quête d'extra. Les play-boys ne m'intéressent pas.

Strato sentit chaque muscle de son corps se crisper. Les défis ne lui déplaisaient pas, mais il y avait des limites. Il croisa les bras à son tour pour s'empêcher de les ouvrir tout grands et lui rappeler à quel point au contraire elle était intéressée.

— Ce discours serait plus convaincant si vous ne vous étiez pas frottée contre moi comme une chatte en chaleur, persifla-t-il, les yeux ostensiblement baissés sur sa poitrine. Vous frémissez encore, et je doute que ce soit de froid. L'attirance est mutuelle.

— Cela ne voulait rien dire. Rien du tout. Mettons cela sur le compte de… la curiosité. Mais j'ai aussi ma fierté.

Strato pinça les lèvres, perplexe. Quel était son problème ? Il l'avait juste embrassée, et sa réaction avait prouvé qu'elle ne demandait que ça. De deux choses l'une, ou une connexion physique hors du commun les liait, ou elle souffrait d'une frustration sexuelle assez grave. Les deux, peut-être.

— Avez-vous terminé ? gronda-t-il.

Elle acquiesça avec raideur.

— Bien. Laissez-moi donc clarifier les choses à mon tour. Lorsque je fais une proposition à une femme, c'est pour partager du plaisir sans engagement. Celles qui considèrent le sexe comme un affront ne m'intéressent pas. Si mon mode de vie vous gêne, détournez les yeux. Je n'ai pas de temps à perdre avec les femmes qui soufflent le chaud et le froid parce qu'elles ont trop peur d'affronter ce qu'elles ressentent.

Ce dernier coup porta. Mais, loin de se crisper, Cora releva le menton, comme pour le mettre au défi de poursuivre.

Vraiment unique en son genre, songea-t-il, partagé entre admiration et agacement. Il se rapprocha d'elle et retint un sourire. En dépit de son indignation de façade, tout, chez elle, témoignait décidément d'un appétit contenu.

— Je ne veux pas d'un être effrayé par ses propres besoins physiques, dit-il. Mais si jamais l'autre Cora revenait, la femme sexy sûre d'elle qui embrasse comme une déesse, faites-le moi savoir. Elle oui, j'aimerais la connaître mieux.

Il marqua une pause, le temps que ces mots fassent leur petit effet, et reprit :

— À cette femme-là j'offrirais volontiers l'interlude le plus mémorable de son existence. Sur mon yacht, le buffet ayant plié bagage, il n'y aurait qu'elle et moi. Et des extases inoubliables.

Il s'éloigna sans lui laisser le temps de réagir.

Deux semaines plus tard, sur la terrasse de sa suite marocaine, Strato regardait le soleil s'évanouir sur la mer dans toute sa splendeur d'ambre et d'abricot mêlés. En se retournant, il avait une vue imprenable sur les montagnes de l'Atlas. La plus belle que l'argent puisse offrir.

La fontaine à côté de lui et les aménagements exclusifs de ce pied-à-terre dans le magnifique palais reconverti en hôtel le coupaient du tumulte de la soirée d'inauguration. Tant mieux. Dès son arrivée, il avait compris qu'il n'était pas d'humeur à faire la fête.

Tu as tout ce que tu veux, et tu n'es toujours pas satisfait ?

Il fixa le verre qu'il tenait à la main. Qu'est-ce qui ne tournait pas rond chez lui ?

Pendant toute une semaine il n'avait pas bougé du yacht, sûr que Cora le contacterait. Et puis, rien. Sa frustration augmentant de jour en jour, il était finalement parti sur un coup de tête faire du rafting au Canada. Puis du tout-terrain en Afrique. Sans parvenir à tromper son ennui.

Il avait accepté une invitation au Maroc avec la perspective de s'étourdir avec les distractions habituelles. Une ambiance sophistiquée, des relations partageant ses valeurs et des jolies filles consentantes. L'actrice Amber Harris, rencontrée aux Bahamas, l'avait accueilli dans le hall à son arrivée avec le sourire et une invite très claire dans le regard. Il y avait aussi cette figure de la haute société française croisée l'an dernier sur les pistes de ski, Nadine. De l'esprit, du charme, un corps athlétique assez prometteur. Elle l'avait appelé pour qu'il confirme sa venue. Quant à la chanteuse brésilienne *caliente* dont le monde entier était en train de s'enticher, six mois plus tôt peut-être son intérêt manifeste l'aurait-il amusé. Aujourd'hui... Il ne se voyait pas entamer une liaison avec elle. Avec les autres non plus.

Troublé, Strato vida son verre d'un trait et le reposa avec plus d'énergie que nécessaire. Pendant des années il avait eu tout ce qu'il voulait. Le succès. La richesse. Le luxe. Des compagnes sublimes. En dépit de tout cela, son sentiment d'insatisfaction allait croissant.

Les voyages, les sports extrêmes, les plaisirs en tous genres, avaient perdu de leur charme. Que lui restait-il ?

S'ils étaient encore de ce monde, son oncle le traiterait de coquille vide, pointant son refus de fonder une famille à qui transmettre son capital, et sa tante se désolerait en priant pour qu'il trouve la paix auprès d'une femme bien.

Comme s'il était destiné à jouir de ce genre de paix ! Ses oncle et tante étaient les mieux placés pour comprendre que les bagages qu'il traînait malgré lui rendaient la chose impossible.

Les mains au fond des poches, il s'avança jusqu'au rebord de la terrasse. Besoin de bouger. De fuir le réveil intempestif des mauvais souvenirs. Il se sentirait sans doute mieux s'il rejoignait les autres... Sauf qu'il savait, depuis très exactement deux semaines, que cela ne marcherait pas.

Dès qu'il envisageait de s'oublier dans une compagnie féminine, c'était sa Néréide qui lui venait à l'esprit. Il se remémora ses étincelles d'humour, et même le dédain sur ses traits. Le balancement de ses hanches pendant sa traversée de la petite plage. Le renflement de ses seins contre lui. Sa saveur aussi, un nectar divin…

Son cœur battit plus vite. La source de son apathie n'était pas l'ennui. Il la voulait, *elle*, Cora, et personne d'autre, voilà tout. Son orgueil souffrait encore du rejet qu'elle lui avait opposé. Il voulait qu'elle ravale ses grands airs indignés et réclame en suppliant le plaisir que lui seul pouvait lui donner. Mais, presque autant que son corps, il voulait aussi savourer encore leurs échanges, sa vivacité d'esprit et son tempérament de feu.

Avec un soupir résigné, Strato sortit son téléphone et composa le numéro du chef de la sécurité.

— Petro ? Je veux tout ce que tu pourras réunir sur Cora Georgiou, dit-il avant de lui exposer ce qu'il savait déjà d'elle.

— Cette femme vous importune ?

— Non, répondit Strato en refoulant une envie de rire, mais je veux un dossier complet. Historique, travail, situation financière, tout. Et tout de suite.

— Je m'y mets immédiatement.

Strato raccrocha et roula des épaules pour dissiper la tension qui s'était logée là après quinze jours de déni.

Il avait le pressentiment troublant que cette femme le déchiffrait mieux que n'importe qui, et voyait en lui non pas l'hédoniste ni le capitaine d'industrie à la réussite planétaire, mais le néant. La gueule noire de la peur, le vide au plus profond de lui, qu'il parvenait à ignorer la plupart du temps.

À trente-trois ans, il en avait eu vingt-cinq pour peaufiner le camouflage et se fondre dans l'humanité normale. Quelquefois il se passait des jours entiers sans qu'il y pense, le travail faisant diversion. Seulement, il avait atteint une vitesse de croisière qui lui permettait de déléguer l'essentiel des décisions courantes, d'autant qu'il s'était entouré des meilleurs collaborateurs. Quant aux distractions annexes, elles n'étaient plus aussi gratifiantes qu'avant.

Peut-être la veux-tu uniquement parce que tu ne la possèdes pas.

Strato se rembrunit. Être honnête avec soi-même, c'était important, mais pas ce soir. Il retira ses mocassins en deux coups de pied, puis abandonna chemise, pantalon et boxer sur les dalles pour traverser la terrasse chauffée par le soleil et piquer une tête dans la piscine.

Ce qu'il lui fallait, ce n'était pas une fête. Plutôt une séance d'exercice épuisante, le temps que Petro vienne lui présenter son rapport. Alors, il passerait à l'étape suivante.

5

— Cora ? Tu devrais sortir.

Cora referma en hâte le bilan financier et ses projections invariablement pessimistes qu'elle étudiait sur l'ordinateur. Son père était déjà suffisamment anxieux sans cela.

Elle fit pivoter son fauteuil et lui sourit.

— Je croyais que tu partais retrouver tes amis au port ?

Les anciens se réunissaient souvent ici pour refaire le monde pendant des heures sur la terrasse ombragée en sirotant des cafés ou autour de parties acharnées de backgammon, mais aujourd'hui ils avaient prévu d'inspecter le nouveau moteur du bateau de pêche du fils de Nico.

— C'est prévu. J'ai été retardé.

À en juger son sourire, ce n'était pas une corvée qui l'avait retenu. Cora s'émut de le voir fier, les épaules droites, l'air tout jeunot alors que ses deux crises cardiaques et ses déboires financiers l'avaient vieilli de dix ans ces derniers mois.

— Qu'est-ce qui se passe ? demanda-t-elle en se levant pour le rejoindre.

Il referma ses doigts noueux autour des siens et l'embrassa sur la joue. Des odeurs rassurantes de café et de menthe enveloppèrent Cora, ces mêmes odeurs qui coloraient ses souvenirs les plus lointains. C'était si bon de le voir de nouveau heureux !

— Quelqu'un sur la terrasse demande à te voir.

— Ah ? Qui donc ?

— Quelqu'un que tu auras plaisir à voir. Nous avons discuté

un moment, mais il faut que je file maintenant. Viens, ajouta-t-il en la tirant par la main. Ne traîne pas, il n'est jamais bon de faire attendre les clients.

Arrivé au bout du couloir, son père lui indiqua d'un geste les portes-fenêtres qui donnaient sur la terrasse avant d'obliquer de son côté vers l'entrée principale de l'hôtel.

Il ne ferait même pas les présentations ? Le nouveau venu était donc un ami venu leur rendre visite. Elle sortit, curieuse, et pila net en débouchant sur la terrasse.

Elle crut d'abord à un mirage. La lumière du soleil l'avait éblouie, sûrement. Impossible que ce soit Strato Doukas tranquillement assis là face à la baie, une tasse de café à la main.

Lui ici, après le discours qu'elle lui avait tenu ? En outre le cuisinier du yacht, débarqué au port la veille pour quelques courses, avait confié que son patron était en voyage et ne reviendrait pas de sitôt...

Lorsque les verres noirs réfléchissants se tournèrent dans sa direction, une chaleur intense lui écorcha la peau. Ses joues, sa gorge, mais aussi ses seins furent aussitôt en feu.

— Cora.

Juste son prénom. La voix la caressa de ses notes graves. Cela n'avait aucun sens. Et d'abord, comment son père avait-il pu penser qu'elle serait heureuse de voir cet homme ?

D'un bref coup d'œil, elle s'assura que la terrasse était déserte. Comme tout l'hôtel du reste, son père étant allé au port et Doris au chevet d'une amie convalescente. Leurs quelques clients du moment étaient partis visiter l'autre côté de l'île...

— Qu'est-ce que vous faites là ? balbutia-t-elle.

— Je bois un café. Celui de votre père est excellent.

Saisie d'un brusque instinct protecteur, Cora s'approcha de son visiteur à pas lents.

— Qu'est-ce que vous avez raconté à mon père ?

— Asseyez-vous, et je vous répondrai, dit-il en tirant une chaise à son intention.

Il affichait une désinvolture exaspérante au regard du flot d'émotions contradictoires qui la submergeait.

Elle était si sûre qu'elle ne le reverrait plus. Or, si profonde que fût son aversion pour les riches égocentriques, le sentiment aigu de féminité qu'elle ressentait en sa présence lui avait manqué.

Ses petits jeux ne l'intéressaient pas, mais il fallait qu'elle sache quels mensonges il avait servis à son père. Elle tira la chaise un peu plus loin de la table et s'assit, bras croisés.

— J'ai du travail, monsieur Doukas.

— Vraiment ? C'est étonnant, avec une clientèle aussi restreinte, et aucune perspective de l'étoffer dans un futur proche.

Il retira alors ses lunettes de soleil et la transperça d'un regard.

— Comment savez-vous, pour nos réservations ? répliqua-t-elle.

— J'ai pris mes informations.

Cora en resta coite. Il n'aurait même jamais dû être ici, pourquoi se donner la peine d'enquêter sur leur petit hôtel familial ? Ce genre d'affaire n'intéressait pas les milliardaires.

Comme il la fixait sans ciller, elle frissonna, saisie d'un mauvais pressentiment. La situation échappait à son contrôle et cela ne lui plaisait pas du tout.

— Pourquoi êtes-vous ici ? Hormis pour déguster un bon café ?

— Pour vous voir, évidemment.

Cora eut beau se répéter qu'elle n'était pas intéressée, une pointe d'excitation la saisit à ces mots. À quoi bon le nier, une partie d'elle-même regrettait son départ. Celle qui avait sérieusement envisagé un moment de mettre le cap sur son grand yacht pour le prendre au mot.

Vivre une expérience de plaisir inoubliable une fois dans sa vie. Quelle femme ne serait pas tentée ? Pour peu qu'il y ait une part de vrai dans les ragots courant sur son compte, Strato Doukas était passé maître dans l'art de l'amour.

Cette pensée lui tournait dans la tête chaque nuit tandis qu'elle s'agitait, frustrée, dans son lit vide, même si sa conscience lui soufflait que céder à une telle impulsion ne lui vaudrait que des regrets.

Elle était comme hantée par lui. Sa voix suave. La lumière éclatant dans ses yeux lorsqu'ils partageaient une plaisanterie. Tous les moments où ils avaient paru en connexion parfaite.

La sensation de ce grand corps sublime incroyablement excité contre le sien. Ce baiser enchanteur… Et, cerise sur le gâteau, s'entendre dire ensuite qu'elle embrassait comme une déesse ! Elle avait beau subodorer qu'il avait usé et abusé de cette réplique par le passé, ses défenses avaient tremblé.

Elle lissa ses paumes moites sur sa petite robe d'été aux tons vifs. Au moins, cette fois, elle était présentable…

— Qu'est-ce que vous mijotez ? s'enquit-elle sèchement.

— Vous êtes toujours aussi soupçonneuse ?

— Et vous, toujours aussi sournois ?

Il esquissa un sourire en coin. La petite fossette craquante apparut sur sa joue, et le cœur de Cora partit au galop.

— Vous êtes un peu dure avec moi, Cora. Je me fais parfois stratège, je l'admets, mais je suis honnête… Pouvez-vous en dire autant ? Ou persistez-vous à nier les étincelles entre nous ?

— Il y a des choses plus importantes que l'attirance physique.

Cora comprit avec un temps de retard ce qu'elle venait d'admettre, et se maudit tout bas.

— Ah ! Enfin un progrès ! Alors, qu'est-ce qui est important pour vous, Cora ?

— La famille. La loyauté. La franchise…

Strato hocha la tête.

— Je peux vous promettre loyauté et franchise pour le temps que nous passons ensemble. Pour ce qui est de la famille, je n'en ai pas et je n'en aurai *jamais*. J'exclus de fonder un jour un foyer avec épouse et enfants. C'est un point essentiel à retenir. Néanmoins, j'apprécie votre désir de soutenir votre père.

— Vous parlez comme si nous allions former un couple ! dit-elle, haussant le ton. Je croyais avoir été claire. Cela n'arrivera pas. Vous ne me plaisez même pas.

Ce n'était pas vrai. Il ne lui plaisait que trop. Seulement les types trop gâtés comme lui s'imaginaient pouvoir faire main basse sur ce qui leur chantait. Elle, pour sa part, savait qu'elle méritait mieux que de tomber sous l'emprise d'un tel individu. S'imaginait-il vraiment qu'elle changerait d'avis ? Sans doute était-il de ceux qui veulent une chose parce qu'on la leur a interdite.

— Pas grave, rétorqua-t-il, impavide. C'est votre passion que je veux.

Incrédule, Cora sentit sa bouche s'assécher.

— Je ne suis pas en vente, monsieur Doukas.

— Ah ! Mais, attendez de connaître ma proposition, Cora.

Elle avait beau être sur ses gardes, son ton caressant acheva de la perturber.

— Vous avez une minute pour m'expliquer la raison de votre présence ici. Sinon, je m'en vais.

— Je croyais que c'était évident. Je vous veux, Cora. Et vous le savez. Mais comme vous avez refusé de venir à moi, j'ai pensé qu'un peu de… persuasion s'imposait.

Cora en eut la chair de poule. Strato avait discuté avec son père. Lequel n'aurait jamais mentionné leur situation financière précaire…

— Quelle sorte de persuasion ? Qu'avez-vous fait à mon père ?

— Inutile de monter sur vos grands chevaux. Je n'ai rien fait. Vous avez envie de moi, Cora, mais pour une raison qui m'échappe, vous vous mentez à vous-même. Alors j'ai un marché à vous proposer. Donnant, donnant.

Cora, toute raide, ne pipa mot et attendit la suite.

— Venez passer un mois avec moi sur mon yacht, et je ferai en sorte que l'hôtel de votre père soit plein jusqu'à la fin de la saison. Je compte sillonner la mer Ionienne avant de revenir en mer Égée, et je ne conçois pas de compagnie plus agréable que la vôtre.

Cora resta bouche bée.

— Vous tentez de me corrompre pour m'attirer dans votre lit…

— Je crée les conditions idéales pour que nous fassions plus ample connaissance, nuance, se récria Strato d'un air exagérément offusqué. Le reste ne dépend que de vous. Vous aurez votre propre cabine, et ma parole que je n'entrerai là que si vous m'y invitez. Ce sera votre choix, lorsque nous ferons enfin l'amour.

L'arrogance de Strato la mit en rage. En même temps hélas, l'idée que coucher avec lui soit inévitable éveilla chez elle un instinct primaire très nouveau…

— Vous croyez réellement qu'aucune femme ne peut résister à votre charme ?

— Oh ! Vous me trouvez charmant ? C'est un bon début.

Cora se leva d'un bond et s'avança jusqu'au bord de la terrasse pour trouver un peu d'apaisement dans le panorama idyllique, mais son indignation était trop forte. Quel narcissisme monstrueux !

Elle se retourna. Son visiteur s'était redressé sur sa chaise. Toute sa décontraction semblait envolée.

— Et si, au bout de quatre semaines, dit-elle, je ne veux toujours pas partager votre lit ?

Il haussa les épaules.

— Je suis assez souple, il n'est pas nécessaire que cela se passe dans un lit...

Cora se vit soudain nue avec lui sur la plage de sable blanc de l'îlot. Ou ici même, le chevauchant jusqu'à l'extase partagée dans l'ombre tachetée de soleil, emportée par un baiser aussi étourdissant que l'autre jour.

— J'ai dit que ce serait votre choix. Je suis sérieux, Cora.

Pour lui néanmoins la partie était gagnée d'avance. C'était là, dans ses yeux. Pas de chance pour lui, ce regard lui rappelait un autre homme qui l'avait considérée lui aussi comme une proie tout acquise.

— Vous présumez que je céderai, dit-elle. Que se passera-t-il si vous vous trompez ? Si je monte à bord, et que vous vous apercevez que votre plan sexe est voué à l'échec ?

Strato ouvrit grand les bras.

— C'est un risque que je suis prêt à courir. Je veux *vraiment* votre compagnie, pas seulement votre corps. Et puis, si vous décidez de ne pas coucher avec moi, j'en retirerai une leçon d'humilité, ajouta-t-il en souriant.

L'offre était si tentante. Scandaleuse, mais tentante. Le côté rebelle de Cora se régalait à l'idée de le battre dans ce bras de fer. Quel plaisir ce serait de piquer son ego...

— C'est ridicule. Même quelqu'un d'aussi riche que vous n'irait pas gaspiller son argent pour aider un modeste propriétaire d'hôtel à solder ses dettes.

Strato inclina la tête pour la jauger d'un regard affûté qu'elle connaissait bien, désormais.

— Pourquoi pas ? dit-il enfin. Je ne manque pas d'argent à dépenser à ma guise. Dites un mot, *Coritsa*, et les réservations commenceront.

Ce diminutif tendre prononcé de sa voix de velours… Elle mit quelques secondes à recouvrer ses esprits.

— Même pour vous, il sera difficile de faire tomber les clients du ciel…

— Je dirige une très grande entreprise. J'ai décidé d'octroyer des congés en guise de bonus à la performance, et d'offrir du repos aux employés revenus après une longue maladie.

— C'est très généreux de votre part, commenta Cora d'un ton mi-figue, mi-raisin.

— J'attends loyauté et dévouement de la part de mon personnel, mais en retour j'offre d'excellentes conditions de travail. C'est ainsi que nous attirons et gardons les meilleurs. Quant à ces congés bonus, la suggestion est venue d'un sondage récent, et mes conseillers y croient.

Plus aucune trace d'humour dans la voix de Strato Doukas. Le play-boy nonchalant avait cédé la place à l'entrepreneur qui avait repris la société de transports familiale pour la transformer en une multinationale de premier plan.

Cora n'avait pas pu résister – elle avait mené son enquête sur Internet. Passant sur les ragots croustillants sur ses débauches, elle s'était concentrée sur la biographie de Strato Doukas. Surprise, pour un personnage aussi public les informations étaient rares. Rien ou presque sur ses premières années. Il avait grandi à Athènes. Jeune adulte, il avait appris le métier dans l'entreprise familiale avant d'en hériter et de l'étendre. Aujourd'hui la gestion était confiée à d'autres tandis que Strato Doukas sillonnait la planète d'un plaisir à l'autre, vivant uniquement sur ses bénéfices. Son discours montrait pourtant qu'il s'intéressait toujours de près à ses affaires…

— Vous iriez réellement jusque-là pour me faire monter sur

votre bateau ? demanda-t-elle, ne sachant si elle devait se sentir flattée ou insultée.

— Je ne perds pas de temps avec ce qui irait contre ma volonté, Cora. La vie est trop courte.

Une nouvelle fois, elle capta comme une ombre derrière cette belle confiance en soi. Puis il sourit, et Cora fut trop éblouie pour réfléchir correctement.

— Voilà une invitation trop belle pour être refusée, n'est-ce pas ?

Cora se redressa, les poings sur les hanches.

— Quel mensonge avez-vous conté à mon père ? Il avait l'air si heureux, après votre entretien.

— Je lui ai expliqué combien je tenais à ce que vous m'accompagniez sur ce voyage au long cours, compte tenu de votre expertise en biologie, surtout lorsque nous visiterons des réserves marines.

Cora refoula une bouffée de joie à la pensée de reprendre le travail qu'elle adorait.

— Vous avez donc menti...

Strato secoua la tête.

— Je lui ai dit la vérité. J'ai hâte de voir ces endroits à travers vos yeux. Vous m'offrirez une nouvelle perspective. Quant au magnétisme physique entre nous, c'est un sujet personnel qui ne regarde que nous.

— Il croit que vous m'« engagez » pour mes compétences ?

— J'aurais pu vous offrir un salaire en cash, mais j'ai pensé que vous préféreriez voir l'hôtel complet.

— C'est une idée folle, murmura-t-elle. Personne ne se donnerait tant de peine pour obtenir...

Sa voix mourut sous le regard vrillé sur elle. Strato Doukas voulait ni plus ni moins l'acheter. C'était surréaliste. Incroyable. Et excitant au possible.

Elle tourna la tête vers les tamaris et au-delà, vers le petit port de l'autre côté de la baie, si tranquille ces temps-ci, entre la crise économique et l'absence des services du ferry régulier. S'ils pouvaient tenir bon jusqu'à l'an prochain, les réservations repartiraient à la hausse et ils parviendraient à rembourser leurs dettes. Mais l'an prochain c'était si loin ! D'ici là son père serait insolvable et en passe de perdre l'hôtel qu'il avait longtemps tenu avec sa mère.

— Comment puis-je être sûre que vous tiendrez parole ? Que les clients viendront ?

Strato se pencha en avant, comme pressentant la victoire. À cette vue Cora se sentit piégée et rageuse. Plus déterminée encore à résister au redoutable magnétisme de cet homme.

— Vérifiez d'ici une heure vos demandes de réservations, et vous verrez que je ne plaisante pas. Pendant notre absence vous pourrez appeler votre père chaque jour. Si je manque à ma promesse, je vous ferai raccompagner immédiatement ici.

Pouvait-elle lui faire confiance ? En affaires, disait la presse, il n'avait qu'une parole. Ici, c'était autre chose…

— Prenez le temps de réfléchir, fit Strato en se levant. Je reviendrai cet après-midi. Vous me donnerez alors votre réponse. Préparez un bagage, *Coritsa.* Nous levons l'ancre aujourd'hui même.

Il s'éloigna d'un pas nonchalant avant qu'elle ait pu formuler une réponse, sans un regard en arrière. Chaque mouvement de son corps délié exhalait l'assurance et la certitude que tout irait dans son sens.

Cora aurait aimé le mépriser pour cela. À la place, elle resta subjuguée par cette vision. Et aussi par l'envie folle qui montait d'envoyer promener les dures leçons de la vie pour dire oui, oui au plaisir, oui au bonheur de s'écouter enfin…

Parce que cet homme n'était pas comme Adrian. Un riche égoïste et trop gâté, peut-être, mais en lui laissant le choix, et surtout en lui offrant une compensation d'une valeur inestimable en échange de son temps, il la traitait en égale, et non en marionnette. Ainsi une offre parfaitement indécente devenait quasi acceptable…

Acceptable ? Avait-elle perdu la tête ?

Un bruit de moteur lui parvint. La petite vedette filait déjà vers le large. Elle la suivit des yeux jusqu'au yacht. Alors seulement elle se décida à rentrer, la tête en pleine tourmente.

Quarante minutes plus tard, elle ouvrit le portail des réservations et tomba sur une requête qui provenait d'une entreprise au nom familier. *Son* entreprise. Deux chambres doubles, deux individuelles et deux suites familiales parmi celles ajoutées récemment par son père et aménagées à grands frais. Toutes les demandes portaient sur trois semaines, à dater du lundi suivant.

Elle les accepta aussitôt, n'osant y croire. Une demi-heure plus tard, un dépôt d'arrhes conséquent apparaissait sur le compte. Elle se renversa contre son dossier, les yeux rivés sur le relevé de compte positif.

Strato Doukas était sérieux. Il avait le pouvoir de sauver l'hôtel et le travail qui faisait la fierté de son père. À la condition qu'elle accepte de passer le mois suivant avec lui.

Que pouvait-il arriver, au pire ? Il n'était pas question d'engagement entre Stratos et elle. Seulement… Il éveillait en elle des sensations d'une intensité redoutable. En cédant à son charme, elle risquait la blessure. La prudence commandait de garder ses distances et de ne plus le revoir…

Mais la pensée qu'il lève l'ancre pour ne jamais revenir lui serrait le cœur. Quant à la perspective de voir l'hôtel vendu par la banque pour éponger les dettes de son père… Cora refoula une nausée.

Sa décision était prise.

6

Strato coupa le moteur dès qu'ils furent assez proches du yacht. Cora se dressa aussitôt avec une aisance confondante et entreprit d'attacher la vedette. Son équilibre, ses gestes précis, à l'économie, témoignaient d'une longue pratique. Selon le rapport qu'il avait reçu, elle travaillait souvent en mer. Elle avait même passé une saison entre deux missions de recherche parmi l'équipage d'un superyacht.

Ce n'étaient pas ses talents nautiques qui retenaient l'attention de Strato, mais plutôt la façon dont son corsaire kaki moulait ses hanches lorsqu'elle se déplaçait, les torsions tout en souplesse de son corps et ses seins ronds contre l'étoffe de son petit haut.

Cela faisait si longtemps qu'une femme ne lui avait coupé le souffle… Il n'avait pas le souvenir d'un désir aussi ardent. Des jours qu'il attendait cela, depuis qu'il avait décidé de l'obliger à affronter le magnétisme qui les liait.

Au moment de la retrouver tout à l'heure, l'angoisse le tenaillait. Il avait vraiment craint qu'elle ne rejette son offre.

Angoissé, lui ! C'était une première… Sa réaction à Cora Georgiou ne ressemblait à rien de connu.

Il avait essayé de se dire que cela lui serait égal de ne pas capturer dans ses bras cette énergie, cet esprit et ce corps si sexy, de ne plus échanger de piques avec elle, exercice qui loin de l'agacer le stimulait au contraire. Pourtant il était retourné à l'hôtel dans un état de tension extrême, tant l'idée de ne plus la voir, et de ne jamais découvrir pourquoi le défi qu'elle représentait l'enchantait à ce point, le tourmentait. Quel soulagement, lorsqu'il l'avait vue embrasser son père dans l'entrée et se baisser pour saisir une valise !

Il rafla celle-ci avant elle sous le banc de la vedette.

Leurs doigts se frôlèrent, et il sentit comme une décharge électrique. Elle aussi, visiblement. Les yeux écarquillés, elle retira vivement sa main comme si ce contact l'avait brûlée.

— Après vous, dit-il avec le sourire en l'invitant à le précéder.

Leur connexion était si naturelle. La conquête s'annonçait aussi rapide que satisfaisante. Plaisir de la chair, plaisir aussi de calmer l'agitation qui l'habitait depuis leur rencontre. Sa réaction face à Cora était sûrement accrue par l'incertitude. Avec la familiarité viendrait l'apaisement.

Un grand flou envahit ses pensées comme elle grimpait agilement sur le yacht, toute en muscles déliés et féminité exquise. Croyait-elle sérieusement qu'il lui suffisait de se couvrir de la tête aux pieds pour qu'il cesse d'apprécier son corps de déesse ?

Après avoir confié la valise étonnamment légère à un skipper qu'il remercia d'un mot, Strato se tourna vers Cora.

Elle était peut-être à l'aise sur un bateau, mais ses mains crispées, ses regards fuyants dénotaient une gêne assez étonnante pour le faire brutalement redescendre de son petit nuage. Il se remémora qu'en dépit du courant qui passait entre eux Cora doutait du bien-fondé de sa présence ici.

Il avait compté lui offrir du champagne sur le pont tandis qu'ils regarderaient l'île disparaître au loin. Mais son expression soucieuse éveillait chez lui un instinct protecteur assez étrange envers cette femme qu'il projetait pourtant de séduire. Une première. Une de plus...

— Si vous alliez vous reposer un peu avant le dîner ? proposa-t-il. Vassili vous conduira à votre cabine.

— Avec plaisir, merci, répondit-elle. La journée a été mouvementée.

Strato se composa un sourire.

— Vassili va vous faire visiter le yacht, les lieux vous deviendront vite familiers. Je vous retrouve sur le pont supérieur d'ici une heure et demie.

Il la regarda s'éloigner, révisant mentalement ses plans. Au lieu de chercher à la séduire, il garderait ses distances. Il la laisserait mariner un peu, éprouver le tourment d'un désir insatisfait, jusqu'à ce qu'elle se consume d'envie. Alors, elle viendrait à lui. Et il lui donnerait ce dont elle mourait d'envie.

Les yeux sur le miroir en pied de la salle de bains toute de verre et de marbre, Cora grimaça.

Se voir dans un décor aussi extravagant la mettait mal à l'aise. Sa place n'était pas ici. Elle avait l'air si ordinaire, pas maquillée, en corsaire et petit haut blanc. Strato s'intéressait peut-être d'ailleurs à elle justement parce qu'elle était hors du moule. Une curiosité. Car les femmes qui séjournaient sur de tels palaces flottants ne travaillaient pas pour vivre, à moins de considérer comme un travail le fait de piéger un riche mari. Elles s'effarouchaient à l'idée de revêtir du prêt-à-porter ou de s'abîmer les ongles avec une vraie activité physique…

Sa résolution s'affermit. Elle n'était pas près de devenir une de ces profiteuses. S'il croyait l'éblouir jusqu'à ce qu'elle lui tombe dans les bras, il en serait pour ses frais !

Elle caressa du bout des doigts les lignes douces, épurées, du meuble lavabo conçu sur mesure. La lumière du soleil entrant à flots par la grande fenêtre éveillait une veine dorée, chaude, dans cette pierre qu'elle avait d'abord crue uniformément blanche. Du marbre pentélique… Le meilleur, et rien que le meilleur, pour Strato Doukas. Pourquoi un millionnaire n'exigerait-il pas la même pierre que celle dont était fait le Parthénon ?

Cora secoua la tête en se remémorant sa visite du yacht. Outre d'innombrables cabines, il comportait une piscine, un spa, plusieurs salons, une petite salle à manger, une salle à manger d'apparat et un bar assez grand pour abriter tout son village. Plus un cinéma, une bibliothèque, une salle de billard, un sauna et une immense salle de gym d'une propreté irréprochable formidablement équipée. Sans compter les quartiers d'équipage dans les ponts inférieurs !

Elle se brossa les cheveux, puis les enroula délicatement autour de ses doigts pour les modeler en un chignon strict. Pas question de se mettre sur son trente et un pour le dîner. Strato se lasserait vite de jouer à un jeu perdu d'avance. Elle n'était plus naïve comme à une certaine époque, Adrian s'était chargé de lui ouvrir les yeux. Les yachts ne l'impressionnaient plus. Elle connaissait les petits caprices sordides de leurs propriétaires, leur tendance à se croire tout permis.

Elle se sentait assez tendue en traversant l'immense cabine pour aller enfiler ses mocassins de bateau. Pas moyen de se reposer tout à l'heure. Allongée sur le lit king size, elle n'avait cessé d'imaginer Strato étendu près d'elle, un éclat diabolique dans les yeux, avec ce sourire qui donnait l'impression qu'ils partageaient un secret. De guerre lasse, elle s'était relevée pour prendre une douche dans l'espoir de rafraîchir son corps fébrile. Rien à faire, l'image persistait. Lui, sous l'eau, avec elle. Les mains aux doigts effilés jouant sur elle, le corps musclé glissant contre le sien tandis qu'il…

Avec un soupir exaspéré, Cora se décida à sortir pour aller rejoindre son hôte. Quelques bouffées d'air marin vivifiant, rien de tel pour s'éclaircir les idées.

Elle le trouva sur son pont privé, où avait été dressée une table pour deux ornée en son centre d'un bouquet de roses parfumées. Le cliché romantique aurait dû l'écœurer, mais elle reconnaissait que l'ensemble était réellement beau.

Du coin de l'œil, elle repéra Strato accoudé au bastingage. Ils longeaient une petite île. La vue était spectaculaire, le soleil bas sur la mer teignant le ciel d'or. Lui non plus ne s'était pas changé pour la soirée. En short long et chemise à manches courtes qui laissait nus ses bras puissants, il avait l'air en forme, solide, terriblement masculin. Même la petite brise qui lui ébouriffait les cheveux rehaussait son charme…

Il parlait au téléphone. Elle capta des bribes de la conversation.

Il était question de négociations salariales en Extrême-Orient. Un épicurien en plein travail !

Il se retourna alors, et leurs regards se croisèrent.

— Je dois vous laisser, dit-il dans l'appareil. Nous reparlerons plus tard.

Il lui sourit en raccrochant, et la petite fossette se creusa près de sa bouche.

— Bienvenue, Cora. Vous vous sentez reposée ?

— Un peu.

— Aimeriez-vous boire quelque chose ? s'enquit-il en levant son propre verre rempli de bulles.

Cette vue l'apaisa légèrement. Enfin une ligne connue, prévisible. Il tentait d'utiliser le champagne pour accentuer le côté festif et affaiblir ses défenses.

— Juste un peu d'eau, merci, répliqua-t-elle.

Le sourire de Strato s'accentua. Il s'éloigna vers le bar.

— Bien ! C'est ce que je suis en train de boire, moi aussi. Plate ou pétillante ?

Cora battit des cils. Il buvait de l'eau ? Et parlait affaires ? Était-ce bien le même homme qui hébergeait un harem sur son yacht et traînait nu sur les plages ?

— Pétillante, murmura-t-elle.

Lorsqu'il se retourna pour lui tendre un verre, le cœur de Cora se serra. Dans ces yeux qui dansaient, elle reconnut ce qu'elle s'était efforcée d'ignorer.

Elle avait envie d'être ici. Envie de savourer ce sourire et la proximité de ce corps superbe qui l'attirait comme un courant chaud aspire le nageur.

— À une croisière mémorable ! dit-il en choquant son verre contre le sien.

Ensemble ils retournèrent près du bastingage. Il l'interrogea sur l'île qu'ils dépassaient maintenant, sur ce qu'elle savait de son histoire et de la vie marine dans la zone. Puis sur les aires marines protégées de la région et les meilleurs spots de plongée. Il sollicita ses recommandations, mentionna quelques lieux qu'il envisageait de visiter en lui demandant son avis.

Au lieu de flirter, il conversait de façon civile et écoutait ses réponses. L'éclat sensuel dans ses yeux avait disparu, pas une fois le regard ne glissa vers son décolleté. Cora se surprit à se détendre peu à peu, baissant insensiblement la garde à mesure que la conversation avançait.

Lorsqu'ils se retrouvèrent attablés devant un délicieux poisson frais et une bouteille de vin blanc sec venant d'un petit producteur grec dont elle n'avait jamais entendu parler, elle ne calculait plus chaque mot qui sortait de sa bouche. Car il n'y avait plus de sous-entendus coquins. Pas l'ombre d'un sourire entendu. Juste une compagnie agréable dans un décor de rêve.

— Le coucher de soleil est encore plus beau, vu depuis la haute mer, dit-elle en soupirant.

— Tout à fait d'accord. C'est le meilleur endroit pour les aubes et les crépuscules.

Quelques heures plus tôt, Cora se serait esclaffée à l'idée de Strato s'arrachant au sommeil pour voir le soleil se lever, mais à présent plus rien de sa part ne la surprenait.

Elle se renversa contre son dossier pour mieux admirer la vue, tout en s'appliquant à ne pas lorgner son compagnon. La mer semblait une soie liquide de couleur pêche et rose, un rose fluorescent presque irréel sur l'indigo qui gagnait de toutes parts. Pour la première fois depuis des lustres, elle se sentit détachée de ses soucis pour l'hôtel, les comptes, la faillite imminente qui menaçait la santé de son père.

Si Strato ne s'était pas invité dans sa vie avec sa proposition indécente, elle se serait résolue à évoquer devant son père l'hypothèse d'une vente. Elle détestait le Strato qui se croyait tout permis, mais la vérité, si dure soit-elle, c'était qu'il avait sauvé l'entreprise familiale – et sans doute la vie de son père. Privé de l'hôtel construit au fil de plusieurs générations, son père aurait perdu son âme.

Prenant subitement la mesure de sa dette envers Strato, Cora battit des cils. Il leur avait bel et bien ouvert l'espace dont ils avaient besoin pour tenir bon en attendant la prochaine saison touristique, qui marquerait avec un peu de chance le retour à la normale.

— Qu'est-ce qui ne va pas, Cora ?

La voix grave avait des accents réconfortants et excitants à la fois. Cora prit le temps de se ressaisir. Ce soir, il était trop facile d'oublier qu'il n'était pas un ami.

— Strato, dit-elle en le regardant bien en face, je ne vous ai pas encore remercié pour ce que vous avez fait pour mon père. Grâce à vous l'hôtel reste en vie, et cela signifie beaucoup pour moi, pour lui. J'étais si inquiète…

— Heureux d'avoir pu l'aider. Je l'aime bien. Mais mes motivations sont égoïstes. Vous savez pourquoi je l'ai fait.

Cora hocha la tête.

— Je ne suis pas près de l'oublier.

Combien de fois dans sa vie une femme, surtout une travailleuse ordinaire, tout l'opposé d'une femme fatale, se voyait-elle soumettre une offre aussi spectaculaire ?

Pourtant elle ne retrouvait toujours pas l'éclat spéculateur dans ses yeux. L'invite explicite qu'elle associait à lui depuis le début. Il semblait sincèrement craindre qu'elle le confonde avec un philanthrope à l'âme pure. Elle sourit malgré elle.

— Qu'y a-t-il de drôle ? demanda-t-il.

— Vous, inquiet à l'idée que je vous prenne pour un gentil.

Il ne l'était pas. Loin de là. Ses actes étaient dictés par l'intérêt personnel, rien d'autre. Il avait au moins le mérite de ne pas s'en cacher…

— Ce n'est pas en ces termes qu'on me décrit, en général, commenta Strato avec ce demi-sourire qui la fascinait depuis le premier jour.

— J'imagine, convint-elle en détournant les yeux.

— Seriez-vous triste de perdre l'hôtel si votre père n'entrait pas en ligne de compte ?

— Je n'arrive pas à l'imaginer hors de ma vie. C'est là que j'ai mes souvenirs les plus anciens.

Du vivant de sa mère, c'était un paradis. Puis son père et elle s'étaient épaulés l'un l'autre dans leur deuil, puisant dans la force de leur duo celle de continuer.

— Il est dans la famille depuis plusieurs générations, précisa-t-elle. C'est un lieu spécial. Nous avons des habitués qui reviennent année après année.

— Est-ce que vous avez *envie* de gérer un hôtel ?

— J'ai l'habitude mais... Non, ce n'est pas mon rêve. À moins de pouvoir le donner en gérance pour consacrer l'essentiel de mon temps à la biologie marine. Malheureusement, les fonds pour la recherche dans ce domaine ne sont pas faciles à décrocher, ajouta Cora en se remémorant le job d'été sur un yacht qu'elle avait effectué pour financer ses travaux.

— Alors c'est votre père qui vous retient ici.

Cora coula un regard surpris vers son hôte. Feignait-il l'intérêt pour la séduire, comme Adrian ? Ce n'était pourtant pas l'impression qu'il donnait.

— Il ne me force pas la main. Je veux rester. C'est mon père et je l'adore. Et vous, Strato ? demanda-t-elle, consciente du velours de ce prénom sur sa langue. Regrettez-vous la maison de votre enfance ?

— Non. Il n'y en a pas, du reste.

— Vraiment ? Vous n'êtes attaché à aucun lieu, aucune...

— Je n'ai pas de maison de famille. Ni de famille tout court. Et je ne suis pas sentimental.

Strato vit Cora tressaillir sous le choc et retint un juron.

Il avait l'habitude de décourager avec aisance les curiosités sur sa vie privée, surtout la plus ancienne. Un commentaire d'une acidité bien dosée, un changement de sujet, et le tour était joué. Ce soir, pour la première fois de sa vie sans doute, ce savoir-faire lui faisait défaut.

Qui sait, Cora touchait peut-être une zone de lui-même que personne d'autre ne parvenait à atteindre. Ou bien c'était lui qui avait ressenti une pointe de jalousie à l'évocation de son lien avec son père et de sa vie de famille manifestement heureuse...

Strato rejeta aussitôt cette hypothèse. Son passé était mort et enterré. La famille, non merci. Cette seule idée lui collait des frissons. Il n'empêche, le mouvement de recul de Cora lui fit regretter sa réplique trop sèche. Elle qui était si détendue juste avant, si contente de converser…

— Je suis orphelin, expliqua-t-il, surmontant avec effort sa répugnance à aborder un sujet honni.

Les traits de Cora s'adoucirent aussitôt.

— Je suis désolée. Vous avez sûrement beaucoup souffert.

Strato haussa les épaules.

— J'ai été adopté. J'ai eu de la chance. Beaucoup de chance.

C'était ce qu'il s'était répété, encore et encore. Ce que lui disaient les autres, à l'époque. Pourtant, il ne l'avait jamais cru.

— Et donc, vous avez été heureux avec vos parents adoptifs ?

Encore une question à laquelle il ne répondait jamais en public. Son oncle et sa tante étaient de braves gens, honnêtes et droits, mais parler famille le hérissait.

— Ils étaient affectueux, dit-il avant de s'octroyer une longue goulée de vin. Ils m'ont offert stabilité et sécurité. Mon père adoptif m'a embauché dans son entreprise dès la fin de mes études et m'a appris tout ce qu'il savait. À sa mort j'en ai hérité, et j'en ai fait ce qu'elle est aujourd'hui.

Cora vit un sourire si factice se peindre sur le visage de Strato qu'elle en eut la chair de poule. Quelque chose ne tournait pas rond. Cet homme sexy et sûr de lui n'était plus que l'ombre de lui-même. Croisant son regard, Strato se redressa.

— Désolé. Je ne parle jamais beaucoup du passé. Je préfère me concentrer sur le présent. Et le proche avenir…

À son sourire engageant, elle comprit qu'il pensait à son objectif du moment – la convaincre de coucher avec lui. Mais son regard restait vide. Il était temps de changer de sujet.

— Je comprends, dit-elle. Alors, me direz-vous comment vous avez transformé la petite compagnie de transports de votre père adoptif en une multinationale ?

Si elle attendait un récit enthousiaste, elle en fut pour ses frais. Strato n'était visiblement pas du genre à s'étaler sur son succès. Pourquoi en éprouverait-il le besoin, du reste ? Sa fortune parlait d'elle-même. Après avoir rempli de nouveau son verre, il évoqua succinctement ses tactiques gagnantes en partageant plusieurs anecdotes très drôles.

Tout en l'écoutant avec le sourire, fascinée par l'univers qu'il décrivait, si différent du sien, Cora ne put s'empêcher de penser à l'émotion brève, mais réelle, qu'elle avait captée. Cette ombre qui l'avait englouti sans prévenir. Elle avait perçu un besoin de réconfort qui lui avait donné envie de lui tendre la main. Elle avait entraperçu l'homme derrière la figure médiatique. Un homme qui se cachait. Qui était le vrai Strato Doukas ?

Celui qu'elle avait vu ce soir l'intriguait et lui plaisait beaucoup trop. Elle voulait le comprendre – alors qu'il comptait la mettre dans son lit !

Le problème, c'était que plus elle le côtoyait, moins l'idée lui semblait scandaleuse. Tout compte fait, elle était même très tentante.

7

Après avoir jeté l'ancre de la vedette, Cora se retourna sur le banc. Strato venait de sortir les tubas. Il retirait maintenant son T-shirt, dévoilant ses pectoraux d'acier tout bronzés, couverts d'un fin duvet noir.

La proximité de cet homme la mettait décidément dans tous ses états. Une charge électrique bourdonnait du bout de ses doigts jusqu'à ses orteils, et le fait d'avoir découvert la veille qu'il était plus complexe qu'elle ne l'avait cru n'y avait rien changé.

Toute la matinée, alors qu'ils longeaient des chapelets d'îles, Strato avait gardé ses distances, respectant son espace. Au cours de leurs échanges, il n'avait laissé paraître aucun signe d'attirance physique. Quel soulagement, cette absence de pression.

Oui, un soulagement ! Elle n'était pas déçue d'être ignorée ainsi. D'ailleurs Strato ne l'ignorait pas, c'était un hôte parfait, offrant des conseils sans jamais insister. Pas une fois il ne l'avait mise mal à l'aise avec un regard en coin ou un commentaire pernicieux. La tension qui l'habitait, elle ne la devait qu'à elle-même. La faute à une nuit agitée dans son grand lit, à penser à lui, à eux, ensemble, à imaginer ce que ce serait de le partager avec lui.

— Vous avez changé d'avis pour la baignade ?

Absorbée par le spectacle du short de bain noir et des cuisses puissantes, Cora tressaillit. Une vive chaleur envahit ses joues. Prise sur le fait…

Strato ne broncha pas, cependant. Habitué, sûrement, à ce que les femmes l'admirent.

Cora serra les dents.

— Non, dit-elle, je n'ai pas changé d'avis.

Elle dégrafa son short et se souleva légèrement du banc pour l'enlever. Puis elle ôta ses mocassins et les posa près du short. Plus vite ils seraient dans l'eau, mieux ce serait. Alors elle pourrait se concentrer sur autre chose que cet homme qui aurait pu poser en dieu grec pour un sculpteur.

Le T-shirt retiré et plié à son tour alla rejoindre les autres vêtements.

— Vous trichez, Cora.

Au son de la voix un peu éraillée de Strato, évoquant le gravier, ou le cuir, son corps s'amollit.

— Pardon ? dit-elle en se redressant.

— J'ai promis que notre relation suivrait votre rythme, mais vous portez un maillot à fermeture Éclair. Une *longue* fermeture Éclair, ajouta-t-il en secouant la tête, l'air affligé, mais les yeux brûlants. Une manœuvre sournoise, Cora. Très sournoise.

Non, elle ne sentait pas cette giclée d'adrénaline dans ses veines. Ni ce frisson dans son dos, qui la fit s'agiter sur le banc.

— C'est un une-pièce tout à fait correct. Je suis sûre que vous avez l'habitude de voir des femmes bien plus court vêtues.

À vrai dire, au moment de boucler au vol sa valise pour cette croisière, elle avait évité d'emporter un bikini, raflant à la place deux maillots une-pièce propres à décourager Strato.

Il se renversa en arrière en appui sur les mains, exposant épaules et torse nus aux yeux de Cora qui déglutit péniblement.

— C'est vrai, dit-il. Mais ce qui est caché présente un certain piquant, je ne vous apprends rien. Les bikinis ultra-minimalistes ne laissent aucune place à l'imagination, et je n'ai plus le goût des évidences.

Sa voix n'était plus qu'un murmure.

Encore ce chatouillis entre les cuisses… Cora eut toutes les peines du monde à ne pas gigoter sur son banc. Après l'avoir traitée toute la matinée comme une sœur ou une vieille tante, voilà que soudain Strato portait sur elle un regard d'homme ouvertement appréciateur. Un regard complice, engageant.

Cora adopta le ton le plus réprobateur possible.

— Le col est montant. Et la fermeture Éclair bloque tout.

Un sourire se dessina lentement sur le visage de Strato.

— Précisément. Ce maillot est conçu pour aimanter les doigts de l'homme vers cette petite languette argentée...

Les yeux de Strato suivirent le parcours imaginaire de la fermeture s'abaissant jusqu'au nombril, très lentement.

La gorge sèche, Cora chercha en vain une réplique lapidaire.

— Ce qui me donne à penser que vous avez choisi ce maillot exprès pour me tenter...

Elle avala péniblement sa salive. Ce n'était pas tout à fait faux. Elle avait sorti ses deux maillots ce matin, mais un coup d'œil au plus classique, marron foncé, avait suffi. Non merci ! Le noir zippé, découpé haut sur les hanches et qui dénudait joliment ses épaules, lui donnait la sensation d'être féminine et puissante. Sexy.

Elle ne voulait pas attirer son attention, mais à la première occasion elle avait adopté une tenue aguichante... Où était passée sa détermination à garder ses distances ?

Elle aimait que Strato la couve de ce regard incandescent. Elle aimait se sentir désirable.

Oui, elle s'était promis de ne pas faiblir face à ses tentatives de séduction et détestait l'idée d'être manipulée. Néanmoins, ici ce n'était pas lui qui la séduisait ou la manipulait, c'était elle qui réclamait son attention.

Au fond d'elle, fierté et bon sens lui commandaient de ne pas craquer pour ses manœuvres d'approche, parce qu'il n'offrait qu'une passion physique vide de sens. Mais le reste clamait que la passion physique avec Strato lui irait parfaitement.

Elle était restée si longtemps raisonnable, protégeant son cœur. Avec lui tout au moins il n'y avait pas de cœurs prétendument engagés. Juste le désir à l'état pur et, pour la première fois de sa vie, elle découvrait à quel point il pouvait se révéler puissant.

— Je m'habille pour me faire plaisir, Strato. Mais si vous préférez ne pas nager avec moi...

Strato l'interrompit d'un geste.

— Au contraire. J'ai hâte.

Il lui tendit un masque et un tuba qu'elle prit en faisant très attention à ne pas toucher ses doigts. L'avait-il remarqué ? Strato avait l'œil…

Il était grand temps de s'immerger pour échapper à cette conversation. Cora passa en revue avec lui la liste habituelle des contrôles à effectuer. Après tout, elle était là du fait de son expertise marine, pour l'aider à explorer une zone qu'il ne connaissait pas. Penser qu'elle était différente des autres femmes invitées sur son yacht lui permettait de ménager son amour-propre. Elle n'était pas juste une femme avec qui flirter.

— N'oubliez pas, restez tout près, conclut-elle. Ne jamais s'aventurer seul dans une grotte sous-marine !

— Ne vous inquiétez pas, *Coritsa.* Je compte rester scellé à vous comme de la glu.

Cora sourit en se hissant sur le rocher tout chaud de soleil qui dominait la crique minuscule isolée du monde. Quel après-midi lumineux ! Elle fit rouler ses épaules, savourant la sensation des muscles éprouvés par l'exercice, avant de ramasser une serviette.

— C'était fantastique !

Elle se retourna au son de la voix de Strato, qui sortit de l'eau à la seule force des épaules sur la roche. Une véritable démonstration de force, à vous rendre jalouse.

Tout en souplesse et virilité ferme… Une vue propre à couper le souffle de n'importe quelle femme. Et par-dessus le marché, cet homme s'était immergé dans l'eau salée pendant des heures.

Les yeux verts ourlés de cils noirs et pétillant de joie accrochèrent les siens. L'eau coulait de ses cheveux, le long de ses joues, sur sa poitrine, et l'espace d'un moment fou Cora eut envie de se plaquer contre lui et de l'embrasser pour absorber un peu de cette vitalité qui irradiait de lui.

À la place, elle lui tendit la serviette et en pêcha une autre avant qu'il ne devine ses pensées. Car, durant cette seconde de connexion, elle n'avait détecté chez lui aucune intention de séduction. Uniquement le plaisir d'avoir partagé un merveilleux moment avec elle. Comme elle quelques minutes plus tôt.

En dépit de leur échange sur la vedette, ils avaient passé deux heures conviviales à explorer des grottes sous-marines, des baies secrètes et même une épave engloutie. Ils avaient vu des myriades de curiosités de la vie marine et Strato, loin du débutant ralenti par l'épuisement et pressé de retourner sur son yacht luxueux auquel elle s'attendait, était tout aussi impatient qu'elle d'explorer encore et encore.

Elle se frotta le visage avec sa serviette, puis les cheveux, cauchemar de sa vie.

— Vous devez y passer des heures...

— Pardon ?

Strato désigna du menton ses longues tresses.

— Elles doivent mettre un temps fou à sécher.

Cora se redressa, repoussant ses mèches humides derrière ses épaules pour se sécher les bras.

— En effet. C'est embêtant.

— Mais très beau.

Cora tressaillit, bêtement heureuse du compliment. Comme si elle n'en avait jamais reçu de sa vie !

— Si c'est un problème, pourquoi ne pas les couper ? reprit Strato en étalant sa serviette dans l'ombre de la falaise blanche qui les surplombait.

Cora chercha autour d'elle un endroit où poser la sienne le temps du déjeuner, mais l'espace était restreint. Pour finir, se disant fermement que cela n'avait pas d'importance puisqu'il avait laissé tomber ses manœuvres de séduction, elle s'assit à côté de lui.

— J'ai promis de ne pas les couper, expliqua-t-elle avant de le remercier pour la bouteille d'eau qu'il lui tendait. Quand j'étais petite, Doris craignait que je devienne un garçon manqué et m'a fait jurer de ne pas les couper. Je n'étais pas douée pour la cuisine ou la couture, ni pour jouer les parfaites maîtresses de maison grecques, toutes ces choses qu'elle tentait de m'apprendre, si bien que cela semblait un juste compromis. Mon père s'est rangé de son côté, il disait que mes cheveux lui rappelaient ceux de ma mère.

— Vous êtes donc sentimentale.

À ces mots, elle leva les yeux mais il ne la regardait pas, occupé à rapprocher la glacière de lui.

Eh bien, n'avait-elle pas elle la première souhaité qu'il cesse de flirter ? Cependant elle ne pouvait ignorer ses mots sur la vedette ni ce qu'il lui faisait découvrir de son propre corps et de ses désirs de plus en plus envahissants.

— Je ne suis pas sûre de pouvoir dire cela, dit-elle après une longue gorgée d'eau bien froide, mais mon père et Doris sont spéciaux. Je les aime.

Il y avait aussi des moments, comme lorsque Strato la complimentait sur ses cheveux, où elle se délectait en secret de son style ultra-féminin. La plupart du temps, elle était trop occupée à travailler pour se voir comme une femme sexy. À moins d'avoir affaire à des minables persuadés que la taille généreuse de son buste était inversement proportionnelle à son QI et qu'elle n'attendait rien de plus dans la vie que de finir au lit avec eux. Elle s'était crue habile pour les éconduire. Jusqu'à Adrian, qui l'avait piégée.

Une nouvelle gorgée d'eau l'aida à faire passer l'amertume sur sa langue. Elle tendit ensuite la bouteille à Strato qui la porta à ses lèvres sans la quitter des yeux. La pression désormais familière dans son ventre s'accentua jusqu'à la douleur. Elle s'agita, détourna le regard et saisit une minuscule tomate dont la saveur acidulée éclata dans sa bouche. Elle tenta de se concentrer là-dessus, au lieu de penser qu'elle aurait préféré déguster Strato.

— Encore un peu d'eau ? demanda Strato en lui tendant de nouveau la bouteille.

— Pas pour l'instant.

— Il y a du vin et de la bière.

— Je vais me contenter de l'eau, merci.

Il fallait garder la tête claire. Ne rien laisser paraître de l'effet que lui faisait la proximité de Strato. À croire qu'un interrupteur avait été actionné dans son cerveau – toutes ces heures d'agréable compagnonnage ne signifiaient rien. À présent elle n'avait que lui en tête. Lui, et le sexe.

Ses pensées s'égarèrent vers leur rencontre sur l'îlot. C'était une éternité plus tôt, lui semblait-il. Lui, étendu sur le sable, nu, d'une beauté époustouflante…

— Des ailes de poulet ? proposa-t-elle en lui passant un petit tupperware.

— Merci.

Cora se servit à son tour et tenta de se concentrer sur la viande marinée. Mais le silence lui pesait.

— Vous avez souvent pratiqué la plongée avec masque et tuba ? s'enquit-elle.

— Quelquefois.

Il laissa tomber ses os de poulet dans une boîte vide, son bras effleurant à peine le sien. Elle lui jeta un regard en coin. Il contemplait la mer et ses reflets vert émeraude.

— Et la plongée avec bouteilles ? Je connais une zone parfaite. Une autre épave, mais en eaux plus profondes.

Strato hocha la tête sans la regarder.

— Bonne idée.

De profil, il semblait morose. Cora se tut. Elle n'avait plus faim. Ses yeux glissèrent vers la cicatrice sur l'épaule de Strato. Elle aurait aimé l'interroger, mais plus que cette vieille cicatrice, c'était son changement d'humeur qui l'intriguait.

Il était distrait. Ce n'était pas son problème à elle. Elle n'était pas là pour assurer l'animation, après tout. Néanmoins son ego souffrait de voir le compagnon enthousiaste et séducteur avoué brusquement devenu un homme à peine conscient de sa présence. Il persistait à l'ignorer, alors que la veille au soir et ce matin encore ils discutaient avec aisance. Cet après-midi, la communication entre eux s'était limitée à des signes, des sourires, des hochements de tête pendant qu'ils nageaient. Et maintenant ils ne se parlaient même plus. Étrange comme cela la laissait perdue.

Allongée sur sa serviette, elle ne pouvait pas voir son visage, juste sa joue crispée, qui allait de pair avec la tension de ses épaules. Elle changea de position pour trouver un peu plus de confort – cette pierre plate n'était pas si plate que cela, tout compte fait – et nota les battements du pouls sur sa tempe. Quoi qu'il ait à l'esprit, ces idées n'avaient rien de relaxant.

Peut-être devrait-elle retourner dans l'eau pendant qu'il se débattait avec ses pensées déprimantes. Mais elle avait assez nagé. C'était bon de faire une pause. Du moins, cela aurait été agréable si elle n'avait pas senti l'atmosphère se crisper.

Elle ouvrit la bouche pour parler, avant de se raviser. Bavarder ne servirait qu'à combler le vide. Si Strato avait un problème, ce n'était pas à elle de le résoudre. À son âge, il n'avait qu'à se débrouiller seul.

Ravalant un soupir, elle croisa les mains derrière la nuque. Là, c'était une position un peu plus agréable…

— Si vous avez fini de manger, nous devrions retourner sur le bateau, déclara Strato d'une voix tendue.

— Le bateau ? Vous vous êtes à peine reposé… Et vous n'avez presque rien mangé.

— Je n'ai pas faim et, croyez-moi, je ne suis pas d'humeur à me détendre, marmonna-t-il.

Elle aurait dû n'y attacher aucune importance, seulement cette sale humeur gâchait les deux dernières heures si agréables qu'ils venaient de passer. C'était idiot de se sentir blessée. L'illusion d'une camaraderie naissant entre eux s'évaporait de seconde en seconde. Ce n'était pas plus mal, tout compte fait. Elle n'était pas en quête d'une amitié ni de quoi que ce soit d'autre de la part de cet homme !

— Quel est le problème, Strato ? demanda-t-elle en se hissant sur les coudes. Vous semblez de mauvaise humeur. Je croyais que notre baignade vous avait plu ?

— Elle m'a plu.

Rien d'autre. Aucune explication sur sa brusque envie de retourner sur le yacht.

Sur le point de remballer leur mini pique-nique, Cora suspendit soudain son geste. Son obstination légendaire reprenait le dessus.

Pourquoi prendre des pincettes avec cet homme ? Qu'avait-elle fait pour le contrarier ?

— Alors, qu'est-ce qui se passe ? Suis-je censée subir vos changements d'humeur à vue ? Ayez au moins la courtoisie de m'expliquer ce qui vous met dans cet état...

— Vous n'avez pas besoin de le savoir.

Cora serra les dents. Elle en avait besoin, et comment ! Sinon elle n'aurait pas posé la question. Pas question d'insister, cependant. Elle avait croisé suffisamment d'égoïstes pour ne pas perdre son temps avec celui-là.

Sans un mot, elle se mit en devoir de rassembler les provisions dans le sac qu'ils avaient apporté. Dans sa hâte sa main effleura le bras de Strato, qui se raidit. Il se tourna vers elle – et le cœur de Cora fit une violente embardée. L'homme dont le regard la cloua sur place n'avait plus rien du jouisseur débonnaire qu'elle connaissait, ni du charmeur des premiers temps. Ses yeux luisants témoignaient d'émotions puissantes.

Il semblait une créature sauvage, surgie des profondeurs de l'océan peut-être, ou même de ce rocher sur lequel ils étaient assis. Sauf qu'il était de chair et de sang. Cora sentait la chaleur de son souffle. Comme il baissait les yeux vers sa poitrine, tendue sous le maillot noir, elle cessa de respirer.

— Cora, dit-il d'une voix enrouée, presque menaçante.

Tout à coup, elle comprit qu'elle n'était pas la seule à être tourmentée par des pulsions. C'était là, sur les traits tirés de Strato, dans la tension qui vibrait dans l'air.

— Qu'est-ce que je n'ai pas besoin de savoir, Strato ?

Elle savait, mais elle voulait l'entendre de sa bouche. Car brusquement, prudence et bon sens n'avaient plus la moindre importance face à l'envie incontrôlable qu'elle avait de se rapprocher de lui.

Strato grimaça.

— Vous me rendez fou, allongée là près de moi ! Il faut rentrer maintenant, parce que j'ai promis de ne pas vous toucher et je tiens toujours mes promesses. Mais je n'en peux plus. Dès que vous changez de position, j'imagine votre peau nue sur la mienne. Le goût de votre orgasme dans ma bouche. Vos cris, au moment de jouir.

Son souffle résonna dans le silence lourd qui suivit ces paroles. Celui de Cora s'était bloqué dans ses poumons dès les premières images évoquées. Ses doigts se crispèrent convulsivement sur la serviette mouillée.

— Depuis le début j'ai envie de toi, Cora, ajouta-t-il un ton plus bas. Je veux m'enfouir dans ta moiteur. Je veux glorifier tes seins et chaque parcelle de ton corps jusqu'à ce que tu n'aies plus aucun souvenir de ceux qui m'ont précédé. C'est pourquoi nous devons repartir.

Cora retrouva enfin l'usage de la parole.

— Tu ne m'as pas demandé ce que je voulais, moi, Strato.

— Que veux-tu, Cora ?

Elle attendit que son instinct d'autoconservation se réveille. Manifestement il était en congés, ou résigné à l'inévitable. Alors, saisissant la languette de la fermeture Éclair sous sa gorge, elle répondit posément :

— Je veux toutes les options susdites.

8

Strato était mort et monté au ciel.

Sauf qu'il ne croyait pas au ciel. Comme il ne croyait pas à l'amour, au destin ni à quoi que ce soit hormis le présent et ce qu'il pouvait voir, entendre, toucher.

Ses lèvres s'incurvèrent en un sourire crispé. Dieu sait qu'il comptait beaucoup regarder, écouter, toucher…

Il voulait Cora. Cora tout entière. Et de tant de manières que satisfaire aujourd'hui tous ses désirs relevait de l'impossible. Il faudrait des jours, des semaines, pour les épuiser. Une chance qu'il l'ait pour lui tout seul pendant un mois.

Il délogea d'une pichenette la main de Cora pour prendre le contrôle de la languette du maillot. Il avait projeté d'y aller doucement avec elle la première fois. Au lieu de quoi, il tira d'un coup sec et la fermeture Éclair glissa jusque sous son nombril dans un crissement.

Était-elle glabre au-delà, ou y avait-il un triangle soyeux caché sous le tissu ? Il le découvrirait plus tard. Pour l'heure son attention était rivée aux pans du maillot qui s'écartaient un peu plus à chaque respiration sur deux seins parfaits, accrochant les pointes dressées. Un gémissement l'arracha à sa contemplation fascinée. Il releva la tête. Cora le fixait, bouche entrouverte, le regard indéniablement affamé.

Strato se lécha les lèvres, imaginant le goût des siennes, de ses seins, de son sexe. N'y tenant plus, il s'installa à califourchon sur ses cuisses, sans oser toutefois s'allonger sur elle. Si impérieuse que soit son envie, il était exclu que tout cela ne dure qu'une poignée de secondes.

Alors il posa la main sur la gorge de Cora et la laissa glisser vers le bas, puis de côté, repoussant le tissu encore humide pour dévoiler un sein dont le téton quémandait de l'attention. Strato s'inclina obligeamment pour y coller la bouche tout en réchauffant cette rondeur sublime à pleine paume, en douceur d'abord, puis plus fermement.

Il la sentit se trémousser entre ses genoux. Elle agrippa ses épaules, puis sa tête pour la sceller à sa poitrine – comme s'il était assez fou pour s'en détacher ! Il sourit contre sa peau qui sentait le miel, la femme et la mer, tout en libérant l'autre sein. Parfait dans sa main. Il le pétrit délicatement tout en suçotant et mordillant. Elle émit un petit cri étranglé qui faillit mettre le feu aux poudres. Alors il laissa dériver ses doigts le long de ce corps enfiévré jusque sous le maillot. Là, un duvet tout doux, fendu en son cœur, comme une invitation à la caresse.

Un nouveau gémissement le récompensa de sa hardiesse. Elle se cabra pour mieux s'offrir. Sans hésiter, il glissa un doigt, puis deux, dans ses profondeurs et la sentit qui s'accrochait à lui. Il marqua une pause, haletant, se remémorant de justesse de ne rien précipiter.

Mais elle ne pouvait pas attendre, visiblement. Le souffle court, elle souleva les hanches sous sa paume. Il pressa le centre gonflé de son désir, dessina des cercles autour jusqu'à ce qu'elle tressaille et pousse un cri.

Il était très tentant de la rejoindre dans cette ivresse. Seulement il tenait à faire durer ce moment. Pour son propre plaisir et aussi, comprit-il, pour graver en elle le fait que lui, Strato, était l'amant qui pouvait lui donner un tel bonheur. Ainsi elle brûlerait de retrouver son contact. Non pas une fois ou deux, juste parce qu'elle n'avait pas fait l'amour depuis longtemps peut-être, mais parce qu'aucun autre ne pouvait lui donner autant de plaisir.

Il s'immobilisa, ébahi par cette idée qui lui était si étrangère. C'était presque… possessif. Très loin de ce qu'il avait connu jusque-là. Mais il était trop excité pour perdre du temps à réfléchir.

À la place, sur un dernier petit coup de langue gourmand à son sein, il se redressa pour contempler sa Néréide. Elle avait les yeux fermés, un sourire extatique illuminait son visage. C'était bien, mais il voulait sentir ces yeux fixés sur lui, conscients que c'était lui, Strato, qui la faisait voler vers les étoiles.

Lentement, il la débarrassa du maillot défait.

Il se doutait déjà qu'elle était sublime. Sa silhouette avait capté son attention même couverte d'un short trop grand et d'un T-shirt. Mais savoir et voir, ce n'était pas la même chose. D'une main légère – en s'attardant, il risquait de se laisser distraire –, Strato suivit les courbes et les méplats de son corps, la taille étroite, les hanches joliment symétriques, comme les seins. Et ces jambes, longues, fines, fermes… Mmm… Il allait savourer chaque instant avec sa nouvelle maîtresse.

Bizarrement, alors qu'il aurait dû exulter d'avoir séduit la femme qui l'avait regardé de haut, il n'avait pas l'impression d'avoir marqué un point. Un triomphe, certes, mais avec une pointe d'appréhension, tant il était conscient de la profondeur de son désir.

Son regard dévia vers les provisions qu'il avait apportées et les préservatifs cachés dessous. Pas encore.

Il écarta ses jambes et l'embrassa de la façon la plus intime qui soit, humant son parfum de femme rassasiée. Pas aussi rassasiée cependant qu'elle ne le serait dans quelques minutes… Tout en la régalant de petits coups de langue, il laissa voyager sa main pour aller taquiner un sein.

Aussitôt ses jambes se tendirent autour de lui. Ses yeux se rouvrirent tout grands, troubles, perdus dans le vague. Les prunelles brun doré luisant telles des pépites le firent penser à un trésor. Il lécha lentement, longuement et profondément, et découvrit son propre trésor.

Cora se redressa sur les coudes, les sourcils froncés. Il la lécha encore tout en soutenant son regard, et la sentit frissonner.

— Tu ne veux pas… ?

— Oh ! Si, *Coritsa*, je te veux toute, dit-il en se penchant de nouveau sur son sexe au goût de sel.

— Strato, je...

La voix enrouée de Cora mourut dans un cri étouffé. Son prénom continua de résonner à ses oreilles tandis qu'il l'emmenait tout au bord du précipice, enserré entre ses cuisses musclées, le nez dans sa chaleur de femme, les yeux enchaînés aux siens. Elle ondulait au rythme des caresses dont il l'abreuvait, impatiente, fiévreuse.

— Strato !

Le plaisir la submergea d'un coup. Il le sentit si intimement qu'il eut la sensation de surfer sur la même vague. Son propre désir réclamait autre chose, mais il n'aurait manqué cela pour rien au monde. Elle gémissait tout bas maintenant, murmurant encore et encore son prénom et le fixant de ses yeux éblouis comme si rien d'autre n'existait sur Terre que lui.

D'où lui venait ce besoin de la marquer ? D'occuper sa conscience de sorte qu'elle ne pense à personne d'autre ?

Il y songerait plus tard. Là, maintenant, d'autres préoccupations plus urgentes l'appelaient. Il se redressa sur les genoux et tendit la main vers la boîte de provisions.

Dans son état d'excitation, se protéger tenait du test de volonté. Le regard brun doré rivé sur lui était un puissant aphrodisiaque. Lorsqu'il revint se placer entre ses cuisses en serrant les dents, son corps alangui, les doux replis de son sexe, tout cela était si bon... Respirer. Ne rien précipiter. Il s'engouffra lentement en elle, avec une aisance presque déconcertante, comme si ce n'était pas leur première fois ensemble.

Un flot de sensations exquises l'envahit. Il vit Cora esquisser un sourire satisfait, comme si cela lui plaisait de le voir au bord de ses limites... Si ces derniers temps il trouvait ses maîtresses plus affriolantes en pensée qu'en action, ce n'était pas le cas avec Cora. Maintenant elle l'enserrait entre ses jambes pour le sceller à elle, les ongles fichés dans ses épaules, un appel clair à accélérer le tempo.

C'était précisément son intention. Trouver l'oubli dans son corps doux. Il voulait autre chose aussi, cependant. Il voulait Cora de nouveau soumise, entraînée malgré elle dans une extase que lui seul pouvait lui offrir. Il se retira doucement avant de revenir à la charge, savourant la sensation de leurs corps unis et le choc dans ses yeux lorsqu'il adopta un rythme délibérément lent, qui lui coûta ses ultimes réserves de patience. Si les damnés pouvaient trouver le paradis, il l'entrevit tandis qu'il l'emmenait toujours plus haut vers les astres.

Il se doutait que ce serait bon avec elle, mais à ce point...

Elle agrippa soudain ses fesses à pleines mains en se soulevant à sa rencontre – et toute faculté de réflexion le déserta. Au premier coup de reins, une vague de bien-être déferla sur sa peau, dans ses veines, son sexe et son être tout entier. Sentant qu'il ne pourrait plus tenir bien longtemps, il glissa la main entre eux, dénicha son clitoris et ne le lâcha plus, plongeant encore et encore dans ce corps voluptueux et si accueillant, qui soudain fut secoué d'un spasme violent.

— Strato !

Une déferlante d'or liquide l'engloutit. Il sombra dans sa chaleur, grisé par l'écho de son prénom sur les lèvres de Cora.

Le soleil était bas sur l'horizon lorsqu'il s'éveilla, niché contre le dos de Cora.

Ils s'étaient assoupis un long moment, bras et jambes enchevêtrés. Jusqu'à ce que, inévitablement, resurgisse le désir. Alors il l'avait calée sur lui, épuisée mais délicieusement partante, pour qu'elle le chevauche librement. Une fois de plus, ce plaisir fou, atteint ensemble. Une grenade explosant au plus profond de soi, dans des zones dont il n'avait presque plus conscience.

Qu'est-ce qui l'aimantait si fort chez Cora, alors que son intérêt pour les femmes faiblissait depuis quelque temps ? Depuis le premier moment où il l'avait vue, il avait eu toutes les peines du monde à penser à autre chose qu'à la posséder. Et la sensation de bien-être après l'amour dépassait de loin tout ce qu'il avait pu vivre jusque-là.

La nouveauté ? Non, ce n'était pas suffisant.

Cora s'étira. Il regarda son corps souple se déployer, sa peau luisant comme la soie. Ses seins lourds et ses hanches rondes ne l'empêchaient pas d'être mince ailleurs et tonifiée par l'activité physique.

Ne pas penser aux activités physiques, se dit-il fermement tout en laissant glisser sa paume sur ce dos si doux. Cora était fatiguée. Elle s'était endormie dans ses bras et il s'était contenté de la garder dans ses bras, ignorant la pierre dure qui lui sciait la hanche à travers la serviette de bain.

— Tu es réveillé, murmura-t-elle d'une voix ensommeillée.

— C'est vrai.

Avait-elle rêvé de lui ? D'elle et lui, ensemble ?

Lui, n'avait pas dormi. Allongé là il s'était juste délecté du bonheur d'après l'amour, pénétré d'un sentiment de paix aussi profond que rare.

— Qu'est-ce que c'est, cette trace ? demanda-t-il soudain, les yeux sur ses reins.

— J'ai une marque ? Sûrement une bosse sur le rocher sous ma serviette...

Strato effleura l'hématome en fronçant les sourcils.

— Tu aurais dû me le dire. Je ne veux pas te faire mal.

— Pas de souci. J'avais envie de toi. Ça n'a aucune importance.

Il se remémora la force avec laquelle son propre corps s'était jeté contre celui de Cora, l'écrasant de tout son poids, et sentit comme un goût métallique sur sa langue. Il était si grand et puissant. Pour cette raison il restait toujours très prudent, même avec les plus aguerries de ses maîtresses. La pensée de meurtrir une femme le glaçait.

— Tout de même, murmura-t-il. La prochaine fois, dis-le moi.

— D'accord, concéda-t-elle du bout des lèvres.

Il faillit lui demander de le promettre, mais se reprit. Son insistance pourrait paraître suspecte. Il devait faire attention. Autrement dit, ignorer ses pensées lascives jusqu'au retour sur le yacht.

— Prête à repartir ?

Cora lui jeta un regard en coin.

— Tu ne veux pas rester ici encore un peu ?

L'expression de Cora, son corps glissant contre le sien... Strato sentit une vague de désir déferler dans son ventre. Bravement, il s'assit, ignorant la moue de sa compagne.

— Non, dit-il. Rentrons. Une douche brûlante, ça ne te fait pas envie ?

Cora ravala sa déception. Strato préférait donc retrouver le confort de son yacht. Le sexe en plein air sur un gros caillou, très peu pour lui. Même son enthousiasme à propos de leur expédition sous-marine n'était sûrement que de façade, une tactique pour la mettre à l'aise au vu de sa réticence à accepter cette croisière. Sa gorge se serra.

Elle avait trouvé très excitant qu'ils finissent par céder au magnétisme qui les attirait l'un vers l'autre. Pour elle l'expérience avait été extraordinaire, un moment hors normes… À croire qu'elle n'avait jamais connu le plaisir auparavant. Strato aussi avait apprécié, aucun doute là-dessus. La nouveauté du décor, peut-être.

Soudain, elle se sentit gênée d'être nue devant cet homme accoutumé aux cadres somptueux et aux créatures sophistiquées, parfaites.

— Bien sûr, dit-elle. Si je retrouve mon maillot…

Sans un mot, Strato tendit la main par-dessus son épaule, un bout de tissu noir pendant au bout des doigts. Un large bout de tissu.

Le regret la traversa de ne pas être une femme plus petite, de celles qu'un simple chiffon ou un string bikini suffisait à couvrir. Elle serra les dents. Vouloir être une autre, c'était absurde. Son corps était ferme et svelte, il la servait très correctement. Elle n'en avait pas honte.

— Merci, dit-elle en saisissant le maillot avant de s'asseoir.

— Besoin d'aide ?

La voix enrouée de Strato fit courir un frisson dans son dos. Encore ! Elle jeta un regard derrière elle et retint son souffle.

Strato n'avait pas l'air d'un riche blasé en proie à l'ennui, rêvant d'un cocktail sur son superyacht. Son regard brûlant, semblait ne voir qu'elle, en cet instant. Rien d'autre. Ni la mer iridescente, ni le vaste ciel d'azur, ni la petite vedette qui oscillait doucement comme pour les appeler au départ.

— Oublie ma proposition, chuchota-t-il sans attendre sa réponse. Si je te touche, nous ne serons pas partis avant des heures.

— Et alors ? répliqua Cora, le cœur battant.

— Je ne veux pas que tu récoltes d'autres bleus sous prétexte que je ne peux pas me contrôler.

— C'est pour *ça* que tu veux rentrer ?

— En tout cas, ce n'est pas faute d'être intéressé, dit-il avec un sourire chagrin. Tu me fais un effet très puissant, *Coritsa*.

Cora sourit malgré elle. Cette relation à court terme, et purement physique, ne correspondait pas à ses aspirations, mais quel plaisir d'entendre qu'il la trouvait désirable !

Peut-être avait-elle laissé l'attitude d'Adrian affecter son estime de soi, tout compte fait. D'où sa réaction si avide face à Strato, qui lui donnait un sentiment de puissance.

— D'accord. Laisse-moi une minute pour me rhabiller. J'ai promis à mon père de l'appeler cet après-midi, dit-elle soudain.

Le soleil avait presque disparu à l'horizon. Elle ne s'était pas rendu compte qu'il était si tard… Elle se tortilla pour rentrer dans son maillot, déplorant son manque de grâce.

— Vous êtes très proches, ton père et toi, murmura Strato.

— C'est mon père. Depuis mon enfance je n'ai plus que lui.

— Alors, ne le faisons pas attendre, dit-il en lui tendant la main pour l'aider à se relever.

En frôlant son corps, elle sentit la décharge électrique familière la traverser, quand bien même ses jambes ne la portaient plus après ces longues heures de plaisir.

— Tu devrais te reposer un peu en arrivant sur le bateau, ajouta Strato. J'aimerais passer ensuite toute la nuit avec toi.

9

Ils passèrent la nuit ensemble. Ce soir-là et tous les soirs suivants. Sans que Cora ne songe un instant à émettre une objection.

Ce qu'ils partagèrent ne laissa aucune place à une fierté mal placée. Strato avait peut-être usé de subterfuges extravagants pour l'attirer à bord de son yacht, mais elle voulait être là. Elle le voulait, lui, et savourait la femme qu'elle devenait avec lui.

Non qu'il l'ait transformée. C'était plutôt qu'avec lui elle se sentait libre d'être elle-même, sans jugements ni attentes.

Tout ce qu'exigeait Strato, c'était de l'honnêteté. De fait, ses réactions spontanées étaient toujours les bienvenues, sans exception. Cela rendait leurs échanges stimulants et leurs corps-à-corps uniques. En retour, Strato se montrait tout aussi sincère et même très direct. Ainsi, sa façon de lui dire exactement ce qu'il aimerait faire avec elle pendant l'amour la faisait vibrer par anticipation…

Ce franc-parler souffrait une unique exception. Il évoquait rarement son passé, et seulement en des termes très généraux, si bien qu'elle se retenait d'aborder le sujet, par discrétion.

Cora avait fini par s'installer dans la vaste suite du propriétaire, dotée d'un lit immense et confortable. Strato avait tellement d'énergie ! Et pas seulement dans l'intimité. Chaque jour ils partaient en expédition sur une île ou dans le monde sous-marin.

Aussi étrange que cela puisse paraître, elle aimait bien Strato. Et lui… Non, pas question de s'aventurer sur le terrain des hypothèses sur ses sentiments à lui ! Ils avaient dépassé la mi-parcours de leur croisière en duo. Bientôt chacun reprendrait son chemin. Strato était un amant extraordinaire, mais il avait été très clair – leur relation s'arrêterait là.

Aujourd'hui pourtant, quatre semaines semblaient un temps incroyablement court. Comment s'imaginer retourner sur son île, ou attaquer un nouveau projet de recherches, sans jamais revoir Strato ?

Cora se tourna sur le lit et fixa la place vide à côté d'elle, refoulant de son mieux la déception qui l'envahissait. Elle savait que Strato était parti, s'il avait été encore là ils auraient été en contact, emboîtés l'un dans l'autre, ou encore elle aurait été couchée sur sa poitrine, dans une position qui était devenue une de ses préférées. La tête sur son épaule, un bras et une jambe en travers de son corps comme pour l'empêcher de s'échapper.

Ils se touchaient tout le temps. Même lorsqu'ils ne faisaient pas l'amour. Strato se révélait l'homme le plus tactile qu'elle ait connu. Leur connexion permanente la ravissait. Les doigts de Strato effleurant son bras lorsqu'ils partageaient une nouvelle découverte. Le poids de sa main sur son sein, ou sa taille, lorsqu'il dormait.

Il te manquera après ton départ.

Cora fronça les sourcils, les yeux sur le creux de l'oreiller. À quoi ressemblerait la vie sans Strato ? Moins excitante. Moins délectable. Moins… chaude.

Il y avait un certain piquant à partager avec lui non pas seulement du sexe, mais de petites émotions comme sa joie devant un sublime coucher de soleil ou son faible pour les gâteaux, et des plus grandes, comme son espoir de travailler de façon permanente dans une réserve marine. Il écoutait et comprenait. Il y avait cette même faculté d'écoute chez son père, mais certains sujets ne pouvaient être abordés avec lui alors que, à sa grande surprise, il était facile d'en discuter avec Strato.

S'il n'était pas du genre à parler de lui-même, il lui confiait quelquefois des anecdotes sur sa vie professionnelle qui la fascinaient. La complexité de son entreprise la laissait pantoise, d'autant qu'elle le soupçonnait de tout diriger depuis son yacht.

Il déléguait beaucoup, clairement, mais au vu des heures passées dans son bureau et du nombre de visioconférences, les histoires où il était dépeint comme un play-boy dissolu ne rendaient pas justice au personnage.

Elle commençait à bien le connaître, pourtant il restait tellement d'inconnues. Tellement de choses à comprendre…

Repoussant le drap, elle balança les jambes hors du lit. Il était tôt, mais le sommeil ne reviendrait pas.

C'était une erreur de prendre l'habitude de dormir avec Strato. Elle n'avait plus le cœur désormais de s'y essayer sans son grand corps solide à ses côtés. Elle sourit. Peut-être parviendrait-elle à le convaincre de revenir se coucher.

Strato tira sur les poignées du rameur, étirant ses muscles sur un rythme plaisant qui finirait bien par l'épuiser, avec un peu de chance.

Il s'était réveillé scellé au dos de Cora, les fesses de sa compagne offrant un nid douillet à son érection matinale, la main sur son sein rond.

Il grimaça et tira plus fort sur la machine. La tension tortura ses épaules, son torse, ses jambes. Alors qu'il s'apprêtait à la réveiller pour lui faire l'amour aux aurores comme souvent, il avait pris conscience que ce qui était au départ une délicieuse gâterie était devenu une habitude. Chaque matin, au réveil, il l'attirait dans ses bras. Parce qu'il était tout le temps prêt pour l'amour ces jours-ci, mais surtout parce qu'il était en train de devenir accro au plaisir qu'elle lui donnait.

La sueur coula sur ses joues à mesure qu'il poussait son corps vers ses limites. Comme si une séance exténuante pouvait épuiser aussi son désir insatiable pour Cora !

L'envie de sexe, il pouvait gérer. Mais ici c'était autre chose. Il adorait sa compagnie. Même leurs désaccords le stimulaient comme jamais depuis des années. Il passait de plus en plus de temps à réfléchir à de nouvelles façons de lui faire plaisir, au lit ou ailleurs, comme avec cette plongée la veille jusqu'au temple.

Il se rembrunit à cette pensée, les bras tremblant sous l'effort. Ce mois avec elle prenait un tour inattendu. Il devenait compliqué. Or, les complications équivalaient à un engagement.

Strato avait tout fait ces vingt dernières années pour s'éviter l'erreur de s'engager, précisément. Et pour cause, il connaissait les risques qui allaient avec. Le danger. Il s'était juré que personne d'autre ne subirait ce danger, cette dévastation, avec lui.

— Je pensais bien te trouver ici.

Il se figea en voyant Cora traverser pieds nus la salle de gym. Ses cheveux étaient ramassés en un chignon lâche qui lui donna immédiatement envie de les voir se répandre sur ses épaules, son dos. Mais son attention se porta vite ailleurs – elle portait un débardeur ultra-court, une brassière de sport peut-être ? Et un short. Court et moulant. Très différent de ceux qu'elle enfilait d'habitude. Entre les deux étoffes, une plage de peau veloutée, et une taille fine.

Son grognement approbateur s'étrangla dans sa gorge lorsqu'elle se pencha pour poser une serviette sur un banc près du hublot. La vue de dos lui coupa tous ses moyens. De longues jambes musclées, des fesses fermes, à la rondeur exquise. Il lâcha les poignées. Le rameur s'arrêta.

— Qu'est-ce que tu fais ? marmonna-t-il.

— La même chose que toi. L'exercice semble une bonne façon de commencer la journée.

Elle attaqua des étirements lents avec le sourire, mais en évitant son regard. Aussitôt il se demanda pourquoi. Peut-être lui avait-il manqué au réveil. Peut-être avait-elle envie de lui autant qu'il avait envie d'elle.

Il saisit sa propre serviette et se frotta le visage, le cou, les bras. Cora en fit autant. Il se sentit brusquement tout excité et chassa ses pensées dérangeantes sur les complications à éviter. Face à Cora, à la réalité qu'elle représentait, il savait, après tant d'années passées à chercher le plaisir, qu'il n'en trouverait jamais de plus total que celui qu'il s'offrait avec elle.

Il se leva. Cora écarquilla les yeux et, vite, tourna la tête pour se concentrer ostensiblement sur ses étirements. Strato dissimula un sourire. Elle était aussi souple que puissante, et cela lui plaisait beaucoup.

Lui qui faisait toujours preuve de prudence avec ses maîtresses, compte tenu de sa taille et de sa puissance, avait trouvé en Cora son égale. Elle se délectait de la force masculine qu'il s'efforçait toujours de brider. Sa silhouette, plus grande et robuste que la moyenne, lui donnait la sensation qu'elle était faite pour lui – et lui pour elle. Voilà pourquoi le sexe était si bon. Ils... Ils allaient bien ensemble.

Strato s'ordonna de ne pas poursuivre sur cette pente glissante. Les conséquences pourraient se révéler désagréables, et il avait des soucis plus urgents. Il glissa la main dans sa poche et dénicha le préservatif qu'il y avait rangé. Ces jours-ci, il en avait sur lui en permanence. Cora le tentait même dans les endroits les plus prosaïques...

— Par quoi vas-tu commencer ? demanda-t-il en s'approchant, la serviette sur l'épaule.

Cora se redressa avec lenteur. Une fois debout, il lui suffisait de lever le menton pour le regarder droit dans les yeux et Strato aimait cela.

— Peut-être un peu de Pilates ? dit-elle en balayant la salle du regard. Soulever de la fonte ne me dit rien... Une suggestion, peut-être ?

— Oui. Si tu t'en remets à moi.

Leurs regards se croisèrent.

— Pourquoi pas ? fit-elle en s'humectant la lèvre de la pointe de la langue. Un conseil d'expert est toujours bon à prendre.

Strato eut la sensation que cette langue se promenait sur son propre corps. Ce qui s'était d'ailleurs produit la nuit dernière avec une telle efficacité qu'il avait volé en éclats beaucoup trop vite. Il frémit à ce souvenir.

Quelquefois c'était comme si elle était la plus expérimentée des deux, éveillant chez lui des sensations si intenses qu'elles le laissaient pantois. Loin des artifices érotiques, tout ce qu'elle inventait était naturel, sans apprêts et... Le mot qui lui venait à l'esprit était « chargé de sens ». Mais ce n'était pas possible. Il n'y avait pas de sens caché ici. C'était l'alchimie sexuelle dans toute sa splendeur. Ainsi qu'il allait le prouver séance tenante.

— Bien ! dit-il en lui prenant la main. Par ici.

Il l'entraîna vers le hublot derrière lequel s'étendait à l'infini la mer turquoise et plaqua sa main droite sur le grand panneau de verre trempé. Elle retint son souffle et lui décocha un regard oblique qui l'enflamma.

— Et maintenant ? souffla-t-elle.

Il se plaça derrière elle, lui saisit l'autre main pour la poser près de la première sur le verre devant elle, puis posa les mains sur ses hanches, les doigts fichés dans sa chair, et la tira en arrière vers lui.

Il perçut un soupir, sans savoir s'il émanait d'elle ou de lui.

— À l'aise comme ça ?

Elle joua des hanches jusqu'à se caler contre lui.

— Très, répondit-elle.

Sorcière ! Il l'entendit rire et sourit. Puis il laissa glisser sa main de l'autre côté, sur son ventre, puis sur son sexe. Aussitôt elle se coula contre sa paume.

— Tu aimes ? murmura-t-il.

Elle hocha la tête et répliqua sur le même ton :

— Tu crois vraiment qu'il s'agit de l'exercice dont j'ai besoin ?

— Absolument, dit Strato en s'inclinant sur sa nuque pour la mordiller.

Pendant ce temps, sa main libre alla se mouler sur son sein. La pointe était déjà dure. C'était une des choses qu'il aimait chez Cora. Cette promptitude à répondre à son désir par un désir égal. Elle se frotta légèrement contre lui, et soudain la patience pour ce jeu le quitta. Il glissa les pouces sous la ceinture du short et l'abaissa vite fait.

Son regard accrocha les fesses nues, deux pêches parfaites.

— Vilaine, murmura-t-il. Même pas un string pour préserver ta pudeur !

Il eut tôt fait de se débarrasser de son propre short et déchira l'étui du préservatif.

Un petit rire lui parvint.

— Je ne pensais que c'était ma pudeur qui t'intéressait.

Elle serait surprise. Il l'adorait nue, mais il était presque aussi émoustillé de la voir habillée jusqu'au cou, avec boutonnières ou fermeture Éclair, dans le cas de ce maillot si vicieux.

Sa main caressa le globe d'une fesse avant de s'inviter au-dessous, jusqu'aux replis moites fondant sous ses doigts.

— Tu ne m'enlèves pas le haut ? dit-elle d'une voix tendue.

— La prochaine fois, gronda Strato.

Sa main se faufila sous le débardeur ajusté jusqu'à un sein. Une vague de soulagement déferla en lui. Là ! C'était mieux. Exactement ce dont il avait besoin.

— Encore, intima-t-elle en se pressant dans ses paumes. Donne-m'en encore !

— J'ai rencontré un monstre. D'abord tu fais mine de ne pas m'apprécier, et maintenant tu es insatiable...

— Tu aimes ça. Je le sais.

Elle avait raison. Il n'avait pas le souvenir de s'être autant régalé avant elle.

Cora ne se mêlait pas de ses affaires, elle n'intriguait pas pour décrocher une place permanente dans son univers. Elle l'acceptait tel qu'il était. À mille lieues des hésitations et des calculs qu'il devinait chez ses partenaires précédentes. À croire qu'elle se fichait complètement de son argent. Ou ne percevait pas les ténèbres logées dans son cœur. À croire que ces ténèbres n'existaient pas. Strato frissonna à cette idée grisante.

Cela faisait très, très longtemps qu'il n'avait pas éprouvé une émotion de ce genre. Son appétit s'en trouva tempéré par une tendresse assez insolite. Il se baissa pour faire pleuvoir des baisers légers sur son épaule nue.

Ses cheveux lui chatouillaient le nez, mais il ne put se résoudre à la lâcher assez longtemps pour les détacher. Il adorait les longues tresses de Cora, douces et affriolantes, mais pas autant que son corps quasi nu scellé au sien et agité de tremblements maintenant.

— Assez de provocations, Strato !

Il sourit sur sa peau. Cette femme au tempérament de feu

pouvait vraiment se montrer autoritaire, et cela touchait un point sensible chez lui. Tout comme son sens de l'humour et sa générosité.

— Ma foi, si tu te sens prête...

Il fléchit les genoux et se guida en elle, non sans marquer une pause pour donner à chacun le temps d'anticiper ce qui allait suivre. Puis, d'une longue et tranquille poussée, il s'enfouit dans la chaleur de Cora, la main sur son cœur qui battait la chamade.

Un instant, ils demeurèrent immobiles, comme si la magie de leur union les prenait tous deux par surprise. Comme s'il ne s'agissait pas simplement ici de deux corps excités cherchant le plaisir ultime, mais deux âmes qui se découvraient l'une l'autre.

Avec une grimace, Strato appuya son front contre Cora et inspira à fond pour recouvrer ses esprits. Depuis l'âge de huit ans, sa vie était fermement ancrée dans la réalité. Pas de plans sur la comète, ni de rêves douillets, ni de sentiments. Si bien que lorsque Cora creusa le dos en se pressant contre lui, ondulant impatiemment des hanches, il mit de côté ses pensées extravagantes et se prépara à lui donner ce qu'elle voulait.

D'abord avec la main entre ses cuisses, jusqu'à ce qu'elle tremble. Puis, une fois ses soupirs apaisés, en lâchant la bride à son propre désir sur de longs coups de reins furieux, jusqu'à ce que la mer et le ciel se troublent de l'autre côté du hublot. Avant de se perdre, il hésita une fraction de seconde, sur un signal venu de nulle part lui soufflant que tout ceci était autre chose que du sexe pur. Trop tard. Très vite il sombra dans le néant bienheureux du corps si accueillant de Cora.

Une fois le calme revenu, il la porta jusqu'au spa sur son pont privé. Nichée contre lui dans le bain bouillonnant, elle s'amollit dans ses bras, la tête sous son menton, tandis qu'il regardait naître une nouvelle journée.

Par moments, elle se serrait contre lui, chatouillait sa gorge du bout du nez ou déplaçait légèrement son poids sur ses cuisses, et il sentait une vive chaleur se répandre en lui. Non pas la chaleur de l'eau du spa, ni celle du rapport qui avait précédé, non – cela venait du plus profond de lui.

Il fronça les sourcils. Il leur restait à peine une semaine ensemble, et il n'était toujours pas prêt à la laisser partir. Avec n'importe quelle autre partenaire il aurait été impatient de mettre fin à la liaison.

Pourquoi n'était-ce pas le cas aujourd'hui ?

— Voilà ce que je voulais te demander, dit soudain Cora. Tu persistes à me distraire et, moi, j'oublie...

Elle esquissa un mouvement pour s'écarter de lui, sans doute pour le regarder en face, mais Strato resserra son étreinte. Il était parfaitement bien comme cela, avec elle bien calée dans le cercle de ses bras.

— Oui ? dit-il.

— C'est une allusion qu'a faite mon père...

— Un problème avec les réservations ?

Selon ses informations, tout se passait bien. Le bateau affrété pour transporter les clients entre l'île et le continent était même devenu le ferry public officieux sur ce trajet le temps que celui financé par l'État soit réparé.

— Non, aucun. Le travail ne manque pas à l'hôtel depuis qu'il affiche complet. Les commerces du port profitent aussi de ce regain d'activité.

— Et donc ? murmura Strato en effleurant du bout des doigts la gorge, puis l'oreille de Cora, une zone particulièrement sensible chez elle.

— Connais-tu une organisation appelée Asteri ?

Strato se figea.

— Pourquoi cette question ?

— L'essentiel des réservations provient de ton entreprise, mais une personne venant d'Asteri a aussi réservé plusieurs chambres, paraît-il.

— Et alors ?

Cora se tortilla encore, mais il ne la lâchait plus.

— Je me demandais si c'était toi aussi, sous un autre nom.

Dire qu'il se félicitait récemment de la discrétion de Cora ! Il choisit ses mots avec soin.

— Je ne possède pas de compagnie nommée Asteri. Vous devez être contents, ton père et toi, de ces réservations diversifiées…

— Oh ! Nous le sommes. Et maintenant qu'une navette régulière nous relie au continent, nous avons reçu aussi des demandes émanant de particuliers. La saison s'annonce comme la meilleure à ce jour. Merci, Strato, conclut Cora en lui plantant un baiser sur le cou.

— De rien.

Il s'abstint de souligner que c'était l'unique raison de sa présence ici, puisqu'il lui avait soumis un contrat impossible à refuser.

Quant à Asteri… Ce ne serait pas une catastrophe si Cora venait à découvrir son implication. Néanmoins il n'évoquait jamais ses liens avec cette organisation. Très peu de personnes de confiance étaient au courant. Parce que c'était la seule chose dans sa vie à laquelle il tenait vraiment. Même la multinationale construite à partir de l'entreprise de son oncle n'était pas aussi importante à ses yeux qu'Asteri. Si les médias l'apprenaient, ce serait la curée, les questions sans fin, et quelqu'un un jour finirait par déterrer le passé qu'il préférait oublier.

— Strato ? Tout va bien ?

Les yeux couleur cognac accrochèrent les siens et, chose étonnante, cette question ne semblait pas de pure forme. Cora semblait réellement soucieuse de voir au fond de lui.

— Je ne me suis jamais senti aussi bien, *Coritsa*, dit-il en caressant négligemment ses seins nus.

Elle frissonna, mais ne le lâcha pas du regard.

La puissance de ce regard, et du désir qu'il éveilla chez lui, le frappa de plein fouet. Presque comme s'il voulait partager avec Cora des choses qu'il n'avait jamais confiées à âme qui vive, pas même à sa tante si bienveillante ou aux experts qui avaient enquêté à son sujet.

Son souffle s'enraya. Pas question de s'aventurer sur ce terrain. Plus jamais ! C'était impensable.

Quelque chose devait donc changer. L'atmosphère qu'il avait créée, seul sur le yacht avec Cora, était étouffante, voilà pourquoi il était assailli de pensées inhabituelles sur le sexe qui deviendrait quelque chose de plus profond. Il leur fallait une diversion qui occuperait Cora et ne lui laisserait pas le loisir d'être curieuse.

Strato glissa la main vers les boucles brunes entre ses jambes. Elle gémit doucement en ouvrant les cuisses. Un sourire approbateur lui vint. Cette femme lui plaisait vraiment. Elle lui plaisait tellement… Mais il ne pouvait se permettre de la laisser bouleverser sa vie bien rangée, ni rouvrir de vieilles blessures.

— Rappelle-moi de te parler plus tard de la surprise que j'ai pour toi.

Là-dessus, avant qu'elle ait pu le questionner, il prit sa bouche et l'entraîna une nouvelle fois vers d'autres cieux.

10

Les bateaux de pêche de couleurs vives dans le petit port, le soleil scintillant sur les vagues et la joie de marcher main dans la main avec Strato composaient une fin de journée parfaite. Cora huma avec bonheur les effluves marins et le parfum des géraniums en fleur rouge vif plantés dans des bidons d'huile d'olive transformés en jardinières, contre le mur chaulé de la dernière maison du village.

— Je l'aime bien, ta surprise, dit-elle. Je n'étais jamais venue ici.

Strato la regarda, un petit feu au fond des yeux.

— Tant mieux. Mais ce n'est qu'une escale. La vraie surprise est pour demain…

Un cri leur parvint, porté par la brise marine. Une mouette ? Cora tournoya sur elle-même. Là, une boule colorée au pied des marches menant au port. Qu'est-ce que… ?

Strato réagit le premier. Il s'élança et franchit d'un bond le muret de pierres.

En s'approchant, Cora découvrit un enfant, un petit garçon aux yeux immenses pleins de larmes, les deux genoux écorchés jusqu'au sang. Une petite fille un peu plus âgée que lui était en train de le gronder.

— Je t'avais dit de ne pas sauter les marches ! Tu es encore trop petit.

Elle semblait sous le choc. Cora se dit que les deux enfants avaient dû avoir très peur.

Strato s'accroupit devant eux en se présentant. Cora l'entendit adopter un ton amical, mais détaché, qui stoppa net le flot des larmes. Les petits quant à eux se nommaient Costa et Christina. Strato demanda à Costa s'il pouvait se lever.

Le garçon essaya, mais grimaça de douleur.

— Ça va, dit-il en battant des cils.

— Je vois, dit Strato tout en vérifiant qu'il n'avait pas d'autres blessures. Mais ça risque d'être difficile de monter les marches.

La petite fille se tordait les mains.

— Il faut que j'appelle Mamma. On devait jouer dehors pendant qu'elle donne à manger au bébé, mais...

— Ne dérangeons pas tout de suite ta mère, décréta Strato au moment où Cora ouvrait la bouche pour dire la même chose.

Ils échangèrent un regard et de nouveau elle sentit la connexion, comme si chacun lisait dans les pensées de l'autre. Cela se produisait de plus en plus souvent.

— Nous allons t'aider à monter l'escalier, dit-elle. Je m'appelle Cora, et mon ami Strato est très fort. Il peut porter ton frère.

— Je suis pas un bébé ! se récria le garçon qui en oublia de pleurer.

— Bien sûr que non, dit Strato, mais il est sage d'accepter de l'aide quand on en a besoin. Au fait, Cora et moi voulions acheter des glaces, est-ce qu'on en vend par ici ?

— Oui ! s'écria Costa. Je vais vous montrer.

— Costa ! On ne peut pas. Mamma...

— Allez demander à votre mère si elle est d'accord, dit Strato. Si vous nous montrez le chemin, je pourrai peut-être vous offrir une glace, pour vous remercier ?

Une fois Christina partie puis revenue avec sa mère qui donna son autorisation, tous quatre s'acheminèrent vers le café du village.

Christina qui marchait à côté de Cora lui demanda d'où ils venaient et s'ils aimaient leur île. Costa lui, perché tel un roi sur les larges épaules de Strato, arborait un grand sourire et racontait d'une voix de stentor tout ce qu'il voyait de là-haut.

Lorsqu'ils furent attablés avec leurs glaces, Costa autorisa Strato, plutôt que Cora, à soigner ses genoux. Les enfants leur vantèrent les points forts de l'île, la jolie église, l'immense grotte souterraine et la baie où, d'après la légende, un enfant chevauchait autrefois les dauphins.

L'intermède révéla une nouvelle facette de Strato. Quelle patience avec les enfants ! Il avait eu la délicatesse de respecter à la fois l'amour-propre de Costa et le besoin de Christina d'avoir la permission maternelle. Sa gentillesse et son calme correspondaient bien à l'homme qu'elle commençait à connaître, loin, très loin de son image de play-boy superficiel.

— À quoi penses-tu ? demanda-t-il alors qu'ils retournaient tous deux vers la vedette.

— À toi, avec ces enfants. Je ne t'imaginais pas avec des petits.

Le sourire de Strato se crispa.

— Et tu avais raison. Je ne compte pas en avoir.

À ces mots une alarme se déclencha dans la tête de Cora, comme lorsqu'il avait déclaré l'autre jour qu'il ne fonderait jamais une famille.

— Pourtant tu les comprends, murmura-t-elle. Tu as l'habitude d'en avoir autour de toi.

— Pas du tout.

Comme elle haussait les sourcils, il concéda en soupirant :

— J'ai eu un frère et une sœur. Moi j'étais le cadet. Je n'ai pas oublié ce que c'était, une fratrie.

Sa voix mourut.

Touchée par sa gravité, Cora capta avec un temps de retard un détail essentiel. Il en avait parlé au passé.

Son cœur se mit à tambouriner sous ses côtes. La presse le décrivait comme enfant unique. Les autres étaient-ils décédés avant ou après son adoption ?

Elle n'osa poser la question. Sans un mot, elle glissa la main dans la sienne, se sentant privilégiée d'avoir recueilli ces confidences alors qu'il détestait manifestement parler de son passé. Cela prouvait la confiance croissante qu'ils éprouvaient l'un pour l'autre. Un jour peut-être serait-il plus bavard.

Cora avait approché Athènes plus d'une fois par la mer, mais cette fois, au lieu du quai grand public c'était dans une marina privée réservée aux bateaux de luxe qu'elle venait d'accoster.

Étrange comme elle s'était acclimatée sans douleur au superyacht de Strato. Et à lui, aussi. Cela paraissait naturel de se réveiller dans ses bras, puis de passer tout le jour et toute la nuit suivante avec lui... Un frisson la secoua malgré le soleil brûlant. Cette escale dans la capitale ne lui souriait guère, car ils ne seraient plus seuls.

À quel moment Strato était-il devenu si important que la perspective d'être entourée de monde, et donc de le partager, la tracassait ?

La faute, peut-être, à la splendeur de leurs corps-à-corps. Une vraie révélation pour elle qui se découvrait un intense appétit charnel. Strato éveillait en elle une femme sexuellement confiante qu'elle avait d'abord eu du mal à reconnaître. Et son désir ne se limitait pas au physique. L'homme lui plaisait. Une relation de confiance précieuse s'était créée entre eux...

C'était peut-être aussi bien qu'ils passent par Athènes. Les tête-à-tête avec Strato lui troublaient l'esprit.

— Te voilà, *Coritsa* ! Prête à mettre pied à terre ?

Des bras chauds l'enveloppèrent, un corps ferme se cala contre son dos et l'odeur épicée de Strato la détendit aussitôt. Elle laissa sa tête chavirer contre son épaule et acquiesça, se répétant qu'Athènes serait une parenthèse salutaire.

— J'ai des affaires à régler, dit-il, mais tu trouveras largement de quoi te distraire. Ce soir nous sommes invités à dîner.

Cora se figea. Elle avait cru... Quoi donc, que Strato ferait du tourisme avec elle toute la journée ? Qu'ils s'attableraient ensemble dans une modeste *taverna*, alors que son chef ici à bord leur concoctait midi et soir des festins de roi ?

Bien sûr qu'il avait des gens à voir. C'était même la raison de leur venue ici. Si elle avait un peu réfléchi, elle se serait organisée pour retrouver d'anciens collègues. C'était peut-être encore envisageable, même en s'y prenant à la dernière minute...

— À dîner ? répéta-t-elle, le cœur lourd. Chez qui ?

— Une relation de travail. Damen Nicolaïdes. Sa femme Stephanie et lui réunissent quelques invités dans leur villa.

— Nicolaïdes… Le grand armateur ?

— Tu as entendu parler de lui ?

— Oui, murmura-t-elle.

Si elle en avait entendu parler ? Il était plus connu que le Premier ministre ! Un nom synonyme de richesse. Comme Strato Doukas.

Cora inspira lentement. Un dîner en compagnie de deux milliardaires célèbres, au lieu d'un seul… Soudain, elle mesura ce qu'elle ignorait encore de l'univers dans lequel évoluait Strato. Quelle nouveauté elle devait représenter pour lui, elle si différente de ses fréquentations habituelles…

C'était cela sans doute qui plaisait à Strato. Le changement qu'elle apportait dans sa routine. Une diversion vivifiante… Elle préférait ne pas y penser, pourtant c'était la réalité.

— Tout va bien ? demanda-t-il, un peu inquiet.

— Bien sûr. Quel est le plan ?

Il sonda son regard avant de répondre, mais elle puisa dans ses réserves de quoi faire bonne figure.

— Nous irons d'abord chez les Nicolaïdes, puisque c'est là aussi que se tiendra ma réunion. Ainsi tu auras l'occasion de les rencontrer avant ce soir. Je sais combien un dîner avec de parfaits inconnus peut être intimidant, dit-il en lui caressant la joue avec une tendresse qui lui serra le cœur. Nous nous retrouverons ici sur le yacht vers 17 heures. Cela nous laissera le temps de… nous détendre avant le dîner.

Sa bouche s'incurva en un sourire complice, familier, qui l'enfiévra dans la seconde. Pourtant l'idée que leur mois touchait à sa fin et que leurs chemins se sépareraient bientôt planait comme un nuage noir à l'horizon. Un cataclysme qu'elle se refusait à imaginer.

— Très bien, dit-elle. J'ai de quoi m'occuper.

Quelques emplettes en vue de la soirée, par exemple. Par pure provocation vis-à-vis de ce milliardaire qui l'avait manipulée pour l'attirer à bord sur son yacht, elle n'avait emporté que des tenues de sport, des shorts, des T-shirts… Rien qui convienne pour un dîner huppé.

— Au fait, j'ai quelque chose pour toi, dit-il en sortant une carte de crédit de sa poche.

Cora pinça les lèvres et le fusilla du regard.

— Je n'ai pas besoin de ton argent.

— Je connais les femmes, Cora… Tu te sentiras mal à l'aise ce soir sans une tenue aussi sophistiquée que les autres. C'est pour me tenir compagnie que tu assisteras à ce dîner, il est juste que je t'offre la tenue.

Je connais les femmes. Comme si elle ressemblait à ses autres maîtresses !

— Merci, mais je me débrouillerai. Ton argent ne m'intéresse pas.

— Bon sang, Cora ! Je n'essaie pas d'acheter ton âme, je veux juste te faciliter la vie ce soir !

Là-dessus, il glissa d'autorité la carte dans la micro poche de poitrine de son débardeur et lui prit le bras pour l'entraîner vers la passerelle.

Son visage fermé n'améliora guère l'humeur de Cora, qui se retint de justesse de déchirer la carte et de la jeter dans le port. Ce qui aurait été puéril. Qu'à cela ne tienne, elle réglerait avec son argent et lui rendrait ce soir cette fichue carte intacte.

Elle remâcha l'épisode durant tout le trajet en taxi jusqu'à la villa des Nicolaïdes. Strato resta muet lui aussi à l'autre bout de la banquette. Adieu sourires charmeurs, camaraderie, complicité ! Était-il accoutumé à être obéi sur-le-champ au point de s'agacer à la moindre résistance ?

Cora serra ses bras autour d'elle. Elle le connaissait moins bien qu'elle ne le croyait, en fin de compte. Le jouisseur sexy, avenant et étonnamment délicat, dressait des barrières nettes. Sur le sujet de la famille, par exemple. Il venait d'en ériger une autre parce qu'elle ne se pliait pas à sa volonté…

Maussade, elle regarda le paysage défiler derrière les vitres tandis qu'il restait concentré sur son téléphone. Strato serait-il aussi égocentrique qu'Adrian ? Elle n'en avait pas eu l'impression jusque-là, mais le bien-être dans lequel elle flottait l'avait peut-être aveuglée.

Lorsque, après avoir franchi les portes d'un vaste domaine doté de jardins luxuriants, ils suivirent une longue allée jusqu'à une bâtisse absolument sublime, Cora sentit le cœur lui manquer. Tout cela, elle pouvait l'affronter avec le soutien de Strato, et encore... Mais son compagnon affichait une expression glaciale.

Inspirant profondément, elle s'avança d'un pas lourd vers une imposante porte en bronze qui s'ouvrit à leur approche. Elle sentit alors avec soulagement la main de Strato se poser sous son coude. Manifestement encore tendu, il salua toutefois avec la plus grande politesse la gouvernante qui les introduisit dans un salon éblouissant, dans des teintes ivoire et or rehaussées de quelques touches de noir.

— M. Nicolaïdes arrive tout de suite. Je vous en prie, mettez-vous à l'aise, ici ou bien sur la terrasse.

Elle s'éclipsa sur une promesse de rafraîchissements.

La main de Strato retomba, et le courage de Cora en fit autant. Était-elle si dépendante de son approbation ? L'idée la révulsait. Elle ne s'était jamais reposée sur un homme...

— Attends, Cora ! dit Strato alors qu'elle se dirigeait vers la terrasse offrant une vue imprenable sur la ville jusqu'à la mer. Il faut qu'on parle.

En se retournant, elle eut la sensation de lire sur son visage changé le reflet de sa propre nostalgie devant leur belle harmonie brisée net.

Au même moment, le téléphone de Strato se mit à sonner. Il le sortit de sa poche, jeta un regard agacé à l'écran et jura tout bas.

— C'est bon, décroche, dit Cora.

— Mais nous parlerons après. J'y tiens !

Ordre ou promesse ? Qu'importe. Cora hocha la tête et sortit sur la terrasse.

À quelques pas de là, scintillait une magnifique piscine bleu azur bordée de massifs de fleurs multicolores. L'ombre d'un grand arbre lui faisant de l'œil, elle s'y réfugia pour mieux admirer le décor.

Une voix de femme lui parvint depuis l'étage.

— Damen, tu aurais dû d'abord me demander mon avis ! Je suis heureuse d'inviter Strato à dîner, mais de là à m'occuper d'une de ses bimbos aujourd'hui... Comment as-tu osé ? J'ai d'autres projets pour cet après-midi !

Cora se figea. Pas de doute, cette femme parlait d'elle. Une des bimbos de Strato... Une nausée lui souleva l'estomac.

Elle perçut un mouvement sur un balcon à l'étage et s'éloigna prestement vers le fond du jardin. C'était stupide de s'offusquer. Pourtant les mots faisaient mal, après l'épisode de ce matin. Elle était la compagne temporaire de Strato. Cela ne faisait pas d'elle une bimbo, mais qu'est-ce que cela disait d'elle, au fond ? Rien de très glorieux...

Sa présence n'était pas désirée ici, songea-t-elle en frissonnant. Elle partirait donc le plus vite possible. Mais d'abord, il lui fallait affronter ses hôtes, par politesse. Elle se résigna au bout d'un moment à regagner la villa.

Strato discutait avec le couple. L'homme se présenta en souriant comme Damen et son épouse toute menue, Stéphanie, lui décocha un vague sourire pincé, la main sur son petit ventre rond. Ils bavardèrent dix minutes, après quoi Damen invita Strato à le suivre dans son bureau.

Strato la regarda comme s'il percevait sa détresse et s'avança vers elle au lieu d'emboîter le pas à Damen. Cora songea, horrifiée, qu'il venait aux nouvelles. Or elle n'allait pas bien du tout, ses émotions étaient tout près de déborder, et à son front soucieux elle devina qu'il mettait cela sur le compte de leur dispute sur le yacht. Elle plaqua donc un sourire de circonstance sur son visage.

— Allez discuter tranquillement, dit-elle. Je penserai à toi, coincé à l'intérieur, pendant que je profiterai du soleil.

Sans un mot, Strato l'enlaça et l'embrassa à pleine bouche. Cora se serra contre lui, les genoux en coton.

— Désolé pour tout à l'heure, murmura-t-il à son oreille. Je me suis conduit comme un imbécile. Tu me pardonnes ?

Ahurie devant ces excuses pour le moins inattendues, Cora hocha la tête.

— Nous discuterons plus tard, ajouta-t-il. Tu vas bien, dis ?

— Oui, répondit Cora avec un vrai sourire cette fois. Va !

Strato l'embrassa encore puis, sur un dernier regard appuyé qui fit chanter tout son corps, il alla rejoindre Damen.

Cora frotta nerveusement ses mains sur son pantacourt et se tourna vers son hôtesse. Damen avait suggéré qu'elle passe l'après-midi avec Stephanie, affirmant que son épouse se réjouissait de cette compagnie, mais il n'était pas question de rester là où sa présence n'était pas souhaitée.

— Merci de m'avoir invitée à rester, mais je...

— Non ! s'écria Stephanie. S'il vous plaît ! Pas avant que...

— Tout va bien, vraiment. J'ai besoin de...

— S'il vous plaît, insista son hôtesse en se levant d'un bond. Pas avant que je vous aie présenté mes excuses.

Elle inspira vivement, les joues rouges, en se tordant les mains.

— Je sais que vous m'avez entendue. Ce que j'ai dit sur le balcon... C'était très grossier. Je me suis sentie très mal.

Cora, gênée, se mordit la lèvre.

— Vous ne pouviez pas savoir que j'étais là.

— C'était mesquin de ma part. Pour ce que ça vaut, je me suis trompée, je le vois maintenant. Vous n'êtes pas ce que je pensais. J'étais en colère, et la seule idée d'être coincée ici tout l'après-midi à essayer de faire la conversation à...

— Une bimbo ?

— Je suis navrée, si vous saviez à quel point... Cela m'apprendra à contrôler mes emportements.

Sa bouche tremblait. Cora se sentit soudain désolée pour elle.

— Vous devriez vous rasseoir, Stephanie.

— Steph, je vous en prie. D'accord, mais faites-en autant alors, dit-elle en se laissant choir sur le canapé.

Une fois son invitée confortablement installée à son tour, elle reprit avec un sourire triste :

— Je croirais entendre Damen. Il me recommande tout le temps de mettre les pieds en l'air.

— C'est une bonne chose qu'il se soucie de votre santé.

— Bien sûr, mais il m'étouffe ! Il trouve mille et une raisons de rester à la maison avec moi. Je ne m'en plains pas, notez, il y a des avantages, ajouta Steph, les yeux brillants. Mais il essaie de m'empêcher de sortir seule. Il dit que j'en fais trop et que je devrais me reposer mais, moi, je suis en pleine forme !

Cora tenta d'imaginer ce que ce serait d'avoir un tel compagnon, aimant, aux petits soins. Strato... Non, lui, ne croyait pas aux relations sur la durée. Elle ravala un soupir.

— J'ai bien peur d'avoir craqué lorsqu'il m'a demandé de vous tenir compagnie ici, murmura Steph. Moi, j'avais prévu de sortir...

— Vous pouvez. Je dois faire des courses de mon côté.

À ces mots, Steph se redressa.

— Si nous y allions ensemble ? Je connais bien Athènes, même si je viens d'ailleurs. Dites-moi ce que vous cherchez.

— Quelque chose à me mettre ce soir. Je n'ai emporté aucune robe, juste des shorts et des pantalons.

Les yeux de Steph se mirent à briller.

— J'ai quelques adresses. Je peux vous y conduire.

Cora considéra la ravissante robe turquoise que portait son interlocutrice. La coupe semblait toute simple, mais même elle savait qu'une telle simplicité avait un prix.

— Avec plaisir, dit-elle en relevant le menton, mais je dispose d'un petit budget. Je règle moi-même mes achats et je ne suis qu'une chercheuse en biologie actuellement sans travail.

Steph sourit.

— Vous n'êtes vraiment pas ce à quoi je m'attendais ! Pas étonnant que Strato se soit entiché de vous. Venez, ajouta son hôtesse en se relevant. Je crois que je sais ce qu'il vous faut.

L'après-midi se révéla très agréable. Steph était drôle, amicale et si pragmatique que Cora finit par se détendre tout à fait. Surtout en apprenant que Steph n'était pas encore complètement à l'aise avec la fortune de son mari, tout en étant très heureuse dans son couple.

Elles se rendirent dans une boutique d'un quartier chic où tout semblait horriblement cher, mais Steph laissa entendre que tout pouvait se négocier. Il n'y avait pas grand-chose à sa taille de toute façon. La vendeuse cependant leur demanda de revenir une heure plus tard.

Pour passer le temps, elles grignotèrent un morceau en bavardant comme de vieilles amies. À leur retour à la boutique, la vendeuse les accueillit avec un sourire jusqu'aux oreilles. Deux robes venaient d'être déposées exprès pour Cora. On la guida aussitôt vers les cabines d'essayage, où elle s'immobilisa, les yeux ronds.

— Ce n'est pas tout à fait ce que j'avais en tête…

— Elles ne vous plaisent pas ? s'étonna la vendeuse. Les couleurs sont parfaites pour vous.

Cora secoua la tête. La plus courte à fines bretelles en soie bronze était si belle qu'elle avait presque peur de la toucher. La rouge sang, avec son décolleté plongeant et sa coupe près du corps, ferait d'elle une séductrice accomplie, sûre de son pouvoir sur un auditoire masculin.

— Ce n'est pas ça, murmura Cora. Elles sont belles, mais…

Ni l'une ni l'autre ne portait d'étiquette, mais elles étaient manifestement au-dessus de ses moyens.

La vendeuse sourit.

— Mme Nicolaïdes m'a dit qu'il vous fallait une tenue pour son dîner ce soir. C'est une cliente très fidèle, nous vous ferons une remise importante. Et si par hasard quelqu'un vous demande où vous avez déniché votre robe… Le bouche-à-oreille est plus efficace que la publicité payante !

Cora finit par céder à la tentation. Les deux pièces étaient sublimes. Elle se sentait élégante et sûre d'elle comme cela ne lui arrivait jamais dans sa petite robe noire habituelle. Lorsque la vendeuse exhiba des paires de sandales assorties, Cora sur un coup de tête acheta les deux tenues complètes. L'hôtel enregistrant des bénéfices, son père avait transféré sur son compte l'équivalent des salaires qu'elle ne touchait plus depuis des mois. Une chance.

De là, elles se rendirent bras dessus bras dessous dans un magasin de tissus, car Steph cherchait un rideau pour la future chambre d'enfant. Puis elles s'offrirent un massage des pieds et une pédicure. Après cela, il était presque 17 heures. Au vu des embouteillages monstres, Steph suggéra à Cora de se préparer à la villa pour s'épargner l'aller-retour au port. Cela semblait raisonnable, et Cora eut le temps de prendre un long bain parfumé avant d'affronter d'autres étrangers bardés de privilèges. Toutefois, s'ils ressemblaient à Damen et Steph, l'épreuve ne serait pas insurmontable. Et puis, Strato serait là. Son cœur partit au galop au souvenir de leur baiser tout à l'heure…

Il lui avait manqué quand elle était revenue à la villa plutôt que sur le yacht. Elle aurait aimé se prélasser avec lui dans le bain, quitte à se mettre un peu en retard dans les préparatifs pour la soirée…

Cora lissa sa robe. Elle avait mis un temps fou à se préparer, tant elle tenait à faire bonne figure auprès des relations de Strato. Elle voulait surtout que celui-ci pose sur elle des yeux admiratifs.

Tu veux qu'il te regarde comme Damen regarde Steph… Non pas seulement avec le sexe à l'esprit, mais comme si tu étais l'unique femme au monde faite pour lui !

Cora se mordit la lèvre. Elle ne pouvait pas être aussi naïve ! Au moment de vérifier une dernière fois sa tenue avant de partir, elle évita son propre regard dans le miroir. Ce qu'elle pourrait y lire l'effrayait trop.

11

Strato arpentait le salon de long en large. Il était tôt. Damen et Steph n'étaient pas encore descendus. Cora non plus et, à moins d'aller frapper à chaque porte de cette immense villa, impossible de la localiser.

Ses échanges avec Damen s'étaient bien passés, mais il avait eu des difficultés à se concentrer. Cet accrochage sur le yacht, l'entêtement de Cora sur une broutille, alors qu'il cherchait seulement à lui épargner des désagréments...

Les femmes ce soir seraient toutes sur leur trente et un, et il ne voulait pas qu'elles regardent Cora de haut. Cora qui en valait dix à elle seule... Il l'avait entraînée dans cet univers à son corps défendant, c'était à lui de prendre soin d'elle.

Il s'immobilisa. Était-ce cela qui le rendait nerveux ? Ce désir de prendre soin de Cora ?

Cela faisait très, très longtemps qu'il n'avait pas essayé de prendre soin de quelqu'un. Essayé... et lamentablement échoué.

Le souvenir lui fit l'effet d'un direct au foie. Les dents serrées, il s'obligea à revenir au présent. Tout était différent aujourd'hui. Il se conduisait de manière juste avec sa maîtresse du moment. Contrairement à ce que racontait la presse, il avait au moins une once de décence.

Cora était fière et indépendante, mais ce qui l'irritait c'était qu'elle n'ait pas suffisamment confiance en lui pour accepter son aide sans s'insurger. Elle lui abandonnait son corps, pourquoi faire des histoires pour une simple carte de crédit ? D'autres ne se seraient pas gênées pour dépenser son argent…

Il n'était vraiment pas habitué à l'imprévisible. Cora n'était pas venue le retrouver sur le yacht comme convenu et il en restait contrarié. Lorsque Damen lui avait dit que les femmes avaient du retard et que Cora se préparerait à la villa, il avait failli exiger qu'elle le rejoigne… mais il n'avait pas son numéro de portable ! Et pas question de demander à Damen de jouer les entremetteurs en faisant passer un message via son épouse. Strato s'était senti impuissant, et cela ne lui plaisait pas.

Entendant du bruit il se retourna et perdit le fil de ses pensées.

— Cora…

Elle se tenait sur le seuil. Il aurait voulu se porter à sa rencontre mais en fut incapable. Ses pieds refusaient de lui obéir.

Il connaissait intimement son corps, laissait courir ses doigts dans ses longs cheveux chaque jour et ne se lassait pas de son joli visage aux expressions changeantes. Voilà qu'elle réussissait pourtant à le surprendre encore !

Sa peau jetait des éclats dorés, sa chevelure dessinait une coulée de soie sur une épaule. Elle avait fait quelque chose qui rendait ses yeux charbonneux et ses lèvres… Ces lèvres !

Quant à la robe, d'un rouge sombre diabolique, elle modelait à merveille sa silhouette pulpeuse. Le décolleté profond découvrait juste ce qu'il fallait pour ne pas faire injure au bon goût, et le tissu virevoltait librement à la taille sur ces sandales ravissantes qui la grandissaient encore.

S'arrachant à sa transe, il s'approcha enfin de l'apparition.

— Strato, murmura-t-elle.

Elle semblait tout aussi troublée. Parfait. C'était bon de n'être pas seul dans ce vertige.

— Quelqu'un vient.

— Et je devrais m'en soucier parce que… ?

Cora sourit. Strato en éprouva un soulagement infini. Elle lui avait manqué. Il n'avait pas aimé qu'ils se séparent sans avoir réglé leur dispute.

Visiblement elle avait accepté son aide, pour finir. Mais cette robe valait chaque centime de son prix sans nul doute exorbitant. Comme il s'inclinait pour l'embrasser, elle détourna légèrement la tête et chuchota :

— J'ai suffisamment le trac comme ça, j'aimerais autant ne pas accueillir les autres avec un rouge à lèvres détruit.

Les autres ? Qui s'en souciait ? Elle avait déjà de la chance qu'il ne l'entraîne pas illico vers le yacht ! Il ferma les yeux. Son délicat parfum dériva jusqu'à ses narines. Il pressa la bouche sur son cou. Cora se cambra en soupirant dans ses bras. Là ! Il se sentait mieux, soudain. Dire qu'il se demandait tout à l'heure si elle en avait assez de lui, pour lui avoir préféré une séance de shopping !

Son projet de l'amener dans cette ville regorgeant de distractions avait été une folie. Il la voulait totalement pour lui.

— Strato ! Comment trouves-tu la robe de Cora ?

Il releva la tête. Stephanie venait d'entrer au bras de son mari, un sourire espiègle aux lèvres.

Il se tourna vers eux en maintenant Cora contre sa hanche. L'étoffe soyeuse sous sa main glissait sur une chair ferme et ronde. Il se racla la gorge.

— Très belle. Presque aussi exquise que la femme qui la porte.

Il sentit Cora tressaillir. Pourquoi ? Elle le savait fasciné par son corps – au point qu'il songeait déjà à négocier une prolongation de leur escapade à deux. À la façon dont elle se coulait contre lui, l'affaire serait vite conclue.

— J'ai une chance folle de jouir de la compagnie de deux femmes aussi intelligentes que ravissantes, ajouta-t-il, retrouvant avec un temps de retard sa bonne éducation.

Le sourire de Stephanie s'élargit. Le moment était venu d'aller accueillir les autres invités.

Tous se révélèrent agréables et spirituels. Strato aurait dû apprécier cette soirée, mais… Ce collectionneur d'art qui regardait Cora comme s'il rêvait de l'ajouter à sa galerie privée… Ou le jeune archéologue qui partageait sa passion pour la plongée sous-marine et s'évertuait à monopoliser son attention… Il eut beau se dire que ce n'était pas grave puisqu'elle rentrerait avec lui, son poil se hérissait dès qu'elle souriait à un autre ou se laissait absorber dans un échange.

Un tel instinct possessif, c'était nouveau chez lui. Jamais il n'avait tenu suffisamment à une femme pour éprouver ce qu'il fallait bien appeler de la jalousie, une jalousie absurde qu'il ne parvenait pas à endiguer pour autant. Il n'eut pas d'autre choix que de faire avec, décourageant les admirateurs de Cora d'un regard appuyé signifiant que cette femme était à *lui*.

Il se consola comme il put, avec le frisson qui la parcourait lorsqu'il lui caressait la jambe sous la table, ses sourires si prometteurs, la façon dont elle se coulait discrètement contre lui. Et le dessert à peine terminé, n'y tenant plus, il repoussa sa chaise.

— Nous allons devoir vous quitter, j'en ai peur.

— Déjà ? se récria le collectionneur d'art. Mais il est tôt !

— Nous appareillons cette nuit.

Cora tourna vers lui un regard étonné qu'il soutint sans faiblir. Elle rougit.

— Cette nuit ? se récria Damen. Vous venez d'arriver…

— C'était une visite éclair.

— Mais…

Cora se leva à son tour.

— Tu as raison, il ne faudrait pas manquer la marée. Merci beaucoup, dit-elle aux Nicolaïdes, j'ai passé une soirée délicieuse.

Les adieux prirent un temps fou. Strato contint tant bien que mal son impatience le temps de remercier Damen et Stephanie et de regarder les deux femmes s'étreindre chaleureusement. Il ne savait pas trop à quoi s'attendre en amenant Cora ici, mais sa morosité avait disparu comme par magie.

Enfin, ils se mirent en route. Une fois dans la limousine, Strato relâcha son souffle et ferma les yeux.

— Qu'est-ce qui ne va pas ?

Cora détacha les yeux de la vitre de séparation pour les tourner vers Strato, absorbé dans la contemplation des rues qui défilaient.

— Rien.

— Strato, je peux sentir la tension qui émane de toi.

Il daigna enfin tourner la tête. À la lueur des réverbères, elle découvrit son visage fermé.

— Qu'est-ce qui ne va pas ? répéta-t-il. Tu veux dire, à part le fait que j'ai dû rester assis des heures pendant que tous les hommes te dévoraient du regard ?

Cora n'en croyait pas ses oreilles. Strato, jaloux ?

— Aucun ne m'intéressait... J'ai pris du plaisir à discuter, mais le seul homme avec lequel j'ai envie de passer la nuit, c'est toi.

— Heureux de l'entendre, dit-il en croisant les bras.

— C'est toi que j'ai autorisé à me caresser sous la table, fit-elle remarquer. C'est ridicule de ronchonner sous prétexte que des hommes me regardent. Comme si j'avais fait quelque chose de mal !

Pas question de s'excuser d'avoir apprécié la soirée. Elle repensait à l'air sidéré de Strato quand elle l'avait rejoint dans le salon ! Elle y avait puisé un sursaut de confiance en elle.

— Je ronchonne, moi ?

— Quoi d'autre ? Tu restes à un kilomètre...

Il eut un petit rire.

— Je reste où je suis, *Coritsa*, pour éviter de te sauter dessus ici et maintenant sur cette banquette.

— Oh !

— Comme tu dis. J'ai peut-être une réputation de débauché, mais je refuse de te retirer cette robe délectable dans l'espace public.

— J'aime que tu sois tenté, mais je crois que je préfère attendre que nous soyons seuls, en effet.

— Voilà, murmura Strato de sa voix grave qui avait sur elle un effet magique.

Aucun homme ne l'affectait aussi profondément que Strato, avec cette facilité déconcertante. Pas même celui dont elle s'était crue un jour amoureuse. La différence avec Strato, dont les muscles tressautaient d'impatience de la toucher, sautait aux yeux. Comment avait-elle pu leur trouver des points communs ?

Sur une impulsion, elle eut envie de confier son émotion à Strato. Il avait tellement fait pour elle. Il avait sauvé l'hôtel de son père. Il lui avait offert les vacances de sa vie et un plaisir physique incroyable. Il avait jeté un baume sur des plaies restées trop longtemps béantes. Il lui avait redonné confiance en sa féminité, grâce à lui elle se sentait forte et, plus étonnant, elle se sentait capable de donner sa confiance.

Elle le regarda droit dans les yeux.

— Tu sais ce qui me plaît encore plus que ton désir ? Ton honnêteté, confessa-t-elle d'une voix douce, avec le sentiment de franchir une ligne jaune.

— Parce que j'ai reconnu que j'avais envie de te sauter dessus dans une voiture en marche ?

Elle sourit et tenta de rassembler ses idées.

— Depuis le début, je sais où est ma place avec toi. Tu n'essaies jamais de cacher ou d'enjoliver ce qui pourrait me déplaire. Tu me respectes... Par exemple, le premier jour sur la plage, tu as compris que je pourrais me sentir menacée et tu as tout fait pour me rassurer en t'imposant des limites. D'autres n'en auraient pas fait autant.

— Je n'aime pas les gens qui disent une chose et en font une autre.

— Exactement. Beaucoup mentent pour arriver à leurs fins. Je t'admire parce que ce n'est pas ton cas, Strato.

— Merci, *Coritsa*, dit-il en dépliant les bras.

Il soutint un moment son regard dans la pénombre.

— Vas-tu me parler de la personne à laquelle tu es en train de me comparer ?

— Comment sais-tu que...

— Ta véhémence. Tu es passée par là. Quelqu'un t'a menti.

Elle n'en aurait jamais parlé spontanément. Mais, soudain, elle éprouva le besoin de partager. Pour se sentir moins seule. Et puis... Cela l'encouragerait peut-être à partager à son tour des bribes de son passé.

— Il s'appelait Adrian, murmura-t-elle. J'ai travaillé un temps sur le yacht de son père, dans la mer des Caraïbes.

— Laisse-moi deviner, dit Strato. Il t'a séduite ?

Cora acquiesça.

— Il était séduisant, riche, habitué à obtenir tout ce qu'il voulait. Tu m'as rappelé Adrian ce fameux premier jour.

— J'ai bien peur que ce ne soit pas un compliment...

— Il était aussi attentionné, poli. Mais je n'étais pas à l'aise. Nous venions de deux mondes différents, et je refusais de tomber sous son charme.

— Ce qui n'a fait qu'accroître sa détermination à te conquérir.

— Je n'en avais pas conscience au début. J'ai cru que sa persévérance prouvait qu'il tenait à moi. J'étais si naïve...

— Et ensuite ? demanda Strato d'une voix dure.

— Nous avons eu une liaison. Je pensais que cela irait plus loin. J'étais amoureuse et j'ai cru que c'était réciproque.

Elle enrageait encore d'avoir été aussi crédule.

— Il a fallu que son copain monte à bord pour que je comprenne que je n'étais qu'un corps à sa disposition. Un trophée de plus sur son tableau de chasse.

Un frisson la secoua au souvenir de l'échange surpris entre les deux hommes à son sujet. Adrian parlait d'elle en des termes obscènes, en la comparant à ses précédentes maîtresses. Elle s'était fait l'effet d'un animal mis en vente sur un marché et jaugé par des acheteurs potentiels.

— Il m'a proposée à son ami comme si j'étais...

Une grande main se posa sur la sienne et la serra fort.

— Je vois, dit-il.

Le cœur de Cora battait la chamade, mais elle était décidée à aller jusqu'au bout. Elle aurait dû se confier plus tôt. C'était un soulagement de partager enfin ce traumatisme.

— J'ai dit non. Adrian était très contrarié. Plus tard, après avoir renvoyé l'équipage pour la nuit, il m'a présenté ses excuses, disant qu'il n'avait pas voulu me manquer de respect, qu'il savait que Brad me plairait une fois que je le connaîtrais mieux. Et il a suggéré une partie à trois pour briser la glace ! s'écria-t-elle, s'étouffant presque. Il est devenu furieux quand j'ai refusé...

— Il t'a fait du mal ? gronda Strato. Son nom ?

— Il ne m'a rien fait. Un membre d'équipage se trouvait encore à bord. Il a entendu la dispute et il est venu à mon secours. Je suis partie immédiatement.

Elle était alors bouleversée, malade de dégoût, mais intacte, Dieu merci. Et dire que c'était elle qui avait honte !

— Je m'étonne que tu m'aies seulement adressé la parole sur l'îlot, dit Strato. Si tu trouvais que je lui ressemblais...

Cora secoua la tête.

— Mon cerveau a tenté de me mettre en garde, mais...

— Mais ? murmura Strato en se rapprochant.

— J'étais fascinée. Tu as quelque chose d'irrésistible.

Strato entremêla ses doigts aux siens sur la banquette.

— Moi aussi, j'étais fasciné. Après ton refus, je pensais à toi sans arrêt. Tu m'obsédais. C'était une première pour moi.

Cora retint son souffle.

— Ah, dit-il, nous sommes arrivés !

Trop tard, songea-t-elle, déçue. Elle l'aurait volontiers interrogé sur les sentiments qu'il éprouvait aujourd'hui. Mais le risque était de s'entendre répondre que, pour lui, leur relation restait purement physique...

La convoitise n'expliquait pourtant pas à elle seule le soin dont il l'entoura au moment de monter à bord du yacht, un bras passé autour de ses épaules. Ni lorsqu'il la guida vers son lit en lui tenant la main, puis la contempla un moment les yeux brillants, comme s'il lisait dans son cœur.

Elle était bien là en revanche, dans le léger tremblement de ses doigts sur les agrafes de la robe. Mais elle se mêlait de tendresse et de respect dans la douceur de ses lèvres sur ses épaules nues. Il prit le temps de la cajoler jusqu'à ce qu'elle frémisse d'impatience et, en lui retirant la robe, il laissa la soie rouge traîner longuement sur son corps, puis se leva pour la contempler avec des yeux émerveillés, comme si elle était non une femme ordinaire, mais une déesse ensorcelante.

Et quelle délicatesse, ce genou à terre pour défaire ses sandales, ces baisers qu'il versa en pluie sur ses chevilles, ses genoux, ses cuisses... Il y avait presque de la révérence dans le soupir qu'il exhala en faisant glisser son string le long de ses jambes. Et lorsqu'il la souleva dans ses bras, les yeux dans ses yeux, Cora sentit son cœur gonfler dans sa poitrine, comme si les sentiments logés là devenaient trop grands pour qu'elle puisse les contenir.

Il la déposa sur le lit, se dévêtit et se protégea en un tournemain, mais ralentit ensuite le tempo au moment de glisser les lèvres, les mains le long de son corps, jusqu'à ce qu'elle geigne et supplie. Ce diable d'homme refusait de se presser. Mais chaque caresse était calculée, calibrée. Était-ce idiot de penser qu'il lui montrait ainsi des sentiments profonds dont il n'osait prononcer le nom à voix haute ?

Lorsqu'il se posa enfin entre ses cuisses, calé sur les coudes afin de ne pas peser sur elle de tout son poids, il avait un air grave. Plus qu'une connexion, Cora ressentit une communion entre eux. Elle aurait juré que leurs cœurs battaient à l'unisson. Puis un sourire fendit le visage de Strato, et ses ultimes défenses cédèrent.

Elle lui sourit en retour. Rien, dans sa vie, jamais, n'avait été aussi bon que ce moment ici, avec Strato. Dans ses bras elle volait en éclats, pourtant dans cette fusion de leurs corps, au fil des soubresauts incoercibles qui la soulevaient, elle ne se sentait pas en mille morceaux, mais au contraire entière et plus forte qu'elle ne l'avait jamais été. Ensemble, ils formaient un tout. Le reste n'existait plus.

Une main plantée sur le cœur battant de Strato, Cora leva l'autre vers sa joue, et cessa de respirer comme il tournait le visage dans sa paume pour y déposer un baiser. La tendresse la submergea, se mêlant à l'impatience.

Elle était tombée amoureuse de lui. Si profondément, si complètement, que cela effaçait tout ce qu'elle avait pu éprouver pour Adrian. Strato l'avait amadouée puis charmée, jouant sur sa curiosité naturelle et sur sa sexualité qui ne demandait qu'à s'épanouir. Mais il n'avait blessé que son amour-propre, rien de plus.

Sous les mouvements fluides et puissants de son amant, elle se hissa à sa rencontre, les doigts crochetés sur ses épaules, épousant son rythme en vue de l'envol ultime. Ces moments de connexion profonde la transformaient.

Et lui ? Se sentait-il aussi transformé ?

La réponse attendrait. Strato la broyait contre lui pour l'entraîner vers le plaisir, avec au fond des yeux une promesse qui l'hypnotisait.

— *Coritsa...*

Sa voix râpeuse et drapée de velours à la fois était en elle-même une caresse. Ce regard fiévreux qui soutenait le sien avait quelque chose de prophétique.

— Strato, je...

Soudain ce fut là. L'éclair qui illuminait le monde. L'onde iridescente, exquise, qui vague après vague l'emportait. Strato ne la quitta pas des yeux, jusqu'au moment où, sur un dernier frisson, elle sombra dans le néant, avec en tête l'écho des paroles qu'elle n'avait pas prononcées.

Strato, je t'aime.

Son monde avait changé à jamais.

12

Quelques jours plus tard, ils étaient sur l'île d'Égine, et Cora ne cessait de sourire.

Depuis qu'ils avaient quitté Athènes, leur relation semblait avoir changé de ton. Strato était toujours aussi attentionné et ardent, aussi charmant et amusant. Mais au-dessous courait une émotion inexprimée qui l'excitait au plus haut point.

Elle n'essayait pas d'y apposer un nom, de peur de se faire des illusions, de tirer des conclusions hâtives de ses gentillesses. Ou du fait qu'il ait offert de prolonger leur contrat.

Cela remontait au soir de leur départ d'Athènes. Elle était allongée, alanguie, en travers du grand corps de Strato, l'oreille sur son cœur, lorsqu'il lui avait demandé de rester. Non pour un temps défini. Juste rester.

L'envie l'avait disputé au sens pratique. Il y avait sa carrière, mise entre parenthèses pour le moment, et le besoin de voir son père... Mais le plus gros risque était de s'enfoncer un peu plus dans une impasse côté cœur, pour peu que ses sentiments soient voués à rester à sens unique.

Néanmoins elle n'avait pas trouvé la force de dire non. Car elle savait cet homme fait pour elle, aussi énigmatique soit-il. En outre son père se portait comme un charme et avait trouvé de l'aide à l'hôtel. Strato s'était aussi engagé à faire une escale sur l'île de façon qu'elle prenne de ses nouvelles en personne plutôt que par téléphone. Côté travail, cela s'annonçait plus compliqué, mais pour le moment elle n'arrivait pas à penser plus loin que le présent et Strato. Dire que cela faisait plus d'un mois qu'ils étaient ensemble… Un mois durant lequel elle n'avait pas eu ses règles.

Ils se tenaient devant le magnifique temple d'Aphaïa, au sommet d'une colline qui donnait sur la mer Égée, dans l'odeur des pins et des embruns charriée par la brise. Strato était à ses côtés, solide, puissant. Une chance, car sous le choc Cora vacilla sur ses appuis.

Frénétiquement, elle calcula dans sa tête encore et encore les semaines, les dates prévues, et à chaque nouveau calcul la secousse l'ébranlait un peu plus et lui glaçait les os, telle l'ombre d'un nuage grignotant le soleil.

— Cora ? Tu te sens bien ?

Une main chaude agrippa son bras. Le visage inquiet de Strato l'apaisa instantanément.

— Oui, oui.

Inutile de céder à la panique. Ces quatre semaines avaient été les plus incroyables, les plus inouïes de sa vie. Serait-il vraiment étonnant que son corps s'écarte du rythme habituel ?

Et pourtant. Le seul mot « grossesse » surgi dans son esprit lui coupait les jambes. Elle s'imaginait dans une relation stable au moment d'avoir un enfant. Comme ses parents avant elle. Mais elle s'avançait un peu. D'abord, elle devait savoir s'il y avait bien un enfant. Il serait toujours temps ensuite de s'affoler pour la suite.

Sur son pont privé, une bière fraîche à la main, Strato commençait à s'inquiéter. Où était Cora ? Le soleil était presque couché, elle aurait dû être déjà là.

Il se sentait nerveux car, après leur visite matinale du temple, il s'était plongé dans le travail pendant que Cora explorait l'autre côté de l'île avec une voiture de location. D'ordinaire, ils partaient en exploration à deux. C'était la première fois qu'ils se séparaient, hormis ce fameux après-midi à Athènes.

Étrange comme il s'était habitué à sa compagnie au point de remarquer une absence de quelques heures. Il travaillait quelquefois seul dans son bureau, mais elle était toujours dans les parages. Accessible.

Sur le point de boire, il laissa retomber son bras. Il ne devenait pas complètement obsédé, au moins ? Avec le besoin de savoir où elle se trouvait à chaque instant ? Le besoin de contrôler ses faits et gestes ?

Son ventre se contracta douloureusement. Allons ! Une obsession, c'était inenvisageable. Il en savait mieux que personne le danger. Des picotements désagréables coururent sur sa peau, sa cicatrice à l'épaule l'élança. Un vice aussi fatal était-il voué à se transmettre de génération en génération ? Il s'était dit qu'il était possible d'y échapper, à condition de savoir s'en prémunir. Ce qu'il n'avait pas manqué de faire.

Strato fronça les sourcils. De fait, sa relation avec Cora avait changé. Elle n'était plus une simple partenaire occasionnelle. Depuis le début, ce qu'elle lui inspirait était tout sauf léger. Amie, amante… Mais, à ses yeux, elle n'occupait qu'une partie précise de sa vie. Il était passé maître dans l'art de compartimenter son univers. Pourtant, aujourd'hui, il se surprenait à regretter son absence.

Elle apparut tout à coup sur le pont. Strato se sentit aussitôt entraîné dans un charivari d'émotions. Le désir familier. L'admiration. La joie… Tout cela était plutôt positif. Rien qui soit de nature à alimenter sa terreur secrète que ses sentiments basculent du côté obscur.

— Tu es magnifique, dit-il d'une voix rauque.

Ce soir elle portait une robe vert bronze qui brillait comme de la soie. Les fines bretelles laissaient ses épaules nues et la coupe cintrée soulignait sa taille fine avant de bouffer gracieusement sur les hanches et les cuisses.

Derrière elle s'étendait la mer turquoise et au-dessus, au sommet de la colline surplombant la côte, se dressaient les colonnes de marbre blanc du temple. Cette toile de fond lui allait à ravir. Il l'avait tout de suite imaginée en nymphe marine, bien supérieure à une mortelle ordinaire. La voir dans ce décor confirmait cette impression. Cora était spéciale.

Le désir le submergea, comme souvent, mais se teinta cette fois de quelque chose de tendre et chaleureux qu'il refusa d'analyser. À la place, il posa son verre et s'avança pour lui prendre les mains.

— J'approuve ! Tu l'as achetée aujourd'hui ?

Cora secoua la tête et, pour la première fois depuis des semaines, il ne parvint pas à déchiffrer son expression.

— Je l'ai trouvée à Athènes, dit-elle.

Strato se félicita intérieurement que son argent soit si bien utilisé.

— Et tu as attendu si longtemps pour la porter ?

Il l'embrassa tout son soûl, très lentement. Puis, craignant de ne pas pouvoir s'empêcher de la soulever dans ses bras pour l'emmener directement au lit, il se détacha d'elle. Il pouvait encore se contrôler face à Cora, tant mieux.

Pour toute réponse elle haussa les épaules, et il perçut une raideur inhabituelle.

— As-tu parlé avec ton père aujourd'hui ? Tout va bien ?

— Oui, c'est parfait. Merci, Strato.

Le visage de Cora s'adoucit. Peut-être avait-il imaginé cette tension, perturbé qu'il était par ses propres pensées.

— Tant mieux. Je te sers un verre ?

— De l'eau pétillante, s'il te plaît.

Strato hocha la tête et la lâcha non sans regret.

Le silence ambiant tandis qu'il allait au bar chercher sa boisson lui parut étrangement lourd. D'habitude ils bavardaient facilement, mais sans éprouver le besoin de combler un vide. Il se retourna, le verre à la main, et constata qu'il ne s'était pas fait des idées. Quelque chose n'allait pas.

— Qu'est-ce qui se passe, *Coritsa* ? Tu n'as pas l'air dans ton assiette.

À son vif désarroi, Cora acquiesça.

— Rien de grave, mais... Il faut qu'on parle. Si on s'asseyait, plutôt ?

Strato en eut la chair de poule.

— Inutile de tergiverser. Dis-moi !

Cora avala sa salive et le regarda droit dans les yeux.

— Je suis enceinte.

Un bruit de verre cassé explosa dans le silence, mais Strato l'entendit à peine, absorbé dans la contemplation du visage grave de sa compagne tandis que ses mots, ses mots incroyables, résonnaient dans sa tête.

Au fond de lui quelque chose s'effondra. Avait-il réellement pensé qu'elle était différente ? Avait-il réellement cru au bonheur qu'il avait trouvé avec elle ?

Elle s'était préparée avec soin pour ce moment, comprit-il soudain en la regardant mieux. Dans cette robe moulante et aguichante, si différente de ses tenues habituelles, elle semblait soudain très semblable à toutes celles qui avaient essayé au fil des ans de lui mettre le grappin dessus.

La créature au parler franc qui l'avait subjugué sur l'îlot, qui se souciait davantage de la protection des sites de ponte des tortues de mer que des bijoux et de sa fortune, était-elle une illusion ? Leur rencontre relevait-elle d'un stratagème délibéré, tout comme sa réticence initiale, pour le piéger ? La douleur lui transperça la poitrine.

Une femme campée devant lui clamant qu'elle portait son enfant – combien de fois avait-il vécu cette même scène ? Strato ferma les yeux. Même maintenant la vue de Cora lui troublait les idées. Comme si ce qu'elle disait pouvait être vrai !

Et cette hypothèse était encore pire, car la seule idée de se reproduire, son pire cauchemar, lui donnait envie de vomir.

Ses yeux se rouvrirent d'un coup. Au moins, cette horreur lui serait épargnée. Il s'était assuré qu'il n'y aurait jamais d'enfant. Il était le dernier de sa lignée.

Mais cela signifiait que Cora mentait. Comme ces autres qui avaient tenté de se faire passer la bague au doigt. Son souffle s'enraya. Il ne voulait pas le croire. Pas Cora !

La trahison, il connaissait ça par cœur. C'était gravé jusque dans ses os. Il savait qu'on ne pouvait compter que sur soi. Comment avait-il pu oublier cette leçon qui façonnait toute sa vie ? Contempler Cora, alors que toutes les bonnes choses vécues avec elle tombaient en poussière, le crucifiait. Car il l'avait dans la peau désormais. Il avait cédé à la tentation. Trop d'émotions...

C'était sa faute tout autant que celle de Cora.

Le verre tomba et explosa sur le pont. Et Strato ne parut même pas s'en apercevoir. La stupéfaction s'était peinte sur son visage. Il y avait autre chose aussi. Une souffrance...

Cora fronça les sourcils, le cœur battant. Pourquoi une souffrance ? Cela n'avait aucun sens. Il respirait mal, comme s'il luttait contre une émotion envahissante. Cora avait envie d'aller vers lui, de le toucher, de se connecter à lui, mais elle resta figée sur place devant la sévérité de ses traits. Loin, très loin de la joie à l'idée de devenir père...

— Tu es la troisième, dit-il d'une voix âpre, méconnaissable, tandis que son regard se faisait accusateur.

— La troisième... ?

La bouche de Strato s'étira en un sourire dénué d'humour qui lui tordit le cœur.

— La troisième femme à m'annoncer qu'elle porte mon enfant.

— Parce que tu as déjà eu des enfants ? s'écria Cora.

Sa main vola vers sa gorge. L'autre s'était posée sur son ventre dans un geste protecteur dont elle ne prit conscience qu'en voyant les yeux de Strato s'abaisser.

Il ne lui ferait jamais de mal, elle le savait. Mais ce sourire crispé la perturbait. Elle ne l'avait jamais vu dans cet état.

— Non, je n'ai pas d'enfants. Je te l'ai dit, je n'aurai jamais de famille.

Cora attendit des explications qui ne vinrent pas.

— Que s'est-il passé ?

— Rien. Ces femmes sont parties comme je refusais de les épouser.

Cora secoua la tête.

— Les bébés ! Qu'est-il arrivé aux bébés ?

— Il n'y en avait pas. Une des deux n'était même pas enceinte. L'autre l'était, mais pas de moi. Elles ont commis l'erreur de penser que mentir les mènerait à ma fortune, ajouta-t-il avec une moue de dégoût.

Elle ouvrit de grands yeux.

— Quoi… Tu crois que je mens ? Tu crois que j'invente cette histoire ?

Après tout ce qu'ils avaient partagé !

— Je *sais* que tu mens, rectifia-t-il en secouant la tête. Dire que je te croyais différente…

— Écoute, Strato, je comprends que c'est un sacré choc. Moi aussi, la nouvelle m'a assommée tout à l'heure quand j'ai fait le test…

— Tu l'as appris aujourd'hui ? persifla Strato en enfonçant les mains dans ses poches. Quel heureux hasard que tu disposes d'une robe neuve aussi sexy pour m'annoncer la grande nouvelle ! Qu'est-ce que tu espérais ? Que le désir me submerge au point de ne pas relever ton mensonge ? Tu croyais peut-être que je n'étais pas sérieux en disant que je n'aurais jamais de famille ?

Glacée, furieuse et blessée, Cora croisa les bras.

— Je ne sais pas ce que j'espérais, mais certainement pas ce… cette violence !

Strato croisa les bras à son tour.

— Petite, si tu trouves ça violent, c'est que tu ignores tout de la vraie violence. Estime-toi heureuse…

Cora redressa le menton.

— Tu as connu des moments difficiles, je le comprends, mais je ne mens pas, Strato. T'ai-je jamais menti, d'ailleurs ?

Il ne répondit pas tout de suite.

— C'est une des choses que j'admirais chez toi, Cora, dit-il enfin. Ton honnêteté. Je me suis trompé, il faut croire. Vois-tu, je sais que tu mens car je ne peux pas concevoir.

— Pardon ?

— J'ai eu une vasectomie. Je n'aurai jamais d'enfants.

Cora en resta coite. Le sentiment d'irréel qui ne la quittait plus depuis la découverte de sa grossesse quelques heures plus tôt s'accentua.

— Mais… Tu t'es protégé pendant les rapports…

— Précaution élémentaire. J'ai eu des partenaires multiples.

À ces mots, Cora se sentit chanceler. Il avait subi une vasectomie, utilisé des préservatifs et elle était tout de même tombée enceinte ? Quelles étaient les probabilités ?

La pensée l'effleura qu'il avait peut-être raison, qu'il y avait une erreur. Pourtant elle avait acheté deux kits de tests, de deux marques différentes, avec chaque fois le même résultat. Et puis, il y avait ce moment, des semaines plus tôt, où le préservatif s'était déchiré…

— Voilà qui t'a réduite au silence, on dirait ?

Quelle voix tranchante ! Cora avait devant elle le visage d'un inconnu. Un inconnu sévère, réprobateur. Cela faisait mal, si mal, cette métamorphose de l'amant délicieux en ennemi menaçant ! Elle inspira profondément et s'efforça de conserver une voix égale.

— Pas du tout, Strato. Je dis la vérité. J'ai fait plusieurs tests aujourd'hui, pour être sûre. Que tu le croies ou non, tomber enceinte n'était pas dans mes projets, immédiats du moins. Je peux te montrer les résultats.

Strato se borna à la toiser tel un juge face à une criminelle.

Elle avait donc redouté à juste titre ce moment où elle lui annoncerait la nouvelle. Elle avait choisi une tenue plus recherchée que d'habitude pour se donner du courage. Cela n'avait pas suffi. Au vu de son expression, quoi qu'elle dise Strato ne la croirait pas. À l'évidence, elle s'était fait des illusions en tablant sur des sentiments réciproques.

— Je suis restée seule des années, avant de te rencontrer…

Sa voix s'étrangla. La douleur infligée par Adrian n'était rien au regard de ce soir. Ah ça ! Elle savait choisir ses amants… Pourquoi n'avait-elle pas dit non à Strato ?

— Ne te fatigue pas, Cora. Quelles que soient les prétendues preuves en ta possession, je sais qu'elles sont factices. Elles ne résisteront pas à une analyse en règle.

— Mais tu ne peux pas balayer ça d'un revers de main ! Pas après ce que nous avons partagé ! C'est un bébé, pas une escroquerie ! Tu vas être père, Strato…

— Si tu espères me manipuler par l'émotion, c'est raté, Cora. Rien ne me fait plus horreur que l'idée de faire un enfant. À présent, disparais de ma vue ! Je vais m'organiser pour que tu partes demain matin.

13

Cora n'avait pas attendu le lever du soleil.

En émergeant le lendemain, les yeux rougis par l'excès de cognac conjugué au manque de sommeil, Strato apprit qu'elle était descendue à terre pendant la nuit. Une douleur sans nom lui broya le ventre. Il se dit que c'était la colère devant cette fuite précipitée. Mais sous la rage devant sa duplicité et sa propre naïveté, sous l'angoisse des terribles souvenirs qu'elle avait ranimés, gisait la peur. Peur qu'il arrive quelque chose à Cora.

Logiquement, elle avait trouvé sans difficulté un hébergement dans la petite ville côtière. Bien sûr qu'elle était en sécurité. La région était calme, et Cora ne manquait pas de ressources. À cette heure elle traversait sans doute l'île pour attraper le ferry pour Athènes. Tout de même, elle était seule et bouleversée...

Mais quel talent de comédienne. Elle était si convaincante la veille au soir, lorsque l'effroi puis la souffrance s'étaient peints sur son visage, qu'il avait bien failli tomber dans le piège. Alors que son histoire relevait clairement de l'impossible !

Il détestait qu'on le prenne pour un imbécile. D'autant que, pour la première fois de sa vie, il commençait à apprécier la compagnie d'une femme. Cora n'était pas précisément reposante, mais avec elle il se sentait...

Strato serra les dents, consterné. Ses pensées persistaient à dériver vers les bons moments partagés. Comment était-ce possible, alors que c'était manifestement du bluff, tout comme cette fable sur un bébé ?

C'était cela qui le ravageait, au fond. Il avait croisé plus d'une affabulatrice, et pourtant en l'écoutant il s'était sérieusement projeté une seconde dans la paternité. Lui, un père. Traînant après lui l'héritage de son propre père.

L'épouvante le ramena vers un passé lointain, atroce, qu'il s'était employé à oublier. Il avait même fait de cet oubli le travail de sa vie. Avec succès, vingt-cinq ans durant. Et puis cette nuit, la seule fois où il avait fermé les yeux, les cauchemars l'avaient rejeté tête la première dans cet enfer.

Strato pivota sur ses pieds. Il lui fallait un autre verre. Quelque chose, n'importe quoi, pour bloquer les souvenirs traumatisants déchaînés par Cora. Il fit aussi venir Manoli et lui donna l'ordre d'aller à terre s'assurer que Cora avait passé la nuit au chaud.

— Et si ce n'est pas le cas ? répliqua sèchement son assistant.

Si Manoli était son employé, il était aussi ce qui se rapprochait le plus d'un ami pour lui. L'inconvénient, c'était qu'il ne craignait pas de partager ses opinions. Lui aussi aimait bien Cora et il le tenait visiblement pour responsable de la brusque disparition de la jeune femme.

À bien y réfléchir, Cora avait plu à toute son équipe.

— Eh bien, un peu d'esprit d'initiative, bon sang ! J'ai besoin de la savoir en sécurité, en train de rentrer chez elle.

Manoli hocha lentement la tête.

— Dois-je lui transmettre un message si je la retrouve, monsieur ?

Ce « monsieur » était une provocation délibérée. Manoli l'appelait par son prénom depuis des années.

— Ne me pousse pas à bout, gronda Strato en se dirigeant vers le bar. J'avais mes raisons pour la chasser d'ici.

D'excellentes raisons… Mais rien ne put l'apaiser, même pas la nouvelle, une heure plus tard, que Cora avait dormi dans un hôtel économique et pris le premier bus vers l'autre côté de l'île et le ferry pour Athènes.

Si bien que, sur un coup de tête, il mit le cap sur Alexandrie. Le soir même de son arrivée, peu emballé par les distractions égyptiennes, il donna l'ordre de lever l'ancre, direction Monte-Carlo cette fois. Au moment de débarquer il se souvint que cet endroit ne lui inspirait que de l'ennui. Puis ce fut l'Espagne, qui se révéla tout aussi terne.

Côté professionnel ce n'était pas plus satisfaisant. Il avait constamment l'esprit ailleurs, même pendant des négociations de haut vol, jusqu'au moment où il s'obligea à se mettre en retrait en déléguant davantage, plutôt que de massacrer avec des décisions à l'emporte-pièce le bon travail effectué par d'autres.

Il était sur le point de prendre un avion pour Rarotonga, histoire de changer de décor, lorsqu'il prit conscience de ce qu'il était en train de faire. Il fuyait.

Il cherchait ni plus ni moins à combler le vide laissé par Cora dans sa vie. Et pas une autre femme, ça non ! L'ennui qui lui pesait avant leur rencontre était revenu en force. Plus rien n'avait de goût ni d'intérêt à ses yeux. Même son travail. Il n'arrivait pas à se fixer.

Encore maintenant, tu ne peux pas croire qu'elle soit comme les autres, hein, Doukas ?

Les tempes bourdonnantes, Strato but une longue gorgée d'eau glacée, puisqu'il avait décidé d'arrêter l'alcool qui n'allégeait ni son esprit ni son humeur.

De la musique lui parvint depuis l'autre côté de la marina. Une fête se tenait sur un des superyachts voisins. Le bruit des rires le hérissa. Il fronça les sourcils, essayant de se souvenir dans quel port il se trouvait. Il y en avait eu tellement, ces dernières semaines… Aucune importance. Le pire, c'était ce vague sentiment d'un point demeuré en suspens.

Il se flattait de toujours suivre son instinct, à bon escient. S'il sentait que quelque chose clochait dans un contrat, il creusait encore, jusqu'à dénicher le détail justifiant cette intuition viscérale. Or son instinct justement le tracassait aujourd'hui. Et cela n'avait rien à voir avec l'entreprise. Cela concernait Cora.

Il ne comprenait pas. Il n'avait pas pu la mettre enceinte. C'était absolument exclu. Une vasectomie, plus des préservatifs… L'idée était risible. Pourtant ce sixième sens le travaillait au point de lui donner la chair de poule. Pour finir, il saisit son téléphone.

Il finit par joindre la personne qu'il voulait, en dépit de l'heure tardive. Son nom faisait des miracles. Il parvint enfin à poser sa question, et obtint la réponse attendue. Il était impossible qu'il ait fécondé Cora.

— Enfin, rectifia le médecin, *quasi* impossible. Dans quelques cas isolés, très rares…

La vision de Strato se troubla. La musique dans la marina devint brouhaha, les lumières s'affaiblirent. Dans ses oreilles, des coups de marteaux, de plus en plus forts et rapprochés. Au bout d'un moment, il s'aperçut qu'il avait oublié de respirer. Il ouvrit la bouche en quête d'air frais, et la voix du médecin lui parvint de nouveau.

— Pardon, vous disiez ? C'est hautement improbable, mais on ne peut pas exclure la possibilité… ?

— Exactement.

Strato s'accrocha au bastingage d'une main tremblante et repensa piteusement à la manière dont il avait traité Cora. !

Au regret, s'ajouta la peur. La terreur que la seule chose qu'il voulait éviter à toute force se réalise pour de bon.

Cora était en train d'aider Doris à ranger la cuisine après le service du soir lorsqu'une des serveuses employées à mi-temps revint de la salle du restaurant désormais désert.

— Quelqu'un pour vous, Cora ! annonça-t-elle d'une voix altérée.

Cora leva les yeux des assiettes qu'elle empilait.

— Qui est-ce ? demanda-t-elle.

— Un homme. Et quel homme ! s'écria-t-elle tout agitée. Un grand beau gosse. Avec une voix très sexy…

Cora ne l'écoutait déjà plus, les yeux rivés sur le hall derrière elle.

C'était impossible. Strato s'était complètement désintéressé d'elle, il l'avait chassée de son yacht en lui ordonnant de disparaître.

Le souvenir de la scène ranima son indignation. Ses épaules se raidirent. Sa fortune ne lui donnait pas le droit de la traiter de cette manière ! Pour la première fois depuis le début de sa grossesse, elle sentit monter une nausée.

Strato, ici ? Était-ce pensable ? Mais qui d'autre...

— Eh bien, dit Doris en la regardant d'un drôle d'air, tu ne vas pas voir qui c'est ?

Cora fut tentée de répondre non. Pas envie de revoir Strato, ni de lui adresser la parole, jamais !

À vrai dire, si elle rêvait de lui mettre son poing dans la figure après ce qu'il lui avait fait, une partie d'elle-même regrettait son absence. La paix la fuyait depuis des semaines. Seule l'activité frénétique à l'hôtel avait empêché son père de remarquer sa distraction perpétuelle. Doris, c'était moins sûr.

— Tu veux bien finir sans moi ? dit-elle, dénouant son tablier avant de le lancer dans le panier à linge.

— Bien sûr. Nous avons presque terminé. Ne veux-tu pas te donner un coup de peigne ?

Et lui montrer ainsi qu'elle faisait un effort pour lui ? Pas question ! Cora secoua la tête, souhaita bonne nuit à tous et quitta la cuisine au pas de charge.

Le restaurant étant désert, elle sortit sur la terrasse. Les lampes étaient éteintes, à l'exception d'une guirlande lumineuse accrochée à la treille recouverte de vigne. Au loin les lumières du village se reflétaient sur les eaux immobiles de la baie, jusqu'à un grand bateau familier amarré à l'horizon.

— Bonjour, Cora.

Cora déglutit, pestant intérieurement contre l'émotion qui lui serrait la gorge.

Elle se tourna vers la voix. Il était là, immobile, les mains dans ses poches de pantalon. Son regard enregistra la carrure large, le menton ferme, le pli barrant le front.

— Pourquoi es-tu venu ? lança-t-elle d'un ton sec dont elle fut assez fière.

— Pour parler. Et m'excuser.

Son cœur fit une embardée. Toutefois rien dans la voix de Strato n'indiquait qu'il était heureux d'être là. Au temps pour son rêve de le voir quémander à genoux son pardon après avoir mesuré ce qu'elle représentait pour lui...

Elle se reprit très vite.

— Pas ici, dit-elle.

Avec l'hôtel plein, n'importe qui pouvait les entendre depuis les étages. Sans le regarder, elle traversa la terrasse d'un bon pas et longea les tamaris en direction de la mer.

Strato lui emboîta le pas tandis qu'elle suivait le sentier qui menait à la jetée déserte dans le clair de lune, s'efforçant de ne pas remarquer combien cela lui semblait familier de marcher à côté de lui, son odeur grisante dans les narines.

— Tu as choisi une heure bien tardive pour me rendre visite. Je suis sur le point d'aller me coucher.

— Je viens d'arriver, dit Strato. Je suis venu directement te voir.

— Si tu espérais m'impressionner, c'est raté. À présent dis ce que tu as à dire.

Un bref silence, puis :

— Je suis désolé, Cora. Je n'aurais pas dû t'ordonner de quitter le yacht de cette manière.

À sa grande surprise, Strato semblait sincère. À croire que l'angoisse le tenait, lui aussi.

Cora tourna les yeux vers la mer. Ils s'étaient arrêtés près d'un bosquet qui les cachait de l'hôtel. Le silence était total, à peine troublé par le chuchotis du ressac et par quelques notes de musique qui flottaient dans l'air nocturne depuis l'autre côté de la baie.

— Vraiment ? Tu en as mis du temps pour t'excuser…

La première semaine, elle était sur des charbons ardents, guettant un signe de lui. Rien. Il pensait donc chaque mot cruel qui l'accusait d'avoir menti pour le piéger. Comme si cet homme qui ne se fiait à personne pouvait être piégé !

— J'étais persuadé de ne pas pouvoir concevoir.

— Et… ?

Du coin de l'œil, elle vit Strato se masser la nuque.

— Et j'ai pris un avis médical. C'est très rare, mais il peut arriver qu'une vasectomie échoue.

Il se tut. Cora s'abstint de commenter. Elle savait déjà qu'ils avaient conçu ce bébé ensemble. Elle avait eu des semaines pour se convaincre que, si Strato ne voulait rien avoir à faire avec lui, c'était aussi bien. Elle élèverait leur enfant seule, ici sur son île où il serait entouré de soins et d'amour.

— Je me suis soumis à un bilan, reprit-il d'un ton lugubre. Il s'avère que je suis un de ces très rares cas de figure. Il y a une faible chance que je puisse procréer.

Cora se retint de hurler. Une chance ? C'était une réalité ! Une réalité avec laquelle elle vivait chaque jour, bataillant pour s'habituer à l'idée qu'au début de l'année prochaine elle deviendrait mère...

Elle avait oscillé entre la peur et l'excitation. Elle ignorait tout des bébés, son projet de reprendre ses recherches en biologie marine s'en trouverait affecté... Mais Doris et son père la soutiendraient lorsqu'ils sauraient la nouvelle. Son enfant aurait un foyer stable, aimant, même sans son père dans le tableau.

— Tu ne dis rien...

Cora se tourna vivement vers lui.

— Que tu veux que je te dise, Strato ? Tu ne m'apprends rien. C'est *ma* vie entière qui vient de changer parce que je porte *ton* enfant, dit-elle en lui enfonçant un index dans les côtes.

Il posa aussitôt la main sur la sienne. Sa chaleur, la familiarité de ce geste lui causèrent un choc. Son corps parut s'alléger d'un coup. C'était fou, le besoin qu'elle avait de cet homme, même maintenant. Il avait vraiment de quoi la détruire.

Elle retira vivement sa main et recula d'un pas, le cœur à l'envers. Elle était tombée amoureuse de Strato en le prenant pour quelqu'un qu'il n'était pas. Comme Adrian avant lui...

— Tu te prétends désolé, dit-elle. Et maintenant ? Tu admets que tu *pourrais* être le père, et non que tu l'es.

— Ça fait une sacrée différence, murmura Strato.

Cora manqua s'étrangler.

— Toi alors ! Tu as fait tout ce chemin alors que tu ne me crois toujours pas ? On dirait presque que tu veux croire que je mens !

À sa surprise, Strato détourna les yeux.

Elle avait donc raison ! Il préférait voir en elle une profiteuse...

— La seule chose au monde que je ne veux pas, c'est devenir père, dit-il soudain d'une voix étranglée.

— Qu'est-ce que tu veux, alors ? Un test de paternité ? Tu rêves encore d'une preuve que ce bébé n'est pas le tien ?

Elle sut qu'elle avait mis dans le mille avant d'avoir fini sa phrase. C'était là, dans le corps figé de Strato, dans son regard perçant si intense qu'elle le sentait même dans la nuit sous la lueur argentée de la lune.

— Est-ce si déraisonnable ? dit-il en ouvrant les mains. La probabilité est infime, vu que je me suis protégé chaque fois. Et deux femmes ont déjà prétendu être enceintes de moi, je te rappelle.

Mais je ne suis pas comme elles ! aurait voulu crier Cora.

Il tenait si peu à elle qu'il voulait qu'elle soit une menteuse, pour pouvoir reprendre tranquillement sa vie de pacha. Son bébé méritait mieux que cet homme comme père !

— Je vois, dit-elle tout bas. Et si je refuse ?

— Pourquoi refuserais-tu cette occasion de prouver que je suis le père ? Il n'y a aucun risque pour l'enfant. Il suffit d'un échantillon de sang. Et si je suis bien le père…

Strato inspira profondément.

— Alors je vous apporterai mon soutien.

— Financier, tu veux dire.

Clairement il ne serait jamais un vrai père, nouant un lien fort avec leur bébé et répondant présent quoi qu'il arrive…

Elle savait déjà qu'ils n'avaient aucun avenir ensemble, mais elle espérait, envers et contre tout… À présent elle mesurait combien cet espoir était futile. Découragée, elle secoua la tête, prête à laisser tomber et à rentrer chez elle, mais une pensée la traversa. Ne valait-il pas mieux être raisonnable ?

Elle se remémora qu'ils avaient failli mettre la clé sous la porte, que sa carrière scientifique serait en situation précaire lorsqu'elle prendrait du temps pour s'occuper de son enfant. Et si une nouvelle crise se présentait, s'ils perdaient l'hôtel ? Cet enfant pourrait avoir besoin de l'argent de son père.

La mort dans l'âme, elle se résolut à accepter le test de paternité.

Sans surprise, Strato avait quelqu'un à bord de son yacht qui pouvait venir ici le lendemain prélever un échantillon de sang et l'emporter ensuite à Athènes pour analyses.

Pendant une longue minute, Cora hésita encore, refoulant son indignation. Pour finir elle hocha la tête.

— Je le ferai. Mais envoie juste le médecin. Je ne veux pas te voir.

Une fois en possession de cette preuve qui servirait peut-être un jour à leur enfant, elle romprait tous les liens avec Strato. Il ne voulait pas d'elle, ne voulait pas être père, dont acte. Après tout, elle n'avait pas le choix.

Elle tourna les talons et suivit en sens inverse, seule, le chemin familier, ignorant les gouttes salées qui dévalaient ses joues et le poignard qui lui lacérait le cœur.

14

Quelques jours plus tard, Cora s'octroya deux heures de congé pour une escapade matinale sur son îlot favori. Il était sans doute trop tôt pour voir des bébés tortues, mais un moment seule au calme lui ferait du bien.

Depuis la visite de Strato, elle n'avait pas réussi à se poser. Même absorbée par le travail à l'hôtel elle pensait encore à la tension de Strato, à ses excuses qui n'étaient que des demi-excuses puisqu'il ne lui faisait toujours pas confiance, à cette sensation aussi que quelque chose n'allait pas.

Si quelque chose n'allait pas ? Évidemment ! Il la prenait pour une croqueuse de diamants ! Elle était folle de ressentir ne serait-ce qu'une once d'inquiétude pour lui. C'était elle la victime ici, elle qui aurait à supporter les conséquences...

Cora porta la gourde à ses lèvres et but longuement dans l'ombre bienfaitrice des arbres qui bordaient la petite plage. À coup sûr, la paix du lieu l'aiderait à réfléchir sereinement à son avenir de mère célibataire. Aucun changement physique n'était apparu pour le moment, mais cela viendrait bientôt. Elle éprouvait le besoin de s'y préparer, or c'était encore le chaos dans sa tête, le bébé, l'échec de sa relation avec Strato...

— Bonjour, Cora.

La voix grave dans son dos la fit sursauter. Elle se retourna d'un bloc, renversant de l'eau partout.

Il était méconnaissable. Les traits tirés, le front marqué, il avait la mine sombre. Il semblait même au bord du gouffre.

— Strato, murmura-t-elle, qu'est-ce qui se passe ?

Elle voulut se lever, mais il l'en dissuada d'un geste et vint s'installer à côté d'elle.

— J'ai reçu les résultats du test, dit-il d'une voix tendue. Pardon, Cora. Tu ne méritais pas ma colère ce soir-là. Tu me disais simplement la vérité. Je t'ai très mal traitée.

— Je ne te le fais pas dire…

— Je te présente mes excuses les plus navrées, dit-il en esquissant un sourire dénué de joie. Tu avais besoin de mon soutien, pas de ma colère.

Cora acquiesça lentement. Malgré tout, sa rudesse inqualifiable ce jour-là l'intéressait moins que ses intentions aujourd'hui. Elle savait qu'ils ne formeraient jamais un couple tous les deux, même si, en le voyant aussi défait, elle prouvait l'envie d'effacer d'une caresse ces traces d'angoisse sur son visage, et de se jeter dans ses bras… Mais, puisqu'ils avaient un enfant en commun, ils pouvaient sûrement construire une relation d'amitié, qui sait ?

Stoïque, elle ignora la douleur qui la transperça à la pensée de ne pouvoir espérer davantage. Strato avait été très clair sur ses sentiments, ou plutôt sur leur absence.

— Je ne mens pas, Strato. J'ai toujours été sincère avec toi.

— Je sais. J'ai essayé si fort de croire que tu étais comme les autres, que tu mentais pour ton profit personnel. Je me suis même dit que le fait que tu aies accepté mon argent pour acheter ces robes était une preuve supplémentaire contre toi.

— Mais je…

— C'est bon, je sais, Cora. Je sais que tu ne t'es pas servie de ma carte, parce que tu es trop indépendante pour cela.

Il secoua la tête, son expression s'adoucit.

— Je ne voulais pas te croire, c'est tout.

Cora posa sa gourde et serra ses mains l'une contre l'autre.

— Parce que tu ne veux pas d'enfant.

Il hocha la tête en silence.

Cora attendit. Il finirait bien par expliquer.

— Mais vous aurez mon soutien, dit-il enfin, détournant les yeux vers la plage sans donner l'impression de la voir vraiment.

— Quel soutien ? Financier ? Moral ? Une garde partagée ?

Ce dernier mot le fit tressaillir.

— Je ne suis pas taillé pour être père, je te l'ai dit. Tout le reste, je peux fournir. L'argent, la sécurité, une maison...

— J'ai déjà une maison. Nous vivrons avec mon père et Doris là où j'ai grandi.

— Et ta carrière ? Tu ne peux pas trouver un poste de biologiste en restant ici.

Cora haussa les sourcils. Comment pouvait-il se soucier de ce détail après l'avoir mise plus bas que terre ?

— Je ne peux pas travailler ailleurs et garder le bébé avec moi. Je n'ai donc pas le choix, dit-elle avec un sourire crispé. Il semble que mon avenir soit dans l'hôtellerie.

Certains rêves ne se réalisaient pas, voilà tout...

— Mais je vous aiderai financièrement. Tu pourras engager une nounou à plein temps. Et vivre où tu veux...

— Non. Ton argent, je n'en veux pas, Strato. Nous nous en sortirons très bien sans.

Comme il s'apprêtait à protester, elle leva la main.

— Si tu veux l'aider plus tard, pendant ses études par exemple, je ne m'y opposerai pas. Mais je resterai sur mon île natale. Il est plus important pour lui d'être entouré de gens qui l'aiment que d'avoir une belle maison et une nounou rémunérée.

Strato se rembrunit, mais ne protesta pas. Encore heureux ! Elle lui facilitait plutôt les choses...

— J'ai une requête, cependant, ajouta Cora en le regardant droit dans les yeux. Une seule. Je sais que tu ne veux pas être un père au quotidien, mais je veux que notre enfant te connaisse, qu'un lien se tisse entre vous. Je refuse que tu restes pour lui un étranger distant qui fait l'actualité. Tout ce que je te demande, c'est de passer un peu de temps avec lui pour lier connaissance. Deux jours par-ci par-là, si tu veux, mais sur une base régulière.

— Je suis désolé, Cora, mais je ne peux pas.

— Tu ne peux pas ? s'écria Cora, dont le sang ne fit qu'un tour. Tu veux dire, tu ne *veux* pas ! Tu te moques de cette vie que nous avons créée ensemble, de cet enfant, au point de lui tourner le dos ?

— C'est mieux ainsi, dit Strato d'une voix dure. Certaines personnes ne devraient jamais devenir parents. Notre bébé se portera mieux sans moi.

Alors Cora entendit la douleur. La voix de Strato était devenue âpre, comme si cela lui coûtait de s'exprimer. Et puis, la tension dans son grand corps parlait d'elle-même.

— Je ne le crois pas une seconde. Surtout s'agissant de toi.

— Je m'organiserai pour que des virements…

— Non !

Cora se releva précipitamment.

— Arrête avec ton argent. C'est la vérité que je veux. Tu me dois bien ça. Pourquoi te sens-tu si peu concerné par cet enfant ? Je ne réclame que quelques visites chaque année…

Strato se leva à son tour d'un mouvement souple.

— Tu me mettras la pression jusqu'au bout, hein ?

— Je veux seulement comprendre. Un jour, notre enfant se demandera pourquoi tu refuses de le voir. Je ne veux pas qu'il pense que c'est sa faute.

Strato accusa le coup. Manifestement, il n'avait pas vu les choses sous cet angle. Pour toute réponse, il sortit son téléphone et tapota sur le clavier. Puis il fit défiler le texte.

— Là, dit-il enfin en lui tendant le portable.

Cora fixa l'écran puis Strato, mais il s'était déjà détourné comme s'il ne tenait pas à la regarder lire.

Un homme massacre sa famille !

Le titre lui coupa le souffle.

C'était une vieille coupure de presse, un journal de Brisbane rapportant un meurtre suivi d'un suicide. Un homme s'était battu avec son ex-épouse pour la garde de leurs trois enfants. Des plaintes pour violences et harcèlement avaient été déposées contre lui. Une nuit, il s'était introduit chez elle, l'avait tuée, puis il avait drogué les enfants et mis le feu à la maison avant de mettre fin à ses jours. Le but était que tous meurent ensemble.

Cora frémit d'épouvante en découvrant ce récit. Un gémissement lui échappa. Seul point positif dans le tableau, un des enfants, un seul, avait survécu.

— Je ne comprends pas, dit-elle en levant les yeux.

Strato la contempla d'un air sombre.

— Je me souviens seulement de mon grand-père, dit-il. Il a fait de la vie de sa femme un enfer. Il est mort quand j'étais petit, mais il a été un excellent professeur pour mon père.

Strato semblait se retenir de vomir.

— C'est mon père, là, dans l'article. L'homme qui a massacré sa famille.

— Ton père ?

Cora leva vers lui des yeux exorbités.

— Tu vois la ressemblance ? J'ai son allure, sa taille, sa force...

Strato s'entendit grincer des dents. Chaque mot lui coûtait. Simplement penser à son père et à son grand-père relevait de la torture, alors en parler...

— Il y a un gène pervers dans ma famille. Je refuse de le transmettre ou de faire du mal à une autre génération. Je ne peux pas prendre le risque de devenir père, ajouta-t-il après une pause. C'est trop dangereux.

Cora, bouche bée, baissa les yeux sur l'écran du téléphone puis les releva.

— Mais... C'était en Australie... Et le nom de la famille...

Strato haussa les épaules.

— Ma mère était grecque, mais nous sommes nés en Australie. Après *ça*, j'ai été adopté par mes oncle et tante grecs. J'ai pris leur nom. Garder celui de mon père était impensable.

Changer d'identité et tourner la page avait été la seule façon de survivre. Et encore, pendant des années il avait eu la sensation de vivre à moitié. Il avait essayé de tisser un lien avec sa tante, qui faisait tout ce qu'elle pouvait pour lui, mais quelque chose le retenait. La peur de se rapprocher. La peur de s'attacher, et de tout perdre une seconde fois...

Était-ce si surprenant qu'il vive aujourd'hui en solitaire ? Il socialisait, il faisait la fête, il aimait bien quelques personnes, très peu, Manoli, Damen Nicolaïdes, qui aurait pu être un concurrent, mais qui était presque un ami… Ou qui le serait, s'il se faisait assez confiance pour nouer des amitiés.

Et maintenant c'était Cora qui attendait de lui qu'il soit un père ! Comme si c'était envisageable…

Aux yeux du monde, il incarnait la débauche décomplexée, l'art de se faire plaisir. Nul ne se doutait du couvercle hermétique apposé sur ses émotions. Ni du fait que son refus d'entretenir des relations durables était un choix. Parce que le sang de son père et de son grand-père coulait dans ses veines.

Cela ne suffisait pas à le rendre dangereux, l'éducation comptait aussi… Mais il avait huit ans au moment du crime commis par son père. Qui pouvait mesurer l'impact de cette tragédie sur son psychisme ?

— Je ne sais pas quoi dire, chuchota Cora.

À sa grande stupeur, elle s'approcha de lui et prit sa main pour entrelacer leurs doigts.

Strato n'en revenait pas. Il n'avait pas oublié le nombre de personnes, dans les semaines qui avaient suivi le drame, qui le regardaient avec répugnance ou fascination, au choix, comme s'il portait sur lui la marque du crime paternel.

Cora lui pressa la main, et la chaleur inonda son bras. Sa peau grésilla, sans qu'il sache dire si c'était de la douleur, une sorte de dégel des muscles, ou autre chose.

Il aurait dû s'écarter. Il en fut incapable.

— Je suis si contente que tu aies survécu, dit-elle. Même si je ne peux imaginer à quel point tu as dû souffrir. Comment as-tu fait pour t'en sortir ?

Sa voix transpirait l'émotion. Strato se surprit à vouloir la rassurer, lui dire que tout allait bien. Mais rien n'allait, à quoi bon laisser entrevoir une fin heureuse ?

Et puis, quelle importance… Les souvenirs le hantaient depuis les résultats du test. Cora était la première personne à laquelle il racontait cela depuis vingt ans. Il tenait à ce qu'elle comprenne.

— J'étais couché, malade ce jour-là, une indigestion. Un bruit m'a réveillé. Je n'ai pas compris ce que c'était. Puis tout est devenu silencieux, et mon père est entré dans la chambre avec une tasse de lait chaud.

Il avait été très surpris. Son père n'était pas censé être là et jamais il ne lui avait apporté la moindre boisson au moment du coucher. Mais il valait mieux ne pas poser de questions.

— Il avait mis un somnifère dedans, dit-il après s'être éclairci la voix. Mon estomac n'a pas supporté l'odeur, alors dès qu'il est ressorti j'ai versé le lait par la fenêtre. J'ai attendu que ma mère vienne me souhaiter bonne nuit, mais elle n'est jamais venue.

Cora lui caressa la main.

— Strato... Tu n'es pas obligé de me raconter. Je suis désolée de t'avoir demandé ça.

Il enroula les doigts autour des siens. Son contact, son écoute, c'était si bon...

— Pour finir j'ai entendu d'autres bruits et j'ai senti une odeur bizarre, très forte. Quand j'ai vu de la fumée passer sous la porte, j'ai voulu l'ouvrir, mais elle était fermée à clé. Alors je suis sorti par la fenêtre.

Cela semblait simple après coup, mais avec la peur et la confusion chaque seconde avait compté double. À huit ans, il ne savait pas ce qui se passait ni ce qu'il devait faire.

— Une fois dehors, j'ai vu le feu. J'ai essayé d'ouvrir une autre fenêtre pour aider Melissa et Alex, et ma mère aussi, mais je n'ai pas réussi. J'allais courir vers la maison des voisins pour chercher du secours, quand il y a eu une explosion. Ensuite, je me suis réveillé dans un lit d'hôpital.

Il était fou d'inquiétude pour sa famille et, longtemps, personne n'avait voulu lui dire ce qui s'était passé. Ces limbes terrifiants avaient prolongé le cauchemar.

— Ta cicatrice, c'est ce jour-là.

Strato cligna des yeux et se concentra sur Cora.

— Pardon ?

— La cicatrice sur ton épaule. C'est une brûlure, n'est-ce pas ?

— Oui.

— Oh ! Strato !

Cora lâcha sa main pour l'enlacer. Ses cheveux lui chatouillèrent le menton, la chaleur s'infiltra dans son corps rigide. Oh ! Il pourrait bien y prendre goût... C'était justement le problème. Il y avait déjà pris goût.

Même s'il savait que c'était la bonne décision, rompre avec Cora le déchirait. Une partie de lui voulait envoyer promener la sagesse et prendre tout ce qu'elle offrait. Comme si cette femme pouvait à elle seule remettre sa vie d'aplomb !

Il ferma les yeux et laissa ses bras se refermer autour d'elle. Puis, sans plus réfléchir, il la broya contre lui.

Il la voulait. Il la voulait si fort ! Il voulait la joie et la lumière qu'elle lui apportait, la sincérité, l'honnêteté.

Son père avait-il ressenti cela ? Avait-il rêvé de trouver le bonheur et cédé malgré lui au charme d'une femme exceptionnelle, bien que conscient des conséquences ?

Deux mains fermes s'enfouirent dans sa tignasse. Les lèvres de Cora, douces, enivrantes, chuchotèrent contre les siennes, et dans sa poitrine se leva un grand souffle de nostalgie et d'envie. Il fut tout près de capituler. Il en avait besoin même, car cette aspiration était plus forte que toutes les tentations qu'il avait affrontées dans sa vie.

Ses lèvres s'entrouvrirent. Il aspira la saveur des siennes, leur goût sucré, si alléchant. La paix l'attendait. Elle était là, à sa portée. Il se pencha encore...

Tout à coup il comprit. Il était en train de prendre. Comme les autres hommes de sa lignée. Ils prenaient, ils exigeaient. Et si tout n'allait pas exactement dans leur sens...

Une seconde encore, il se perdit dans les délices du baiser de Cora. Puis il se détacha d'elle, la tint à bout de bras et fixa ses yeux mordorés gorgés de compassion.

— Cora. Non. Je ne peux pas.

Elle plissa les yeux comme pour lire dans son âme.

— Mais tu en as envie...

— Bien sûr que j'en ai envie. Je n'ai pas cessé une seconde d'avoir envie de toi ! Même quand je croyais, quand j'espérais que ta grossesse était un mensonge, je crevais encore d'envie de toi.

Il en avait trop dit. Une émotion flamba sur le visage de Cora.

Il la lâcha et recula encore, pour lui faire comprendre qu'il n'y aurait plus de contact physique, quand bien même il le désirait avec une férocité qui le laissait lui-même pantois.

Elle ne devait pas devenir une obsession. L'idée le révoltait. Il s'était répété pendant des années qu'il n'était pas comme son père, mais il ne pouvait pas prendre le risque que sa possessivité dégénère en une relation perverse. Surtout maintenant qu'elle portait son enfant.

Il avait passé l'essentiel de sa vie à nier qu'il voulait une famille. Quel choc de découvrir à quel point il s'était trompé ! La vie toute neuve dans le ventre du Cora le faisait penser à son monstre de père, oui, mais aussi à sa mère adorée et à ses frère et sœur, à ce temps où ils avaient été heureux tous les quatre, au lien qu'ils avaient partagé. Ils lui manquaient toujours... Pourquoi s'en était-il tiré, et pas eux ?

— Strato ?

— Oui ?

— Moi aussi je te veux toujours, dit-elle avec un petit sourire.

C'était plus qu'il n'avait osé espérer, après la manière dont il l'avait traitée.

— Je ne te mérite pas, *Coritsa*. Tu sais maintenant pourquoi je ne peux pas être père. Notre enfant mérite mieux.

Cora secoua lentement la tête.

— Tu n'es pas ce genre d'homme.

— Vraiment ? Comment le sais-tu ?

— Nous avons partagé plus que du sexe, rappelle-toi ! J'en sais assez sur toi pour savoir que tu n'es ni cruel ni...

— Ni manipulateur ? As-tu oublié les ruses dont j'ai usé pour t'attirer dans mon lit ?

— Je n'ai pas oublié, Strato. Mais j'avais le choix. J'aurais pu dire non. Tu ne m'as pas forcée.

Strato pinça les lèvres.

— Cela ne t'inquiète pas que je sois jaloux, comme l'autre soir à Athènes ?

Loin de s'assombrir, le visage de Cora s'illumina.

— J'apprécie que tu ne veuilles pas me partager. Cela signifie que tu es toi aussi sensible à la connexion entre nous.

— Mais tu ne comprends pas ? La jalousie est une malédiction, c'est une étape vers l'obsession.

Le trait de caractère paternel honni entre tous. Son père voulait tout régenter, sa femme et ses enfants étaient des prolongements de lui-même, censés lui obéir tout le temps.

— Pas nécessairement, répliqua Cora. J'étais jalouse, moi aussi, des femmes qui te mangeaient des yeux. Je ne suis pas obsessionnelle pour autant.

— Quelles femmes ?

Cora leva les yeux au ciel et ne répondit pas.

Il se sentit fondre. Ce tempérament, cette détermination le bouleversaient. La tentation était si grande qu'il devait y mettre un terme sur-le-champ.

— Désolé, Cora, ce n'est pas possible. Mes avocats prendront contact avec toi pour trouver un accord.

Là-dessus il tourna les talons.

— Attends ! S'il te plaît, donne-moi encore un jour avant de partir. Il y a des choses dont nous devrions discuter en privé, sans l'entremise d'un avocat.

Strato plissa les yeux, ébloui par la lumière scintillant sur la mer. Mais ce n'était pas le paysage qu'il voyait, c'était Cora. Elle occupait son esprit, son âme, et jusqu'au cœur qu'il s'était presque convaincu de ne plus avoir.

— Très bien, dit-il. Je resterai vingt-quatre heures de plus.

15

Le petit bateau de Cora s'élança en crachotant dans la lumière du petit matin. Un nain, au regard des lignes superbes du superyacht de Strato vers lequel il avait mis le cap, mais Cora s'en moquait. Sa richesse ne l'intimidait plus depuis belle lurette. Strato n'était qu'un homme, avec autant de défauts que les autres, quand bien même il était aussi formidable.

Le cœur serré, elle le revit la veille prenant à contrecœur la décision la plus juste à ses yeux pour leur enfant à naître. Sa fortune n'offrait aucune protection contre le terrible fléau qu'il charriait malgré lui.

Le récit du drame l'avait bouleversée. Comme il avait dû souffrir ! Sa culpabilité de seul survivant était réelle, et déchirante. Et sa détermination à refuser toute attache apparaissait sous un nouveau jour.

Ce matin, elle s'apprêtait à jouer son avenir sur la chance infime que Strato éprouve des sentiments plus puissants qu'un instinct de protection vis-à-vis d'elle et du bébé. Des sentiments aussi forts que ceux qui l'habitaient, elle. Car ce qu'elle avait appris la veille avait amené son cœur meurtri à s'ouvrir davantage encore. Elle aimait déjà Strato du temps où elle se sentait chérie et en sécurité dans ses bras. Mais cet amour avait encore grandi depuis qu'elle savait ce qu'il avait enduré, et tout ce dont il avait manqué et manquait encore. Depuis qu'elle mesurait à quel point il s'oubliait pour ne penser qu'à elle et au bébé… Comment lui tourner le dos, après avoir entendu sa vérité ?

Les probabilités étaient contre elle, tant Strato était déterminé à les protéger de lui-même. Cependant il avait avoué qu'il la voulait toujours, et elle voyait dans cette confession son unique atout. Dans la force de ses sentiments également. Aussi avait-elle pris le temps de peaufiner sa stratégie. Rien de très sophistiqué, juste une poignée d'arguments qu'elle espérait convaincants, plus la robe rouge sexy qui lui avait tourné la tête à Athènes.

Comme elle approchait du yacht, Manoli agita la main et saisit au vol le cordage qu'elle lui lança pour l'attacher.

— C'est bon de vous voir, Cora !

Il lui tendit la main pour l'aider à monter à bord et ajouta :

— Je m'inquiète pour lui.

— Moi aussi, dit Cora.

Le souci l'avait tenue éveillée toute la nuit. Il ne pouvait pas continuer à se couper du monde en se voyant comme le diable incarné alors qu'il était une victime.

— Où est-il ? demanda-t-elle.

— Dans son bureau, mais il ne travaille pas, il rumine.

— J'irai seule, si vous voulez bien.

— Bonne idée. Si vous n'améliorez pas son humeur, personne n'y arrivera.

Le regard approbateur de Manoli sur sa tenue raviva sa confiance.

Sa robe était la plus sexy qu'elle ait jamais portée. Elle avait aussi lavé puis brossé ses cheveux jusqu'à ce qu'ils brillent de tout leur éclat. Elle avait même osé un peu de maquillage pour souligner ses yeux et le dessin de ses lèvres. Une chaîne délicate ornait sa gorge, assez longue pour attirer l'œil sur son décolleté. Pourtant elle avait des papillons dans le ventre au moment de pousser la porte du bureau de Strato…

Il lui tournait le dos, planté devant la fenêtre, les yeux sur la mer. Elle eut ainsi le loisir de contempler un moment ses larges épaules sous la chemise blanche, le pantalon clair tendu sur son fessier parfait.

— Strato ?

Il pivota d'un bloc. Cora eut le temps d'apercevoir une lueur de joie sur son visage avant qu'il ne se ferme tout à fait.

— J'espérais que tu nous faciliterais les choses, Cora.

Elle pénétra dans la pièce et referma la porte derrière elle.

— Tu m'as promis de m'écouter jusqu'au bout si nous avions besoin de discuter de certains points.

— Eh bien ?

Le milliardaire arrogant dans toute sa splendeur. Cora ne se laissa pas abuser. Cet homme profondément bouleversé n'était pas insensible, quand bien même il s'efforçait de donner l'impression inverse.

— J'ai une proposition à te faire, Strato. Je veux que tu viennes vivre avec moi.

Strato écarquilla les yeux.

— Tu n'as donc rien compris hier ? Si jamais je...

— Et si ce n'est pas le cas, Strato ? Tu nous prives tous, toi, moi, notre bébé, d'une chance de bonheur parce que tu as peur d'une chose qui n'arrivera pas.

Il fit deux pas vers elle, pas un de plus.

— Tu me demandes d'oublier le danger que je vous ferais courir ? C'est impossible.

Cora croisa les bras et nota non sans soulagement que les yeux de Strato suivaient le mouvement, s'attardant une fraction de seconde sur sa poitrine.

— Tu fais des suppositions, Strato. Tu agis sans preuve. N'importe quel scientifique te dira que c'est imprudent.

— Une preuve de quoi ? De violence ? Pas question !

— Ne vois-tu pas les failles de ton raisonnement ? Réfléchis cinq minutes. Le seul fait que tu refuses de prendre ce risque atteste que tu es différent !

— Tu ne me connais pas depuis assez longtemps pour te forger une opinion, Cora.

Ce dédain l'aurait peut-être rebutée naguère. À présent elle savait qu'il camouflait ainsi sa peine, ses doutes. Elle se félicita d'avoir pris le temps de préparer ses arguments.

— J'ai effectué des recherches hier, dit-elle. Les articles à ton sujet abondent, mais aucun ne mentionne le moindre acte de violence envers une femme. J'ai aussi appelé Steph, poursuivit-elle sans lui laisser le temps de réagir. Elle a parlé à Damen.

— Tu as fait quoi ?

— Ne t'inquiète pas, je n'ai pas évoqué ton passé. Je lui ai dit ce que je ressentais pour toi et je lui ai demandé si elle avait connaissance d'informations à ton sujet que je devrais connaître.

Non qu'elle doute de lui. Pas une seconde. Mais ainsi Strato pourrait entendre ce que les autres pensaient de lui. Le témoignage de Damen l'inciterait peut-être à prendre du recul.

— Que ressens-tu pour moi, au juste, Cora ?

Cora prit son élan. Au diable l'amour-propre ! Ce n'était pas le moment.

— Je t'aime, Strato.

— Tu ne peux pas !

— Je peux, et comment ! Je t'aime depuis bien avant la découverte de ma grossesse. Mes sentiments sont réels, et je ne les changerais pour rien au monde, même si je le pouvais.

Elle le regarda tâtonner derrière lui pour prendre appui sur le bureau. Bon signe. Quelques chocs supplémentaires lui remettraient peut-être les idées en place.

— Steph m'a dit que tu étais une belle personne et que tu ferais un papa merveilleux, si tu te décidais à te poser.

Devant l'expression effarée de Strato, Cora précisa :

— Elle ne sait pas, pour le bébé. Quant à Damen, il te tient en très haute estime. Il voit en toi une belle personne qui se fait passer pour un je-m'en-foutiste.

Strato esquissa un sourire railleur.

— J'apprécie cet éloge, mais... Il ne résout rien.

— Et Asteri ?

Il se raidit.

— Asteri ?

— Ne fais pas l'innocent. Je sais que tu t'impliques dans cette association, même si tu ne la diriges pas. Je te l'ai dit, j'ai creusé.

Strato ne souffla mot. Il n'avait pas l'air content.

— Ce beau nom, « étoile », m'évoque une lumière guidant les voyageurs égarés. Je me trompe ? C'est assez approprié, pour une organisation qui fournit hébergement et services aux victimes de violences familiales…

— Tu as bien fait tes devoirs, on dirait, ironisa Strato.

— J'ai vu passer beaucoup de réservations provenant d'Asteri pour des femmes seules, quelquefois avec enfants. Cela m'a intriguée… Ces séjours payés de ta poche n'étaient donc pas réservés aux employés. Des familles traumatisées en profitent aussi.

— Je ne vois pas le rapport.

Qu'il était donc têtu !

— Crois-tu qu'un pervers soutiendrait une telle cause ? Et pas pour des réductions fiscales ! Pour une participation riche de sens, en offrant des vacances à des femmes qui ne pourraient pas se les payer seules !

Là-dessus Cora leva la main, la plaqua sur son torse et poussa.

— Ne fais pas ça, dit-il.

— Sinon, quoi ? Que vas-tu faire ? Me frapper, ou bien… ?

— Cora, non ! Ce n'est pas un jeu.

Il referma la main sur la sienne et la détacha de lui en douceur. Était-ce le fruit de son imagination, ou son regard s'était-il empli de tendresse ?

Apitoyée, parce qu'il souffrait vraiment, elle caressa sa joue mal rasée.

— Tu n'es pas comme ton père, Strato. Moi, je porte un regard scientifique sur le sujet. J'étudie les faits et j'en tire des conclusions logiques. Tu n'es pas violent. Tu es même tout l'inverse puisque tu viens en aide aux victimes de violences.

Il se donnait même beaucoup de mal pour le faire en toute discrétion, à l'insu du grand public.

— Tu es incroyablement protecteur, ajouta-t-elle. Envers moi et envers notre bébé. Je t'admire. Je tiens à toi. Je t'aime et je veux que tu saisisses cette chance de reprendre ta vie en main et de la partager avec moi.

Elle ne savait pas ce qu'elle faisait. Elle lui demandait l'impossible... Et, en même temps, elle brandissait un espoir comme un phare dans les ténèbres.

Strato ne s'était jamais autorisé à rêver d'être de nouveau aimé un jour. L'amour était si précieux. La chaleur de celui de sa mère et de sa fratrie persistait dans sa mémoire. Il avait soigneusement gardé sous scellés ce qui restait de son cœur en miettes. Et voilà qu'aujourd'hui Cora s'invitait au pas de charge dans sa vie, fracassant des barrières qu'il avait crues impénétrables, en clamant qu'elle l'aimait. Qu'elle lui faisait confiance. Qu'elle voulait un avenir avec lui.

Un violent frisson le secoua. Il tenta de battre en retraite, mais il ne put se résoudre à la lâcher. Le contact tendre de sa paume sur son visage était comme le symbole de chaque espoir qu'il avait essayé de ne pas nourrir.

Mais certains rêves n'étaient pas faciles à éradiquer. Sous son besoin de contrôle, quelque chose germait, brûlant, puissant. Un désir. Un besoin... Un sentiment d'inévitable. Il l'aimait.

Cora avait réalisé un miracle. Elle avait éveillé chez lui des émotions qu'il n'aurait jamais cru éprouver. Voilà ce qu'il refusait de reconnaître depuis des semaines.

Il aimait Cora de toute son âme enténébrée. Il l'aimait non pas simplement parce qu'elle offrait la promesse inespérée d'un avenir à un homme qui ne s'était jamais autorisé à se projeter sur le long terme, mais parce que c'était elle. Intelligente. Sexy. Généreuse. Drôle. Déterminée, désespérément déterminée...

— Strato ?

Les yeux couleur de cognac fouillaient les siens. Il se sentit près de tomber. Il en avait envie. Envie de penser qu'elle avait raison et que tout irait bien. Seulement, ce ne serait pas lui qui paierait le prix si cela tournait à la catastrophe.

— Je... Je tiens à toi, Cora. C'est pour cela que je ne peux pas faire ce que tu veux.

Il s'écarta juste assez pour être hors de portée de ses mains

Elle ne le suivit pas. Tête basse, elle semblait vidée de ses forces.

— Que dirait ta mère, Strato ? demanda-t-elle tout à trac.

Ces mots lui firent l'effet d'une gifle.

— Ne mêle pas ma mère à cette histoire !

Il la pleurait encore. Il ne s'était jamais remis de ne pas avoir pu la sauver...

— Voudrait-elle voir son garçon tourner le dos au bonheur ? Ou construire son propre foyer, dans la joie et la tendresse ? Crois-tu qu'elle se réjouirait de te regarder collectionner les coups d'un soir qui t'appauvrissent au lieu de t'enrichir ?

Comment savait-elle ? Ces mots résonnaient si juste. Pendant leur séparation, il avait compris qu'il ne pourrait jamais reprendre le fil de ses aventures sans lendemain. Car ce qu'il voulait, c'était Cora. À jamais.

— Quelque chose me dit qu'elle te souhaiterait de trouver la paix, et l'amour, après ce qui est arrivé à ta famille.

Elle avait raison. Sa mère était toujours positive, malgré les violences dans son couple. Elle lui disait souvent de voir grand et de viser les étoiles. Voilà pourquoi il avait baptisé son association Asteri. Pour cela et aussi parce qu'elle l'avait toujours appelé *asteri mou*, « mon étoile ».

— Tu as raison, s'entendit-il prononcer d'une voix éraillée. Mais je n'ai pas le droit de chercher le bonheur à tes dépens.

La lumière dans les yeux de Cora s'estompa. Elle cala les poings sur ses hanches généreuses, attirant son attention sur sa taille fine et, plus haut, sur ses seins magnifiques.

— Tu crois que je n'ai pas assez de force pour tenir debout toute seule ? lança-t-elle avec colère. Eh bien, détrompe-toi ! Mais sache une chose, Strato Doukas. Je veux que mon bébé ait deux parents aimants, comme moi quand j'étais petite. Cela prendra peut-être un moment, des années même, mais je trouverai un homme correct qui ne craindra pas de s'engager. Un homme qui tiendra vraiment à moi et m'aidera à élever mon enfant. Ce ne sera peut-être pas une union des cœurs mais, comme tu me l'as aussi appris, l'amour ne garantit pas un bonheur éternel.

Ce discours le crucifia.

— Tu ne ferais pas ça...

— Pourquoi pas ? Je ne vais pas vivre en ermite sous prétexte que tu ne veux pas de moi. Tu m'auras certes brisé le cœur, mais grâce à toi j'ai découvert le plaisir physique et je n'y renoncerai pas.

— Tu bluffes ! s'écria Strato qui suffoquait presque.

Cora se tourna vers la porte, et dans le mouvement sa robe voleta sur ses cuisses musclées.

— Quelqu'un comme Manoli, peut-être ? J'aime bien son sens de l'humour. Et il a une patience infinie. Bien obligé, pour travailler à ton service…

Il abattit la main sur son bras. Aller vers Manoli ! Alors qu'elle prétendait l'aimer, lui !

Cora se retourna. Et il ne put se contenir. La peur et le désespoir fusionnèrent en une force irrépressible. Il l'attira contre lui sans douceur et captura sa bouche.

Elle l'empoigna par les cheveux comme si elle craignait qu'il ne se détache d'elle. Toute cette merveilleuse douceur féminine se pressa contre lui, et son sang-froid se désagrégea tout à fait. Et ce baiser…

Strato soupira. Elle embrassait comme une femme amoureuse. Aussi désespérée que lui. Il enroula les bras autour d'elle et capitula devant l'inévitable. Étonnamment, le goût n'était pas celui d'une défaite, mais d'une victoire. De l'optimisme.

Il mit un long moment à recouvrer suffisamment ses esprits pour relever la tête et murmurer :

— Sorcière… Tu n'avais pas du tout l'intention de séduire Manoli ni aucun autre, n'est-ce pas ?

— Tu pensais sérieusement que j'allais me battre à la loyale alors que c'était notre bonheur qui était en jeu ? répliqua Cora, les yeux étincelants. Notre avenir, et celui de notre enfant ? Embrasse-moi encore, Strato. S'il te plaît.

Sa voix tremblante acheva de le bouleverser. Lui aussi tremblait de l'intérieur devant cette merveille.

Même si elle l'avait manipulé, comment lui refuser un baiser ? Elle avait donné le ton et l'avait mis à nu, réduit à l'essentiel de son être, puis reconstruit, de sorte qu'il commençait à entrevoir la possibilité d'un avenir, sans oser croire à sa chance. Il ne pouvait tout simplement pas renoncer à cela, ni à elle. Pas maintenant.

Pour finir, après une éternité, il s'assit avec elle sur les genoux, toute chaude et pulpeuse dans ses bras. Il huma le parfum de miel sauvage en promenant le bout de son nez dans son cou. Quoi que leur réserve le futur, ces sensations étaient justes. Cora était juste pour lui.

— Je t'aime, Cora.

Cela faisait tout drôle de le dire à haute voix. Elle tourna vers lui des yeux éblouis. Il ravala sa peur, s'accrocha à l'espoir – cadeau tout précieux apporté par Cora.

— Oh ! Strato !

Des larmes perlaient au coin de ses yeux, mais elle souriait, et la vue de sa joie lui insuffla de la confiance pour la suite.

— Je veux te rendre heureuse, toujours. Mais je ne sais pas comment...

Elle secoua la tête.

— Pour un type intelligent, tu as encore beaucoup à apprendre ! Ne change rien. Reste simplement toi-même, et je serai heureuse.

— Ça, je peux y arriver. J'aimerais juste...

Un index se posa en travers de ses lèvres.

— Et si nous décidions de prendre un jour après l'autre ? Tu n'es pas le seul à devoir apprendre à vivre à deux. Et à devenir parent.

Strato lui saisit la main pour déposer un baiser sur sa paume.

— Toi et moi ensemble, *Coritsa*. Nous commettrons des erreurs, mais nous apprendrons. Si j'ai ton amour, je n'ai besoin de rien d'autre.

Le sourire attendri de Cora apaisait déjà quelque peu les blessures anciennes. Qui pouvait prédire les miracles que lui réservait une vie entière avec elle ?

— Tu l'as, *agapi mou*, dit-elle. Tu l'auras toujours.

Épilogue

— Regarde, papa, regarde !

Melissa se tourna vers Strato et lui offrit un sourire auquel il manquait quelques dents. Il sentit une joie familière l'envahir.

— Il y en a une autre. Elle est trop mignonne…

Elle pointait le doigt vers une minuscule tortue à peine éclose qui rampait vers la mer à travers le sable.

— Absolument, dit-il. Presque aussi mignonne que toi.

La petite pouffa et se jeta dans ses jambes pour les serrer de toutes ses forces.

— Je t'aime, papa !

Comme chaque fois, ces quatre petits mots lui chavirèrent le cœur – quand bien même on exprimait ouvertement ses émotions désormais dans sa petite famille.

— Moi aussi je t'aime, ma petite princesse, dit-il en la soulevant dans ses bras pour la faire tourner jusqu'à ce qu'elle éclate de rire.

— Chut ! Vous allez les effrayer, gronda Alex.

Strato se tourna vers son fils qui était au bord de l'eau avec son grand-père et Doris. Alex, si sérieux et tendre à la fois, Melissa l'insouciance personnifiée… Les jumeaux illuminaient son existence, comme leurs homonymes, son frère et sa sœur, des années auparavant.

— Nous promettons de faire silence. D'accord ?

Melissa hocha la tête. Il la reposa sur le sable et la regarda détaler vers les autres.

C'était une excursion régulière. Toute la famille venait sur l'île de Cora au moment de l'éclosion des œufs de tortues de mer. Strato avait fait construire une maison sur l'île principale en face du cap sur lequel donnait l'hôtel de son beau-père. Le trajet en bateau ne prenait que quelques minutes.

— Merci, *agapi mou*.

Un bras se glissa autour de sa taille. Cora, sa femme, son amour, sa vie. Strato l'attira contre lui, et son sourire s'élargit.

— Pour quoi donc ? Pour l'île ?

Il l'avait achetée à son nom, dans le cadre d'une convention visant à transformer la zone en un parc marin. Elle était désormais protégée des projets immobiliers et abritait un laboratoire flambant neuf en pleine activité qui offrait aussi des opportunités pour des chercheurs comme son épouse.

Des yeux mordorés croisèrent les siens, et le désir flamba.

— Aussi, répondit-elle. Merci surtout d'avoir invité Steph, Damen et les enfants à notre anniversaire de mariage la semaine prochaine.

Elle se tut un instant, sourire aux lèvres.

— Mais, plus que tout, merci de croire en nous. Et en toi. Je t'aime, Strato. Tu n'imagines pas à quel point.

— Je t'aime tout autant, *Coritsa*. Je rends grâce au ciel chaque jour de t'avoir trouvée.

Elle l'avait sauvé de lui-même et lui avait appris à vivre dans la lumière au lieu de l'ombre…

Strato s'inclina et ici, à l'endroit exact où ils s'étaient rencontrés, il embrassa sa belle Néréide avec tout l'amour du monde dans le cœur.

1

Alexius referma son ordinateur portable et poussa un long soupir. L'hôtesse venait de le prévenir que son jet privé était sur le point de se poser à Athènes. Il était parti de Londres quelques heures auparavant, tout de suite après la fin de sa conversation téléphonique avec Socrates Seferides.

— J'ai un grand service à te demander, lui avait annoncé son parrain.

Il était resté très mystérieux sur la nature du service, précisant seulement qu'il s'agissait d'une affaire confidentielle dont il ne pouvait parler que de vive voix. Alexius avait alors lâché ses dossiers en cours, demandé à sa secrétaire d'annuler ses rendez-vous et sauté dans son jet. Socrates, bientôt soixante-quinze ans désormais, était quelqu'un de spécial pour lui. Il avait été le seul à lui rendre visite quand, pendant ses années d'enfance et d'adolescence, Alexius avait été envoyé en pension par ses parents dans une école privée en Angleterre.

Son parrain avait fait fortune en partant de rien, créant une chaîne d'hôtels internationale florissante. Hélas, sa vie privée lui avait posé davantage de problèmes : son épouse adorée était morte en couches, le laissant avec trois enfants qui, devenus adultes, ne lui avaient causé que graves déboires et désillusions. Gâtés, paresseux, dépourvus de conscience morale, ils avaient toujours été sources de tracas, d'angoisse et, en de multiples occasions, de honte pour l'homme honorable et foncièrement bon qu'était leur père.

Ainsi, aux yeux d'Alexius, Socrates était-il l'exemple à ne pas suivre. Ne fallait-il pas être inconscient pour avoir des enfants quand, en toute objectivité, ceux-ci n'apportaient que des ennuis ? Il ne comprenait pas certains de ses amis qui tenaient envers et contre tout à avoir des rejetons, alors que la vie était si tranquille quand on n'en avait pas. Lui, en tout cas, ne se laisserait jamais prendre au piège de la paternité !

Socrates l'accueillit sur la terrasse de sa magnifique villa située dans une banlieue huppée d'Athènes ; il fit aussitôt apporter des rafraîchissements. Alexius prit place dans un fauteuil de toile.

— Alors, qu'est-ce qui vous tracasse ?

— Tu n'as pas changé, sourit son parrain, tu es toujours aussi impatient, tu vas droit au but.

Dans les prunelles noires du vieil homme scintillait une lueur de malice lorsqu'il ajouta :

— Sers-toi à boire, puis tu consulteras le dossier devant toi.

Ignorant le plateau de boissons fraîches, Alexius s'empara d'un geste prompt de la chemise cartonnée posée sur la table. Il l'ouvrit et tomba sur la photo en buste d'une jeune fille blonde à peine sortie de l'adolescence.

— Qui est-ce ?

— Lis donc ! lui intima Socrates.

Sans dissimuler son impatience, Alexius parcourut les quelques feuillets que contenait le dossier. La personne sur la photo s'appelait Rosie Gray ; ce nom lui était inconnu et plus il lisait les informations la concernant, moins il comprenait le rapport entre cette jeune fille et son parrain

La voix de celui-ci le tira de ses supputations :

— Curieux qu'elle s'appelle Rosie, non ?... Ma pauvre femme, qui était anglaise elle aussi, s'appelait Rose.

Alexius ne répondit pas, intégrant ce dont il venait de prendre connaissance : Rosie Gray était anglaise et avait grandi au sein de différentes familles d'accueil à Londres, où elle travaillait maintenant comme femme de ménage dans une petite entreprise de nettoyage de bureaux. Une vie bien modeste, somme toute ; alors pourquoi diable Socrates s'intéressait-il à elle ?

— C'est ma petite-fille, révéla alors celui-ci, comme s'il avait lu ses pensées.

Il porta sur le vieil homme un regard incrédule.

— Ah bon ? Et elle essaie de vous faire chanter ?

— Décidément, tu es l'homme qu'il me faut ! s'exclama Socrates avec satisfaction. Non, elle n'exerce aucune pression sur moi ; à ma connaissance, elle ignore jusqu'à mon existence. C'est moi qui m'intéresse à elle. Voilà pourquoi je t'ai demandé de venir à Athènes.

Alexius posa un nouveau regard sur le cliché devant lui. Une fille quelconque, comme il en existait des milliers à Londres : cheveux blond pâle, grands yeux assez inexpressifs, rien de remarquable à première vue.

— Qu'est ce qui vous fait penser qu'elle est votre petite-fille ?

— Je le sais. Je connais son existence depuis plus de quinze ans, et elle a été soumise à un test ADN.

Socrates eut un soupir las avant d'expliquer :

— Elle est la fille de Troy, qui l'a conçue quand je l'avais envoyé travailler pour moi à Londres. Il n'a pas fait grand-chose d'autre que cette petite, là-bas.

Après un petit rire sans joie, le vieil homme reprit :

— Il n'a pas épousé la mère, bien sûr ; il l'avait même laissée tomber avec l'enfant. A la mort de Troy, la mère m'a contacté pour solliciter une aide financière. J'ai évidemment fait ce qu'il fallait, et de façon assez substantielle, mais, pour une raison que j'ignore, Rosie n'en a jamais bénéficié. Sa mère s'était même débarrassée d'elle, la laissant aux soins de différentes familles d'accueil.

— Triste histoire, déplora Alexius.

— Lamentable, oui ! L'enfant a grandi dans les pires conditions, et j'en éprouve un grand sentiment de culpabilité.

Socrates poussa un nouveau soupir, avant d'admettre, comme s'il se parlait à lui-même :

— Elle est de ma famille, de mon sang. Elle pourrait hériter de moi…

Cette dernière phrase alarma Alexius.

— Voyons, vous ne la connaissez pas ! Et vous avez d'autres héritiers, Socrates. Il ne faut pas vous emballer !

— Oh ! tu sais, mes enfants…

Son parrain avait pris un ton si désabusé qu'il en eut le cœur serré.

— Ma fille n'a pas d'enfant, poursuivit-il, et n'a qu'un intérêt dans la vie : dépenser de l'argent. Au point qu'elle a déjà ruiné trois maris. Quant à mon seul fils survivant, il se drogue la moitié du temps et passe l'autre moitié en cure de désintoxication, toutes plus inutiles les unes que les autres.

— Vous avez aussi deux petits-fils.

— Deux mauvaises graines, comme leur père, soupira Socrates. Ils sont en ce moment mis en examen pour présomption de fraude dans un de mes hôtels, où je les avais envoyés travailler. Jolie famille, n'est-ce pas ? Mais, rassure-toi, je n'ai pas l'intention de les déshériter totalement. Néanmoins, si cette petite-fille qui vit à Londres est quelqu'un de convenable, je veux la coucher elle aussi sur mon testament.

Alexius fronça les sourcils.

— Qu'entendez-vous par « convenable » ?

— Je veux dire que si c'est une jeune fille simple, qui a bon cœur, de la moralité et le sens du travail, je l'accueillerai volontiers ici, auprès de moi. Or j'ai confiance en ton jugement, Alexius. Tu es intelligent et clairvoyant. Je voudrais que tu te fasses une opinion sur elle, et que tu me la communiques.

— Moi ? Ce ne sont pas mes affaires, voyons ! Rentrez à Londres avec moi, et allez faire sa connaissance, Socrates ! Vous jugerez cette fille par vous-même.

— J'y ai pensé, mais ce serait une mauvaise idée. Cette petite Rosie Gray comprendrait vite où est son intérêt et, pour m'impressionner, elle n'aurait aucun mal à me jouer la comédie l'espace de quelques jours.

Le vieil homme se tut et baissa les yeux. Alexius, qui l'observait avec attention, comprit qu'une vie de déceptions et de désillusions l'avait rendu méfiant.

— Je me sens trop impliqué pour être sûr d'avoir un jugement objectif, reprit Socrates. J'ai tellement envie que cette petite soit différente de mes autres héritiers, qui m'ont menti et abusé si souvent. Non, je ne veux pas me tromper sur elle et courir le risque d'une nouvelle déconvenue. Et je n'ai pas envie non plus d'un parasite supplémentaire accroché à mes basques.

— Je ne comprends toujours pas très bien ce que vous attendez de moi, répliqua Alexius d'un ton égal.

— C'est pourtant simple : je veux que tu me donnes ton opinion sur Rosie avant que je décide de la rencontrer ou pas.

— Je ne peux pas me faire une opinion sur une fille comme elle ! C'est impossible. Je n'ai aucune raison plausible de la rencontrer. En revanche, je peux engager un détective, et nous saurons tout sur elle.

— Ça, j'aurais pu le faire depuis chez moi — et d'ailleurs, je l'ai fait. C'est un détective privé qui m'a transmis le maigre dossier que tu as sous les yeux. Mais à toi, je peux demander de la rencontrer. Tu apprendras à la connaître, tu la jugeras, puis tu reviendras me donner ton verdict, quel qu'il soit.

Socrates portait à présent sur lui un regard plein d'espoir.

— Si tu savais comme c'est important pour moi, Alex ! murmura-t-il.

— Vous avez réfléchi à la situation ? rétorqua Alexius du tac au tac. Cette fille est... euh... femme de ménage. Comment voulez-vous que je fasse sa connaissance ?

Socrates se rembrunit.

— J'ignorais que tu étais devenu snob.

Alexius se raidit. Il n'y avait jamais pensé, mais, au vu du milieu hyperprivilégié dans lequel il évoluait, pouvait-il en être autrement ? Sans compter qu'il était issu d'une très vieille famille, parmi les plus titrées de Grèce.

— Je veux dire, reprit-il sur un petit ton d'excuse, que cette fille et moi n'avons rien en commun. Comment organiser une rencontre sans qu'elle se doute de quelque chose ? Elle trouvera bizarre mon intérêt pour elle.

— Contacte l'entreprise de nettoyage pour laquelle elle travaille, par exemple. Allons, Alex, si tu réfléchis, tu trouveras bien un moyen de faire sa connaissance sans éveiller sa méfiance.

Socrates Seferides se tut un instant. Puis il plongea le regard dans le sien.

— Je sais, c'est un grand service que je te demande, et tu es très occupé. Mais tu es la seule personne en qui j'ai confiance. Dans mon entourage proche, nul n'est mieux placé que toi. Tu m'imagines m'adresser à mon fils — qui est donc l'oncle de cette jeune Rosie Gray —, ou à l'un mes vauriens de petits-fils, ses cousins germains ?

— Ce serait une erreur, en effet, admit Alexius. Tous trois sont vos héritiers et n'ont aucune envie d'en voir surgir une de plus.

— Tu as tout compris. Si d'aventure Rosie Gray s'avère quelqu'un de malhonnête, tant pis. En revanche, je veux savoir si elle vaut la peine que je prenne le risque de la connaître.

— Je vais réfléchir, finit par concéder Alexius.

Il était flatté et touché de la confiance de son parrain, mais la mission dont ce dernier le chargeait ne lui plaisait pas. Un sixième sens lui disait qu'il s'aventurait en terrain miné. Et puis il n'aimait pas mentir.

— Pourquoi moi alors que vous avez d'autres amis, tenta-t-il encore, à bout d'arguments.

— Je ne connais personne d'aussi perspicace que toi, quand il s'agit des femmes, avança Socrates avec le plus grand sérieux. Tu sauras la juger pour ce qu'elle est, sans qu'elle ait la moindre chance de te jouer la comédie. Mais fais vite, je ne rajeunis pas...

— Vous avez des problèmes de santé ? demanda-t-il, alerté.

— Rien que de très normal pour un homme de mon âge. Tu n'as pas à t'inquiéter. Mon cœur continue à me jouer des tours, mais j'ai confiance en mon médecin.

La réponse ne le rassura pas complètement, mais l'expression fermée de son parrain le dissuada d'insister. Il était déjà surprenant que Socrates lui ait parlé avec autant de franchise, faisant fi de son amour-propre en admettant devant lui, pour la première fois, combien ses trois enfants l'avaient déçu. Alexius comprenait que le vieil homme place des espoirs en cette Rosie Gray, mais devoir faire sa connaissance par le biais d'une supercherie lui déplaisait souverainement.

Après quelques instants de réflexion, il se tourna vers son parrain.

— Imaginons que cette jeune personne soit la petite-fille dont vous avez toujours rêvé : que se passera-t-il quand elle découvrira que je suis votre filleul ? Elle saura alors que nous l'avons trompée.

— Et elle en comprendra la raison quand elle connaîtra son oncle, sa tante et ses cousins, rétorqua Socrates. Je sais que mon plan n'est pas parfait, mais je n'en ai pas d'autre à te proposer ; et je refuse de rencontrer ma petite-fille sans un minimum de garanties.

Alexius dîna avec son parrain avant de repartir à Londres le soir même, préoccupé par ce qu'il lui avait demandé. Il n'avait pas l'habitude de traiter des problèmes familiaux ou personnels ; entrer en contact d'une manière ou d'une autre avec une inconnue, petite-fille de son parrain, pour découvrir si elle était digne d'hériter de son grand-père lui paraissait absurde. En outre, c'était une énorme responsabilité.

Il ne vivait que pour ses affaires — qui avaient fait de lui un milliardaire bien connu du monde de la finance et des médias — et les défis qu'elles lui proposaient. Comprendre et agir avant ses rivaux, les éliminer sans pitié, voilà ce qui lui plaisait et lui donnait l'énergie d'aller de l'avant. Quant à sa vie privée, il l'avait organisée avec autant de rigueur que sa vie professionnelle et publique. Les sentiments n'y avaient pas leur place. Il n'accordait sa confiance qu'à un nombre infime de personnes et, comme il n'avait presque pas de famille, il s'était endurci.

La psychologie humaine et les liens sociaux ne l'intéressaient en rien. Ses relations avec les femmes étaient toujours simples, sinon basiques. Il évitait systématiquement tout engagement et choisissait pour partager son lit des femmes très belles, le plus souvent intéressées, de sorte qu'elles qui y trouvaient leur compte. Son mètre quatre-vingt-douze, sa stature d'athlète, l'immense fortune qu'il avait amassée à seulement trente et un ans avaient fait de lui le chouchou des médias. Aussi, n'importe quelle femme rêvait-elle d'être vue à son bras ; c'était une excellente publicité, voire un bon investissement tant il savait se montrer généreux. Or ce type de femme se contentait de ce genre de relation, tout était donc pour le mieux dans le meilleur des mondes...

N'empêche qu'à présent il avait un problème à résoudre, et il ne savait pas très bien par quel bout l'attaquer...

Rosie traversa le hall silencieux en poussant son chariot de nettoyage vers la batterie d'ascenseurs. A son côté, sa collègue Zoe avait son visage des mauvais jours.

— Je me demande pourquoi on nous a changées d'affectation, marmonna celle-ci avec mauvaise humeur.

— STA Industries est un gros regroupement d'entreprises, expliqua Rosie. Ici, c'est le siège administratif, pour lequel Vanessa a signé un contrat d'entretien. Elle espère en obtenir d'autres plus importants si nous donnons satisfaction. Or, selon elle, nous sommes ses meilleures employées. Voilà pourquoi elle nous a fait venir ici.

Zoe fit la grimace.

— Nous sommes peut-être les meilleures, mais Vanessa ne nous paie pas davantage pour autant. Le trajet me coûte plus cher parce que c'est beaucoup plus loin de chez moi. Ça ne m'arrange pas du tout.

Ce changement n'enchantait pas Rosie non plus, mais le climat économique était si mauvais qu'il fallait s'estimer heureux d'avoir un travail stable. Par ailleurs, elle était bien trop redevable à Vanessa pour lui refuser quoi que ce soit. Moins d'une semaine plus tôt, elle s'était trouvée à la rue avec son petit chien, Baskerville, et y serait sans doute encore sans Vanessa, qui lui avait proposé une chambre pour un prix modique dans la maison communautaire qu'elle mettait à la disposition de ses employés en difficultés. Rosie n'oublierait jamais ce geste généreux.

Vanessa Jensen avait créé une petite entreprise de nettoyage de bureaux, mais les temps étaient durs, et, pour avoir des clients, il fallait pratiquer des prix plus bas que ceux des concurrents, d'où des marges de profit très réduites qui se répercutaient sur le salaire des employés. Rosie savait cependant que sa patronne appréciait son travail et son implication.

— Tu n'es jamais malade, lui disait-elle souvent, tu arrives toujours à l'heure, et je peux compter sur toi. Dès que mon chiffre d'affaires sera plus important, je t'augmenterai.

Mais Rosie avait appris à ne pas compter sur les promesses de son employeur, et elle s'organisait avec son modeste salaire. Elle faisait des ménages de bureaux non parce que le travail lui plaisait, mais parce que les horaires lui convenaient et la laissaient libre dans la journée pour suivre des cours : elle voulait passer un diplôme d'équivalence de fin d'études afin d'entrer ensuite à l'université. Alors quand Vanessa lui parlait de l'augmenter, elle se contentait de sourire, se gardant de suggérer que, malgré la crise, sa patronne aurait pu améliorer la rentabilité de son entreprise en se montrant plus vigilante. Car Vanessa ne surveillait pas assez son personnel. Souvent, certains employés arrivaient en retard, ou repartaient avant l'heure après avoir bâclé leur travail. Rosie le savait, mais n'en disait rien : Vanessa lui en aurait voulu de souligner ses carences. Car la jeune chef d'entreprise préférait prospecter de nouveaux clients plutôt que de vérifier de temps en temps le travail de ses salariés et leur conscience professionnelle.

Hélas, on ne changeait pas les gens, Rosie l'avait appris depuis longtemps, elle qui avait tant essayé de changer feue sa mère. L'évidence avait fini par s'imposer : elle avait dû accepter Jenny Gray comme elle était et renoncer à vouloir la transformer en la maman dont elle rêvait.

Pourtant l'enfant qu'elle était alors n'avait pas ménagé ses efforts pour susciter l'intérêt de cette mère incapable de jouer son rôle de parent. Mais non, Jenny aimait faire la fête, boire plus que de raison, fréquenter des mauvais garçons et rien d'autre. La maternité ne l'intéressait pas, sa fille l'encombrait. Elle ne l'avait conçue que dans l'espoir d'épouser son père.

« Il était d'une famille très riche, comprends-tu, avait-elle dit un jour à Rosie. Je pensais que, si nous avions un enfant, il accepterait de se marier. J'aurais alors été à l'abri du besoin pour toujours. Mais il n'était qu'un bon à rien, un coureur. Il aurait mieux valu que je ne le rencontre jamais ».

Rosie, qui n'avait pas hérité de la légèreté irresponsable de sa mère, estimait que beaucoup d'hommes étaient des bons à rien, et que bien des femmes valaient mieux qu'eux. Les quelques garçons avec qui elle était sortie ne pensaient qu'au sexe, au football et à la bière, autant de domaines qui ne présentaient pour elle aucun intérêt. C'est pourquoi, depuis longtemps maintenant, elle n'acceptait plus aucune invitation masculine.

De toute façon, les prétendants ne se bousculaient pas, devait-elle reconnaître avec un peu de désenchantement. D'abord parce qu'elle menait une vie très casanière, rythmée par ses cours et son travail. Ensuite parce que son physique n'avait rien pour attirer les hommes : elle était petite — à peine un peu plus d'un mètre cinquante-cinq — et, surtout, elle était plate comme une limande, misérablement dépourvue des rondeurs si appréciées par la gent masculine. Des années durant, elle avait espéré qu'un miracle se produirait, qu'un jour, des seins bien ronds et des fesses galbées lui viendraient. Malheureusement, à vingt-trois ans, il fallait se rendre à l'évidence : elle avait un corps de garçon, et le garderait.

Une mèche de ses cheveux blonds s'était échappée de sa queue-de-cheval faite à la va-vite. Comme Rosie la remettait en place, l'élastique cassa. Elle étouffa une exclamation agacée en fouillant sa poche à la recherche d'un autre élastique. En vain. Tant pis, ses cheveux allaient la gêner. C'était sa faute : elle n'avait qu'à les couper court ! Mais chaque fois qu'elle était sur le point de le faire, quelque chose l'en retenait. En vérité, elle le savait, c'était à cause de Beryl, sa mère d'adoption. Quand Rosie était enfant, celle-ci lui disait qu'elle avait de beaux cheveux et ne se lassait pas de la coiffer.

Rosie eut soudain les larmes aux yeux : pauvre Beryl ! Elle était décédée depuis trois ans, et son absence restait encore très douloureuse. Elle avait été si bonne, si affectueuse ; tellement plus maternelle que sa mère biologique… Mais à quoi bon se désoler ?

Elle prit une profonde inspiration pour se redonner du courage et se remettre au travail.

Alexius s'impatientait. Dans ce bureau qui n'était pas le sien, il n'avait rien sous la main, tout lui était malcommode, il n'arrivait même pas à se concentrer sur son ordinateur portable. La faute à son manipulateur de parrain, qui l'avait pris par les sentiments, l'obligeant à jouer cette comédie ridicule.

Le bruit de l'aspirateur qui se rapprochait dans le couloir lui arracha un sourire cynique : les femmes de ménage étaient là, le jeu allait commencer.

Drôle de jeu, qui le mettait mal à l'aise — tromper les gens n'était pas son style. Pour aborder cette employée de nettoyage en dissimulant sa véritable identité, il s'était donc résolu à se faire passer pour un de ses subalternes, dont il avait emprunté le bureau. Restait à espérer que Rosie Gray ne le reconnaîtrait pas…

Elle ne lisait sans doute pas le *Financial Times*, qui publiait souvent des articles sur lui avec des photos ; en revanche, peut-être se régalait-elle de journaux people, dans lesquels il apparaissait aussi régulièrement. N'aurait-il pas été plus prudent d'organiser une rencontre « fortuite » avec cette jeune personne en dehors de tout contexte professionnel ? Trop tard, les dés étaient jetés !

Zoe s'était chargée des bureaux du côté droit du couloir, Rosie de ceux du côté gauche. Elle arrivait au dernier, le seul encore occupé, dont la porte était ouverte. Elle détestait travailler quand les employés étaient encore là : elle les dérangeait, et eux la gênaient aussi. Mais ce soir, tant pis : elle prendrait son temps pour que tout soit parfait. Il ne fallait pas courir le risque de mécontenter les responsables de STA, qui prêteraient certainement une attention particulière au travail de la nouvelle équipe de nettoyage. Or l'enjeu était très important pour Vanessa.

Risquant un regard dans la pièce, Rosie vit un individu grand et bien bâti, avec des cheveux noirs très drus, qui travaillait sur un ordinateur portable. La lampe d'architecte sur le bureau éclairait son profil dessiné à la perfection, avec un nez fort et une mâchoire volontaire. L'homme tourna soudain la tête pour la regarder : il avait un visage au teint sombre, et de magnifiques yeux gris, brillants comme du mercure en fusion. Des yeux extraordinaires ! Cet homme était beau comme un dieu ! Une telle pensée la stupéfia, venant d'elle, Rosie, que les hommes n'intéressaient pas.

Alexius reconnut à peine la jeune femme figée sur le pas de la porte : elle n'avait pas grand-chose en commun avec celle, insipide, banale, du cliché que lui avait montré Socrates. Celle-ci possédait quelque chose de... lumineux. Elle était si petite, si menue qu'elle évoquait un elfe, ou une fée — mais une fée enfant. Elle avait des cheveux splendides : longs, abondants, d'un blond si scintillant qu'on pensait à du givre sur la neige. Quant à son visage, il était fin, très joli, avec de grands yeux verts et un tout petit nez droit. Mais ce qui aimanta le regard d'Alexius fut la bouche : pulpeuse, sexy, faite pour le péché, presque incongrue dans ce visage innocent. Il se reprit vite : comment la petite-fille de son parrain pouvait-elle lui inspirer des pensées pareilles ? Etait-il devenu fou, ou était-ce l'incongruité de la situation qui dérangeait son esprit ?

Sitôt qu'elle croisa le regard argenté, Rosie sentit son cœur s'emballer. Cet homme était si beau ! Des pommettes hautes, bien marquées, une bouche magnifique, sensuelle et dure à la fois. Mais l'impatience sur ce visage volontaire ne lui échappa pas, et elle recula dans le couloir : cet inconnu n'était pas de ceux que l'on interrompt ou que l'on dérange. Elle irait d'abord finir le ménage dans la salle de réunion, et reviendrait ensuite s'assurer que ce bel homme était enfin parti.

En voyant disparaître Rosie Gray, Alexius étouffa une exclamation agacée. Pourtant à quoi s'était-il attendu ? A ce qu'elle engage la conversation avec lui ? Non, elle était partie pour le laisser travailler en paix et reviendrait plus tard, espérant qu'il aurait disparu. Se levant, il gagna la porte en deux enjambées. Dans le couloir, la silhouette menue s'éloignait, tirant un aspirateur presque aussi gros qu'elle.

— Je n'en ai pas pour longtemps, lança-t-il, et sa voix retentit anormalement fort dans l'espace désert.

La jeune femme pivota, apparemment surprise, ses longs cheveux balayant son joli visage ; ses yeux verts marquaient une sorte d'appréhension.

— Je vais d'abord faire le ménage dans la salle de réunion. Ensuite...

— Vous êtes nouvelle, n'est-ce pas ? l'interrompit Alexius.

— Oui, c'est la première fois que nous faisons les bureaux ici, murmura Rosie, et nous voulons donner entière satisfaction au client.

— Je suis sûr que cela ne posera pas de problème, rétorqua-t-il, l'observant manœuvrer son aspirateur.

L'appareil semblait si démesuré par rapport à elle, si petite, qu'il eut soudain envie de lui enlever le tuyau des mains pour qu'elle lui consacre toute son attention. Cette fille provoquait chez lui des réactions bizarres, décidément. Et pour ne rien arranger, il la trouvait très désirable ! Elle était pourtant petite et sans beaucoup de courbes, alors qu'il n'aimait que les grandes femmes brunes aux formes généreuses. Que diable trouvait-il donc à cette Rosie Gray ? Il se promit d'y réfléchir et regagna le bureau où il avait provisoirement élu domicile.

Lorsque Rosie revint dans le bureau du bel inconnu, il était assez tard. La pièce était vide, bien que la lampe soit toujours allumée et l'ordinateur ouvert. L'homme n'était donc pas parti. Cependant, elle ne pouvait pas s'éterniser : elle allait mettre les bouchées doubles avant qu'il ne revienne.

Elle enlevait la poussière sur les meubles de rangement quand l'homme apparut. Elle s'immobilisa, intimidée. Il était vraiment très grand, et très élégant aussi — sans parler de ses étonnants yeux gris, qui scintillaient comme de l'argent liquide dans son beau visage au teint sombre.

— Je vous fais de la place, dit-il en avançant pour récupérer son ordinateur.

Ce faisant, il passa si près d'elle que Rosie perçut les effluves de son eau de toilette : une odeur masculine et à peine citronnée qui lui donna un instant le vertige.

— Non, ce n'est pas la peine, je ferai attention. Je vous demande simplement de me laisser encore cinq minutes.

Rosie avait la voix mal assurée, et ses joues s'étaient embrasées tant cet homme la troublait.

S'efforçant de faire vite et de son mieux, elle remarqua soudain une photo sur le bureau : on y voyait une jolie blonde qui serrait sur son cœur deux jeunes enfants.

— Comme ils sont mignons, murmura-t-elle dans le silence un peu tendu.

— Ils ne sont pas à moi, rétorqua l'inconnu. Je partage ce bureau avec un collaborateur.

Rosie le dévisagea, surprise : il n'avait pas l'air du genre à partager quoi que ce soit avec qui que ce soit. Sur quoi se fondait cette impression, elle n'aurait su le dire, mais elle en était sûre. Peut-être à cause de cette présence physique si forte, ou encore de son air d'autorité, qui laissait penser que, partout où il se trouvait, il était le chef.

— Pardonnez-moi, reprit-il, aimable. Je ne me suis pas présenté : je suis Alex Kolovos.

— Enchantée, murmura Rosie au comble de l'embarras.

En général, les salariés, dans les bureaux, ne parlaient pas aux femmes de ménage — sauf à celles qui étaient assez âgées pour leur rappeler leur grand-mère ou les jeunettes qu'ils essayaient de draguer. Ainsi Zoe, que ses collègues avaient surnommée la Bombe, avait reçu, dans le cadre de son travail, les avances de plusieurs employés séduits par son joli visage et ses rondeurs appétissantes. Mais personne, jamais personne n'avait dragué Rosie dans le cadre professionnel. Alors pourquoi cet Alex

Kolovos lui adressait-il la parole ? Etait-ce parce que pour une fois, à cause de ce maudit élastique, ses cheveux ondulaient librement sur ses épaules ?

Elle se reprit aussitôt. Elle qui d'habitude se fiait à sa logique avait soudain des pensées stupides ! Cet homme lui avait parlé, certes, mais de là à en conclure qu'il la draguait... Elle brancha l'aspirateur dont le bruit emplit la pièce comme un invisible rempart entre lui et elle. Il ébaucha une grimace, mais Rosie poursuivit son travail pour n'arrêter l'appareil qu'après l'avoir passé avec minutie dans toute la pièce.

— Merci, dit-elle alors en enroulant le fil.

Après quoi elle sortit du bureau sans se retourner.

Demeuré seul, Alexius se prit à réfléchir : engager la conversation avec une jeune femme n'était donc pas si facile quand il se faisait passer pour quelqu'un d'ordinaire, quand on ne savait pas qu'il était milliardaire. Une bonne leçon d'humilité ! Car non seulement cette Rosie Gray n'avait fait aucun effort pour être aimable, mais en outre elle avait filé au plus vite. Peut-être parce qu'elle était timide et réservée ? Possible... Cela ne l'empêchait pas d'être très jolie, et son petit corps androgyne possédait plus d'attraits que ceux de bien des mannequins rencontrés jusqu'ici.

A son retour chez elle, Rosie fut accueillie par les aboiements de Baskerville. Son chien avait appartenu à Beryl, qui le lui avait confié avant de mourir. Depuis qu'elle avait emménagé dans cette maison communautaire, Bass, comme on l'appelait, était devenu la mascotte de tous les résidents, qui ne cessaient de jouer avec lui. Il en était ravi — et Rosie aussi, qui avait toujours peur qu'il s'ennuie quand elle était à ses cours ou à son travail.

Ce soir-là, elle partagea un bol de potage avec deux de ses collègues, puis se fit un sandwich au fromage avant que toutes trois ne regardent la télévision dans le petit salon commun, avec Bass assoupi à leurs pieds.

Rosie se coucha tôt et s'endormit vite. Hélas, de violentes nausées la réveillèrent en pleine nuit et elle dut se lever plusieurs fois. Le lendemain, le malaise était passé et elle put mener sa journée normalement. En revanche, le soir venu, en arrivant au siège de STA, elle se sentait très fatiguée. De la lumière était allumée dans le bureau d'Alex Kolovos, mais il ne s'y trouvait pas. Sans doute s'était-il absenté un moment… Sur l'instant, elle en éprouva une indicible déception. Quelle idiote elle faisait ! De toute façon, puisqu'il était toujours dans les lieux, elle commencerait encore par la grande salle de réunion avant de finir par son bureau.

Cette fois, cependant, la salle n'était pas vide : quelqu'un y discutait au téléphone. Rosie s'immobilisa sur le seuil, le cœur battant. Elle aurait reconnu ce timbre chaud et sensuel entre mille : c'était le bel inconnu qui parlait, dans une langue étrangère.

Elle risqua un regard dans la pièce, tandis que son pouls s'accélérait soudain : l'homme se tenait près de la fenêtre, son beau visage tourné dans sa direction. Un frisson de plaisir la parcourut ; plaisir de le revoir, plaisir aussi d'avoir soudain tous les sens étrangement en alerte.

Pourquoi cet Alex Kolovos provoquait-il en elle pareille réaction physique ? Elle se faisait l'effet d'une adolescente vivant ses premiers émois et ne pouvait détourner les yeux de sa silhouette, fascinée par son visage, sa présence, sa prestance.

En voyant la jeune femme de ménage qui reculait pour sortir — sans doute pour ne pas le déranger davantage —, Alexius lui fit aussitôt un signe impérieux de la main pour qu'elle reste.

Ses cheveux, si somptueux hier, étaient ce soir retenus en arrière en queue-de-cheval, et elle ne portait toujours aucun maquillage. Pourtant l'attrait qu'elle exerçait sur lui n'avait rien perdu de sa force depuis la veille. Un seul regard à son ravissant petit visage et il avait eu envie de le couvrir de baisers. Il voulait goûter cette bouche divine, effleurer ce corps menu, découvrir tous ses secrets… Ah, s'il avait pu la prendre là, sur la grande table de réunion, plonger en elle tout en observant ses grands yeux se brouiller de plaisir !

Il serra le poing avec violence, s'enfonçant les ongles dans la paume pour faire retomber sa fièvre. Voilà longtemps qu'une femme n'avait pas eu sur lui pareil effet érotique. Cette nuit, il avait rêvé de Rosie Gray et s'était réveillé haletant, en sueur et... très excité ! Une douche froide l'avait calmé, mais certes pas satisfait.

Il raccrocha et glissa son téléphone portable dans sa poche.

— Vous pouvez rester, j'ai terminé.

— Vous... vous êtes sûr ? balbutia Rosie, dont la bouche était soudain sèche.

— Puisque je vous le dis, rétorqua Alexius avec impatience.

Au moment où il passait près d'elle pour sortir, il nota son trouble : ses yeux verts scintillaient, incertains mais immenses, et elle tremblait un peu. Il connut un instant de triomphe : l'attirance physique qu'il éprouvait était partagée ! Il allait en profiter : pour connaître la jeune femme, il aurait désormais à sa disposition des moyens beaucoup plus agréables que de traîner jusqu'à point d'heure dans des bureaux déserts...

Une fois seule, Rosie entreprit de nettoyer avec soin la salle de réception. Il fallait qu'elle se calme, que sa respiration reprenne un rythme normal. Alex Kolovos la troublait tant qu'elle n'avait plus aucun contrôle sur elle-même. Absurde !

Mais peut-être expérimentait-elle enfin ce qu'éprouvaient jadis ses copines au collège quand elles se disaient amoureuses. Elle-même n'avait jamais rien ressenti de pareil, raison pour laquelle, à vingt-trois ans, elle était toujours vierge. A sa décharge, elle avait dû quitter l'école avant la fin de ses études secondaires pour s'occuper de Beryl, dont le cancer s'aggravait. Sa vie sociale s'était trouvée réduite à néant. Puis, après la mort de sa mère adoptive, quand elle avait recouvré sa liberté, son inexpérience l'avait rendue prudente — et même craintive.

L'exemple de sa mère ne l'avait guère encouragée à cultiver des relations masculines : Jenny Gray avait vécu au rythme de ses passions, toutes aussi violentes qu'éphémères, qui, en définitive, l'avaient détruite. Même si elle n'était qu'une enfant à l'époque, combien de fois Rosie avait-elle entendu sa mère lui lancer : « J'ai rencontré quelqu'un de formidable. L'homme de mes rêves. Je pars avec lui. » Elle disparaissait alors des semaines durant, la laissant seule dans l'appartement, sans chauffage ni nourriture ni argent. C'était encore plus dur quand l'amoureux du moment s'installait à la maison : Rosie n'avait alors pas le droit de sortir de sa chambre. Pendant ce temps, le couple buvait et passait ses journées au lit, sans même penser à la conduire à l'école. A la fin, les services sociaux l'avaient retirée à sa mère pour la confier à un foyer d'accueil.

Rosie redoubla d'ardeur au travail pour chasser ces tristes souvenirs. Elle avait terminé tous les bureaux quand elle se dirigea vers celui d'Alex Kolovos. Il s'y trouvait toujours, mais il fallait bien qu'elle termine sa besogne. Après avoir frappé timidement à la porte restée ouverte, elle demanda :

— Je peux faire le ménage ?

— Bien sûr, vous ne me dérangez pas, dit-il d'un ton léger.

Levant les yeux de son ordinateur, il lui décocha alors un sourire si sensuel, si beau, qu'elle sentit une vague douce et chaude l'envahir. De nouveau, son cœur s'emballa.

L'inconnu se leva pour s'approcher.

— Voulez-vous que nous allions boire un verre quand vous aurez terminé ?

Prise de court, Rosie refusa tout net, par réflexe. Elle tenait trop à son job pour rentrer dans ce genre de petit flirt. D'ailleurs, qu'avait à lui offrir un homme comme lui ? Une aventure d'un soir, rien de plus. Tous deux n'étaient pas du même monde, n'avaient pas la même éducation. Elle travaillait dur pour payer ses cours du soir et aller un jour à l'université, lui sortait sûrement d'une grande école prestigieuse.

Pourtant…

Oui pourtant, quel bonheur c'eût été si elle avait pu accepter ! Le goût amer des regrets lui emplit alors la bouche, intolérable. Raison de plus pour éviter cet homme, murmura en elle la petite voix de la raison. Sinon, gare aux ennuis, que Rosie avait toujours évités avec soin. Alex Kolovos était comme une fièvre : il troublait ses pensées et menaçait son équilibre. Plus vite elle guérirait de lui, mieux elle s'en porterait.

C'est avec cette conviction bien ancrée qu'en quittant les bureaux de STA elle demanda à Zoe :

— Demain, j'aimerais que tu nettoies mon côté du couloir, et je ferai le tien.

Zoe fronça les sourcils.

— Pourquoi donc ?

— L'homme qui travaille toujours tard le soir… euh… j'ai l'impression qu'il me fait des avances, admit Rosie. Ça me met mal à l'aise.

— S'il veut m'en faire, il est le bienvenu, rétorqua sa collègue en riant. Il est sublime, ce gars ! Je me demande parfois où tu as la tête, Rosie. Tu ne serais pas contente de sortir avec lui ?

— Je ne sais pas… De toute façon, ça ne mènerait nulle part.

— Souvent les aventures les plus excitantes tournent court, c'est vrai, mais moi, je ne m'en priverais pas pour un empire, fit valoir Zoe, avec le ton amusé d'une femme d'expérience.

Allongée dans son lit, lumière éteinte, Rosie réfléchissait depuis de longues minutes à sa mésaventure de la soirée. Qu'arriverait-il si demain Alex Kolovos trouvait Zoe à son goût ? Elle dut s'avouer qu'elle en serait assez malheureuse. Au fond d'elle, la voix de la sagesse s'éleva aussitôt : « Raison de plus pour que Zoe le rencontre. Au moins tu ne te poseras plus de questions. »

Mais le lendemain soir, comme toutes les deux arrivaient chez STA, Zoe lui prit le bras.

— Ah, au fait, pas question d'échanger nos bureaux, Rosie. Je me suis trouvé un nouveau copain, hier soir. Si ton bel inconnu te fait encore des avances et que ça te déplaît, tu n'auras qu'à le lui dire en face. Il faut un peu de courage dans la vie !

Rosie ne répondit rien, penaude. Elle travailla plus vite que d'habitude. On était vendredi, elle ne reviendrait pas au siège de STA pendant deux jours : cette seule pensée lui donnait du cœur à l'ouvrage. En passant devant le bureau d'Alex Kolovos, elle l'aperçut, beau, fier, concentré sur son ordinateur. Comme les autres fois, son cœur se mit à battre frénétiquement, mais elle réussit à passer son chemin, tête haute. Elle nettoierait son bureau en dernier, elle commençait à en avoir l'habitude. Avec un peu de chance, il partirait plus tôt ce soir.

A 20 heures, la femme de ménage n'était toujours pas revenue dans son bureau et cette petite comédie commençait à agacer Alexius. Il en avait assez d'attendre, et que cette Rosie l'évite ainsi l'exaspérait. Se méfiait-elle de lui ? Dans ce cas, elle possédait un bon flair...

A bout de patience, il finit par partir à sa recherche. Non sans avoir délibérément laissé tomber sous son bureau quelques billets de banque : ce serait l'occasion de vérifier si elle était honnête.

Il la trouva dans la kitchenette réservée au personnel. Elle buvait un thé, perchée sur un haut tabouret.

— On se repose un peu avant de reprendre le travail ? demanda-t-il avec nonchalance.

L'apparition d'Alex Kolovos troubla tant Rosie qu'elle faillit renverser sa tasse de thé. Il était si grand, si imposant ! En sa présence, elle avait une conscience aiguë de sa petite taille. Soudain, elle se mit à trembler sans pouvoir s'en empêcher ; sa tasse vacilla et un peu de thé se répandit sur sa blouse de travail.

Son bel interlocuteur la lui prit des mains avant de lui tendre un torchon.

— Vous... vous m'avez fait peur ! balbutia Rosie en tapotant la tache humide.

— Pardonnez-moi, et n'y voyez aucune intention de ma part, murmura l'homme, la fixant de ses yeux gris si lumineux.

Elle rougit. Elle ne voulait pas le regarder, mais quand bien même aurait-elle fermé les yeux, elle aurait pu le visualiser tant son image s'était imprimée en elle.

— Vous restez aussi tard tous les soirs ? s'enquit-elle pour rompre le silence inconfortable qui s'était établi entre eux.

— Oui.

— Sans doute avez-vous trop de travail, avança-t-elle.

Oubliant sa résolution, elle croisa son regard. En plus de leur couleur magnifique, ses yeux étaient ourlés de cils immenses et d'un noir de jais. Cet individu était la beauté faite homme. Jamais Rosie n'avait été aussi sensible au charme physique d'un représentant du sexe fort.

— En vérité, j'adore mon travail, rétorqua Alexius, la tête ailleurs.

Il se faisait violence pour ne pas attirer cette jeune femme dans ses bras et l'embrasser, afin de savoir si ses lèvres étaient aussi douces qu'elles le semblaient.

— Ah bon...

Rosie but une nouvelle gorgée de thé, dévorant littéralement du regard le beau visage de son vis-à-vis. Puis, tout à coup, elle se reprit et, glissant en hâte du tabouret, balbutia très vite :

— Il faut que je retourne à la tâche sinon je finirai trop tard.

Elle disparut, et bientôt Alexius entendit de nouveau le bruit de l'aspirateur.

Furieux d'avoir laissé échapper sa proie, il étouffa un juron. Cette fille était trop méfiante pour répondre à ses avances. Ou alors elle avait peur. Sans doute avait-elle eu une mauvaise expérience avec un homme... Peut-être même avait-elle été violée ? Alexius serra les dents. Ce qui était arrivé à Rosie Gray n'était pas son affaire. Si elle prenait l'argent qu'il avait volontairement laissé traîner, il ne la reverrait plus jamais. Alors pourquoi se préoccuper de ce qui avait pu lui arriver ?

Rosie s'efforçait de terminer au plus vite le ménage dans le bureau d'Alex Kolovos, tout en veillant à ne pas bâcler le travail. Elle avait envie de rentrer et que le week-end puisse commencer.

Un bruit singulier dans l'aspirateur la tira de ses pensées : le moteur peinait, quelque chose semblait le gêner. Avec un soupir agacé, elle l'arrêta et s'agenouilla pour voir ce qui entravait le fonctionnement de l'appareil. A sa grande stupeur, elle découvrit un billet de cinquante livres à demi coincé dans l'une des brosses tournantes. Elle tenta de le dégager, faisant attention à ne pas le déchirer, et le bord d'un autre apparut à son tour ! N'en croyant pas ses yeux, Rosie ouvrit alors la partie supérieure de l'aspirateur, par laquelle on avait accès au sac à poussière. Le second billet s'y trouvait engagé et, visiblement, l'obstruait. De plus en plus incrédule, elle vida le sac, récupéra le second billet, puis referma l'appareil et se releva.

C'est alors qu'elle repéra un troisième billet, encore sur la moquette. Elle le prit aussi et se précipita hors du bureau, espérant qu'Alex Kolovos ne serait pas encore parti.

Elle le trouva dans la salle de conférences, au téléphone. Cette fois, elle n'hésita pas à l'interrompre.

— C'est à vous ? demanda-t-elle en lui tendant les trois billets.

Comme il continuait à parler dans son portable, elle posa l'argent sur la table d'un geste sec.

— Ils étaient sur la moquette de votre bureau ! lança-t-elle d'un ton virulent. J'ai failli en aspirer deux, et ils auraient pu casser l'aspirateur. Ils l'ont certainement abîmé, d'ailleurs.

Alexius raccrocha. Devant l'air outré de la jeune femme, il faillit éclater de rire.

— Cet argent est à moi, en effet, admit-il. Merci beaucoup.

— La prochaine fois, faites plus attention, lui reprocha-t-elle. Si vous les aviez perdus, on aurait sans doute accusé les femmes de ménage de les avoir volés. Nous sommes souvent ainsi incriminées à tort, vous savez.

— Votre honnêteté vous honore.

Il se dit qu'il pourrait en toute conscience assurer à Socrates que sa petite-fille était intègre. A ce moment, la jeune femme redressa le menton, posa ses poings fermés sur ses hanches et le défia de ses splendides yeux verts, qui étincelaient de rage.

— Qui êtes-vous pour me parler sur ce ton supérieur ? s'exclama-t-elle, furieuse. Je ne suis pas riche, certes, mais les pauvres ne sont pas plus malhonnêtes que les nantis. Vous en avez, de ces préjugés ! Des voleurs, on en trouve dans toutes les classes de la société.

Le sang d'Alexius ne fit qu'un tour. Allait-il se laisser agresser de la sorte par une petite employée de nettoyage ? De quel droit prenait-elle un ton pareil avec lui ? Il posa sur elle un regard glacial.

— Vous m'avez dit ce que vous aviez sur le cœur, et je respecte votre franchise, déclara-t-il d'une voix tranchante. Mais je n'apprécie pas votre façon de me parler. Veuillez sortir, à présent, j'ai des coups de téléphone à donner.

Le changement qui s'était opéré chez son interlocuteur laissa Rosie sans voix. Certes, elle avait perdu son flegme et avait parlé de façon trop vive quand elle aurait pu dire la même chose plus calmement. Mais de là à la rabrouer ainsi ! Elle se mordit la lèvre. Le mal était fait, à présent ; inutile de s'excuser, ce serait du temps perdu. Le regard d'Alex Kolovos s'était fait si froid, il l'avait traitée avec tant de mépris que jamais, elle le savait, il ne lui pardonnerait son éclat.

Tant pis…

Elle tourna les talons pour retourner travailler, n'ayant plus qu'une envie : rentrer enfin chez elle.

— Tu es sûre que je peux prendre la camionnette pour le week-end ? lui demanda une nouvelle fois Zoe.

Rosie referma la porte du local de rangement dans lequel sa collègue et elle venaient de ranger leurs chariots de nettoyage.

— Oui, je te l'ai dit, je vais rentrer en bus, répliqua Rosie, la tête ailleurs.

— Tu es vraiment un amour ! Maman n'a pas vu sa sœur depuis des lustres. Si j'ai la camionnette, je peux la conduire chez ma tante demain matin et aller la chercher dimanche soir.

— N'oublie pas : Vanessa est d'accord pour que tu la prennes à condition que tu la ramènes en temps et en heure lundi matin, rappela-t-elle à Zoe.

Celle-ci s'apprêtait à s'installer au volant, mais elle interrompit son mouvement.

— Tu as l'air abattue, Rosie. Il s'est passé quelque chose avec ton bel homme qui travaille tard le soir ?

— Non rien, mentit-elle, s'efforçant de paraître détachée.

Et d'ailleurs, il ne s'était rien passé, se répéta-t-elle peu après, en regardant son amie démarrer la camionnette de l'entreprise.

Elle avait rencontré un homme qui lui plaisait, la troublait au-delà des mots, et les choses en étaient restées là. C'était bien ainsi. Mais elle n'oublierait jamais le regard méprisant qu'il avait abaissé sur elle dans la salle de conférences. Un regard qui l'avait blessée au plus profond d'elle, car elle s'était sentie comme une moins-que-rien sous ces yeux gris implacables — et pourtant si beaux

Prenant la direction de l'arrêt de bus, Rosie poussa un long soupir, comme pour chasser le lourd nuage noir qui semblait stationner au-dessus de sa tête.

2

Rosie s'était à peine mise en route qu'une silhouette massive surgissait de l'ombre, la hélant avec une agressivité mêlée de reproche :

— Voilà une éternité que je t'attends, Rosie ! Tu en as mis du temps !

Elle se figea en reconnaissant Jason, le petit ami de Mel, avec laquelle elle partageait un appartement et qui l'avait proprement mise à la porte une semaine plus tôt.

Jason, grand adepte de la musculation, possédait un physique menaçant. Qu'il soit venu l'attendre après son travail ne présageait rien de bon, surtout qu'elle lui avait déjà signifié, avant qu'il sorte avec Mel, qu'il ne l'intéressait pas.

— Que fais-tu ici ? demanda-t-elle avec mauvaise humeur.

— Je veux te parler.

Même si elle n'en menait pas large, Rosie tâcha de ne pas se laisser impressionner.

— Moi, je n'ai rien à te dire.

Sur ces mots, elle fit mine de poursuivre son chemin, mais Jason l'avait déjà saisie par le bras.

— J'ai le droit de te parler, non ? gronda-t-il.

Rosie commençait à s'énerver : Jason lui avait causé assez d'ennuis comme ça !

— Avec moi, tu n'as aucun droit ! s'exclama-t-elle, tentant de se dégager. A cause de toi, j'ai perdu une copine et me suis trouvée à la rue. Ça suffit !

Jason prit un air fanfaron.

— Ne t'énerve pas, Rosie. Justement, je voulais te dire que Mel et moi, on n'est plus ensemble. Je suis libre, voilà pourquoi je t'attendais.

— Ça ne m'intéresse pas ! s'écria-t-elle, gagnée par la panique. Lâche-moi !

C'est alors qu'une voix masculine basse et menaçante retentit :

— Laissez-la tranquille !

Jason pivota, entraînant Rosie avec lui. Elle avait reconnu la voix d'Alex Kolovos avant même de le voir.

— Qui que vous soyez, mêlez-vous de vos affaires, lança Jason avec violence.

— N'intervenez pas, je vous en prie, gémit Rosie en lançant un regard implorant à celui qui essayait de la sauver.

Mais, comme s'il ne l'avait pas entendue, Kolovos répéta, intraitable :

— Lâchez-la ou vous aurez affaire à moi.

Jason fulminait :

— Ce qui se passe entre nous ne vous regarde pas ! rugit Jason, écumant de rage. Fichez-nous la paix, sinon vous le regretterez !

— Quand un minable malmène une jeune femme, ça me regarde !

Jason poussa un affreux juron avant de lancer un terrible coup de poing en direction de Kolovos. Celui-ci esquiva, puis, avec la vitesse de l'éclair, répondit par un uppercut imparable qui atteignit Jason dans l'estomac. Sonné, celui-ci vacilla. Il se retourna en un mouvement brutal, prit du recul et voulut assener un nouveau coup. Dans son élan, il bouscula alors Rosie, qui fut projetée sur le sol avec violence. Un cri de souffrance lui échappa, noyé par un rugissement sauvage suivi d'un bruit de course.

Déjà, Alex Kolovos s'agenouillait auprès d'elle.

— Ne bougez pas, lui ordonna-t-il. Vous vous êtes peut-être cassé quelque chose.

— Je ne crois pas, non, murmura-t-elle. Je suis un peu endolorie, c'est tout.

Elle s'était sans doute écorchée, car son coude et son genou lui faisaient mal, mais ce n'était pas grave, elle en était sûre.

Son compagnon, qui s'était relevé, parlait dans son téléphone portable, à présent. Elle ne comprenait pas ce qu'il disait car il s'exprimait dans une langue étrangère, mais le ton était pressant.

— Je vous conduis chez un médecin, annonça-t-il après avoir raccroché.

— Ce n'est pas nécessaire.

Rosie voulut se redresser mais un horrible vertige lui faisait tourner la tête. Elle avait mal au cœur. Elle était faible... si faible... Elle ferma les yeux.

Quand elle les rouvrit, le malaise semblait passé, mais elle se sentait encore mal en point.

— Où est Jason ? demanda-t-elle d'une voix hésitante.

— Ayant trouvé plus fort que lui, il a pris ses jambes à son cou, ricana Alex Kolovos.

Une voiture s'immobilisa à leur hauteur. Un homme en sortit en hâte pour ouvrir la portière arrière. Pendant ce temps, son sauveur l'avait soulevée avec d'infinies précautions ; il l'étendit sur la banquette puis s'installa à côté d'elle. La voiture repartit.

Toujours sonnée, Rosie leva les yeux sur celui qui l'avait défendue. Il la fixait avec une expression qui la mit en émoi. Quand il la regardait ainsi, elle ne contrôlait plus ni son cœur — qui battait follement — ni sa raison ! Elle s'en voulait terriblement de ce manque de maîtrise.

Pour se calmer, elle regarda le luxueux intérieur du véhicule.

— A qui appartient cette voiture ?

— A moi. Un de mes amis à qui je l'avais prêtée et qui n'habite pas loin me l'a rapportée. Je lui ai demandé de garder le volant pour m'installer auprès de vous. Ce Jason vous a malmenée, il faut qu'un médecin vous examine.

— Il ne vous a pas fait mal, au moins ? demanda-t-elle, soudain anxieuse. Il est costaud, il fait beaucoup de musculation.

Kolovos prit un air amusé.

— Moi, je ne cultive pas ma musculature, mais j'étais dans

l'équipe de boxe à l'université. Votre Jason a vite compris à qui il avait affaire.

— Je suis tellement désolée, soupira Rosie. J'ignorais qu'il m'attendait, je pensais ne plus jamais le revoir.

— C'est un ancien petit ami ?

— Dieu du ciel, non ! Jamais je ne me serais intéressée à un type pareil. Il sortait avec une de mes copines.

Alexius se demanda si elle disait la vérité. Peut-être avait-elle donné des espoirs à cette brute épaisse. En tout cas, elle était bien jolie, abandonnée ainsi sur la banquette ! Son ravissant visage était un peu pâle et ses grands yeux verts semblaient encore craintifs. Elle était si menue, semblait si perdue, si vulnérable qu'il avait envie de l'attirer contre lui pour la rassurer.

Il se reprit vite. Avait-il jamais de sa vie rassuré une femme ? Les femmes, c'était pour le sexe, rien d'autre. Et celle-ci n'échapperait pas à la règle. Il avait envie d'elle, donc il l'aurait. D'autant que sa décision était prise : il dirait à Socrates qu'il pouvait en toute confiance faire venir sa petite-fille auprès de lui. Désormais, il était libre : son contrat était rempli

La voiture s'immobilisa devant une belle maison de style georgien. Alex Kolovos sortit et esquissa le mouvement de prendre Rosie dans ses bras.

— Je peux marcher, protesta-t-elle. Mais dites-moi, où sommes-nous ? Je pensais que nous allions aux urgences de l'hôpital ?

— Pour y attendre des heures ? Non. Le Dr Dimitri Vakros est un ami. Je l'ai appelé, il est prêt à vous recevoir.

Une charmante infirmière les accueillit et conduisit Rosie dans une petite pièce, où elle l'aida à se déshabiller. Puis elle l'introduisit dans la salle de consultation du médecin, qui l'invita à s'allonger sur la table d'examen.

Il lui confirma qu'elle n'avait rien de grave. Seulement des contusions et des plaies superficielles au coude et au genou. Il les nettoya avant de les panser, et Rosie put se rhabiller.

— Vous avez été choquée, lui dit néanmoins le médecin, il

faut vous reposer et vous détendre. Si quelque chose n'allait pas, revenez me voir.

Rosie le remercia, et elle le précéda pour rejoindre son chevalier servant d'un soir dans la salle d'attente.

— Je vous l'avais dit, tout va bien ! lança-t-elle en réponse à sa mine interrogative.

Le médecin s'adressa à son tour à Alex Kolovos, et tous deux parlèrent en grec — Rosie reconnut la langue cette fois, identifiant certains mots qu'elle avait appris autrefois.

— Si je comprends bien, le Dr Vakros a une sorte de clinique privée, fit-elle observer alors qu'ils quittaient le luxueux immeuble.

— En effet.

— J'espère qu'il ne vous adressera pas une note d'honoraires ?

— Non, c'est un ami de longue date.

— Vous me rassurez.

Elle s'arrêta et se tourna vers lui.

— En tout cas, merci pour tout. Je vais rentrer chez moi, maintenant.

— Certainement pas toute seule ! s'exclama son compagnon. Je vous raccompagne en voiture.

Il s'adressa en grec à l'homme qui attendait auprès du véhicule. Celui-ci lui en remit les clés.

— C'est inutile, voyons, tenta de protester Rosie. Je vous ai déjà fait perdre bien assez de temps !

Il lui lança un regard plein d'autorité.

— Je ne vous demande pas votre avis. Je tiens à vous raccompagner.

Rosie resta un instant interdite. Pourquoi cet homme se donnait-il tant de mal pour elle ? Parce qu'il avait l'âme d'un Bon Samaritain ou parce qu'elle lui plaisait ? Dans ce dernier cas, que diable pouvait-il lui trouver ? Elle se savait à l'opposé des femmes qu'aimaient les hommes, avec sa petite taille et son corps androgyne.

Mal à l'aise, ne sachant comment paraître naturelle, elle se glissa toutefois sur le siège passager et boucla sa ceinture de sécurité.

Au bout d'un moment, jetant un regard distrait par la vitre

de la portière, elle s'aperçut qu'ils n'allaient pas vraiment dans la direction de son quartier. Et pour cause, elle avait oublié de donner son adresse à son chauffeur — qui ne la lui avait pas demandée : était-il aussi perturbé qu'elle ? s'interrogea-t-elle.

Une fois cet oubli réparé, elle le guida de son mieux : à l'évidence, il connaissait mal cette partie populaire de Londres.

— Voilà, c'est ici, fit Rosie quand ils atteignirent enfin son immeuble.

Elle déboucla sa ceinture et tendit la main à son sauveur.

— Merci mille fois pour tout ce que vous avez fait pour moi, monsieur Kolovos.

— Alex.

Rosie hocha doucement la tête.

— Alors merci, Alex.

— Que diriez-vous de dîner avec moi ?

L'inattendue proposition la prit de court. Elle jeta un regard craintif à l'homme qui lui souriait, les mains tranquillement posées sur le volant.

— Toutes ces émotions vous ont certainement ouvert l'appétit, poursuivit-il. En tout cas, moi, oui.

Rosie rougit. Mal à l'aise de nouveau, guindée, elle perdait son naturel et en était exaspérée. Mais pourquoi refuser une invitation qui semblait si spontanée ? Cela ne signifiait pas obligatoirement que cet homme avait une idée derrière la tête. Et puis ici, à quelques mètres de chez elle, que pouvait-il lui arriver ?...

— J'ai faim, en effet, admit-elle. Je connais un petit restaurant juste au coin de la rue. L'endroit n'est pas très chic, mais la nourriture est bonne.

— Ça m'ira très bien.

Alexius gara la voiture le long du trottoir, assez content de lui. Il avait envie de passer la soirée avec Rosie Gray, voire plus si affinités. Qu'elle accepte ce dîner était de bon augure...

L'établissement était un simple self-service, qui avait l'avantage de rester ouvert très tard le soir. Il accueillait une clientèle modeste mais nombreuse, dans ce quartier d'ouvriers et de petits employés. Rosie précéda Alex, allant tout droit prendre un plateau. Se retournant, elle le vit promener un regard surpris autour de lui.

— On se sert soi-même ? demanda-t-il, fronçant les sourcils.

Rosie se contenta de lui tendre un plateau avant de se mettre dans la file des clients. A une table, trois jeunes femmes ne quittaient pas son superbe compagnon des yeux, mais lui ne semblait pas s'en rendre compte. Il ne passait pas inaperçu, et peut-être était-il trop beau pour être honnête. Mais ce soir, Rosie s'en moquait. Elle ne put s'empêcher de sourire de contentement : cet homme était l'idéal masculin incarné, toutes les femmes le dévoraient du regard, et c'est avec elle qu'il était ! Une étrange fierté l'envahit, lui chauffant le cœur.

A la caisse, lorsqu'elle voulut régler, il s'emporta presque :

— Avec moi, une femme ne paie jamais, déclara-t-il avec hauteur tout en sortant un billet de cinquante livres.

Rosie n'aimait pas qu'on lui impose sa conduite, mais elle se contenta de serrer les dents.

— Pourquoi teniez-vous à payer votre repas ? demanda-t-il alors qu'ils venaient de s'attabler.

— C'est mon habitude, quand je suis avec un garçon. Ainsi, on évite les malentendus.

Alexius ne put réprimer un sourire : cette jeune femme plairait à Socrates, il en doutait de moins en moins.

— Parlez-moi de ce Jason. Qui est-ce ?

— Pendant plusieurs mois, j'ai partagé un appartement avec une copine, Melanie, expliqua Rosie. Il était son petit ami. Un soir, il a essayé de m'embrasser, et Melanie est arrivée juste à ce moment.

Rosie leva les yeux au ciel au souvenir de cette horrible scène, avant de poursuivre :

— Furieuse, Mel a prétendu que c'était moi qui avais essayé de séduire Jason et que, dans ces conditions, je devais quitter l'appartement. Je suis allée me coucher, pensant qu'elle se calmerait, mais, au petit matin, elle est entrée dans ma chambre sans même frapper, m'a traitée de tous les noms avant de me flanquer dehors.

— Et Jason ? insista Alexius, ahuri de voir la jeune femme dévorer son hachis paysan comme si elle n'avait pas mangé depuis une semaine.

— Mel lui a pardonné tout de suite, du moins j'imagine. Mais ce soir, il m'attendait pour m'annoncer qu'il avait rompu.

Rosie but une gorgée d'eau avant de conclure :

— Cela m'est bien égal : je n'ai rien à faire avec lui.

— Vu son comportement, on peut vous comprendre.

Ils mangèrent quelques instants en silence, puis elle demanda à brûle-pourpoint :

— Vous êtes grec ? J'ai reconnu quelques mots quand vous parliez avec le monsieur qui nous a conduits chez le médecin.

Alexius se tendit.

— Parce que vous parlez grec ?

— Non, juste assez pour demander mon chemin, si d'aventure j'allais là-bas.

Et, devant le regard interrogateur d'Alex, elle précisa :

— Un jour, j'ai eu envie d'apprendre cette langue et me suis inscrite à des cours. Cela demandait trop de travail, je n'avais pas le temps. C'est une langue plus difficile qu'il n'y paraît.

— Pourquoi vouliez-vous parler grec ?

Rosie ne répondit pas tout de suite. Elle le dévisageait, incapable de détourner les yeux de son visage parfait : sa barbe commençait à repousser et une ombre foncée soulignait l'angle de son maxillaire, le rendant encore plus viril. Décidément, jamais elle n'avait rencontré un homme aussi désirable…

— J'avais envie d'apprendre cette langue, expliqua-t-elle enfin, parce que mon père était grec. Mais je ne l'ai jamais connu. Il a rompu avec ma mère avant ma naissance et est mort peu après.

— Et votre mère ?

— J'avais seize ans à son décès. Elle était diabétique et refusait de se soigner. Une crise cardiaque l'a emportée. Je n'ai plus aucune famille maintenant.

Rosie marqua un temps d'arrêt, étonnée qu'Alex semble lui porter de l'intérêt.

— Et vous, vous avez de la famille ? demanda-t-elle à son tour.

Il secoua la tête.

— Non. Mes parents ont trouvé la mort dans un accident de voiture il y a dix ans, et j'étais enfant unique. A part quelques cousins éloignés, je suis seul au monde — et ne m'en porte pas plus mal !

— Pourquoi ? demanda Rosie, surprise.

— La famille est souvent source d'ennuis, déclara Alex, sa belle bouche sensuelle ébauchant une moue désenchantée.

Il n'avait pas tort : elle-même avait eu des relations difficiles avec sa mère. Cependant, elle n'en avait gardé aucune amertume, alors que le ton d'Alex laissait penser que lui avait vécu des expériences pénibles qui l'avaient marqué.

— Peut-être, oui, admit-elle. Néanmoins, une famille est aussi parfois une source de joie, et c'est rassurant. Je m'en suis aperçue avec une de mes familles d'accueil. De toute façon, j'ai toujours rêvé d'avoir une famille.

— C'est pour cela que vous avez voulu apprendre le grec ?

— Non. Je ne connais personne en Grèce, mais je m'imaginais que, ayant du sang grec, j'apprendrais la langue avec plus de facilité.

Rosie éclata de rire.

— Il ne m'a pas fallu longtemps pour comprendre mon erreur ! conclut-elle avec une petite grimace.

Alexius avait l'esprit ailleurs. Il n'arrivait pas à quitter la jeune femme des yeux et essayait de comprendre ce qui en elle l'attirait avec autant de force. Son ravissant visage ? Ses grands yeux toujours un peu tristes, mais si expressifs ? Quand elle riait, elle s'illuminait. Et puis elle était si naturelle avec lui ! Quand elle n'était pas d'accord, comme sur le sujet de la famille, elle n'hésitait pas à le dire. Alexius n'avait pas l'habitude de tant de franchise : les femmes le flattaient toujours et, pour lui plaire, ne le contredisaient jamais.

Dans le silence qui s'était établi, Rosie avait une conscience aiguë du regard d'Alex posé sur elle. Un regard qui la troublait infiniment : elle avait chaud, son cœur battait trop vite, sous sa blouse, ses seins se tendaient, presque douloureux, tandis qu'un feu intense flambait dans son bas-ventre. Elle devait se rendre à l'évidence : le désir s'était emparé d'elle. De tout son corps et de tout son cœur, elle désirait Alex Kolovos — que pourtant elle connaissait à peine !

C'était dangereux. Très dangereux...

— Je vais rentrer chez moi, déclara-t-elle alors, essayant d'écouter sa raison qui lui hurlait de fuir.

Car elle avait peur. Sa hantise de toujours la reprenait : si elle désirait un homme, c'est qu'elle avait hérité du caractère volage de sa mère. Or Jenny Gray n'avait connu que des désillusions ; pour rien au monde, Rosie ne voulait suivre le même chemin.

Elle se leva ; Alex l'imita. A la sortie du restaurant, il s'engagea dans la rue avec elle.

— Vous pouvez me laisser, à présent : j'habite à quelques dizaines de mètres d'ici.

Sans répondre, il continua à la suivre. Lorsque, parvenue devant la porte de son immeuble, elle se retourna pour lui dire au revoir, il lui prit le bras. Son regard croisa les yeux gris argent et son cœur aussitôt s'emballa. Elle avait du mal à respirer.

Alors, Alex l'attira à lui et, inclinant la tête, prit ses lèvres.

Rosie s'immobilisa, éperdue, et tout aussi vite fondit entre ses bras. Le désir fusait en elle comme une langue de feu menaçant de la consumer tout entière. Mus par leur propre volonté, ses bras se nouèrent autour du cou de l'homme qui l'embrassait avec tant de fougue. Une joie immense l'envahit. Leurs deux langues dansaient un ballet insensé, affolé, si exquis qu'elle en tremblait. Elle voulait cet homme plus étroitement encore, plus intimement contre elle, en elle...

Quand, quelques instants après, elle reprit son souffle, elle frémissait de toute sa chair tandis qu'une seule pensée l'habitait : rester avec Alex, ne pas le quitter.

— Entrez prendre un café, s'entendit-elle proposer, d'une voix qu'elle reconnut à peine.

Et sa vieille terreur la reprit aussitôt : offrir un café à un homme signifiait l'inviter à passer la nuit, tout le monde le savait. Que cherchait-elle ? A devenir comme sa mère ? Sa raison lui avait toujours dit d'éviter la passion, le désir ; le sexe, surtout. Or que faisait-elle maintenant avec ce quasi-inconnu ? Quand il la laisserait, elle éprouverait un sentiment de perte irréparable.

Et pourtant, l'idée qu'il s'en aille lui était intolérable, invivable, inacceptable…

Alexius la suivit dans l'immeuble délabré. A peine la porte de l'appartement ouverte, un chien minuscule bondit sur Rosie, sautant et jappant de joie. Elle le prit dans ses bras pour le caresser comme on le fait avec une peluche. Le chien se calma aussitôt.

— Je vous présente Baskerville, déclara Rosie en se tournant vers lui. Mais tout le monde l'appelle Bass.

A cet instant apparut une femme, sortant du petit salon.

— Bonsoir, Martha !

— Il était temps que tu reviennes, Rosie ! Le pauvre Bass tournait en rond devant la porte, guettant le moindre bruit dans l'escalier.

Rosie vit le regard de Martha se poser sur Alex. Sa colocataire ouvrit de grands yeux ronds.

— Oh ! tu n'es pas seule ! Dans ce cas, laisse-moi Bass, dit-elle en lui prenant le chien des bras. Il me tiendra compagnie.

Sur ces mots, elle se retira.

Demeurée seule avec Alex, Rosie fut soudain paralysée. Elle éprouvait une tension telle qu'elle ne pouvait pas le regarder. Et puis elle avait peur…

C'est alors que, brusquement, sans pouvoir s'expliquer pourquoi, elle sut au plus profond d'elle-même que c'en était fini de vivre dans la hantise de commettre les mêmes erreurs que sa mère. Elle s'empêchait de vivre, alors qu'il fallait aller de l'avant !

— Je vous prépare un café ? réussit-elle à articuler.

— Non, je n'ai pas envie de café. C'est vous que je veux, déclara Alexius, la voix un peu rauque.

Sans attendre, il l'attira à lui pour l'étreindre avec fougue, tout en prenant sa bouche.

Rosie lui rendit son baiser, éperdue, offerte. Le désir l'embrasait de nouveau et, en un mouvement instinctif, elle se cabra pour mieux sentir l'excitation d'Alex contre son ventre, éprouvant à la fois une force de vie intense et une faiblesse qui la faisait trembler.

— Où est ta chambre ? chuchota Alex, abandonnant sa bouche un instant.

En un ultime sursaut, Rosie se dégagea pour poser sur lui un regard mal assuré.

— Je ne suis pas ainsi, d'habitude, balbutia-t-elle. Je... je n'invite pas les garçons à la maison.

— Avec moi, ce n'est pas pareil, *moli mou*, répliqua Alex avec son sourire irrésistible.

Alors, le prenant par la main, elle l'entraîna dans le couloir.

3

Rosie s'immobilisa, intimidée, devant la porte de sa chambre. La soulevant dans ses bras, Alexius prit de nouveau ses lèvres. Jamais il ne se lasserait de cette bouche, surtout quand elle répondait à ses baisers avec autant de fièvre. Il ne voulait pas que ces instants s'arrêtent, voulait l'embrasser encore et encore, comme s'il n'y avait pas de lendemain…

Quand elle se dégagea pour reprendre son souffle, il ouvrit la porte et, trouvant l'interrupteur, éclaira la pièce pour déposer la jeune femme sur le modeste lit à une place. Sans y prêter attention, il enregistra combien la chambre était pauvrement meublée mais en ordre parfait. Puis son attention se reporta vite sur Rosie, étendue sur le petit lit. Elle était si belle, si désirable, avec ses beaux cheveux éparpillés sur l'oreiller et ses grands yeux verts, à la fois craintifs et étonnés… Il était temps de la déshabiller — il rêvait depuis si longtemps de la voir nue !

Quand Alex entreprit d'ouvrir sa blouse, Rosie se redressa sur un coude et voulut l'aider. Il écarta sa main. Elle n'insista pas : peut-être était-ce ainsi que cela se passait entre un homme et une femme… Tout à coup elle eut peur de son ignorance.

— Je n'ai pas beaucoup d'expérience, aussi n'en attends pas trop de moi.

— Ce sera merveilleux, je le sais, la rassura Alexius. Tu es une femme passionnée, je le lis dans tes yeux.

Par un réflexe de timidité, Rosie ferma aussitôt les paupières, tout en balbutiant :

— Je ne sais pas…

— Je te désire depuis le premier instant où je t'ai vue.

Rosie n'avait pas oublié cette première fois et l'entendre la lui rappeler la rassura : l'attirance qu'elle éprouvait pour lui était réciproque.

Alexius lui enleva son pantalon. Il contempla tout à loisir ses jambes parfaites. Elle était merveilleusement bien faite, proportionnée à la perfection. Ce constat fouetta son désir.

Quand il se redressa pour dénouer sa cravate, Rosie voulut encore l'aider. Cette fois, il la laissa faire. Puis elle glissa les mains sous sa veste de costume pour caresser son torse. Elle eut l'impression exquise que la chaleur de ses muscles d'acier la brûlait à travers la fine étoffe de la chemise. Elle s'immobilisa pour plonger les yeux dans les siens, s'imprégnant avec bonheur de l'intensité passionnée qu'elle y lisait.

Un vertige la saisit, et son cœur battait si vite que le souffle lui manquait. Alex prit son visage entre ses mains pour l'embrasser avec fièvre. Tout à son émoi, elle n'était consciente que de l'homme qui lui donnait tant de plaisir, oublieuse du reste du monde. Pourtant, quelques instants plus tard, elle se figea, sentant une main se glisser sous sa blouse ouverte.

Elle avait des seins si petits qu'elle n'avait jamais éprouvé le besoin de porter de soutien-gorge. Alex allait découvrir qu'elle manquait cruellement de ces rondeurs qui plaisent tant aux hommes. Comment réagirait-il ?

Sans marquer aucune surprise, il posa la paume sur l'un des seins pour en caresser du pouce la pointe dressée. Rosie tressaillit, éprouvant un plaisir si violent qu'elle eut l'impression d'en être transpercée de la tête aux pieds.

Alexius interrompit un instant sa caresse pour débarrasser Rosie de sa blouse. La sentant se tendre, il la regarda avec attention avant de demander :

— Pourquoi es-tu si nerveuse ?

— Je… je suis gênée.

Il se mit à rire.

— Pourquoi ? J'aime ton corps, je veux le voir.

— Mais moi…

Il la fit taire d'un baiser avant de se dégager pour ôter sa chemise.

Quand elle le vit torse nu, Rosie crut défaillir : Alex possédait le plus beau corps dont on puisse rêver ! Larges épaules, pectoraux musclés, et cette peau dorée, parsemée d'un duvet dru et noir !

Dans la foulée, il avait enlevé son pantalon ; le regard de Rosie descendit plus bas. Son boxer moulant dessinait une saisissante érection. Elle déglutit avec difficulté. Ce sexe impressionnant, ces longues cuisses, ces hanches étroites et ces puissantes épaules : Alex était l'essence même de la virilité !

Comme, avec un naturel confondant, il se débarrassait maintenant de son boxer, Rosie détourna les yeux, prise d'une timidité soudaine. Mais quand il s'allongea auprès d'elle et qu'elle sentit son sexe effleurer sa peau, une vague de bonheur la submergea. Elle allait enfin connaître ce plaisir dont tout le monde parlait. Elle était prête à franchir le pas !

Elle frissonna quand Alex l'attira dans ses bras pour l'embrasser, la caresser. Alors la fièvre la reprit, l'embrasant tout entière, et, à demi inconsciente, elle rendit baiser pour baiser, caresse pour caresse. Ses mains agissaient de leur propre chef, elle n'était que désir, ardeur, toute dans l'anticipation du plaisir.

Alexius sentait Rosie si excitée qu'il dut lutter pour se contenir. Il ne fallait pas aller trop vite ; elle était si petite, si fragile, il ne voulait pas lui faire mal. Etendue, abandonnée, avec ses grands yeux étonnés mais confiants, elle avait l'air vulnérable, innocente… Il devait se calmer avant de la prendre lentement, à son rythme.

Il laissa glisser sa main de long du ventre plat et l'immobilisa sur le triangle bouclé à la jonction des cuisses. Rosie poussa un petit cri étranglé et se raidit. Il joua alors quelques instants avec les boucles soyeuses, le temps qu'elle se détende. Elle gémissait doucement, à présent.

Quand il trouva son clitoris, ses gémissements s'accrurent. Rosie se tordait, se cabrait sous ses caresses.

Se contenant de son mieux, il l'excita encore et encore, jusqu'à ce qu'elle lâche, dans un halètement érotique en diable :

— Oh ! s'il te plaît ! Je t'en prie...

Rosie ignorait pourquoi elle le suppliait ainsi ; elle savait seulement qu'il lui en fallait plus, qu'il devait la remplir, la combler, sinon elle mourrait.

— Tu prends la pilule ? lui demanda-t-il alors dans un souffle.

Elle hocha la tête et, malgré son excitation, bénit le médecin qui, à la suite de maux de ventre récurrents, la lui avait prescrite pour mieux réguler ses cycles.

N'y tenant plus, Alexius s'allongea sur elle. Il glissa les mains sous ses reins et la souleva à demi, tandis que son sexe dressé cherchait l'entrée de sa féminité.

Il la pénétra lentement, guettant ses réactions.

— Tu es si étroite, chuchota-t-il. On dirait presque qu'il n'y a eu personne avant...

Elle voulut lui dire que oui, qu'il ne se trompait pas, qu'il était le premier, mais aucun son ne sortit de sa gorge. Elle était trop occupée parce ce qui se produisait en elle, et trop emportée par les sensations merveilleuses qui s'épanouissaient dans son ventre. Alex s'enfonçait peu à peu en elle, toujours plus avant, il la remplissait, et son étroit fourreau s'élargissait, s'adaptait pour l'accueillir.

Soudain, avec un grondement sauvage, âpre, il plongea en elle d'un coup de reins. La douleur aiguë, comme il forçait la fine membrane de son innocence, arracha un petit cri à Rosie.

Il s'immobilisa, tendu.

— Je te fais mal ?

— J'aurais dû te le dire, murmura-t-elle, se maudissant d'avoir crié.

— Tu es vierge ?

Il la dévisageait, incrédule. Elle se contenta de hocher la tête, avant d'ajouter, d'une voix à peine audible :

— Tu n'as rien à te reprocher. Je l'ai voulu.

Sans répondre, Alexius plongea de nouveau en elle : elle était si douce, si chaude... Il réfléchirait à la situation plus tard. Pour l'instant, il avait trop envie d'elle !

Rosie s'abandonna de nouveau : elle avait eu si peur que son merveilleux amant ne veuille pas continuer ! Il allait et venait en elle, à présent, toujours plus vite. Son excitation renaissait, plus violente encore, le désir la dévastait, elle voulait plus de lui en elle, aurait voulu qu'il entre tout entier dans son ventre... Levant les jambes, elle les noua autour de ses reins pour mieux l'accueillir encore.

Le plaisir la terrassa avec une violence qui secoua son être tout entier et la laissa anéantie, émerveillée, au comble du bonheur.

La sentant jouir, Alexius eut un frémissement sauvage, avant de s'abandonner en un orgasme d'une violence qu'il n'avait encore jamais connue.

Puis, il glissa sur le côté pour ne pas l'écraser de son poids.

— Ça va, *moli mou* ? demanda-t-il après de longues minutes délicieusement languides. Tu n'as pas mal ?

Il avait prononcé ces mots avec une étrange douceur tout en l'attirant contre lui. Pour dissimuler sa gêne, Rosie enfouit le visage au creux de son épaule, heureuse et légère, mais aussi délicieusement épuisée.

— Non. Je ne peux pas aller mieux.

Sans répondre, Alexius l'attira plus étroitement contre lui.

Quelques minutes plus tard, il entendait sa respiration se faire lente, régulière, et sut qu'elle s'était endormie. Alors, il glissa une jambe hors du lit, puis l'autre, et se leva. Il tira la couette pour bien couvrir Rosie, s'habilla en vitesse et fila sans bruit. Il prendrait une douche chez lui.

Rosie se réveilla tard. Elle dut se hâter pour arriver à l'heure à son cours de maths. Absorbée par sa journée et les occupations du quotidien, ce ne fut qu'en fin d'après-midi qu'elle put réfléchir au comportement d'Alex : il était parti en pleine nuit sans lui dire au revoir, ni même lui demander son numéro de téléphone ou lui laisser un mot. Par ses amies, elle savait que ces choses-là arrivaient parfois, mais lorsqu'elle eut bien intégré qu'elle avait fait l'amour avec lui à leur première rencontre ou presque, et qu'il avait disparu sans laisser d'adresse, son moral s'effondra. Même dans les journaux féminins, on disait que coucher le premier soir donnait une mauvaise impression aux hommes, qu'ils vous considéraient ensuite comme une femme facile.

Evidemment, Alex pensait peut-être qu'il la reverrait le lundi soir, chez STA. Elle comprit qu'elle essayait de se rassurer, tant l'idée de ne plus le revoir lui était insupportable.

L'arrivée d'un coursier avec un énorme bouquet de fleurs, en début de soirée, lui redonna espoir. Des fleurs magnifiques, somptueuses, comme Rosie n'en avait vu que dans les vitrines des grands fleuristes. Elles étaient accompagnées d'une carte portant la simple lettre A. Alex n'aurait pas fait une dépense pareille s'il n'avait pas eu l'intention de la revoir, songea-t-elle, rassérénée. Ils se verraient donc lundi soir. Rosie trouva un vase et mit les fleurs dans le petit salon, près de la télévision, pour que ses colocataires en profitent aussi.

Mais le lundi soir, au siège de STA Industries, le bureau que partageait Alex était désert. Etait-il parti en voyage d'affaires? Peut-être, et, dans ce cas, inutile de se tourmenter.

Hélas, à mesure que la semaine s'écoulait et qu'Alex Kolovos demeurait invisible, Rosie ne savait plus que penser. Et si, tout simplement, il l'évitait? Cette pensée la mortifia, et pourtant... Il était sans aucun doute un cadre supérieur, haut placé dans la hiérarchie, et il avait couché avec une modeste employée de nettoyage : peut-être en avait-il honte?

Le vendredi, Vanessa leur annonça, à Zoe et à elle, qu'à partir de la semaine suivante elles seraient affectées à de nouveaux bureaux. STA avait résilié le contrat de nettoyage de son siège, mais en avait souscrit un plus important pour une de ses filiales.

Durant tout le week-end, Rosie rumina son amère déception : elle ne verrait plus Alex Kolovos. Il lui avait envoyé des fleurs pour s'acheter une bonne conscience, sans doute, mais n'avait jamais eu l'intention de la revoir.

Cet abandon était si douloureux qu'elle devait sans cesse se sermonner pour ne pas éclater en sanglots : elle avait fait confiance à un homme qu'elle connaissait à peine, tant pis pour elle ! Cette triste affaire lui servirait de leçon à l'avenir.

Deux semaines après son aventure avec Alex, Rosie avait quelque peu repris le dessus. Cependant, elle commença à s'inquiéter d'un retard dans son cycle, elle qui d'habitude était réglée comme une horloge. Heureusement, elle prenait la pilule et n'avait donc aucune raison de se tracasser. Pourtant, à la fin de la troisième semaine, elle se décida à consulter son médecin, qui lui fit aussitôt une prise de sang et lui donna un rendez-vous deux jours plus tard. Lorsqu'elle s'y rendit, elle avait échafaudé toutes sortes d'hypothèses : carence en vitamines, dérèglement hormonal dû au stress, etc.

Elle s'attendait à tout sauf à s'entendre dire qu'elle était enceinte...

— Mais je prends la pilule, s'exclama-t-elle. Ce n'est pas possible !

Le médecin, un homme très compréhensif, lui posa des questions précises. Elle se souvint alors de cette nuit où, prise de nausées, elle avait dû se lever plusieurs fois. Un affreux pressentiment l'assaillit, et elle expliqua la situation au médecin.

— Vous avez sans doute rendu votre pilule cette nuit-là, lui dit-il. Vous auriez dû prendre un autre contraceptif jusqu'à la fin de votre cycle.

Rosie quitta le cabinet consternée, abasourdie, incapable de croire ce qui lui arrivait. Un bébé ! se répétait-elle, avec l'impression que tout s'effondrait autour d'elle. Comment s'en sortirait-elle avec un bébé, quand elle avait déjà du mal à subvenir à ses propres besoins ? C'était trop injuste : attendre un enfant parce qu'on avait, une fois et une seule, dévié du droit chemin !

Mais elle n'était pas la seule fautive : Alex Kolovos l'était tout autant. Il aurait pu utiliser un préservatif, au lieu de se contenter de savoir qu'elle prenait la pilule ! Aussi pourquoi poursuivrait-il sa vie tranquille, sans savoir qu'il avait conçu un enfant, quand son existence à elle serait bouleversée de fond en comble ?

Elle avait prévu d'intégrer l'université à l'automne, sous réserve qu'elle réussisse ses examens, prévus dans trois semaines. Mais comment ferait-elle avec un bébé ? Sans compter que ce pauvre petit, conçu par hasard et sans être désiré, avait peu de chances d'être heureux...

Non, plus elle réfléchissait à la situation, plus il lui semblait impensable de ne pas mettre Alex au courant. Nul doute que la nouvelle ne l'enchanterait pas, mais tant pis. Elle estimait ne pas avoir à supporter seule les conséquences d'un moment d'égarement commun.

Le lendemain, avant d'avoir eu le temps de se raviser, Rosie se rendit en bus au siège de STA Industries. A la charmante réceptionniste qui l'accueillit, elle demanda à voir Alex Kolovos.

— Nous n'avons personne de ce nom, lui répondit-elle. Et je connais tous les gens qui travaillent ici.

Effondrée, Rosie se laissa tomber dans l'un des confortables canapés en cuir du grand hall d'accueil. Alex lui avait-il menti en lui donnant un faux nom ? Dans ce cas pourquoi ? Parce qu'il était marié ? Quelle horreur ! Cette simple hypothèse lui donnait la nausée. Elle se souvint de la photo, dans le bureau qu'il occupait lors de leur première rencontre. Il lui avait dit que c'était la famille de son collègue. Elle l'avait cru, mais peut-être lui avait-il menti à ce sujet également ?...

Levant la tête, Rosie s'aperçut alors que la réceptionniste parlait au téléphone en la regardant avec attention. Etait-elle le sujet de la conversation ou bien devenait-elle paranoïaque ?

Non : après avoir raccroché, la jeune femme se leva pour s'approcher d'elle.

— J'ai trouvé quelqu'un qui sait peut-être qui vous cherchez.

Rosie reprit un peu d'espoir. Quelques minutes plus tard, un homme en costume déboucha d'un ascenseur et vint vers elle.

— Mlle Gray ?

Rosie leva vivement.

— Si vous voulez bien me suivre, mademoiselle, M. euh... Alex vous attend.

Elle ne se le fit pas dire deux fois, et suivit l'homme dans une partie des bureaux qu'elle ne connaissait pas. Là, au fond d'un couloir, se trouvait une grosse porte à doubles battants que l'homme ouvrit avant d'annoncer avec déférence :

— Mlle Gray, monsieur.

Rosie pénétra dans un vaste bureau aux larges baies vitrées, meublé avec un luxe inouï. Derrière l'imposante table de travail se tenait, debout, un individu très grand, avec ce beau visage dont elle avait rêvé presque toutes les nuits depuis plus de trois semaines.

La porte se referma derrière elle et, dans un silence gêné, tous deux se regardèrent de longs instants.

— Alex, chuchota Rosie, incrédule.

Il avança d'un pas dans sa direction.

— Je m'appelle Alexius Kolovos Stavroulakis, déclara-t-il, avec cette pointe d'accent qui lui plaisait. Pour rester discret, j'avais abrégé mon nom. Heureusement pour toi, Tito, un de mes gardes du corps, se trouvait non loin de la réception quand tu as parlé avec la secrétaire de l'accueil.

« Stavroulakis » ? C'était le S de STA, Rosie l'avait lu quelque part sans y prêter attention. Alex n'était donc pas un employé, mais le patron de cet énorme conglomérat — par conséquent un homme riche et puissant. Il l'avait délibérément trompée sur son identité ! Le choc était terrible, si terrible que tout se mit à tourner autour d'elle.

— Stavroulakis ? balbutia-t-elle, comme si son esprit refusait de comprendre. Mais... qu'est-ce qu'un homme comme vous a trouvé à une fille comme moi ?

Elle était blanche comme un linge, ses grands yeux écarquillés d'effroi. Alexius la vit vaciller et bondit. Pas assez vite pour la rattraper toutefois : elle s'effondra mollement sur le sol avec un petit gémissement.

Il se pencha pour la soulever dans ses bras. Pourquoi Rosie s'était-elle mise à sa recherche au bout de trois semaines ? Il ne voyait qu'une seule raison. Et s'il ne se trompait pas, c'était bien ce qui pouvait lui arriver de pire.

4

Alexius avait étendu Rosie encore évanouie sur le canapé en daim. Elle était si menue, si petite, qu'on l'aurait prise pour une adolescente. Et ses vêtements ordinaires, sans la moindre recherche, accentuaient encore cette impression juvénile : jean propre mais usé, chandail rayé et des chaussures de toile plates qui avaient vu des jours meilleurs ! Cette pauvre fille n'était décidément pas de son monde ! Dans quel pétrin s'était-il fourré en couchant avec elle ? Il avait dû perdre la tête !

Elle revenait à elle, à présent et, guettant sur son visage des signes de conscience, il fut de nouveau frappé de la trouver si jolie. Un nez parfait, de hautes pommettes qui reprenaient couleur, et cette bouche merveilleuse, pulpeuse, sensuelle à rendre fou. C'était cette bouche qui l'avait séduit en premier lieu… et le reste ne l'avait pas déçu ! Car s'il avait été inconscient de lui faire l'amour, il en conservait un souvenir qui l'excitait encore ! D'ailleurs, il rêvait d'elle à peu près toutes les nuits depuis trois semaines, se réveillant furieux contre lui-même, contraint d'aller prendre une douche froide pour se calmer.

Un autre souvenir ne le quittait pas : l'expression de Rosie, après l'orgasme. Elle l'avait regardé avec émerveillement, confiance, et, même s'il ne comprenait pas pourquoi ni comment, il en avait été touché. Bouleversé, même ! Une première pour lui qui, avec les femmes, n'éprouvait que du plaisir, jamais d'émotion.

Rosie battit des paupières puis, dès qu'elle le put, promena les yeux autour d'elle. Alex était assis dans un fauteuil à côté du canapé ; par de grandes fenêtres, la lumière entrait en abondance dans cette pièce qu'elle n'avait jamais vue. Où se trouvait-elle ? Elle voulut se redresser, mais un vertige la saisit de nouveau et elle dut fermer les yeux.

— Où sommes-nous ? demanda-t-elle d'une voix lasse.

— Chez moi. J'habite au-dessus de mon bureau et je t'ai transportée ici pour que nous parlions sans être dérangés.

Son ton détaché, clinique, presque professionnel, choqua Rosie. Comment pouvait-il se montrer aussi indifférent, compte tenu des circonstances ? Elle se souvint alors qu'elle ne lui avait encore parlé de rien et l'angoisse l'étreignit.

— Tu m'as menti en ne me disant pas qui tu étais, murmura-t-elle pour gagner du temps.

— Non, se défendit Alexius, j'ai seulement omis de te donner mon nom tout entier.

— Tu sais très bien ce que je veux dire !

Elle réussit à se redresser ; le décor autour d'elle occupa alors son attention quelques instants. Elle n'en revenait pas : tout était si beau ! Mobilier moderne, sobre, de grand luxe ; somptueux tableaux aux murs ; beaux tapis sur un parquet magnifique. Elle se trouvait dans un monde de riches, pas dans le sien. Mais l'important n'était pas là et, s'obligeant à se concentrer sur ce qu'elle avait à dire, elle reprit :

— J'aimerais savoir à quel jeu tu as joué avec moi.

— Ce n'était pas un jeu. Ton grand-père...

— Je n'en ai pas, le coupa-t-elle, et tu le sais ! Pourquoi me mentir encore ?

— Je te dis la vérité : tu as un grand-père qui vit en Grèce. Il s'appelle Socrates Seferides. C'est le père de ton père.

— Ma mère m'a toujours dit que mon père n'avait pas de famille, s'obstina la jeune femme.

— Elle connaissait pourtant l'existence de Socrates ; elle l'a même sollicité pour qu'il lui envoie de l'argent quand ton père l'a abandonnée enceinte. Il l'a fait pendant des années

Rosie avait pâli.

— Je ne l'ai jamais su, murmura-t-elle.

— Je te crois. Je sais que tu as grandi dans des familles d'accueil; pourtant, ton grand-père envoyait régulièrement à ta mère de quoi assurer ta sécurité et ton confort.

Stupéfaite, Rosie demeura muette comme lui revenaient certains souvenirs : des photos de sa mère sur des plages exotiques et ensoleillées qui, à l'époque avaient enflammé son imagination d'enfant. Ou encore Jenny allant voir sa fille dans sa famille d'accueil, habillée comme une princesse : robes très élégantes, chaussures à talons vertigineux, bijoux... Comme Rosie la trouvait belle, alors ! Et la petite fille qu'elle était n'avait jamais cherché à comprendre comment sa mère pouvait se payer des voyages ou de beaux vêtements. A la lumière des révélations d'Alex, tout devenait limpide : sa mère utilisait l'argent qu'envoyait Socrates Seferides à des fins toutes personnelles. On pouvait alors comprendre qu'elle ait caché à sa fille l'existence de ce grand-père...

— Dis-moi, demanda-t-elle, traversée par une interrogation subite, comment es-tu au courant de ce grand-père et de ce qu'il dit avoir fait pour moi ?

— Socrates est mon parrain, et un très vieil ami aussi. Il m'a demandé d'entrer en contact avec toi et d'essayer de te connaître pour lui donner mon avis sur toi.

Rosie écarquilla de grands yeux incrédules.

— Pourquoi, grands dieux ?

— Parce qu'il aimerait que tu ailles faire sa connaissance en Grèce. Mais avant de t'inviter, il voulait savoir si tu étais quelqu'un de bien. Je l'ai déjà informé qu'il pouvait t'accueillir sans crainte, que tu étais une jeune femme dont il pouvait être fier.

— Voilà pourquoi tu as voulu engager la conversation quand je faisais le ménage dans les bureaux, souffla lentement Rosie. Et c'est aussi pour cela que tu as mis Jason en fuite. Tu jouais la comédie. Tu ne t'es jamais intéressé à moi, tu étais en service commandé !

Elle était effondrée, humiliée, mortifiée. Quelle bécasse elle avait été, si naïve et crédule ! Elle mit de longues secondes à digérer.

— Quand tu m'as fait l'amour, demanda-t-elle enfin d'une voix morne, cela faisait aussi partie de ton plan pour me connaître ?

— Bien sûr que non ! s'écria Alex. J'ai profité de ta candeur, et j'ai eu tort !

Rosie avait les larmes aux yeux tant son cœur lui faisait mal. Elle était blessée à la fois dans ses sentiments et dans son amour-propre. Il avait profité de sa candeur... Quelle déception ! Comme la vie était horrible, parfois. Dire que cet homme lui avait donné tant de bonheur, et elle, idiote, qui avait cru qu'il s'intéressait à elle... Elle n'avait été qu'un simple moyen de remplir l'objectif qu'il s'était fixé. Quoi de plus humiliant ?

Dans sa détresse, un détail lui revint, qui prenait à présent toute son importance.

— Ces billets de banque qui traînaient sur la moquette du bureau, un soir, tu les avais fait tomber exprès ? C'était pour vérifier que je n'étais pas une voleuse ?

— Ton grand-père m'avait demandé de m'assurer de ton honnêteté, se défendit Alexius. Je n'ai jamais eu l'intention de te rabaisser de quelque manière que ce soit, Rosie, je te le promets. Je voulais seulement rendre service à un ami très cher. Veux-tu que je te parle de lui, puisque c'est ton grand-père ?

Le visage de Rosie se ferma. Si ses beaux yeux avaient pu tuer, il aurait déjà été réduit en cendres sur le tapis depuis belle lurette.

— Je ne veux rien savoir de lui ! C'est un homme qui a préféré demander à quelqu'un de me juger plutôt que de faire l'effort de me connaître. Je ne trouve pas ça correct !

Alexius fronça les sourcils. Il ne s'était pas attendu à une réaction pareille. Il essaya de se montrer conciliant :

— Ne juge pas sans savoir, Rosie. Ton grand-père a été très malade, et peut-être comprendras-tu mieux sa démarche si tu le rencontres.

— Il n'en est pas question ! rétorqua la jeune femme. Ma vie est déjà assez compliquée sans que j'aille en Grèce faire la connaissance d'un vieil homme qui veut me voir seulement parce qu'on lui a dit que j'étais une brave fille.

— Tu reportes sur Socrates l'acrimonie que tu as contre moi parce que je t'ai dupée. Ce n'est pas équitable. Je suis prêt à te conduire auprès de lui. Ne refuse pas : ce serait stupide et tu le regretterais.

Alex avait prononcé cette dernière phrase avec une dureté qui déplut à Rosie. Elle se leva et gagna la fenêtre : on y découvrait une saisissante vue panoramique de la ville. Comme c'était beau ! Elle se gorgea quelques instants du paysage, puis se retourna. Son amant d'un soir avait braqué ses magnifiques yeux gris sur elle ; ils brillaient d'un éclat tumultueux, comme un ciel juste avant l'orage.

— Si tu es en colère contre moi parce que je refuse d'aller en Grèce, tu ne manques pas de toupet ! lança-t-elle d'un ton âpre.

— Ce n'est pas contre toi que je suis irrité, mais contre moi, qui ai tout gâché, au point que tu en veux désormais à ton grand-père. Le pauvre homme n'a pas mérité ça !

Rosie réfléchit quelques instants.

— Non, je ne lui en veux pas, finit-elle par admettre. Je suis sûre que c'est un vieux monsieur charmant, mais je n'ai pas envie de le connaître. Et, surtout, je ne veux pas aller là-bas avec toi. Ni ou que ce soit, d'ailleurs ! En particulier maintenant que je sais qui tu es.

— Qu'ai-je de si repoussant ? voulut ironiser Alexius.

Elle lui tournait le dos à présent, et il luttait pour ne pas regarder ses fesses ravissantes moulées dans son vieux jean. Il adorait ce corps presque juvénile, qui lui avait donné tant de plaisir au lit... A cette pensée, il sentit le désir naître au creux de ses reins et dut se faire violence pour se maîtriser.

— Tu n'as rien de repoussant, mais nous n'avons rien en commun, répondit Rosie sans se troubler.

D'un geste ample, elle indiqua la pièce autour d'elle.

— Tu es très riche, reprit-elle. Tu as reçu une bonne éducation, fait de longues études ; moi, je n'ai ni argent ni éducation et je me bats pour entrer à l'université l'année prochaine. Mais, plus grave, je ne peux plus te faire confiance parce que tu m'as déjà menti.

La belle bouche sensuelle d'Alexius ébaucha l'ombre d'un sourire.

— Si cela peut te rassurer, je te promets de ne te dire désormais que la vérité, même s'il arrive qu'elle te déplaise.

— Je préfère cela. Alors réponds-moi en toute franchise : es-tu vraiment très riche ?

Alexius se contenta de hocher la tête. Mais, voyant la mine de Rosie s'allonger, peina à dissimuler son impatience.

— Je suis riche, en effet, expliqua-t-il. Parce que j'ai hérité de mes parents, qui étaient issus tous les deux de familles très fortunées. Cela m'a permis de réussir en affaires.

Rosie ne se pardonnerait jamais d'avoir été aussi stupide. Quelle pauvre idiote ! Dire qu'elle l'avait pris pour un employé ! Cadre peut-être, mais employé tout de même. Comment avait-elle pu ne pas remarquer la luxueuse montre en or à son poignet, les chemises blanches immaculées, les costumes coupés à la perfection dont il changeait tous les jours ? Fallait-il qu'elle ait été aveugle… ou aveuglée par la séduction qu'il exerçait sur elle !

— Pourquoi es-tu venue me revoir aujourd'hui, Rosie ? demanda-t-il soudain, la tirant de ses pensées amères.

Elle se tourna pour le regarder droit dans les yeux, le cœur serré. Le moment était venu d'avouer la vérité.

— Parce que je suis enceinte, déclara-t-elle sans chercher à biaiser. Désolée de te l'annoncer ainsi. Je croyais être protégée parce que je prends la pilule, je te l'avais dit, mais j'ai été malade quelques jours avant que nous fassions l'amour, et j'ai sans doute rendu ma pilule.

Alexius sentit le sang quitter son visage et ses traits se crisper. Ainsi, le pire était advenu, comme il l'avait redouté…

— Tu es sûre de ce que tu me dis ? demanda-t-il entre ses dents serrées.

— Hélas oui. On fait des tests très tôt, maintenant.

— Et tu es sûre aussi que l'enfant est de moi ?

Même si elle savait qu'Alex était en droit de la poser, la question blessa Rosie au plus profond de sa chair et de son âme.

— Tu sais qu'il n'y a eu personne avant toi, dit-elle, le cœur lourd. Et après toi, je peux te jurer qu'il n'y en a pas eu d'autre non plus. Ce bébé est le tien.

Un bébé ! Quelque chose d'inconcevable pour lui ! Un piège qu'il avait toujours réussi à éviter. Certains de ses amis s'étaient trouvés dans cette situation et s'en étaient mordu les doigts longtemps. Aussi avait-il toujours fait très attention. Et voilà qu'il se faisait prendre à son tour ! En partie par sa faute, en plus car, au vu de l'inexpérience de Rosie, il aurait dû, lui aussi, prendre des précautions.

— Tu n'es pas très content, n'est-ce pas ? murmura Rosie, brisant l'atroce silence. Moi non plus je ne suis pas ravie, mais je ne veux pas avorter…

— Je ne te le demande pas, la coupa-t-il d'un ton dur. Nous sommes adultes et responsables, nous ferons ce qu'il faut.

— C'est qu'un bébé réclame beaucoup, soupira Rosie. Beaucoup de temps, d'attention.

Elle le savait, pour l'avoir vécu dans certaines de ses familles d'accueil. C'était un travail à plein temps, et sa vie s'en trouverait bouleversée. Sans parler de ses plans d'avenir, qui n'auraient plus guère de chances de se réaliser.

— C'est pourquoi je me serais bien passée de cette grossesse, ajouta-t-elle avec une note de tristesse. J'ai mes examens dans un peu plus de quinze jours et je n'arrive pas à me concentrer sur mes révisions.

— Tu passes des examens ? demanda Alexius, ahuri par cette nouvelle.

— Oui, dans l'espoir d'aller à l'université l'an prochain.

Décidément, celui qui avait enquêté sur Rosie pour le compte de Socrates avait bien mal fait son travail ! D'abord, une photo en noir et blanc insipide, qui ne permettait pas d'imaginer combien la jeune femme était jolie et désirable ; et puis il avait ignoré des faits importants, comme ce qu'elle venait de lui apprendre : Rosie, semblait-il, avait de l'ambition, et ne comptait pas rester femme de ménage toute sa vie…

Alexius se ressaisit. De toute façon, ce qu'elle voulait, ce qu'elle était importaient peu maintenant qu'elle portait un enfant de lui. Et Socrates méritait mieux que de se découvrir une petite-fille enceinte d'un bébé sans père. Il n'y avait donc qu'une solution : qu'il le veuille ou non, il allait être obligé de renoncer à sa sacro-sainte liberté. Il le devait à son parrain.

— Je vais t'épouser, s'entendit-il déclarer.

Rosie éclata de rire.

— Ne dis pas de bêtises !

Alexius n'avait absolument pas anticipé une telle réaction. Ainsi, elle croyait à une plaisanterie, comme si l'on pouvait rire d'un tel sujet en un moment pareil ?

— Je suis très sérieux, au contraire. C'est la meilleure solution. Notre enfant portera mon nom et je t'entretiendrai pour que tu n'aies à te soucier de rien. Tu pourras même poursuivre tes études.

Cette fois, Rosie le dévisagea, le front plissé, un air de totale incrédulité sur le visage.

— Tu m'épouserais ? souffla-t-elle. Pourquoi, grands dieux ? Parce que tu redoutes le jugement de mon grand-père, c'est ça ? Tu sais, de nos jours, les gens ne se marient plus parce qu'ils ont fait un enfant.

— Peut-être, mais ils ont tort, rétorqua Alexius d'une voix blanche. Moi, j'estime que c'est le mieux pour la mère et pour l'enfant.

— Et moi, je ne suis pas d'accord, s'obstina la jeune femme, sans perdre son calme toutefois. C'est très gentil de ta part, mais tu n'as aucune envie de te marier. Et moi, dans ces conditions, je n'ai pas envie non plus de t'épouser. Allons, Alexius, sois honnête avec toi-même !

— Je le suis, tenta-t-il d'objecter.

Il n'arrivait décidément pas à croire à la réaction de Rosie.

— Tu ne me veux pas comme épouse, renchérit-elle. Et tu ne

veux pas non plus être père, je le sens très bien. Cette grossesse me déconcerte autant que toi, mais il existe d'autres solutions que le mariage.

— Ton grand-père ne sera pas de ton avis !

— Si je le rencontre un jour, il devra admettre que nous n'ayons pas toujours les mêmes idées. Allons, reprit Rosie avec force, regarde les choses en face : je n'appartiens pas au même monde que toi, tes amis se moqueraient de moi et toi-même, tu serais mal à l'aise. Je ne suis qu'une femme de ménage, ne l'oublie pas. Enfin, et c'est le plus important à mes yeux, tu n'es pas amoureux de moi !

Le regard d'Alex se fit dédaigneux.

— L'amour, ce n'est que le contact de deux épidermes, rien de plus, déclara-t-il. Et sur ce plan-là, je ne devrais pas te décevoir...

Rosie leva les yeux au ciel, attristée et atterrée à la fois par tant de cynisme. Cependant, l'attitude pleine de morgue du milliardaire la confortait dans sa décision.

— Je ne suis pas d'accord. Si un jour je me marie, je serai amoureuse de l'homme que j'aurai choisi. L'amour est essentiel pour moi.

Alexius se raidit.

— Désolé, mais cela, je ne peux pas te le donner.

— Quelle importance puisque je n'ai pas l'intention de t'épouser, rétorqua Rosie avec aplomb.

Mais tout au fond d'elle-même, elle était blessée qu'il n'imagine pas pouvoir éprouver un jour pour elle des sentiments autres que du simple désir physique. Pourtant elle n'en montra rien.

— Essaie plutôt d'aimer notre enfant, quand il viendra au monde, ajouta-t-elle.

Alexius se fit violence pour tâcher de maîtriser la colère qui le gagnait. En vain.

— Tu n'es pas raisonnable de refuser ma proposition. Tu t'en repentiras ! dit-il d'un ton dur.

Rosie prit aussitôt la mouche.

— C'est toi qui n'es pas raisonnable. Tu ne me connais pas, nous ne sommes même pas sortis ensemble et nous avons fait l'amour une seule et unique fois. Après quoi, tu es parti au milieu de la nuit sans plus jamais me donner signe de vie.

Alexius parut embarrassé.

— Je me disais que nous nous reverrions, puisque ton grand-père m'avait demandé de t'emmener le voir.

— Je ne sais pas si j'irai un jour en Grèce, déclara Rosie d'un ton ferme. Pour l'instant, avec ce bébé à venir, ma vie est déjà assez compliquée.

Elle avait pris un air obstiné qui n'échappa pas à Alexius. Il en fut exaspéré, lui qui n'avait pas l'habitude qu'on lui tienne tête. S'il avait pu, il l'aurait mise de force dans un avion pour Athènes, sans s'occuper de ses états d'âme ! Mais il fallait l'amadouer, sinon il n'obtiendrait rien : c'était une jeune femme déterminée, volontaire, sous ses apparences fragiles et vulnérables. Et plutôt que de la braquer, mieux valait changer de sujet.

— Tu as l'intention de continuer tes ménages le soir dans les bureaux pendant ta grossesse ? demanda-t-il d'un ton narquois.

— Tu as une autre solution ? interrogea-t-elle d'un ton sec, visiblement agacée.

— Justement, oui. Je suis prêt à t'aider financièrement. Abandonne ton travail, il est beaucoup trop fatiguant dans ton état

— Ne sois pas ridicule ! s'exclama Rosie. Je vais très bien et...

— Tu viens de t'évanouir, lui rappela-t-il.

— C'est vrai, et je vais te dire pourquoi : depuis que je suis enceinte, manger le matin me donne des nausées. Je suis donc partie de chez moi le ventre vide. Si tu ajoutes à cela l'angoisse de devoir t'avouer mon état, tu peux comprendre que j'ai eu une faiblesse, non ?

Sans répondre, Alexius, d'un mouvement impatient, sortit son téléphone pour appeler sa gouvernante, à qui il demanda d'apporter un petit déjeuner pour deux personnes. Après quoi, il fixa la jeune femme un long moment sans rien dire. Elle le mettait en rage ! A cause de son obstination et de son assurance tranquille, il n'arrivait à rien avec elle. Elle ne l'écoutait pas, refusait de l'épouser et ne voulait même pas aller voir Socrates. Il y avait de quoi perdre ses nerfs !

— Pourquoi me regardes-tu ainsi ? finit par demander Rosie. On dirait que tu es furieux contre moi.

— En effet. Je suis en colère parce que tu ne veux pas entendre raison.

— Je sais m'occuper de moi, Alex. Tu n'as pas à t'inquiéter. J'ai l'habitude.

On frappa à la porte. La gouvernante entra avec un plateau de petit déjeuner, qu'elle posa sur la table basse avant de se retirer.

— Mange, lui ordonna Alex. Tu en as besoin !

Il y avait des croissants et des toasts chauds, ainsi qu'un assortiment de confitures et du thé. Rosie s'en versa une tasse avant d'en proposer à son compagnon, qui rétorqua sèchement :

— Merci, je ne bois que du café.

Sans insister, elle attaqua un croissant avec appétit. Peu à peu, à mesure que sa faim s'apaisait, son esprit se faisait plus conciliant. Elle ne regrettait pas d'avoir tenu tête à Alexius sur ce point essentiel d'un mariage ; en revanche, peut-être devrait-elle se raviser et accepter de rencontrer son grand-père grec ?

— Je vais d'abord passer mes examens, puis je réfléchirai à l'éventualité de me rendre en Grèce, concéda-t-elle après avoir bu une gorgée de thé.

— Je voudrais que tu n'écartes pas définitivement non plus la possibilité de m'épouser.

Rosie pointa en avant son menton en une moue déterminée :

— Non, n'insiste pas sur ce point. Je ne t'épouserai pas.

— Pourquoi ?

— Je te l'ai déjà dit. Premièrement, tu n'as aucune envie de te marier ! Tu m'as promis de me dire la vérité, alors je te pose la question : je me trompe ?

— Non.

— Eh bien n'en parlons plus, veux-tu ? Essayons plutôt d'être amis. Ce sera plus simple.

— Je n'ai que faire d'être ami avec toi, Rosie ! s'échauffa Alex. Ce que tu m'inspires n'a rien à voir avec l'amitié.

Comprenant qu'il allait de nouveau s'emporter, Rosie termina en hâte son croissant et son thé avant de se lever.

— Merci pour ce délicieux petit déjeuner. A présent, je dois partir pour ne pas être en retard à mon cours.

Sortant de nouveau son téléphone, Alex annonça, sur un ton qui n'admettait pas la réplique :

— Désormais, tu auras une voiture et un chauffeur à ta disposition.

Rosie ouvrit de grands yeux ahuris.

— Pourquoi faire ?

— Devine... Pour te conduire partout où tu voudras, évidemment ! Donne-moi ton numéro de téléphone avant de t'en aller.

Elle choisit d'ironiser :

— Tu t'en es passé jusqu'à maintenant, me semble-t-il. Tu en as besoin parce que je suis enceinte ?

— Nous avons encore pas mal de choses à nous dire, *moraki mou*.

— Moi, je t'ai dit tout ce que j'avais à te dire, lui rétorqua Rosie.

— Eh bien, moi non, figure-toi !

Tout en inscrivant son numéro sur un feuillet de papier, Rosie fut prise de remords.

— Inutile de dire à mon grand-père que j'ai besoin de réfléchir avant d'accepter de le connaître. Explique-lui seulement que je dois passer des examens. Je ne voudrais pas le blesser.

— Et moi, tu n'as pas peur de me blesser en refusant de m'épouser ? riposta Alex du tac au tac.

— Je crois que tu es plus coriace que ce vieil homme, répondit Rosie avec franchise. Tu es trop sûr de toi, trop égocentrique pour souffrir autrement que dans ton amour-propre.

Avait-elle tort dans son jugement ? Alexius se posa la question. Certes, les femmes ne lui avaient jamais inspiré de sentiments : du désir seulement, puis du plaisir avec la satisfaction du désir. Mais Rosie n'avait rien de commun avec ces femmes : sa candeur, sa simplicité, son bon sens lui en imposaient. Pour une obscure raison, il n'aimait pas qu'elle ait cette piètre image de lui. Etait-ce parce qu'elle portait un enfant de lui ?

En tout cas, qu'elle soit enceinte justifiait qu'il la fasse discrètement escorter par un de ses gardes du corps, désormais. Elle n'en saurait rien, mais lui serait plus tranquille.

En rentrant chez elle après ses cours, Rosie réfléchissait encore à la longue discussion qu'elle avait eue avec Alexius, deux jours plus tôt, et ne savait qu'en penser. Depuis qu'elle l'avait quitté, un chauffeur et unc berline de luxe l'avaient conduite partout où elle voulait aller ; pareil confort lui avait paru extravagant. Presque autant que cette incroyable demande en mariage. Pourquoi diable le milliardaire lui avait-il fait pareille proposition, alors qu'ils évoluaient dans deux mondes si différents et n'avaient strictement rien en commun ? Et en plus il n'était pas amoureux d'elle et n'avait aucune envie d'avoir un enfant !

Rosie avait beau réfléchir, elle ne trouvait pas de réponse satisfaisante à cette question. Elle en concevait une frustration grandissante, parce qu'elle était très attirée par lui ; dans n'importe quelle autre situation, elle aurait été si heureuse de l'épouser !

Grâce à Dieu, elle possédait du bon sens. Un mariage avec Alexius serait un désastre et ne durerait pas. Or elle voulait donner à son enfant toutes ses chances dans la vie ; un divorce de ses parents ne pourrait que le faire souffrir. La meilleure solution était donc d'établir avec Alexius des relations de bonne intelligence. Pas de passion donc pas de mariage, et donc pas non plus d'intimité ni de sexe... Cette dernière pensée lui était douloureuse. Il s'agissait d'un vrai renoncement : son éphémère amant l'attirait tant ! Et maintenant qu'il lui avait fait connaître le plaisir, elle rêvait de dormir de nouveau avec lui. Mais il fallait choisir ; dans la vie, on ne pouvait pas tout avoir

A la maison, Martha l'accueillit à la porte, Bass dans les bras, et lui annonça d'emblée :

— Tu as de la visite.

Rosie se dirigea vers le petit salon et se figea, entre stupéfaction et épouvante : Jason Steel était affalé sur le canapé.

Seigneur ! Elle n'avait vraiment pas besoin de lui après les deux jours de tourments psychologiques qu'elle venait de vivre...

5

— Je garde Baskerville avec moi, lui chuchota Martha à l'oreille. Il déteste ce garçon. Il lui a déjà montré les dents !

— Merci, souffla Rosie.

Elle pénétra dans le salon, dont elle referma la porte sur elle.

— En voilà une surprise ! lança-t-elle à Jason d'un ton peu amène. Comment m'as-tu trouvée ?

L'interpellé fit la grimace.

— Je te l'expliquerai. Je voulais te voir après ce qui s'est passé dans la rue, l'autre soir.

Sans répondre, Rosie s'installa sur une chaise face lui. Jason, toujours vautré sur le vieux canapé, posa sur elle un regard concupiscent qui la mit mal à l'aise.

— Ce type qui est intervenu m'a fait sortir de mes gonds ! lança-t-il, fanfaron. Il n'avait qu'à pas se mêler de mes affaires. Je voulais te proposer d'aller au cinéma un de ces soirs. Ou au restaurant, si tu préfères ?

Elle contint un soupir. Il fallait le décourager au plus vite.

— Ce ne serait pas une bonne idée, Jason.

— Pourquoi ? Je ne suis pas assez bien pour toi ?

Son agressivité était palpable, aussi Rosie se hâta-t-elle de répliquer, apaisante :

— Le problème n'est pas là, tu le sais pertinemment.

Le plus sûr moyen de se débarrasser de lui était de jouer la carte de la vérité, se dit-elle alors. Au moins, il ne se vexerait pas.

— Ce ne serait bien ni pour toi ni pour moi. Vois-tu, je suis enceinte.

Jason parut abasourdi.

— Tu plaisantes ?

— Pas du tout.

— Enceinte, répéta-t-il avec une sorte de dégoût, comme s'il s'agissait d'une maladie honteuse.

Du bruit retentit dans l'entrée et des voix d'hommes s'élevèrent, couvertes bien vite par les aboiements furieux de Baskerville.

— Je ne savais même pas que tu voyais quelqu'un, dit Jason. Bon, inutile que je perde mon temps, je n'ai pas envie de sortir avec une fille qui attend un gosse d'un autre type.

Après cette conclusion d'une délicatesse qui reflétait bien sa personnalité, il se leva prestement. A cet instant, la porte s'ouvrit et Baskerville, frénétique, bondit vers Jason en aboyant comme un fou. Alexius apparut, suivi de son garde du corps, au moment précis où Jason se débarrassait de Bass d'un coup de pied sauvage, qui envoya l'animal percuter le mur avec violence. Rosie poussa un hurlement horrifié au moment où son chien s'affalait sur le sol, inerte.

— Jason ! Tu as tué Bass, gémit-t-elle en se précipitant auprès du pauvre animal.

— Calme-toi, Rosie, lui intima Alexius, l'obligeant à se relever pour s'agenouiller à son tour à côté du chien.

Il ne put réprimer une grimace : le pauvre animal semblait bien mal en point. Une de ses pattes arrière faisait un drôle d'angle par rapport à son corps, vraisemblablement fracturée, il ne bougeait pas, et du sang s'écoulait de son museau. Alexius le palpa avec précaution avant de déclarer :

— Son cœur bat, mais il est choqué. On va l'emmener chez un vétérinaire.

Rosie se tourna vers Jason.

— Tu es monstre de t'en être pris à ce pauvre petit chien ! s'écria-t-elle avec une violence mal contenue, tant elle était angoissée.

— C'est lui qui m'a attaqué, bougonna Jason avec mauvaise humeur.

Sans répondre, Rosie se précipita dans la cuisine pour y chercher le panier de Baskerville. On l'y coucha, en prenant garde de le remuer le moins possible.

— Il faut que tu portes plainte contre ce rustre, lui conseilla Alex avec un signe de tête en direction de Jason. Hier soir, il t'a suivie jusqu'ici. C'est du harcèlement.

— Je voulais seulement voir où tu habitais, Rosie, protesta l'ex de Melanie, qui avait perdu de sa superbe et ne semblait savoir sur quel pied danser. Je n'avais pas l'intention de lui faire de mal. Je n'ai même pas sonné à la porte, il était trop tard. J'ai préféré revenir ce soir.

Rosie, qui avait un peu retrouvé ses esprits, se tourna vers Alexius.

— Occupons-nous d'abord de Bass, c'est lui le plus important.

Le père de son enfant souleva le petit panier et se dirigea vers la sortie. Il s'arrêta devant Jason, qu'il défia du regard.

— Que je ne vous reprenne jamais à importuner Rosie, sinon vous vous en repentirez. Et maintenant, disparaissez !

Jason ne le fit pas dire deux fois.

A peine avait-il pris la porte que le pauvre Bass gémit misérablement. Aussitôt, Rosie eut les larmes aux yeux.

— J'ai si peur qu'il meure, se lamenta-t-elle en caressant sa petite tête. Je ne le supporterais pas ! Il est tout ce qui me reste de Beryl.

— Beryl ? répéta Alex sans comprendre.

— Je t'expliquerai dans la voiture.

Dès qu'ils furent installés à l'arrière de la limousine qui attendait devant la maison, le chauffeur démarra. Baskerville, mal en point, geignait toujours, et Rosie avait du mal à contenir ses larmes.

— Qui est Beryl ? demanda Alexius dans l'espoir de la distraire.

— C'était ma mère d'adoption. Elle est morte d'un cancer. Elle était très attachée à Baskerville, qu'on lui avait donné dans les derniers mois de sa maladie. Avant de mourir, elle m'a fait promettre de m'en occuper.

La jeune femme avait pris le panier sur ses genoux ; tout en parlant, elle caressait le petit chien avec tendresse.

— Comment as-tu découvert que Jason m'avait suivie hier soir ? Et comment savais-tu qu'il était chez moi ce soir ?

— Depuis notre discussion dans mon appartement, un de mes gardes du corps ne te quitte pas des yeux. Il est discret, mais il s'assure que rien ne t'arrive.

Rosie ouvrit de grands yeux étonnés.

— Tu es complètement fou ! Que veux-tu qu'il m'arrive ? Je ne suis pas une princesse, tu sais ? Je ne porte pas de bijou, je n'ai pas d'argent. Je ne risque vraiment rien !

— Je t'ai quand même débarrassée de Jason, avança Alexius, pragmatique.

— Je l'aurais fait toute seule !

Il ne répondit rien, préférant de pas se lancer dans une nouvelle discussion. Peu après, la limousine s'immobilisait devant une clinique vétérinaire, qu'il avait appelée pour prévenir de leur arrivée.

Là, une infirmière les accueillit et prit le panier où gisait Baskerville. Le vétérinaire apparut à son tour. Après avoir rapidement ausculté le petit animal, il se montra rassurant :

— Nous allons lui passer des radios, puis lui administrer un calmant. Il faudra ensuite traiter sa patte arrière, mais on devrait le tirer d'affaire.

Il les invita à s'installer dans la salle d'attente pendant qu'on s'occupait de Bass.

— J'ai tellement peur qu'il ne survive pas, gémit Rosie, demeurée seule avec Alex.

— C'est une des meilleures cliniques vétérinaires de la ville. Si ton chien peut être sauvé, il le sera.

Elle ne répondit rien, essayant d'imaginer sa vie sans la présence si affectueuse et si vivante de son petit chien.

Un quart d'heure plus tard, l'infirmière venait les informer que

Bas passerait la nuit en observation car il avait une fracture du crâne, mais que, pour l'instant, ses jours n'étaient pas en danger.

— Je me demande comment je vais payer la facture de cette clinique, murmura Rosie tandis qu'ils regagnaient la limousine.

— Ne t'inquiète pas, je prendrai tout à ma charge.

— C'est très généreux de ta part, mais je n'ai pas envie de t'être redevable, répliqua aussitôt Rosie.

Alexius la retint par la main comme elle s'apprêtait à monter dans la voiture et plongea dans les siens ses yeux gris si beaux.

— Accepte de partir avec moi voir ton grand-père à Athènes et tu ne me devras rien.

— C'est du chantage ! s'indigna Rosie.

Il éclata de rire.

— Pas tout à fait, non, mais c'est ainsi que je fonctionne : j'aime pousser mon avantage chaque fois que c'est possible.

Sans répondre, Rosie s'installa dans la voiture. Elle s'appliquait à réfléchir à la situation, pesant le pour et le contre.

Alexius Stavroulakis n'appartenait pas seulement à un monde qui n'était pas le sien, il était aussi d'une essence différente. C'était quelqu'un d'impitoyable et sans scrupules, qui ne faisait jamais rien sans contrepartie. Le contraire d'un être généreux. En était-elle vraiment surprise ? Non. Mais avait-elle la possibilité de refuser son aide financière ? La réponse était négative aussi. Il fallait soigner Bass, elle n'avait pas les moyens de payer la clinique : elle devrait donc accepter l'aide d'Alex et, en échange, ferait le sacrifice d' aller en Grèce.

Mais s'agissait-il réellement d'un sacrifice ? Tout au fond d'elle-même, Rosie savait qu'elle avait envie de rencontrer le père de son père. Par curiosité, d'abord, mais aussi parce que, viscéralement, un instinct la poussait à en savoir davantage sur ses origines.

Sa décision était prise. Elle s'arma de courage et se tourna vers le milliardaire grec :

— Mon dernier examen aura lieu dans deux semaines. Après, nous irons en Grèce.

— Tu me soulages d'un grand poids, s'exclama Alex. La perspective de décevoir ton grand-père m'était très pénible.

Et il disait vrai. Il faudrait, certes, annoncer à Socrates que la jeune femme était enceinte, et la nouvelle ne l'enchanterait sûrement pas, lui qui appartenait à une autre génération. Mais peut-être aurait-il réussi à faire entendre raison à Rosie d'ici là ?

La voix de celle-ci le ramena au réel.

— Sache en tout cas que je n'approuve pas tes méthodes : tu te sers de mon attachement à Baskerville pour obtenir de moi ce que je n'étais pas encore tout à fait décidée à faire. Tu n'as pas à être fier de toi.

Alexius ne releva pas. Le silence s'établit entre eux jusqu'à ce qu'ils approchent du domicile de Rosie. Là, il reprit la parole :

— J'ai encore une chose à te demander.

Comme Rosie portait sur lui un regard interrogatif, il expliqua :

— J'aimerais que mon ami et médecin Dimitri Vakros, que tu connais, t'examine de nouveau. Tu es enceinte, je voudrais m'assurer que tu es en bonne santé.

— J'ai déjà vu un médecin, soupira Rosie, trop fatiguée à présent pour protester avec plus d'énergie.

— Quoi que je te propose, tu n'es jamais d'accord ! s'emporta Alexius, irrité par tant de résistance. Je ne pense qu'à ton bien, et tu le sais !

Rosie baissa les yeux et son regard se posa sur la longue cuisse puissante, si proche de la sienne. Elle détourna vite le regard car lui revenaient des images de sa nuit d'amour avec le somptueux Grec. Ses joues s'empourprèrent et déjà surgissait en elle cette chaleur exquise et presque douloureuse : le désir !

Elle voulut se ressaisir, furieuse de ne pas mieux se contrôler.

— Tu n'as pas à te préoccuper de moi, rétorqua-t-elle, plus sèchement qu'elle n'aurait voulu.

— C'est à mon enfant que je pense, fit valoir Alexius d'un ton dur. Tu peux le comprendre, non ?

Rosie se mordit la lèvre inférieure pour mieux refouler la

riposte acide qui lui venait. Car même s'il mentait et ne s'intéressait pas vraiment au bébé, ce dont elle était certaine, fallait-il le décourager quand il feignait de lui porter de l'intérêt ? Peut-être, avec le temps, se sentirait-il réellement impliqué — c'était son souhait le plus cher. Car que son enfant ait un père lui semblait indispensable, même si ce père lui inspirait des sentiments pour le moins conflictuels.

— Alors, Rosie, tu es d'accord pour aller voir Dimitri ? revint-il à la charge.

— Si tu y tiens...

— Tu peux tout de même comprendre que je me sente responsable de toi désormais, non ? lança Alexius, presque énervé à présent par la nonchalance de Rosie.

Elle pointa fièrement le menton en avant.

— Voilà des années que je me prends en charge, expliqua-t-elle sur un ton décidé, je ne vois pas pourquoi tu devrais désormais le faire à ma place. D'ailleurs, si j'avais voulu qu'il en soit ainsi, j'aurais accepté de t'épouser.

Alexius serra les dents face à cette pique acerbe. Il n'appréciait pas de se voir rappeler qu'elle l'avait rejeté.

— Qui sait, tu changeras peut-être d'avis, rétorqua-t-il, perfide.

— Je crains que non. Tu n'es pas un homme pour moi.

Il dut se faire violence pour ne pas lâcher la bride à sa colère. Pourtant, il aurait dû être soulagé qu'elle ne veuille pas de lui : au moins il garderait sa liberté, lui qui n'avait jamais envisagé de se marier. Il lui en voulait, cependant, et ce n'était pas seulement parce que son amour-propre était blessé. Obscurément, il tenait à cette jeune femme au corps frêle, dont l'aplomb, la droiture et le bon sens le déconcertaient. Et puis, sans pouvoir se l'expliquer, il la désirait. Peut-être parce qu'ils n'avaient fait l'amour qu'une fois ? A cette simple évocation, il sentait déjà le désir le tourmenter.

— Quel genre d'homme aimerais-tu épouser ? demanda-t-il, narquois, pour tenter d'oublier dans le bavardage l'érection que comprimait douloureusement son pantalon.

Rosie réfléchit quelques instants

— Quelqu'un de bon et d'honnête, déclara-t-elle enfin.

Il n'avait pas été honnête avec elle, il devait le reconnaître. Certes, il avait des excuses : c'était Socrates qui l'avait mis dans l'obligation de tromper Rosie. Quant à la bonté, elle n'était pas non plus une de ses qualités principales. Il préférait utiliser les gens plutôt que les aider. Mais avec elle, il avait fait de notables efforts, et elle ne semblait même pas s'en rendre compte !

Rosie observait Alex. Elle n'était pas dupe : il n'était pas content, lui en voulait. Pourtant, il aurait dû lui être reconnaissant de refuser de l'épouser : c'était lui éviter de sacrifier sa liberté. Un jour, nul doute, il rencontrerait une femme dont il tomberait amoureux, une femme du même milieu que lui, avec les mêmes amis, les mêmes préoccupations, et il en ferait son épouse.

Elle se tendit. Pourquoi cela lui déplaisait-il autant d'imaginer Alex marié à une autre ? Plus grave : cela la révoltait ! Devenait-elle possessive ? Et pourquoi ? Parce qu'il était le père de l'enfant qu'elle portait ? Quelle réaction absurde et déraisonnable ! Alexius n'était pas un homme pour elle, c'était évident, se dit-elle fermement.

La veille, elle avait tapé son nom sur un moteur de recherche et avait trouvé de nombreuses photos témoignant qu'Alexius Kolovos Stavroulakis était un homme à femmes. Depuis des années, ce don Juan invétéré sortait avec des célébrités, des mannequins ou des têtes couronnées, sans jamais s'attacher à aucune. On ne lui connaissait même pas de liaison qui ait duré plus de quelques semaines. Une fois son ordinateur fermé, Rosie s'était trouvée confortée dans sa décision de ne pas l'épouser. Elle ne serait jamais heureuse avec un homme pareil. Mais comment ne pas s'en montrer infiniment triste ?

Elle fut tirée de ses idées noires par l'arrivée de la limousine devant sa maison. Elle sortit du véhicule, la tête toujours un peu ailleurs.

— A bientôt, lui dit Alex. Et bonne chance pour tes examens.

Rosie lui sourit.

— Merci.

Martha ne s'était pas couchée, attendant avec impatience des nouvelles de Baskerville. Rosie lui expliqua la situation, ajoutant qu'elle appellerait la clinique le lendemain matin pour savoir comment son pauvre chien avait passé la nuit.

— S'il se passait quelque chose de grave, ils ont promis de me prévenir, ajouta-t-elle, étouffant un bâillement.

En vérité, elle mourait de sommeil. Son médecin l'avait d'ailleurs prévenue : dans son état, elle risquait d'être fatiguée et il faudrait qu'elle dorme beaucoup. Elle décida donc de se coucher sans attendre.

A peine était-elle au lit que le souvenir de sa nuit avec Alexius l'assaillit. Pendant un long, très long moment, elle s'efforça de calmer le feu brûlant qui la consumait, l'emplissait d'une insupportable insatisfaction.

Cet homme l'avait marquée à vie. Il lui avait fait connaître le plaisir ; depuis, elle n'était plus tranquille, ne pensait plus qu'à lui et au bonheur qu'il lui avait donné. Oublierait-elle jamais ? Il le faudrait, car si elle comptait entretenir de bons rapports avec lui pour le bien de leur enfant, plus jamais elle ne ferait l'amour avec lui. Elle risquait trop de s'attacher !

6

Alex, qui scrutait l'écran de l'appareil d'échographie, fronça les sourcils.

— C'est juste une ombre, marmonna-t-il, d'un ton à la fois hautain et déçu.

— Non, c'est un petit bébé, répliqua son ami Dimitri.

Rosie se releva, aidée par l'infirmière, et se rhabilla. Elle avait eu les larmes aux yeux, un peu plus tôt, en découvrant le petit être humain qui grandissait en elle. Elle en était encore tout exaltée.

— Alex manque d'imagination, tenta-t-elle de plaisanter.

En réalité, elle était un peu triste.

C'était lui qui avait tenu à assister à cette échographie. Elle avait accepté uniquement parce qu'elle voulait qu'il ait un jour le sentiment que cet enfant était le sien. Il fallait donc l'impliquer dans le déroulement de sa grossesse. Hélas, pour l'instant, le résultat n'était pas probant !

— Il n'y a pas grand-chose à voir, reprit Alexius sur la défensive.

Pourquoi diable avait-il accompagné Rosie pour cet examen ? Il le regrettait à présent. La sensiblerie, l'émotivité mal contrôlée, ce n'était pas pour lui.

Ils regagnèrent le bureau de Dimitri, qui déclara alors que l'enfant paraissait bien gros pour la constitution de Rosie, et qu'il faudrait peut-être envisager une césarienne. La nouvelle terrifia Alexius, même s'il n'en montra rien : ainsi cette petite ombre insignifiante sur l'écran pourrait devenir une menace pour la vie de Rosie ? Et si elle mourait ? Ce serait sa faute à lui !

Cette idée absurde le plongea dans un abîme d'incertitude et de culpabilité. Il jeta un coup d'œil à la jeune femme. Elle discutait avec animation avec Dimitri. Son joli petit visage s'était coloré et elle, qui parlait généralement d'un ton égal, s'exprimait avec enthousiasme et volubilité, tandis qu'une lueur heureuse dansait dans ses yeux verts. Elle voulait cet enfant, elle y tenait déjà ! Ce constat le stupéfia. Cette grossesse allait bouleverser sa vie, remettre en question les études auxquelles elle tenait tant, et cependant elle était prête à accueillir l'enfant, à lui faire une place dans son existence — qui n'était pourtant pas facile ! Ses parents à lui ne s'étaient jamais privés de rien pour son bonheur, et il était impressionné par sa générosité. De même, comment ne pas admirer sa faculté d'adaptation à une situation si nouvelle et angoissante ?

— Tu n'as rien éprouvé en entendant battre son petit cœur ? lui demanda-t-elle avec une lueur d'espoir en marchant vers la limousine. Moi, j'étais tout excitée. C'était merveilleux !

Alexius ne répondit pas. Lui, aujourd'hui, avait été excité par tout autre chose. Quand il était allé chercher la jeune femme chez elle, elle était apparue en minijupe de stretch noir avec un haut assorti, un ensemble simple et de toute évidence bon marché, mais qui la moulait à ravir, faisant ressortir ses jambes fines et galbée à la perfection. Elle avait alors éveillé en lui un tel désir qu'il l'aurait volontiers déshabillée dans la voiture pour lui faire l'amour sur la banquette arrière… De même, dans le cabinet de Dimitri, quand elle s'était baissée pour remettre ses chaussures, il avait pu contempler la minijupe étroite tendue par ses fesses adorables et son érection avait été instantanée…

Oui, Rosie Gray avait l'art de le mettre, sans le vouloir, dans tous ses états. Sexuellement, bien sûr, mais pas seulement : elle lui inspirait aussi des comportements qu'il n'avait jamais eus avec aucune autre femme. Il faudrait qu'il y réfléchisse…

En reportant les yeux sur Rosie, il constata combien elle semblait attristée qu'il ne manifeste pas l'enthousiasme qu'elle espérait après cette première échographie. Il décida de tenter de lui changer les idées :

— Nous allons devoir aller t'acheter une nouvelle garde-robe.

Elle le dévisagea, éberluée.

— Pourquoi faire, grands dieux ?

— Pour que tu sois élégante en Grèce. Ce serait dommage que tu n'aies rien à te mettre chez ton grand-père.

Irritée par son assurance, elle rétorqua vertement :

— Je me moque pas mal d'être élégante ou pas !

De quoi se mêlait-il ? Comment savait-il mieux qu'elle ce qu'elle devait faire pour que sa rencontre avec son grand-père se passe bien ?

— Tu changeras d'avis, avança Alexius.

Un demi-sourire naquit sur les lèvres de Rosie. Elle plongea le regard dans celui de son compagnon.

— Dis-moi, Alex, mon grand-père est-il du même monde que toi ?

— Disons qu'il n'a peut-être pas la même surface financière, mais il est très riche quand même.

Rosie porta la main à sa bouche, atterrée.

— Très riche, dis-tu ?

— Oui.

Pauvre idiote qu'elle était ! Elle aurait dû s'en douter, sachant qu'il était son parrain. Bien sûr que tous deux jouaient dans la même cour ou à peu près ! Brusquement, ce voyage en Grèce lui apparut comme une épreuve. Elle allait se sentir si déplacée dans ce milieu qui n'était pas le sien !

— Je ne veux pas que la famille de ton père te prenne pour une parente pauvre, ajouta-t-il.

— Et quand bien même, marmonna-t-elle, les dents serrées. L'apparence m'a toujours laissée indifférente : c'est une préoccupation si superficielle !

— J'en conviens, mais le monde est ainsi : le premier jugement que l'on se fait sur les gens est fondé sur leur allure.

Rosie se renfrogna, et réfléchissant quelques instants, finit par déclarer, morose :

— Je n'ai pas les moyens de m'acheter de nouveaux vêtements, et il n'est pas question que tu paies pour moi.

Alexius se fit violence pour ne pas perdre patience.

— Je le ferais pourtant bien volontiers. Ce n'est pas un problème, tu le sais.

— Alors pourquoi pour les soins de Baskerville n'as-tu pas tenu le même raisonnement et m'as-tu fait du chantage ?

— J'aurais réglé ce qui était dû de toute façon, se défendit Alex. Et réjouissons-nous qu'il s'en soit sorti à si bon compte.

Rosie ne répondit pas. Effectivement, elle était soulagée que son chien soit à présent à peu près rétabli. Elle se contenta de regarder Alex et, comme chaque fois qu'elle le fixait, le désir surgit au creux de ses reins. Cette unique fois où ils avaient fait l'amour l'avait tant changée ! A présent qu'elle avait découvert le plaisir physique, il arrivait, en présence de celui qui avait été à l'origine de cette première, que tout son corps se tende, vibre du besoin de le sentir en elle, dur, chaud, violent, pour éprouver de nouveau ce déchaînement de sensualité et d'émotions qui avait été pour elle une révélation.

Ce désir soudain et incontrôlable la fit rougir, et, pour tenter de se ressaisir, elle détourna les yeux.

Alexius nota que Rosie s'était empourprée. Il n'en comprenait pas la raison. Cela avait-il un rapport avec les frais de vétérinaire ?

— Tu sais, je ne suis pas un monstre, affirma-t-il. Tu aimes ton petit chien, et je n'aurais pas voulu que tu sois malheureuse à cause de lui.

L'entendre parler ainsi émut Rosie. Elle s'y attendait si peu ! Ainsi, il comprenait qu'elle avait des sentiments et en tenait compte. Jamais auparavant il ne l'avait laissé entendre ! Elle en fut tellement touchée que les larmes lui vinrent aux yeux.

— Merci, chuchota-t-elle d'une voix étranglée.

— Tu pleures ! s'exclama alors Alexius, désarçonné.

— Mais non, mais non, protesta-t-elle, honteuse.

D'un geste nerveux, elle lui prit la main.

— Souviens-toi de ce qu'a dit le médecin : une femme enceinte est soumise à ses hormones, qui lui jouent des tours, fit-elle sur un petit ton d'excuse. Du coup, elle peut pleurer pour un oui ou pour un non.

Alexius prit à son tour sa main entre les siennes pour en caresser le dos.

— Pardonne-moi quand j'ai pris le bébé pour une ombre, tout à l'heure.

Puis, inclinant son visage, il posa doucement sa bouche sur celle de la jeune femme.

Ce fut tout d'abord un baiser suave, tendre — mais insistant. Puis, bien vite, Alexius serra la jeune femme contre lui pour l'embrasser avec plus de fougue. Rosie frissonna, incapable de se contrôler. Elle lui rendit son baiser avec la même ardeur. Leurs deux langues qui dansaient un ballet effréné la faisaient renaître à la vie. Elle haletait, ne voulant pas reprendre son souffle, espérant que ce baiser ne s'arrêterait jamais...

Elle avait plongé les doigts dans les épais cheveux d'Alex et se frottait contre lui comme pour mieux éprouver sa chaleur, son odeur, sa présence intime. Comme elle était heureuse...

Il se dégagea, troublé. Ils n'avaient échangé qu'un baiser, ce n'était pas grand-chose, mais il lui semblait avoir enfin ébranlé le mur qu'elle avait érigé entre eux. Car, depuis le jour de l'annonce de sa grossesse, elle l'avait toujours tenu à distance physiquement ; or, plus il la voyait, plus cette distance lui était difficile à tolérer.

— Viens passer la nuit chez moi, ce soir, murmura-t-il, pressant.

Rosie releva le visage et lui sourit, heureuse. Elle avait tellement envie d'accepter sa proposition ! Mais, presque aussitôt, la petite voix de la sagesse résonna dans sa tête : était-ce prudent ? A cause d'un baiser, n'allait-elle pas se mettre de nouveau dans une situation difficile, alors qu'elle voulait établir des rapports simples et durables avec Alexius, pour le bien de leur enfant ?

— Ce ne serait pas une bonne idée, je le crains...

Il la regarda sans comprendre.

— Tu as du plaisir à m'embrasser, pourtant, non ?

Elle hocha la tête, avant de baisser les yeux.

— Ce n'est pas une raison suffisante, dit-elle.

En même temps, elle se demandait pourquoi elle se refusait

ainsi. Elle en éprouvait la nécessité mais n'aurait su en exprimer la raison. Il existait entre eux une attirance physique particulièrement puissante, toutefois, elle n'était pas sûre qu'Alex serait resté en contact avec elle sans l'enfant qu'elle portait.

Certes, il était devenu très présent dans sa vie, au fil des jours. Ainsi, il avait tenu à l'accompagner quand elle était allée chercher Baskerville à la clinique vétérinaire, et lui avait même acheté un panier neuf! Depuis, il appelait tous les jours pour prendre des nouvelles et du chien et de sa maîtresse; s'il n'avait pas grand-chose à dire au téléphone, Rosie avait appris à remplir ses silences en bavardant de tout et de rien.

Ainsi, peu à peu, elle s'était rendu compte qu'elle tenait à sa présence dans son quotidien. Quand elle était avec lui, elle s'émerveillait de le trouver si beau, puis, très vite, elle avait envie de lui. Quand il n'était pas là, il occupait toutes ses pensées. Etait-elle en train de tomber amoureuse? Sans doute, hélas, mais que faire pour l'éviter? Rosie était complètement impuissante face à l'intensité de ses sentiments, même si elle savait qu'aimer Alex deviendrait tôt ou tard une source de difficultés insurmontables.

Il la conduisit dans une boutique chic dont il connaissait la directrice. Rosie y essaya toutes les tenues qu'il jugeait adéquates sans faire d'objection. Après ce qui s'était passé dans la voiture, elle était gênée et ne voulait pas se disputer. Elle s'aperçut qu'Alex lui avait peu parlé de son grand-père et de sa famille, alors que, de toute évidence, il les connaissait très bien. S'il estimait qu'elle devait être élégante pour aller en Grèce, il avait sans doute de bonnes raisons pour cela. Mais l'idée que son grand-père serait embarrassé si sa petite-fille était modestement vêtue parce qu'elle était issue d'un milieu plus simple que le sien la hérissait. Parviendrait-elle à s'attacher à ces gens s'ils la jugeaient uniquement sur les apparences?

La limousine la déposa devant son immeuble en fin d'après-midi. Alex lui lança un regard interrogateur, et Rosie n'eut aucun mal à comprendre sa question muette. Ah, comme la vie était compliquée ! Et pour ne rien arranger, voilà que son corps la trahissait : ses seins se tendaient tandis qu'elle avait chaud tout au fond de son ventre. Oui, elle avait une envie folle de faire l'amour avec lui. Pourquoi ne pas passer la nuit ensemble, profiter l'un de l'autre jusqu'à l'aube ?

Mais que se passerait-il une fois le jour venu ?

Ce n'était pas très difficile à imaginer : la situation serait encore plus embrouillée — surtout pour elle, qui commençait à s'impliquer émotionnellement. Elle avait eu tort de se donner à Alex avant de le connaître : c'était son corps et ses sens qui en avaient décidé à sa place. Si elle refaisait un jour l'amour avec lui, ce serait son esprit qui le lui autoriserait.

Elle le remercia donc et referma la porte de la limousine.

Encore un examen à passer, se dit-elle pour se donner du courage en rentrant dans la maison. Ensuite, elle partirait avec lui à Athènes. Sans doute y verrait-elle plus clair, alors...

Soudain, un doute l'assaillit, fulgurant, insupportable : et si, de retour chez lui ce soir, Alex appelait une de ses amies plus conciliante qu'elle pour passer la nuit, et soulager le désir que leur baiser avait éveillé ? Cette angoisse la tint éveillée une bonne partie de la nuit. Jusqu'à ce qu'elle en vienne à la conclusion logique qu'on ne pouvait pas tout avoir : soit elle acceptait de faire de nouveau l'amour avec son milliardaire tombé du ciel, soit elle devait tolérer qu'il ait des maîtresses.

7

Installée dans le confortable fauteuil en cuir, Rosie boucla sa ceinture de sécurité ; le décollage était imminent. L'aménagement très luxueux du jet d'Alexius l'intimidait, et la perspective de rencontrer sa famille grecque la plongeait dans un abîme d'anxiété et d'incertitude. Pour ne rien arranger, Bass ne faisait pas partie du voyage : le vétérinaire l'avait déconseillé, le jugeant encore trop handicapé avec sa patte à peine consolidée. Rosie l'avait donc confié à Martha, sachant que ses autres colocataires s'en occuperaient aussi. D'ailleurs, personne n'avait manifesté d'objection : elles adoraient le petit chien, qui le leur rendait bien. D'autant que depuis son accident, il était plus calme, aboyait moins, de sorte que Rosie s'était à peine sentie coupable de le laisser. Même s'il lui manquait déjà.

Elle avait choisi de porter, pour le voyage, une de ses nouvelles tenues. Du coup, elle avait l'impression de ne pas être elle-même. Il s'agissait d'une élégante petite robe verte toute simple, mais cintrée et ajustée là où il fallait. Elle mettait en valeur sa taille étroite et faisait ressortir sa poitrine pourtant peu généreuse ainsi que ses hanches à peine marquées. En se voyant dans la glace avant de partir, Rosie s'était à peine reconnue, se découvrant des formes qu'elle ignorait posséder !

Tous les vêtements offerts par Alexius le jour de l'échographie avaient été retouchés par une couturière qui travaillait pour la boutique. Rosie, qui ne s'habillait qu'en grande surface, préférait ne pas imaginer combien avait coûté cette nouvelle garde-robe, qui lui avait été livrée chez elle en même temps que deux valises destinées à la transporter en Grèce. Depuis, elle se demandait si, chez son grand-père, on s'attendrait à ce qu'elle se change deux fois, par jour comme un membre de la famille royale. Ce serait un comble !

Son dernier examen avait eu lieu la veille, mais elle ne s'était pas jointe à ses copines, qui avaient décidé de fêter la fin des épreuves. D'abord, compte tenu de son état, Rosie ne buvait pas d'alcool ; et puis elle n'avait pas voulu risquer d'afficher ce matin la mine fatiguée de quelqu'un qui s'était amusé toute la nuit.

Rosie tiqua. Depuis quand se préoccupait-elle de son aspect physique ? D'où lui venait ce souci ridicule d'être jolie, qui lui faisait porter aujourd'hui des talons hauts ? Certes, cela allongeait sa silhouette de gamine, mais comme ces escarpins étaient inconfortables ! Elle craignait que certaines valeurs auxquelles elle tenait par-dessus tout — son indépendance, sa liberté — soient passées au second plan. Au nom du bébé et de son futur bien-être. Le père de l'enfant aussi était au centre de ses préoccupations, elle devait bien se l'avouer...

Alexius devinait que, de l'autre côté du salon aménagé dans l'habitacle de l'avion, Rosie le regardait à la dérobée. Cela le perturbait dans son travail et il avait besoin de toute sa concentration pour ne pas lever le nez de son écran d'ordinateur. Au moment de l'embarquement, quand elle était montée dans l'avion avec sa jolie robe et ses chaussures à talons hauts, il avait été frappé de la trouver si féminine. Etait-ce la grossesse qui arrondissait ses seins et ses fesses, lui donnant de gironds appas ? En tout cas, cela ne faisait qu'accentuer son problème : il suffisait qu'il la voie pour avoir envie d'elle. Parfois, il se faisait l'effet d'être un homme qui n'a pas mangé depuis une semaine et se retrouve devant un festin ! Or, il détestait ne pas être maître de son désir — d'autant que celui qu'éveillait Rosie surgissait souvent aux moments les plus inopportuns...

Peut-être en Grèce, où il verrait la jeune femme tous les jours, et comptait bien d'une manière ou d'une autre l'attirer dans son lit, retrouverait-il une libido normale et contrôlée… Et s'il pouvait lui faire l'amour quand il voudrait, il se lasserait d'elle, il en allait toujours ainsi avec ses maîtresses. Cette pensée le fit sourire.

— Sais-tu où je vais dormir, ce soir ? l'interrogea-t-elle, le faisant presque sursauter.

— Chez ton grand-père, bien sûr.

Devant l'air très ennuyé qui assombrit ses traits, il fronça les sourcils.

— Où est le problème ?

— Je pensais plutôt aller à l'hôtel… C'est que… je ne connais pas ces gens, même s'ils sont ma famille. En plus, j'arrive enceinte et célibataire, cela ne facilite pas les choses. Ce n'est pas une position très confortable.

— Je te comprends.

Alexius eut du mal à cacher sa satisfaction. Car Rosie lui offrait sur un plateau l'occasion qu'il attendait.

— J'aurais dû y penser, reprit-il, feignant un ton préoccupé. Si tu habites chez Socrates, tu auras l'impression d'être à sa charge ; et surtout, tu seras trop dépendante. Il est normal que tu veuilles apprendre à le connaître progressivement.

— Exactement, soupira Rosie, soulagée qu'Alex comprenne ses réticences.

Il était si content de la tournure favorable que prenaient les événements qu'il se leva de son siège pour appeler le steward et demander qu'on leur serve à boire. Avec un peu de chance, ce soir, il ramènerait Rosie chez lui pour la nuit !

Dans la limousine qui les conduisait, à travers les faubourgs d'Athènes, vers le quartier résidentiel où habitait Socrates Seferides, Rosie n'en menait pas large. En vérité, elle était si nerveuse qu'elle n'arrivait pas à s'intéresser à cette ville, qu'elle découvrait pourtant pour la première fois.

— Qui vit chez mon grand-père ? finit-elle par demander à Alex.

— En ce moment, seulement sa fille, ta tante Sofia, la sœur de ton père.

— Quand... enfin, comment aborderons-nous le sujet de ma grossesse ? bredouilla-t-elle, incapable de se détendre.

C'était pour elle une perspective difficile, car, ne connaissant ni son grand-père ni sa tante, elle allait se trouver d'emblée en position de faiblesse.

— Ne t'inquiète pas, c'est moi qui leur annoncerai la nouvelle. Tu n'auras qu'à me laisser faire.

— Tu pourrais peut-être ne pas en parler dès ce soir, suggéra-t-elle en hésitant. Cela ne se voit pas encore, donc rien ne presse.

Il pinça sa belle bouche sensuelle.

— En l'occurrence, je préfère être franc d'entrée de jeu.

Rosie résista à l'envie de lui rappeler qu'il n'en avait pas toujours été ainsi. Elle n'en aurait d'ailleurs pas eu le temps : déjà, la limousine ralentissait.

Elle s'arrêta devant une belle et imposante villa moderne, entourée de jardins entretenus à la perfection. En sortant de la voiture, Rosie aurait perdu l'équilibre si Alexius ne l'avait pas attrapée par le bras à temps. Satanés talons !

— Tu as bien du mal à marcher avec ces chaussures, on dirait, ironisa-t-il.

— Mais elles me font paraître plus grande ; or, d'après toi, les apparences priment sur tout.

Alexius haussa les épaules sans répondre, d'autant qu'un domestique en livrée venait de sortir de la maison pour les accueillir. L'homme les introduisit dans un vaste hall, éclairé par de grandes fenêtres. Bientôt, un personnage à cheveux gris apparut. Il se dirigea vers Rosie en arborant un large sourire, les yeux brillants.

— Ma petite-fille ?

La chaleur de cet accueil lui fit oublier combien elle avait redouté ce moment.

— Grand-père ? murmura-t-elle avec un sourire mal assuré.

Le vieil homme hocha la tête avant de se tourner vers Alexius.

— Et te voilà, toi aussi, dit-il en ouvrant grand les bras pour serrer son filleul sur son cœur. Merci, mon cher petit, de m'avoir ramené ma petite-fille. C'est un grand jour pour moi.

Ensuite, il les précéda dans un grand salon baigné de lumière, où se trouvait une petite femme blonde d'une quarantaine d'années — sa tante Sofia, devina Rosie. Elle avait un visage assez fin, mais son sourire restait figé, sans jamais éclairer son regard dur.

Après les présentations d'usage, son grand-père l'assaillit de questions. Il voulait savoir ce qu'elle aimait, ce qui ne lui plaisait pas, quelles étaient ses distractions. Rosie, qui n'avait pas l'habitude qu'on s'intéresse ainsi à elle, en fut vite touchée. Le vieux monsieur parlait un anglais beaucoup moins bon que son filleul, de sorte qu'Alexius jouait souvent les interprètes pour clarifier les réponses de Rosie. Quand elle apprit à Socrates qu'elle venait de passer des examens pour entrer à l'université, celui-ci afficha un sourire radieux. Cependant, devant son enthousiasme, elle n'osa pas s'étendre sur ses projets universitaires : avec un bébé, elle n'était plus sûre de pouvoir les mettre à exécution.

Du coin de l'œil, Rosie avait remarqué que Sofia se renfrognait à mesure que la discussion avec son grand-père se prolongeait joyeusement. De toute évidence, ne pas être le centre d'intérêt lui déplaisait. C'est sans doute pourquoi elle finit par poser une main possessive sur le bras de Rosie puis par déclarer d'un ton autoritaire :

— Il faut que nous fassions plus ample connaissance, vous et moi. Venez, j'ai préparé des photos pour vous les montrer.

— C'est gentil, déclara Rosie. Je suis tellement curieuse de cette famille qui est la mienne et que je ne connais pas.

Elle se laissa entraîner vers un canapé, dans un coin du salon, et Sofia ouvrit pour elle un gros album de photographies.

Suivirent dix bonnes minutes durant lesquelles Sofia mit un nom sur les différents visages qui figuraient sur des clichés plus ou moins anciens. Rosie reconnaissait parfois son père ; une photo lui plut particulièrement : on le voyait adolescent sur une plage, beau, souriant, entouré d'une troupe de jolies jeunes filles. Aucun rapport avec le vieux cliché écorné que sa mère lui avait montré à l'époque, seul souvenir de son aventure avec Troy Seferides.

L'album contenait aussi des photos de Timon, le jeune frère de Troy et Sofia. Rosie demanda si elle le rencontrerait pendant son séjour à Athènes. Sa tante fronça les sourcils.

— Je ne pense pas, non. Mon frère est en cure de désintoxication. Il se drogue depuis longtemps, et mon père ne cesse de le faire soigner, espérant qu'il parviendra à le sortir de l'impasse.

Rosie intégra ce qu'elle venait d'apprendre sans faire de commentaire.

— Pourriez-vous me parler un peu de mon père ? demanda-t-elle. J'en sais si peu sur lui.

Sofia prit un petit air supérieur très déplaisant pour déclarer, acerbe :

— Je ne vois pas ce que je pourrais vous dire de Troy qui puisse vous faire plaisir. Il faut que vous sachiez que dans cette famille, à part mon père, les garçons ne valent pas grand-chose. Mon frère Timon a deux fils qui, alors qu'ils travaillaient dans un des hôtels de leur grand-père, se sont livrés à des malversations pour s'approprier une partie des bénéfices. Ils sont maintenant mis en examen.

Rosie n'en croyait pas ses oreilles.

— Oh ! mon Dieu, souffla-t-elle, atterrée.

Mais elle n'en dit pas plus car de l'autre côté du salon, son grand-père venait de bondir de son fauteuil, le visage déformé par la colère, et s'adressait à Alex avec une tonitruante indignation.

Socrates parlait en grec, de sorte que Rosie ne comprenait rien, mais il était évident qu'il était hors de lui.

Alexius s'était raidi, le visage de marbre, sans aucune expression, et il ne prononçait pas un mot. Si son parrain l'accusait, il ne se défendait pas !

L'attention de Sofia s'était aussi portée sur les deux hommes. Elle se retourna vers Rosie et, avec un odieux sourire très satisfait, elle lui lança :

— Et bien, ma chère, sous votre air de ne pas y toucher, vous vous débrouillez bien !

Sofia parlait grec et comprenait donc ce que disait son père. D'ailleurs, Rosie avait bien peur de s'en douter aussi…

— Que voulez-vous dire ?

— Vous vous êtes fait faire un enfant par l'un des hommes les plus riches de la planète, ce n'est pas mal, non ? Et j'imagine que c'était délibéré. Il est vrai que vous avez de qui tenir : votre mère a joué le même tour à mon frère.

Sofia avait pris un ton détestable, à présent. Rosie demeurait pétrifiée par tant de méchanceté. Mais sa tante ne s'en tint pas là.

— Et moi qui pensais que vous étiez venue pour faire du charme à mon père pour bénéficier de sa générosité, reprit-elle. On dirait que votre petite stratégie est tombée à l'eau : il est choqué et furieux !

Rosie ne l'écoutait plus, trop malheureuse de voir Alexius demeurer silencieux sous les accusations de son parrain.

— Que dit votre père ?

— Que la situation est digne d'une comédie de boulevard, et que votre réputation est ternie à jamais.

La colère submergea Rosie d'un coup. Sa réputation ne concernait qu'elle ! Elle se leva pour s'approcher des deux hommes. Alex ne tentait pas de se justifier, mais elle voyait bien la lueur inquiétante dans ses yeux gris : il était tout aussi furieux que son parrain et se contenait encore — mais pour combien de temps ?…

— N'interviens pas ! lui souffla-t-il quand il la vit à ses côtés.

Elle ne l'écouta pas.

— Nous ne sommes tout de même pas au Moyen Age ! dit-elle à son grand-père, que l'indignation avait empourpré. Calmez-vous, je vous en prie. Jamais je ne serais venue si j'avais pensé que vous vous disputeriez avec Alexius à cause de moi. Et je vous en conjure, ne lui reprochez rien, ne le jugez pas : il m'a demandé de l'épouser.

Socrates dévisagea son filleul, sidéré.

— Tu l'as demandée en mariage ?

Ce fut Rosie qui répondit :

— C'est moi qui ne veux pas l'épouser !

— Comment cela ! fulmina son grand-père, reportant toute sa colère sur elle. Il t'a fait un enfant, et tu refuses de l'épouser ?

— Je crois qu'il ne faut rien précipiter, s'entêta Rosie. Le mariage est une chose sérieuse, il faut y réfléchir. Si vous voulez bien me recevoir une autre fois, quand nous serons tous plus calmes, nous en parlerons.

— Toi, tu seras toujours la bienvenue, fit remarquer Alexius avec une pointe d'amertume. C'est moi qui suis *persona non grata*, désormais.

Socrates, qui apparemment n'avait toujours pas décoléré, ne répliqua rien. Quant à Sofia, elle affichait un sourire triomphant. Rosie décida alors que cette réunion de famille avait assez duré. Elle prit Alexius par le bras.

— Je crois qu'il est temps de nous retirer, laissa-t-elle tomber, amère et déçue.

— Si tu ne veux pas l'épouser, tu ne dois pas partir avec lui ! s'indigna son grand-père.

— Sauf votre respect, je n'ai pas de conseil à recevoir de vous. Et j'ai toute confiance en Alexius.

Quand ils eurent rejoint la voiture, Rosie posa à Alex la question qui lui brûlait la langue, un soupçon de reproche dans la voix :

— Pourquoi ne t'es-tu pas défendu ? Après tout, c'est la faute de Socrates : c'est lui qui t'a demandé de te mettre en rapport avec moi.

— Je le respecte beaucoup, *moli mou*. Je mérite tous les reproches qu'il m'a adressés. Je n'aurais pas dû te faire l'amour.

— Pourquoi veux-tu toujours endosser l'entière responsabilité de ce qui s'est passé entre nous ? C'est peut-être moi qui aurais dû te tenir à distance, au lieu de t'attirer dans mon lit. Et quoi qu'il en soit, tu aurais mieux fait de te ranger à mon avis, et de ne pas annoncer ma grossesse si vite.

— Le moins que je devais à mon parrain était de lui dire la vérité ! rétorqua-t-il avec force

— Tu as fait plaisir à quelqu'un, en tout cas, nota Rosie. Sofia était ravie de votre affreuse dispute. Pourquoi ne pas m'avoir prévenue qu'elle était si désagréable — et je reste polie ?

— Je préférais que tu te fasses une opinion seule. Les Seferides ne sont pas ma famille, après tout. Socrates est un homme au grand cœur, à l'esprit ouvert, mais il s'emporte vite. Et puis il est d'une autre génération, ce qui explique la violence de sa réaction en apprenant que tu étais enceinte.

Pendant que tous deux discutaient sur la banquette arrière, le chauffeur les avait conduits à l'aéroport. Rosie eut un véritable choc en descendant de voiture : une meute de journalistes et photographes les attendait ! Elle se serra instinctivement contre Alex, sous le crépitement des flashes.

— Qui est cette jeune femme ? entendit-elle crier à l'adresse d'Alexius. Qu'est devenue Adrianna Lesley ?

Sans répondre, il l'entraîna à l'intérieur du bâtiment.

— Désolé, dit-il, je ne m'y attendais pas.

— Cela t'arrive souvent ? demanda Rosie, qui n'en revenait pas.

— Trop souvent à mon goût !

— Pourquoi voulaient-ils savoir qui j'étais ?

— Sans doute parce qu'ils ont su que tu étais arrivée avec moi, dans mon jet privé. Un employé de l'aéroport les aura prévenus. D'habitude, je voyage seul.

Ils venaient d'entrer dans le hall des départs quand Rosie se rendit compte qu'elle ne s'était pas préoccupée de leur destination.

— Où m'emmènes-tu ?

— Nous partons en hélicoptère dans un endroit calme où personne ne viendra nous ennuyer.

Les événements de la journée l'avaient tant épuisée qu'elle ne demanda pas de précision. Dans l'état de fatigue où elle se trouvait, Alex aurait pu tout aussi bien la conduire sur la lune, elle se serait laissée faire.

D'ailleurs une fois installée dans l'appareil, elle se laissa glisser dans le sommeil, malgré le bruit du rotor.

Alexius faillit éclater de rire quand il s'aperçut que Rosie dormait. Les femmes, en général, ne s'assoupissaient pas en sa compagnie. Certes, il ne passait jamais la nuit avec aucune, et avant elles étaient trop occupées à lui plaire pour se détendre à ce point. Mais Rosie n'était pas son genre de femme habituel, il le savait maintenant. Sa simplicité, son bon sens, son franc-parler en faisaient un être à part. Il aimait de plus en plus qu'elle le traite en égal, sans flagornerie, ni le plus petit désir de le séduire.

Rosie ne s'éveilla qu'à l'atterrissage, et elle était encore tout ensommeillée quand elle mit le pied sur le sol. Il faisait nuit, mais la lune éclairait une grosse maison toute blanche. Elle écarquilla les yeux : cette demeure, qui semblait surgie d'un décor de cinéma, lui était vaguement familière.

— Où sommes-nous ?

— A Banos, l'île où j'ai passé ma petite enfance.

Quelqu'un venait d'éclairer le perron, sans doute l'homme d'un certain âge, vêtu d'une livrée de maître d'hôtel, qui apparut pour s'occuper de leurs bagages.

— Cette maison est magnifique, murmura Rosie médusée.

— Mon grand-père l'a fait construire dans les années trente pour sa femme, en s'inspirant d'une de ces demeures de riches planteurs sudistes comme il s'en trouvait jadis aux Etats-Unis.

Et c'était vrai, la maison évoquait celle du film *Autant en emporte le vent*, avec une vaste véranda qui en faisait le tour.

Rosie n'était pas au bout de ses surprises : l'intérieur de la villa était plus étonnant encore. Au fond du hall pavé de marbre magnifique, où se dressaient des statues de bronze antiques, partait un magnifique escalier éclairé par un lustre en cristal gigantesque. Et dans le salon, tableaux et meubles anciens rivalisaient, évoquant un musée. Qui pouvait vivre dans un décor pareil ? se demanda-t-elle, à la fois impressionnée et mal à l'aise.

Elle en était là de ses pensées quand une femme d'un certain âge vint à leur rencontre.

— Rosie, voici Olympia, l'intendante de la maison, déclara Alex. C'est elle qui va te conduire à ta chambre, au premier étage.

La chambre qui lui avait été réservée était tout aussi imposante que ce qu'elle avait déjà vu, avec son grand lit à baldaquin, dont les tentures de soie semblaient peintes à la main. Les tapis, d'une rare élégance, dans des tons de rose et jaune sourds, étaient assortis aux rideaux. Et bien sûr, une salle de bains d'un luxe ahurissant jouxtait la pièce.

Tant de splendeur et de richesse l'embarrassa : qu'avait dû penser Alex de sa modeste chambre dépourvue de tout confort, sans même un petit cabinet de toilette ? Il n'avait pourtant pas paru déconcerté. Ou s'il l'avait été, il l'avait bien caché...

L'arrivée d'une domestique avec ses valises la tira de ses pensées. Après l'avoir saluée, la jeune femme entreprit de ranger le contenu des bagages dans les placards. Rosie n'en revenait pas ! De nouveau, elle était gênée qu'on la serve ainsi. Aussi, prenant sa trousse de toilette, elle se retira dans la salle de bains. Une bonne douche lui fit du bien ; elle se lava les cheveux, puis se sécha avec une épaisse serviette en éponge très douce. Après quoi, ayant revêtu un luxueux peignoir, elle retourna dans sa chambre. L'employée de maison avait disparu.

Quand Alex l'avait emmenée, à son corps défendant, faire du shopping, il avait insisté pour qu'elle achète aussi des vêtements de nuit, prétextant qu'ils lui serviraient à la naissance du bébé. Rosie chercha donc dans l'un des tiroirs son ravissant déshabillé de soie bleu pâle. Elle venait juste de le passer quand on frappa à la porte.

La femme de chambre se tenait sur le seuil, un plateau avec une petite collation dans les mains.

Rosie, qui n'avait pas réalisé qu'elle mourait de faim, se jeta sur la nourriture, un assortiment de hors-d'œuvres grecs parfumés et succulents. Après quoi, le sommeil la gagna de nouveau, alors qu'elle avait dormi tout le long du trajet en hélicoptère. Décidément, cette grossesse lui jouait des tours, elle qui, dans son état normal, n'avait besoin que de quelques heures de sommeil.

Elle se coucha. Lui revint alors une question qui, depuis l'aéroport d'Athènes, trottait dans sa tête sans qu'elle arrive à la formuler vraiment : qui était cette Adrianna dont un des paparazzis avait lancé le nom ? Rosie aurait-elle le front de le demander à son hôte ? Furieuse contre elle-même d'avoir des préoccupations aussi stériles, Rosie tourna et retourna dans son lit de longues minutes. Heureusement, la fatigue eut raison d'elle et elle finit par s'endormir.

Lorsqu'elle se réveilla en sursaut, il lui fallut un moment pour comprendre où elle se trouvait. Le réveil indiquait 2 heures du matin. Elle mourait de soif. Jamais elle ne retrouverait le sommeil avec une soif pareille !

Prenant garde de ne pas faire de bruit, Rosie se leva. En l'accompagnant dans sa chambre, Olympia lui avait expliqué que la cuisine se trouvait au bout d'un couloir, au fond du vestibule d'entrée. Elle trouva son chemin sans problème et découvrit une immense cuisine ultramoderne, pourvue d'équipements dignes d'un grand restaurant. Alexius recevait-il beaucoup à Banos pour justifier des installations pareilles ? Organisait-il des week-ends déchaînés, des dîners mondains, des soirées joyeusement arrosées ?

Il paraissait si réservé quand il était avec elle ! Et pourtant, au lit, il s'était montré bien différent... En fait, Rosie n'aurait pas pu imaginer amant plus passionné.

Comme le souvenir de cette nuit l'assaillait encore, elle porta les mains à ses joues empourprées et brûlantes.

— Arrête donc de te torturer, s'adjura-t-elle à mi-voix en s'approchant du réfrigérateur.

— Qu'est-ce qui te torture donc ? lui répondit alors la belle voix grave et nonchalante d'Alex.

8

Rosie sursauta. Alexius était si beau que sa vue lui coupa le souffle ! Il ne portait qu'un jean étroit, et son torse musclé, couvert d'un duvet dru et frisé, était impressionnant. Elle réprima à grand-peine un frisson d'émoi.

— Tiens, tu ne dors pas, toi non plus ? lança-t-elle pour se donner une contenance. Moi, je meurs de soif.

Sortant une bouteille d'eau minérale du réfrigérateur, elle chercha un verre des yeux.

Alexius en prit deux sur une étagère et, saisissant la bouteille, les remplit.

— Tu ne m'as pas répondu : qu'est-ce qui te torture ?

Rosie commença par boire avant d'articuler, évasive :

— Je pensais, c'est tout...

— Tu pensais à moi, peut-être ? rétorqua-t-il avec un petit sourire entendu.

— Pourquoi diable penserais-je à toi ? dit-elle, feignant un air étonné.

Puis, jouant le tout pour le tout, elle adopta un ton détaché :

— A propos, je me suis demandé qui était cette Adrianna qu'un journaliste a mentionnée, à l'aéroport...

Alexius se mit à rire.

— Tu t'intéresses donc à elle ? C'est une jeune femme avec qui je sortais, il y a quelque temps.

— Une liaison sérieuse ?

— Je n'ai jamais eu de relation sérieuse, répondit-il avec hauteur. Ce n'est pas mon style.

— Alors pourquoi t'a-t-on interrogé sur elle ? persista Rosie.

— A l'époque, elle a donné des interviews qui prêtaient à confusion. Elle n'est pas la seule, d'ailleurs.

Il posa alors une main sur son épaule, la faisant frissonner, et l'attira à lui.

— *Thee mou*, comme tu es belle, murmura-t-il à son oreille.

Rosie plongea son regard dans les yeux gris tumultueux : il était sincère, il la trouvait belle en cet instant ! Un bonheur fou l'envahit, et ils se fixèrent l'un l'autre sans mot dire. Son cœur battait très vite, dans sa tête tout se brouillait ; rien ne comptait plus que ce regard si intense, si troublant...

Quand Alexius la prit par la taille pour la soulever dans ses bras, elle sut que ses bonnes résolutions ne tiendraient pas, qu'elle céderait à cet homme parce que son plus cher désir était de se donner à lui.

— Je n'ai pas cessé de te désirer, dit-il en la portant hors de la cuisine.

Rosie en éprouva une joie indicible : ainsi, même s'il ne lui avait pas fait signe après leur nuit d'amour, il avait pensé à elle !

— Avec toi, je me sens vivant, et ça me plaît tant ! reprit-il en parcourant le couloir à grandes enjambées. Je ne supporte pas de ne pas te toucher, j'ai besoin de ton contact physique...

Cet aveu ramena Rosie sur terre.

— Nous ne devrions pas, tu sais..., balbutia-t-elle.

— Ne parle pas ainsi. La nuit nous appartient.

A quoi bon tenter de résister : elle n'en avait ni la force ni l'envie. Elle aussi avait souffert les affres de la frustration pendant ces longs jours, ces longues semaines où ils s'étaient vus sans qu'elle s'autorise le moindre frôlement. Alors à quoi bon lutter contre l'attirance insensée qui les poussait l'un vers l'autre ?

Arrivé dans sa chambre, Alexius déposa sa proie sur le lit et s'assit à côté d'elle pour la contempler. Comme elle était belle !

Cette pensée le surprit, lui qui ne s'appesantissait jamais sur la beauté de ses partenaires : il les choisissait jolies puis n'y pensait plus. Mais Rosie était différente : d'abord elle n'était pas son style de femme, et son comportement si naturel était pour lui d'une séduction folle. Elle l'intriguait, l'excitait.

Rosie ne disait rien, éprouvant sous le regard brûlant d'Alex un sentiment nouveau : allongée sur ce lit, dans sa belle chemise de nuit de soie bleue, elle avait le sentiment d'être une femme fatale. Mieux, elle se sentait désirable, et les yeux gris intenses qui la dévoraient ravivaient le désir brûlant, à la fois doux et douloureux, qui sommeillait au creux de ses reins depuis cette unique fois où elle avait fait l'amour. Posant sa main sur l'épaule nue d'Alex, elle s'émerveilla de sentir sa peau si douce, si chaude.

— Sais-tu que tu m'as impressionnée ? murmura-t-elle dans le silence lourd de sensualité. Tu me portais et tu as pourtant monté les escaliers quatre à quatre.

Alexius sourit.

— Tu es légère comme une enfant.

Elle eut une moue faussement contrite.

— Tu sais, je ne vais pas tarder à prendre du poids...

— Tant mieux, je pourrai encore plus profiter de toi.

En parlant, Alexius avait saisi la fine étoffe de la chemise de nuit et, en un mouvement preste, il fit passer le vêtement par-dessus la tête de Rosie. Prise au dépourvu, celle-ci ramena pudiquement les bras sur elle, cherchant à dissimuler ses seins et son sexe.

— Tu avais prévu de m'entraîner dans ta chambre, en m'emmenant sur l'île de ton enfance, n'est-ce pas ? dit-elle pour masquer sa gêne.

— J'y ai pensé, c'est vrai.

Sur ces mots, Alex prit ses lèvres pour l'embrasser passionnément. Rosie sentit alors tout au fond de son ventre une délicieuse crispation, qui lui fit soulever les hanches comme pour mieux s'offrir. Son amant décroisa doucement ses bras afin de caresser des lèvres le délicat renflement de ses seins et en taquiner les extrémités turgescentes. Rosie gémit ; la chaleur intense dans son ventre avait désormais envahi son corps tout entier.

Alexius, qui observait les réactions de Rosie à ses caresses, éprouva un étrange sentiment de plénitude. Il se redressa pour la contempler encore.

— Je t'ai attendue si longtemps, avoua-t-il, en glissant une main jusqu'à la douce toison de son pubis. Si longtemps…

D'un geste très lent, il introduisit un doigt en elle. Rosie était déjà prête pour lui…

— Mais je ne regrette pas d'avoir patienté, ajouta-t-il d'une excitante voix grave.

Rosie tremblait. Elle avait tellement envie de lui que le reste n'avait pas d'importance. Elle le voulait en elle et savait que bientôt…

Soudain, un éclair de plaisir inouï la déconnecta totalement de ses pensées, du monde réel. Alex caressait son clitoris, l'agaçait, la laissant tendue, cabrée, frémissante. Ses hanches se soulevaient, ondulaient, comme pour aller à la rencontre de ce doigt qui l'excitait. Ses seins si sensibles se dressèrent encore davantage en se frottant contre le duvet dru du torse d'Alex.

Celui-ci enfonça son doigt plus profond en elle : elle poussa un petit cri, les muscles tétanisés, au bord de l'orgasme.

— Attends-moi, je t'en prie ! Nous jouirons ensemble quand je serai en toi, lui demanda-t-il d'une voix âpre, rauque.

Le deviner si près de la jouissance excita Rosie davantage. Percevant son effort pour se contenir, elle entrouvrit les yeux pour voir son beau visage crispé par le désir réprimé.

— Viens, dit-elle dans un souffle, le corps arc-bouté dans l'attente de le sentir en elle.

Il la remplit d'une seule poussée, s'enfonçant au plus profond de son intimité. L'excitation de Rosie redoubla. Quelle sensation merveilleuse d'être ainsi comblée par cet homme sublime !

— Je ne te fais pas mal ? chuchota-t-il, l'aidant à relever les jambes pour les nouer sur ses hanches.

— Oh non ! Au contraire, tu me fais du bien…

— Tu es si étroite…

Il se retira presque entièrement. Rosie sentait l'extrémité gonflée de son sexe juste à l'entrée du sien. Il l'excita un instant à coup de petits va-et-vient de faible amplitude, mais délicieusement sensuels et frustrants. Puis il replongea en elle, loin, profond, comme pour la posséder entièrement.

Rosie n'était plus que déferlement de sensations brutales et délicieuses ; elle avait la chair de poule, tressautait et s'arquait pour que son amant l'emmène plus loin encore.

D'un mouvement de reins, il changea son angle de pénétration et toucha une partie hypersensible de son intimité. L'orgasme terrassa alors Rosie en de longues vagues tumultueuses, qui s'entrechoquèrent encore et encore avant de se retirer, la laissant haletante, épuisée mais épanouie, irradiée par le plaisir. Elle perçut vaguement qu'Alex frémissait au-dessus d'elle ; sa respiration se fit dure, sifflante, et il plongea en elle une dernière fois pour s'immobiliser dans un cri, comme un oiseau touché en plein vol.

Ils demeurèrent enlacés de longs instants, leurs corps échauffés et luisants, leurs souffles mêlés, puis Alex glissa sur le côté, la tenant toujours étroitement contre lui.

— J'ai déjà envie de te refaire l'amour, murmura-t-il. Avec toi, je pourrais recommencer indéfiniment.

Rosie, qui avait retrouvé ses esprits, émit un petit rire.

— N'oublie pas que l'amour me donne sommeil, plaisanta-t-elle à mi-voix. La dernière fois, je me suis endormie !

— Cela ne t'arrivera pas ce soir, tu peux me croire !

Ils rirent de concert, puis Alex l'embrassa avec tendresse, caressant ses joues encore empourprées de plaisir. Il se redressa et, aidant Rosie à en faire de même, il l'entraîna sous la douche. Là, il entreprit de la laver, caressant ses seins, puis ses cuisses et ses fesses, glissant entre ses jambes, pour la sentir et la redécouvrir partout.

Rosie retenait son souffle. Contre ses reins frottait le sexe dur d'Alex, tandis qu'il la lavait avec une infinie douceur. Peu à peu, elle ondula des fesses pour mieux exciter ce sexe toujours plus gros qui lui avait déjà donné tant de plaisir.

Et puis son amant la souleva dans ses bras, coupa l'eau de la douche et, tout en prenant ses lèvres, la transporta sur le lit, sans se préoccuper de ses petits cris de protestation — elle était trempée et allait mouiller les draps. Tout de suite, il s'allongea sur elle.

Si la première fois avait été sauvage, farouche, presque brutale, la seconde fut lente et langoureuse, tendre et raffinée. Rosie en éprouva un plaisir ineffable qui la transporta plus haut encore, et la laissa avec un sentiment de complétude aussi nouveau que merveilleux.

— C'était bon, n'est-ce pas ? murmura Alex, les yeux mi-clos, la serrant toujours dans ses bras.

Sa maîtresse se contenta de sourire, mais son visage exprimait clairement combien elle était heureuse. Elle arborait un air rêveur, sa bouche était rouge et gonflée, ses grands yeux verts semblaient encore tout étonnés du bonheur qu'elle avait éprouvé... A la voir ainsi, il ressentit un sentiment de fierté : elle avait été heureuse grâce à lui, et jamais personne avant lui ne l'avait possédée. Elle était sienne, songea-t-il farouchement. Rien qu'à lui !

Et puis soudain, ce fut du ressentiment qu'elle lui inspira. Cette presque encore gamine qui portait son enfant n'avait-elle pas refusé de l'épouser ? Il en fallait de l'audace pour rejeter sa demande en mariage !

— Si je comprends bien, reprit-il avec une nuance d'aigreur, je suis assez bien pour te faire l'amour, mais pas assez pour que tu m'épouses ?

La question tira brutalement Rosie de sa béatitude physique et morale.

— Ce n'est pas aussi simple, murmura-t-elle, essayant de reprendre ses esprits.

— Pour moi, ce n'est pourtant pas compliqué, rétorqua durement Alexius.

Rosie se redressa et croisa les bras pour dissimuler sa poitrine, mal à l'aise soudain d'être nue, gênée par cette intimité qui, quelques instants plus tôt, lui semblait pourtant si naturelle.

— Tu m'as dit sans ambiguïté que tu ne voulais pas de relation sérieuse. Or le mariage n'est pas une affaire légère, au contraire.

— Avec toi, ce n'est pas pareil : tu vas devenir la mère de mon enfant !

L'obligeant à se rallonger, il posa une main possessive sur son ventre encore plat.

— C'est mon enfant qui est là ! insista-t-il.

Déconcertée à la fois par son geste et par la lueur farouche dans ses yeux gris, Rosie sortit du lit et remit en hâte sa chemise de nuit.

— Cela ne signifie pas que je t'appartienne.

— Si, au contraire ! tonna Alex. Si tu crois que je vais tolérer que tu ailles avec un autre, crois-moi, tu fais fausse route !

Sans se démonter, Rosie lui fit face, les poings serrés sur ses hanches, tendue.

— Tu es peut-être le père de notre enfant, déclara-t-elle, très ferme, mais mon corps est à moi, rien qu'à moi. J'en ferai ce que je veux !

A ces mots, Alexius sortit de ses gonds.

— Tu es ma femme ! cria-t-il. Il vaut mieux que tu l'acceptes dès à présent !

Rosie parvint à garder son calme.

— Je ne suis ni ta femme ni la femme de quelqu'un d'autre. Je n'ai aucune envie d'unir ma vie à la tienne simplement parce que tu es riche. Ce n'est pas mon idéal !

— Que cherches-tu donc dans l'existence ? lui demanda Alex, visiblement décontenancé par ses propos.

— Qu'on m'aime, qu'on m'apprécie, qu'on tienne à moi ! s'emporta-t-elle. Que tu subviennes à mes besoins matériels et que tu sois un bon amant ne suffit pas à faire de toi un candidat crédible pour m'épouser, loin s'en faut !

A son tour, Alexius bondit du lit.

— Si tu t'imagines que je vais tomber amoureux de toi comme un adolescent naïf, tu fais fausse route !

— A défaut d'amour, fit valoir Rosie, je veux de la gentillesse, de l'attention, de la compréhension...

— Et je n'ai rien manifesté de tel ? la coupa-t-il avec violence. Je n'ai pas été gentil ? Je n'ai pas été attentionné ?

Si, il l'avait été, reconnut Rosie *in petto*. Mais elle savait qu'il manquait à leur relation une donnée essentielle. Malgré ce qu'elle venait de dire, un mariage sans amour lui semblait impossible. Surtout si le prétendant s'imaginait que son énorme fortune suffisait à lui ouvrir son cœur.

Néanmoins, consciente que cette discussion ne mènerait nulle part pour l'instant, Rosie calma le jeu :

— J'apprécie tout ce que tu as fait pour moi, murmura-t-elle, surtout quand je viens d'un milieu si modeste par rapport au tien.

— Cela n'a aucun rapport, rétorqua Alex d'un ton sévère. Tu es quelqu'un de tellement plus intéressant que les gens que je côtoie d'habitude.

— C'est que tu ne fréquentes pas les bonnes personnes, voulut plaisanter Rosie.

Mais son compagnon ne rit pas, au contraire. Sa mine se fit sérieuse.

— Toi, tu m'étonnes, comprends-tu ? Mon argent ne t'intéresse pas, tu es enceinte de moi et tu n'essaies pas de profiter de la situation. Mais plus encore : je suis bien avec toi. C'est très important, tu peux me croire.

Il se tut un instant avant d'ajouter :

— En revanche il ne faut pas me demander ce que je suis incapable de donner. Etre amoureux m'est impossible. D'ailleurs je ne l'ai jamais été.

— Jamais, répéta Rosie, ouvrant de grands yeux incrédules.

Alexius secoua la tête.

— Pour moi, il y a le sexe, et rien de plus. C'est tout simple. Or, nous faisons merveilleusement l'amour ensemble.

Rosie faillit éclater en sanglots face à tant de cynisme et de détachement. Elle réussit à se maîtriser.

— J'imagine que c'est mieux que rien, admit-elle d'une toute petite voix.

— C'est essentiel, tu veux dire !

Elle demeura muette quelques instants, avant d'admettre d'un ton morne :

— La voilà, la différence fondamentale entre nous : pour toi, le sexe passe avant tout. Pour moi, non. Et bien s'entendre au lit n'implique pas toujours un mariage réussi.

Soudain, elle eut assez de cette discussion, qui avait bien trop duré. Ils ne s'entendraient jamais, alors pourquoi tenter de faire comprendre à Alex ce qu'elle ressentait ? Du reste le savait-elle elle-même ? Il éveillait en elle des émotions et des sentiments tellement contradictoires ! Ainsi elle était touchée qu'il tienne à elle, mais elle était aussi très frustrée que ce soit pour une mauvaise raison : le sexe. Alors pourquoi ne pas jouir du moment présent sans penser à rien d'autre ? Alexius aimait son corps, aimait lui donner du plaisir, semblait en éprouver avec elle ? Tant mieux, elle aussi adorait faire l'amour avec lui !

Sachant qu'elle prenait la voie la plus facile pour éluder les vrais problèmes, elle s'approcha de lui pour nouer les mains autour de son cou, tout en se déhanchant mollement contre lui.

— Au lieu de nous disputer, profitons de nous, veux-tu ? murmura-t-elle avec un sourire enjôleur. Tu m'as dit tout à l'heure que la nuit nous appartenait.

Le lendemain matin, en ouvrant les yeux, Rosie se sentit tout de suite merveilleusement bien. Alexius dormait tout contre elle, son beau visage adouci par le sommeil. Il était si séduisant, si viril — si mystérieux aussi ! Elle aurait aimé tout savoir, tout comprendre de lui ; pourtant, il demeurait une énigme, et le resterait sans doute longtemps.

Ils avaient passé une nuit de passion qui la laissait à la fois follement heureuse et un peu triste. Car une part d'elle avait le mal de lui, le mal de cet amour qu'il ne lui donnerait jamais...

A mieux y penser, Rosie devait prendre garde : Alex comptait de plus en plus pour elle, il avait envahi tout son paysage affectif. Qu'arriverait-il quand il se serait lassé d'elle ? Pour l'instant, il lui trouvait l'attrait de la nouveauté. Elle était différente des filles avec qui il sortait d'habitude, et pour cause : elle était une simple femme de ménage, et en plus il l'avait connue vierge ! Mais on s'habituait à tout, et bientôt plus rien chez elle ne l'étonnerait. Alors que deviendrait-elle ?

La conclusion de ses réflexions était simple : il ne fallait surtout pas tomber amoureuse, sinon elle serait perdue !

En compagnie d'Alexius, Rosie passa une merveilleuse matinée. Le temps était splendide et, après un délicieux petit déjeuner sous la véranda, face à la mer, il lui fit visiter la maison. Elle était belle, certes, mais sans âme, comme si personne n'y avait vécu assez longtemps pour y laisser sa marque. Ainsi, elle chercha en vain des photos de famille. Quand elle lui en fit remarquer l'absence à Alex, il lui répondit sans s'étendre :

— Ce n'était pas le genre de mes parents.

— Une maison au bord de la plage, ce devait être merveilleux pour l'enfant que tu étais ? insista-t-elle.

Comme Alexius ne répondait pas, elle insista :

— Tu ne gardes pas un bon souvenir de ton enfance, dirait-on ?

— Pas vraiment, non. Mais sortons faire une promenade, il fait si beau.

C'était une manière de couper court à la conversation, Rosie ne fut pas dupe. Elle le suivit néanmoins.

Ils déambulaient sans hâte sur la plage quand le portable d'Alexius sonna. Il décrocha, s'adossant à un rocher. Rosie ne comprenait pas ce qu'il disait — en grec —, mais elle le vit sourire. Tout en parlant, il lui tendit la main pour l'attirer auprès de lui et la nicher contre son épaule. Ce geste l'émut. S'il était capable d'une telle tendresse, peut-être tenait-il un peu à elle sans même en avoir conscience ? Elle enfouit son visage contre l'étoffe de sa chemise, s'enivrant de son odeur qu'elle connaissait si bien et qui la troublait tant, heureuse de sentir sous sa joue les battements rassurants de son cœur.

— Ton grand-père vient te voir cet après-midi, annonça-t-il après avoir raccroché.

Cette nouvelle lui procura une joie mitigée.

— Je ne voudrais pas qu'il fasse pression sur moi pour que nous nous mariions, dit-elle, mal à l'aise.

— De toute façon, je ne veux plus t'épouser, répondit aussitôt Alexius. Tu as raison, cela ne servirait à rien. Nous nous entendons fabuleusement au lit, c'est tout ce qui compte.

Décontenancée par ces paroles, Rosie le dévisagea comme s'il avait perdu la tête. Elle découvrit alors qu'elle était furieuse. Ainsi, il avait changé d'avis ! Et il se contenterait d'être bien au lit avec elle ? Et que faisait-il de son avis à elle ? Si cet arrangement ne lui convenait pas ?

Elle s'apprêtait à riposter quand une autre pensée lui vint : Alex avait-il décidé de ne plus l'épouser parce qu'elle s'était donnée à lui cette nuit ? Cette idée l'humilia au-delà des mots. Néanmoins elle n'en dirait rien. Du moins pour l'instant. Elle devait d'abord mettre un peu d'ordre dans ses sentiments.

Socrates Seferides était installé dans un fauteuil d'osier sous la véranda quand Rosie descendit le rejoindre. Avec un sourire hésitant, elle l'embrassa.

— Je suis contente que vous soyez venu me voir, dit-elle, sincère.

Le vieil homme lui sourit en retour.

— Pardonne-moi de m'être mêlé de ce qui ne me regarde pas, ma chérie. Alexius et toi êtes des adultes libres d'agir à votre guise. Je n'ai pas mon mot à dire au sujet d'un possible mariage entre vous. Cependant...

Il s'interrompit, le regard brillant, et prit un air de conspirateur avant d'ajouter :

— Mon rôle de simple observateur ne manque pas d'intérêt.

— Comment cela ? s'étonna Rosie.

— Sais-tu que tu es la première jeune femme que mon filleul amène sur cette île ?

L'information lui chauffa le cœur. Pour ne pas montrer combien elle était émue, elle répondit par une question :

— Et vous, vous y êtes venu souvent ?

— Une fois seulement. Pour l'enterrement de ses parents.

— Vous les connaissiez bien ?

— Nous n'évoluions pas dans les mêmes cercles, avoua Socrates, mais j'étais à l'école avec le grand-père d'Alexius. Voilà comment je suis devenu un ami de la famille, et pourquoi on m'a demandé d'être le parrain du petit. Ses parents, qui étaient tous deux extrêmement riches, ont été mariés très jeunes. Un mariage destiné à unir leur fortune, car eux n'avaient hélas rien pour s'entendre. Après la naissance d'Alexius, ils ont vécu plus ou moins séparés.

Rosie hocha la tête.

— C'est triste.

— Surtout pour leur fils. Ils ne s'en sont jamais occupé, le laissaient aux soins de domestiques, et, à l'âge de huit ans, il est parti en pension dans une école anglaise.

— Si jeune ! souffla-t-elle. Je comprends pourquoi il ne parle jamais de son enfance.

— Il y a pire, reprit Socrates d'une voix lasse. Ses parents ne venaient jamais le voir en pension. Au point qu'un jour où j'étais allé lui rendre visite à Londres, c'est le directeur de l'internat qui m'en a parlé, m'avouant qu'il se faisait du souci pour son pensionnaire. Heureusement, Alexius avait beaucoup de petits copains qui l'invitaient chez eux en week-end.

Rosie avait le cœur serré. Pauvre petit garçon, comme il avait dû se sentir abandonné ! Elle s'en ouvrit à son grand-père.

— C'est certain, mais il ne l'avouera jamais. Hélas, il restera sans doute marqué à vie par cette expérience.

Elle entrevoyait maintenant pourquoi le père de son enfant refusait de céder à ses sentiments ou émotions. Comment s'en étonner quand il n'avait pas été aimé à une étape de la vie où l'amour des parents est si important ?

— J'aimerais que tu viennes passer quelques jours chez moi, lui dit Socrates.

— Je… Euh…, balbutia-t-elle.

Tout de suite, Rosie s'en voulut de son manque d'enthousiasme. Son grand-père semblait un homme bon, plein de bienveillance à son égard. Il lui pardonnait d'être enceinte ; mieux, il acceptait qu'elle n'épouse pas le père de son enfant. Mais…

— Je comprends, dit-il en la tirant de son embarrassant cas de conscience. Tu ne veux pas quitter Alexius. C'est bien normal. Car vous vivez ensemble, n'est-ce pas ?

Rosie hocha la tête et rougit.

— Je voudrais passer un peu plus de temps avec lui, murmura-t-elle.

— Je le comprends aussi, admit Socrates avec un doux sourire. Mais je maintiens mon invitation : viens quand tu veux, et aussi longtemps que tu le voudras.

Il demeura songeur un moment avant de reprendre :

— Je ne saisis pas bien pourquoi tu ne veux pas te marier, quand tu portes à mon filleul des sentiments qui me semblent clairs. Mais c'est ton affaire ; je te le redis, je ne m'en mêlerai pas.

Abandonnant le sujet, Socrates parla de ses déboires avec ses enfants, expliquant qu'il les avait sans doute trop gâtés pour compenser la disparition prématurée de leur mère. Plus tard, Alexius se joignit à eux. La conversation continua à trois, aimable, détendue.

Dans la soirée, l'hélicoptère revint rechercher le vieil homme, que Rosie vit partir avec tristesse. Quel grand-père adorable il était ! Et comme elle avait de la chance d'avoir pu faire sa connaissance. Désormais, elle se sentait membre d'une famille.

— Socrates t'a demandé de lui rendre visite à Athènes ? lui demanda Alexius après le dîner, alors qu'ils devisaient sous la véranda.

— Oui.

— Que lui as-tu répondu ?

Rosie baissa les yeux gênée, d'autant qu'Alex s'était soudain tendu.

— Que j'irai plus tard, avoua-t-elle.

— Parfait, fit-il, un sourire triomphant aux lèvres.

— Néanmoins, j'irai le voir. D'ailleurs, j'imagine que, tôt ou tard, tu vas repartir travailler, non ?

— J'avais l'intention de rester ici quelque temps, répliqua-t-il en lui décochant un regard indéchiffrable. Quand comptes-tu aller à Athènes ?

— Euh... d'ici une semaine environ, lança Rosie, qui n'avait encore rien décidé. Je ne veux pas faire attendre Socrates trop longtemps. Et puis ce n'est pas juste : je suis venue en Grèce pour lui, et voilà que je reste avec toi.

Il tendit la main vers elle et passa un doigt caressant sur sa bouche. Rosie frémit aussitôt, traversé par un élan de désir.

— Une semaine, c'est un peu court, *moraki mou*...

— C'est que..., balbutia-t-elle, notre aventure n'est pas destinée à durer, et...

Alexius l'attira contre lui.

— Nous en reparlerons une autre fois. Allons donc nous coucher.

Rosie fut incapable de refuser, trop heureuse de partager une seconde nuit avec son merveilleux amant.

9

Quand aurait-elle le courage d'annoncer son départ à Alexius ?

La question angoissait Rosie depuis que sa date de départ était fixée, et les jours passaient sans qu'elle ose aborder le sujet. A présent, il ne lui restait qu'un jour sur l'île : demain son grand-père enverrait un hélicoptère pour la ramener à Athènes.

Son amant devait bien s'attendre à ce qu'elle s'en aille, se disait-elle pour se donner du courage. Voilà quinze jours qu'ils étaient à Banos, quand au début elle avait parlé d'une semaine seulement. Et c'était la pression discrète exercée par Socrates qui l'avait forcée à caler une date, car la vie avec Alexius s'écoulait, idyllique et douce.

Cependant, les meilleures choses avaient une fin.

Avec un enfant à naître, Rosie ne pouvait pas se laisser porter plus longtemps au gré de son plaisir et de celui de son compagnon. Pour le bébé, il fallait qu'elle s'organise une vie nouvelle, solide et stable. Et puis si elle voulait être totalement honnête avec elle-même, elle avait prolongé son séjour dans l'espoir qu'Alexius finirait par éprouver pour elle des sentiments plus profonds que le simple plaisir du sexe ; or il n'en était rien.

Il n'avait plus reparlé de mariage depuis ce jour où il était revenu sur sa proposition. Par une cruelle ironie du sort, Rosie, à mesure que le temps passait, avait commencé à réviser sa position, se disant que peut-être on pouvait construire une vie commune sur d'autres valeurs que le seul sentiment amoureux.

Alexius se comportait de façon tellement merveilleuse avec elle, la comblant de gentillesse et d'attentions !

Ils avaient exploré l'île, s'étaient promenés sur des plages désertes, avaient pris plusieurs repas dans un petit restaurant du village, près du port, où Alexius avait retrouvé des copains d'enfance devenus pêcheurs qui les avaient emmenés en mer avec eux.

Un jour, ils s'étaient envolés pour Rhodes et avaient visité la forteresse. Là-bas, Alexius avait tenu à lui offrir un bijou : un magnifique pendentif en diamant qui avait été, pendant le trajet de retour à Banos, la cause d'une dispute entre eux. Rosie avait exprimé sa gêne de se voir offrir un cadeau d'un tel prix. Alexius avait rétorqué vertement :

— Je t'offre ce que j'ai envie de t'offrir ! Nous partageons le même lit, tu attends un enfant de moi, pourquoi te traiterais-je comme quelqu'un d'ordinaire ? Et d'ailleurs, pourquoi en faire une histoire ? C'est normal, voilà tout.

Elle n'avait rien répondu. Mais cette nuit-là, après lui avoir fait l'amour avec passion, Alexius lui avait murmuré :

— Je ne veux pas que ma fortune soit un obstacle entre nous. Quand tu refuses que je te gâte, j'ai l'impression que tu me rejettes.

Oui, il la rendait heureuse, se dit Rosie en rangeant ses vêtements dans les somptueuses valises qu'il lui avait offertes à Londres. Et sans doute quand elle lui annoncerait son départ pour Athènes auprès de son grand-père aurait-il de nouveau le sentiment d'être rejeté. Mais qu'y faire ? Après tout, il ne lui avait jamais demandé de vivre avec lui… L'aurait-il fait, elle aurait dit oui. Mais il ne l'avait pas fait. Et leur séjour enchanté sur cette île paraissait un peu comme un interlude dans sa vie professionnelle, des vacances en quelque sorte, alors que pour elle cela représentait bien davantage.

Elle pliait un chemisier pour le ranger dans la valise quand on frappa à la porte. Se doutant de l'identité du visiteur, elle inspira profondément et l'autorisa à entrer.

Voyant les bagages ouverts, Alexius s'immobilisa sur le seuil de la porte et son visage se fit dur.

— Qu'est-ce que cela signifie? demanda-t-il d'une voix de marbre.

Rosie retint son souffle.

— Je... euh... j'allais t'en informer tout à l'heure, à table. Socrates envoie un hélicoptère me chercher demain.

— Et quand reviendras-tu? demanda-t-il sèchement.

— Je dois rester quelque temps chez lui, avoua-t-elle en baissant les yeux. Il me l'a demandé et je le lui ai promis.

Une lueur menaçante scintillait à présent dans les yeux gris d'Alex, froids comme de l'acier.

— Si je comprends bien, tu me quittes?

— Mais non, tenta-t-elle de protester Rosie, consternée par la réaction de son amant. Tu sais bien que non! Seulement, je ne peux pas décevoir éternellement Socrates. Il veut donner une fête pour me présenter à la famille et à ses amis. D'ailleurs, il a dû t'inviter, non?...

— C'est la première fois que j'en entends parler, rétorqua-t-il, glacial. Mais je t'ai posé une question : quand reviens-tu?

Rosie soupira, fermant brièvement les yeux. Quand elle els rouvrit, elle fixa Alex sans ciller.

— Nous ne pouvons pas continuer ainsi indéfiniment.

— Pourquoi? lança-t-il, presque hostile.

— Parce qu'il faut que je songe à ma nouvelle vie. Et puis je dois me rapprocher de Socrates : il est mon seul parent, et cela représente beaucoup pour moi. Il n'est plus très jeune, je veux profiter de lui avant qu'il ne soit trop tard.

Alex ne répondit pas. Rosie, l'estomac noué par l'angoisse, dut faire appel à tout son courage pour poursuivre.

— Je t'en prie, ne me rends pas la situation plus difficile qu'elle ne l'est. Je dois agir selon ma conscience, essaie de le comprendre.

— Si tu quittes cette maison, c'en sera fini entre nous, rétorqua-t-il, inflexible. Certes, je t'entretiendrai, ainsi que l'enfant, mais je reprendrai ma vie comme avant, sans toi.

— C'est injuste! s'écria Rosie, éperdue, blessée par tant de sévérité. Je sais que j'aurais dû discuter avec toi de mon départ, mais je redoutais ta réaction. Pourquoi ne viendrais-tu pas avec moi à Athènes ?

— Tu penses sérieusement que, quand tu habiteras chez Socrates, nous pourrons passer nos nuits ensemble ? ironisa Alex d'un ton amer. Il n'en sera même pas question ! Socrates ne l'entendra pas ainsi.

— Mais nous n'allons pas rompre, tout de même ? Tu plaisantes, n'est-ce pas ?

Une boule dans la gorge, Rosie attendit la réaction de celui avec lequel elle venait de passer les plus beaux jours de sa vie. Et qui la dévisageait à présent d'un air méprisant et inflexible.

— Je parle rarement à la légère, déclara-t-il enfin. Si tu pars d'ici sans mon autorisation, je te le répète, ce sera fini entre nous.

— Tu aurais pu parler de consentement plutôt que d'autorisation, murmura Rosie, le cœur craquelé de tristesse. Je n'ai besoin de ton autorisation pour rien.

— C'est vrai, en effet, lança Alex d'une voix coupante.

Et, sans un mot de plus il sortit, la laissant abasourdie et déchirée.

Elle se laissa tomber sur le bord du lit, le cœur serré dans un étau qui semblait sur le point de la broyer tout entière. Alex ne pouvait pas penser ce qu'il venait de dire ! Comment envisager de rompre quand, cette nuit encore, ils avaient fait l'amour comme des fous, unis, heureux dans cette intimité si rare, si fabuleuse ?

Etait-ce une réaction de colère ? Mais la colère était une émotion passagère. Ou bien était-ce une manière de lui rappeler que c'était lui qui menait le jeu, qu'elle ne pouvait rien décider seule ?

Dans ce cas, en le perdant, elle ne perdrait pas grand-chose, se dit-elle. Et malgré cette certitude, les larmes lui montèrent aux paupières. Elle s'en voulut : elle n'allait tout de même pas pleurer sur un homme qui lui posait des ultimatums ! Non, elle n'était pas à sa botte. Au contraire, elle était forte et, quand bien même elle serait très malheureuse sans lui, elle finirait par reprendre goût à la vie.

Il le faudrait bien...

10

— Alexius vient d'arriver, glissa Sofia à l'oreille de Rosie. Regarde, il est là-bas. J'étais sûre qu'il viendrait : il ne manque jamais une fête de papa.

Son cœur s'emballa tandis qu'elle tournait la tête dans la direction indiquée par sa tante. En effet, il était là, mais elle ne pouvait voir que sa belle tête altière qui dépassait du groupe de gens agglutinés autour de lui.

Une longue semaine s'était écoulée depuis que Rosie avait quitté l'île et pas une fois il ne lui avait fait signe. Elle avait dû se faire violence pour ne pas lui téléphoner, mais son amour-propre avait été le plus fort : Alex avait rompu, à lui de faire le premier pas.

— Qui sont tous ces gens avec lui ? demanda-t-elle à Sofia pour oublier l'émotion qui lui serrait la gorge.

— Alexius est toujours très entouré, lui répondit sa tante sur un ton perfide. Comme c'est un businessman influent, les hommes recherchent sa compagnie ; quant aux femmes, il les attire comme un aimant.

Sofia ponctua sa phrase par un petit rire, comme si elle avait fait un bon mot. Rosie était loin de trouver cela drôle…

Socrates recevait en son honneur dans son hôtel de luxe en plein centre d'Athènes. Pour la présenter à ses amis et aux membres éloignés de la famille, il avait organisé une fête somptueuse. Elle était touchée qu'il se soit donné tant de mal. La semaine en sa compagnie aurait été merveilleuse sans le silence d'Alexius, qui au fil des jours s'était révélé de plus en plus difficile à supporter. Néanmoins, en vivant sous le même toit, Rosie s'était découvert de nombreux points communs avec son grand-père, en particulier leur sens de l'humour, ainsi qu'un penchant marqué pour la vie simple, sans tous les artifices que permet un train de vie opulent.

Elle portait pour cette occasion festive une robe que Socrates avait tenu à lui offrir. Sofia et elle étaient allées ensemble faire les boutiques et sa tante avait insisté pour qu'elle choisisse ce modèle : une robe de soie blanche au corsage très décolleté, qui moulait ses seins, bien ronds maintenant, et dont la jupe arrivait à peine au genou, laissant visibles ses jambes. Rosie n'aurait pas opté d'elle-même pour une tenue aussi sophistiquée, beaucoup trop voyante et sexy à son goût. Mais Sofia avait tant insisté qu'elle avait fini par céder.

Soudain, elle se figea et saisit sa tante par le bras.

— Qui est cette jeune femme avec Alexius ? demanda-t-elle à voix basse.

Il venait de se dégager du groupe qui l'entourait et se dirigeait vers le buffet en compagnie d'une charmante brune en minijupe bleu vif, assortie d'un haut balconnet donnant à voir plus qu'il ne la dissimulait une somptueuse poitrine. Et cette jeune femme avait l'audace de le tenir par le bras, en un geste d'une possessivité insupportable. Rosie était folle de rage !

— Yannina Demas, la fille de l'armateur Nikos Demas, lui apprit Sofia. Alexius et elle se connaissent depuis longtemps, et Nina aimerait bien que les choses aillent plus loin.

Sa tante se tourna vers elle et éclata d'un rire méchant et moqueur.

— Voyons, Rosie, ne les regarde pas ainsi ! Tout le monde va croire que tu es jalouse…

Piquée, elle se détourna, en se maudissant de rougir. Etait-elle à ce point transparente que ses sentiments pour Alexius se lisaient sur son visage ? En tout cas, cette Nina Demas ne lui plaisait pas du tout ! Alex et elle se connaissaient depuis longtemps ? Ils avaient l'air très intimes, en effet. Que le père de son enfant ait l'audace de s'exhiber avec cette bimbo en sachant qu'elle serait présente ce soir lui parut le comble de la muflerie.

Du coup, lorsqu'un grand et beau jeune homme s'inclina devant elle pour l'inviter à danser quelques minutes plus tard, Rosie lui adressa son plus beau sourire, avant de le suivre sur la piste.

Du coin de l'œil, Alexius observait Rosie danser avec un grand dadais. Mais était-ce vraiment Rosie ? Jamais la jeune Anglaise simple et entière qu'il avait rencontrée n'aurait enfilé cette robe absurde, trop courte, trop décolletée, avec des fanfreluches à la taille. Il n'y a pas si longtemps, elle l'aurait trouvée tape-à-l'œil, kitsch. Et puis quelle mouche l'avait piquée de mettre ainsi en avant sa poitrine maintenant qu'elle s'était étoffée, et ses jambes, qui attiraient tous les regards masculins ? C'était indécent !

S'il n'avait tenu qu'à lui, Alexius l'aurait arrachée à ce pantin qui la faisait danser et lui aurait mis de force sa veste sur les épaules pour la dérober à la vue de tous ces hommes qui la dévoraient des yeux ! Quel manque de savoir-vivre que de se donner en spectacle ainsi.

Oui, même si c'était lui qui avait rompu avec Rosie, il était fou de rage sous le masque aimable qu'il arborait en écoutant d'une oreille distraite les remarques de Nina.

Lorsque la musique s'arrêta, Rosie quitta la piste, escortée par son cavalier. Un serveur s'approcha d'elle pour lui glisser à l'oreille que son grand-père la demandait.

— Il est dans sa suite, au premier étage, précisa-t-il.

Rosie s'inquiéta tout de suite : Socrates avait-il eu un malaise ? Organiser cette réception l'avait sans doute beaucoup fatigué, et il en payait peut-être le contrecoup...

La porte de sa suite était entrouverte. Rosie entra, mais ne trouva nulle trace de son grand-père. Elle n'eut pas le loisir de s'en étonner longtemps : Alexius entra à son tour dans la pièce. Il semblait furieux et s'immobilisa en la voyant.

— Où est Socrates ? demanda-t-il âprement.

— Pas ici, en tout cas, rétorqua Rosie avec raideur.

En croisant les yeux gris acier de son ex, son cœur s'accéléra. Alexius était si beau dans son smoking coupé à la perfection ! Sa chemise immaculée faisait ressortir son teint sombre, et son visage aux traits durs, virils, semblait sculpté dans le bronze.

— Il voulait te parler à toi aussi ? reprit-elle.

— Il semblerait qu'il voulait plutôt que nous nous parlions toi et moi. Il nous a organisé un petit rendez-vous, on dirait...

Avec un sourire à la fois ironique et cruel aux lèvres, il ferma la porte, les isolant tous les deux dans une atmosphère hostile.

— En tout cas, moi, je n'ai rien à te dire, lança Rosie, agressive.

— Moi, au contraire, il y a des tas de choses dont je veux te parler ! rétorqua Alexius en la détaillant avec des yeux durs et réprobateurs. Tu n'as pas honte de t'exhiber en public habillée ainsi ?

Rosie le défia du regard, s'efforçant d'ignorer l'émoi qui la bouleversait depuis qu'elle était en sa présence.

— Que veux-tu dire ? Cette robe est très bien ! riposta-t-elle.

— Elle est indécente, oui ! Surtout pour une femme enceinte.

— Mon état ne se voit pas encore.

— Mais tu es enceinte ! Outre le ridicule, te trémousser comme tu l'as fait sur une piste de danse est dangereux dans ton état.

Le sang de Rosie ne fit qu'un tour. Comment osait-il employer des termes aussi méchants et blessants ? On aurait même dit qu'il prenait plaisir à l'humilier ainsi.

— De quel droit me juges-tu ? Tu as rompu, depuis une semaine tu ne m'as pas donné signe de vie, et voilà que tu surgis pour me critiquer et me dire ce que je dois ou ne dois pas faire ! Mêle-toi de tes affaires !

— L'enfant que tu portes est mon affaire, me semble-t-il, lui rappela-t-il sèchement.

— Tu y as pensé quand tu m'as dit que tout était fini entre nous ? Et quand tu me faisais l'amour encore et encore, tu te demandais si c'était bon pour l'enfant ?

— Tu étais heureuse autant que moi, riposta Alexius avec une suprême assurance. La preuve : tu ne t'es jamais plainte !

Il la toisait avec tant d'intensité qu'elle fut soudain en feu sous sa robe de soie. Ses seins se tendaient et, au creux de son ventre, le désir surgissait, terrible. Son émoi devint si violent qu'instinctivement elle serra les poings comme pour s'en défendre.

Alexius la prit par le bras pour l'attirer à lui.

— Non ! s'écria-t-elle, terrifiée.

Car s'il la touchait elle n'aurait pas la force de lui refuser ce qu'il n'était plus en droit d'avoir.

Malgré ses protestations, il prit sa bouche. Aussitôt, elle fondit de bonheur. Comme au sortir d'une longue torpeur, il lui semblait être vivante de nouveau, vibrante, palpitante, épanouie de sensualité. C'était merveilleux !

Sans abandonner ses lèvres, Alexius la souleva dans ses bras pour se diriger vers la porte. Rosie se ressaisit, honteuse de sa faiblesse.

— A quoi joues-tu ? demanda-t-elle vertement.

— Je te veux, *moraki mou* ! Je te désire, partons d'ici...

Mais elle était redescendue sur terre, raisonnable de nouveau.

— Il n'en est pas question ! Tu as rompu, c'est fini entre nous.

— J'étais furieux. Je n'y voyais plus clair. Ta décision était si brutale, puis tu es partie si vite... Je n'ai pas eu le temps de me reprendre.

— Lâche-moi ! ordonna Rosie, impérieuse. Voilà une semaine que nous sommes séparés, et tu n'as rien fait pour me revoir... Tu ne m'as même pas téléphoné.

— Toi non plus, tu n'as rien fait, argua Alexius, en colère lui aussi. Je pensais que tu m'appellerais !

Il disait vrai : il était été persuadé qu'au bout d'un jour ou deux elle lui téléphonerait, qu'elle n'aurait pas le courage de rester longtemps sans reprendre contact. Or Rosie n'en avait rien fait et, paradoxalement, il lui en avait voulu de son silence. Presque autant que de son absence.

Elle avait réussi à se dégager. Reculant de quelques pas, elle le fusilla du regard.

— Où comptais-tu m'emmener ?

— Chez moi, bien sûr, sur mon île.

La manière détachée dont il avait dit cela, comme si c'était une évidence, la chose la plus naturelle du monde, agaça Rosie.

— Comment oses-tu me demander de retourner à Banos après m'avoir dit clairement qu'il n'y avait plus rien entre nous ?

Elle avait parlé d'une voix si aiguë qu'Alex fit la grimace.

— Oublie ce que j'ai dit avant. J'étais hors de moi, vexé. Je veux être avec toi, je veux que tu sois à Banos, chez moi, dans mon lit.

— Eh bien, désolée de te décevoir, ironisa-t-elle, grinçante, mais il n'en est pas question.

Sur ces mots, elle gagna la porte, qu'elle ouvrit d'un geste brutal, et appela l'ascenseur.

— Tu avais ta chance, tu l'as gâchée, lança-t-elle encore.

Alexis fut gagné par la fureur. Il était prêt à faire amende honorable, mais il n'allait tout de même pas la supplier de l'écouter ! Il avait commis des fautes, des erreurs, mais elle aussi.

A cet instant, la porte de l'ascenseur s'ouvrit et Socrates en sortit.

— Tu as parlé à Alexius ? demanda-t-il à Rosie, pressant.

— Ainsi, il avait raison : c'est vous qui nous avez tendu un piège...

— Je vous ai regardés un bon moment, l'un et l'autre, admit le vieil homme. Vous vous comportiez comme deux adolescents qui se font bêtement la tête après leur première dispute amoureuse. Il fallait vous voir, chacun à un bout du salon, vous lançant des coups d'œil hostiles à la dérobée.

— Nous venons de nous disputer de nouveau, avoua Rosie en baissant la tête.

Alexius les rejoignit d'un bond et, saisissant Rosie par la main, l'attira avec lui dans la cabine de l'ascenseur.

— Allez-y, annoncez nos fiançailles à vos invités, lança-t-il à son parrain. On s'est disputés, mais on va se réconcilier, j'en suis sûr.

Déjà la porte coulissante se refermait, laissant sur le palier un Socrates éberlué.

— Annoncer nos fiançailles ? s'écria Rosie, outrée. Tu es fou ? Et je n'ai aucune envie de me réconcilier avec toi !

— Parce que tu crois que tu as ton mot à dire ? fit Alexius, les dents serrées. Tu parles beaucoup trop, Rosie, et tu finis par dire n'importe quoi.

— Tu as rompu ! cria-t-elle. Je te déteste !

— Cela te passera, tu verras.

Sans crier gare, il la souleva de ses bras puissants pour la balancer sur son épaule. Sa tête pendait dans le dos d'Alex, tandis qu'il la maintenait d'une main posée sur ses fesses.

— Assez discuté, on rentre à la maison !

— Non ! lança Rosie. Il n'en est pas question !

La tête en bas, elle voyait avec incrédulité les invités les regarder, ébahis, tandis qu'ils traversaient le hall de l'hôtel.

Elle était rouge de honte, de colère et d'avoir la tête en bas. Cela devait donner une teinte curieuse, songea-t-elle tout en tambourinant des deux poings sur le dos d'Alex.

— Lâche-moi !

— Tu devrais savoir que j'agis toujours comme je l'entends, rétorqua-t-il sans ralentir l'allure.

Un flash crépita, éclairant, l'espace d'un instant, des visages amusés qui les regardaient passer. Rosie cligna brutalement des yeux.

— Alexius..., gémit-elle encore, mais il parut ne pas l'entendre.

Il la déposa sans trop de ménagement sur la banquette de la limousine qui attendait dehors. Lui-même prit place à côté d'elle. Il l'observa non sans un sourire malicieux comme elle s'efforçait de se redresser pour s'asseoir et récupérer un semblant de dignité.

— Tu n'as pas honte de me traiter ainsi ! marmonna-t-elle avec une rage contenue. Et devant des photographes, en plus !

— Je n'avais pas le choix, répliqua-t-il sans se troubler. Des paparazzis en mal de clichés à scandale n'allaient pas m'arrêter. Je m'en moque bien !

— Tu peux me dire où tu me conduis ?

— Je te le répète : chez nous, sur l'île, où nous pourrons nous disputer sans témoin.

— Je ne retournerai pas à Banos !

— Ne m'oblige pas à te transporter de force comme un sac de riz à travers tout l'aéroport ! la menaça Alexius. Si je dois le faire, je le ferai !

— Jamais je ne te pardonnerai de m'avoir ridiculisée devant les invités de mon grand-père !

Alexius ne parut pas particulièrement ému par cette affirmation. D'ailleurs, à l'aéroport, elle sortit de voiture sans faire d'histoires. Sa colère retombée le temps du trajet, le comportement brutal et humiliant d'Alex commençait à lui apparaître sous un jour différent : il n'avait pas ménagé ses efforts pour la récupérer ! Il devait tenir un peu à elle pour s'être ainsi donné en spectacle devant les invités de son parrain. Et puis, sur au moins un point, il avait raison : ils devaient discuter pour mettre au point un *modus vivendi* raisonnable dans l'intérêt de l'enfant à venir.

D'autres journalistes les attendaient dans le hall de l'aéroport, sans doute prévenus par leurs collègues présents à la sortie de la réception. Mais ils en furent pour leurs frais : Alexius et elle traversèrent la grande salle très dignement avant d'embarquer à bord de l'hélicoptère dans un climat apparent d'entente parfaite.

A peine installée dans l'appareil, Rosie sentit s'abattre sur ses épaules la fatigue de cette dure journée. Elle ferma les yeux, et aussitôt les pensées se bousculèrent dans sa tête. Pourquoi Alex avait-il dit à Socrates qu'il pouvait annoncer leurs fiançailles ? Croyait-il être en mesure de la contraindre à l'épouser ? Et elle, où en était-elle ? Pour le bien de son enfant, devait-elle accepter de se marier à un homme qui ne l'appréciait que parce qu'ils faisaient bien l'amour ensemble ? Sans doute avait-elle tort d'attendre trop de cet homme. Entre deux êtres, l'amour ne se commandait pas. Soit il était au rendez-vous, soit il n'y était pas, qu'y pouvait-on ?

Néanmoins, de quel droit s'était-il permis de critiquer sa tenue, ce soir ? Rosie aurait presque pu le croire jaloux, tant il avait été virulent !

Alexius, jaloux ? Allons, il ne fallait pas rêver… En revanche, elle-même devait bien admettre l'avoir été en le voyant avec cette

Yannina Delmas. Oui, cette douleur aiguë comme un coup de poignard qui lui avait transpercé le cœur, c'était de la jalousie.

Et pourtant, le dilemme restait le même qu'au début de leur relation : soit elle épousait Alexius, soit il la quitterait et sortirait avec d'autres femmes. Alors que faire ? L'épouser en acceptant qu'il ne soit pas tout à fait l'époux de ses rêves ? Pourquoi ne l'était-il pas alors qu'il était son rêve d'homme ? Parce qu'il n'était pas amoureux : tout le problème était là...

Pourrait-elle vivre heureuse avec un mari qui n'éprouvait pas d'amour pour elle ? Serait-il moins douloureux de vivre sans lui ? Non, vivre sans lui était la pire des épreuves : elle l'avait bien vu pendant cette semaine à Athènes. En dépit de la gentillesse de son grand-père, elle n'avait cessé de languir après son amant perdu.

L'aube teintait à peine le ciel quand l'hélicoptère se posa à Banos. Alexius ne put s'empêcher de rire en voyant la démarche de Rosie, à la peine sur la pelouse avec ses talons hauts. Il lui prit le bras pour l'empêcher de trébucher.

Dans la maison, il l'invita à s'installer dans le salon. Elle s'assit sur le confortable canapé pendant que lui restait debout devant la haute cheminée en marbre.

— Il faut que nous parlions, dit-il d'un ton grave.

— Dis-moi d'abord pourquoi tu ne m'as pas téléphoné une seule fois, voulut savoir Rosie.

Il réfléchit, puis opta pour la franchise. Après tout, il la lui devait bien.

— Je ne savais que te dire. J'avais tellement peur d'aggraver la situation entre nous, tellement peur de te perdre pour toujours.

Rosie sentit céder ses dernières défenses : il avait eu peur, disait-il ! Jamais elle ne l'aurait cru capable d'un aveu pareil ; elle en fut touchée au plus profond de son âme.

— Je ne supportais pas cette maison sans toi, reprit-il. Elle était déserte et triste. Alors il a bien fallu que je fasse quelque chose.

— On peut dire que tu as employé les grands moyens ! lança Rosie d'un ton léger.

— Il le fallait. Plus rien ne vit autour de moi quand tu n'es pas là ; tout devient ennuyeux, je n'ai le goût à rien.

— Je t'ai manqué ? s'étonna-t-elle, peinant à y croire.

— Bien sûr, tu m'as manqué ! Tu me prends pour qui ? Je suis sensible, moi aussi.

— Je me suis souvent posé la question, soupira Rosie.

Il parut ne pas l'entendre et reprit, toujours aussi sérieux, presque solennel :

— Je veux que tu reviennes auprès de moi, et je veux t'épouser.

Elle baissa les yeux, partagée. Il la mettait au pied du mur, elle ne pouvait pas se défiler plus longtemps.

— Tu me l'as déjà dit, oui, répondit-elle pour gagner du temps. Puis tu as changé d'avis. Et voilà que tu changes d'avis de nouveau…

— Nous aurions une vie agréable, poursuivit Alex, comme si son objection ne comptait pas. Toi et le bébé seriez les deux pivots de ma vie.

— Comment peux-tu dire une chose pareille ? rétorqua Rosie en fronçant les sourcils.

— Parce que c'est vrai, *moraki mou*, je n'ai jamais été aussi sincère !

— Et quand as-tu pris conscience que nous comptions pour toi, le bébé et moi ?

Malgré son scepticisme, les battements de son cœur s'étaient accélérés.

— Quand tu es partie. Je te le répète, la vie n'avait plus d'intérêt, je pensais à toi sans arrêt.

L'espoir renaissait peu à peu en Rosie ; toutefois, malgré le bonheur qu'elle en éprouvait, elle avait encore besoin d'être rassurée.

— Es-tu sûr que tu ne vas pas changer, revenir à ta vie d'avant ? Ce besoin d'être avec moi n'est peut-être dû qu'à notre séparation ?

Alexius prit alors une mine déconfite qu'elle ne lui avait jamais vue.

— Tu veux savoir la vérité : je n'ai pas regardé une autre femme depuis le jour où on s'est rencontrés.

— Tu étais pourtant avec Yannina Demas, ce soir, lança-t-elle, acerbe sans le vouloir.

— Nina m'a appelé pour que je l'accompagne à la réception. C'est une vieille amie, rien de plus.

— Et tu n'as fait l'amour avec personne d'autre que moi, depuis notre rencontre ? insista Rosie d'une petite voix incrédule.

— Non, déclara-t-il gravement. Tu es la seule dont j'ai envie.

Le cœur de Rosie tambourinait dans sa poitrine, à présent, et son visage s'était empourpré tant elle était heureuse. Elle regarda Alex dans les yeux, s'émerveillant une fois encore de leur éclat gris si particulier.

— Dans ce cas, je crois que je vais rester avec toi pour de bon, murmura-t-elle.

Alex hocha lentement la tête, sans même l'ombre d'un sourire. Puis il s'approcha du canapé et sortit de sa poche un petit écrin en cuir qu'il lui tendit. :

— Tu me rendrais très heureux si tu acceptais de porter ceci.

Son ton presque cérémonieux déconcerta Rosie. Elle ouvrit l'écrin et découvrit un gros diamant monté en bague, un solitaire d'un éclat magnifique. Elle se souvint alors qu'il avait dit à son grand-père qu'il pouvait annoncer leurs fiançailles, mais jamais elle n'aurait pensé qu'il se soumettrait à un rituel aussi traditionnel.

— Il est somptueux, souffla-t-elle, émue. Mais tu n'avais pas à...

— Chut, la coupa-t-il. J'y tenais au contraire. Jusqu'à présent, j'ai tout fait à l'envers. Il est temps de respecter un peu la tradition.

Eperdument heureuse, elle contempla le diamant de longs instants avant de le glisser à son annulaire gauche : il lui allait à ravir !

— Pourquoi dis-tu que tu as tout fait à l'envers ?

— Te rends-tu compte qu'il m'a fallu si longtemps pour comprendre que je tenais à toi que j'ai failli te perdre !

— Je t'aime, Alexius, avoua-t-elle alors. Je t'aime depuis le premier jour, tu ne risques plus de me perdre !

Enfin elle avait réussi à lui avouer ses sentiments. Elle était libérée d'un poids à présent, prête à accepter en toute connaissance de cause ce qu'Alex serait prêt à lui donner, sans attendre plus de sa part.

Il l'aida à se lever du canapé pour l'attirer à lui et la serrer dans ses bras.

— J'ai besoin de toi, murmura-t-il tout contre son oreille. Je déteste ma vie sans toi ; le monde est terne, ennuyeux. Tu crois que c'est ça, l'amour ?

— Tu es le seul à pouvoir le dire. Quant à moi, je suis très malheureuse quand je me réveille sans toi, le matin. La semaine qui vient de s'écouler...

— ... a été un enfer, compléta-t-il. Je comptais les heures, le jour et la nuit. J'avais tellement envie de te revoir ! Et voilà que, quand je t'ai vue, tout est allé de travers.

— Parce que tu étais avec une autre femme, ironisa Rosie.

— Non, parce que tu n'étais plus la même dans cette robe ridicule. Je n'aime pas que les hommes te regardent, tu me rends très possessif, moi qui ne l'ai jamais été avant. Quand tu souriais à ce crétin qui te faisait danser, j'ai vu rouge ! Je lui aurais volontiers cassé la figure...

Elle ne put s'empêcher de sourire. Il avait été jaloux ! Donc il tenait à elle. Même dans ses rêves les plus fous, elle n'avait pas imaginé que ce soit possible.

— Je t'aime, dit-elle encore, émerveillée d'être aussi heureuse.

— Nous allons nous marier le plus vite possible. J'espère que, pour une fois, tu es d'accord avec moi !

Rosie se mit à rire.

— Désormais, je ne te contredirai plus jamais. Tu as besoin de moi, tu tiens à moi, et je crois que tu as assez de place dans ton cœur pour y accueillir notre enfant. Je ne peux rien désirer de plus.

— Notre enfant ! répéta Alexius, posant une main possessive sur le ventre de sa désormais fiancée.

Il sourit avant d'ajouter, malicieux :

— Sais-tu que tu grossis, *agape mou* ? Et je trouve ton petit ventre rond rudement sexy ! Tu es d'accord pour que nous allions nous coucher, bien que le jour se lève ?

Rosie lui rendit son sourire :

— Je te l'ai dit : à compter de maintenant, je serai toujours d'accord avec toi. Il faudra bien que je me fasse une raison, même s'il t'arrive d'avoir tort, puisque je ne peux pas vivre sans toi !

Epilogue

Rosie descendait le grand escalier de la maison de Banos, heureuse, comblée. Elle portait une robe de soie verte très élégante, signée d'un célèbre couturier parisien, qu'illuminait une rivière de diamants magnifique, ayant appartenu, disait-on, à la famille impériale de Russie. Alexius la lui avait offerte pour leur premier anniversaire de mariage.

Une fois dans le grand vestibule, Kasma se précipita à sa rencontre, Baskerville frétillant sur ses talons.

— Maman ! Tu es belle comme une princesse !

A cinq ans, sa fille avait hérité des boucles noires de son père et de ses grands yeux verts à elle. Par sa curiosité d'esprit, son humour et son sens de la repartie, elle était un mélange des deux.

— Papy est dans la bibliothèque. Il est très beau, lui aussi, ajouta Kasma.

Socrates avait fait le déplacement jusqu'à Banos pour assister à la fête qu'ils donnaient, Alexius et elle, pour leur cinquième anniversaire de mariage.

Ces dernières années avaient été douces pour son grand-père : après une chirurgie cardiaque réussie, il avait pu reprendre les rênes de son affaire assez longtemps pour l'initier aux arcanes de l'hôtellerie et lui avait ensuite laissé sa place.

Alexius et elle s'étaient installés à Londres tout de suite après leur mariage. Ils avaient récupéré Bass auprès de ses anciennes colocataires, mais le chien ne manifestait toujours pas un amour immodéré pour son mari, même si, en prenant de l'âge, il le tolérait un peu mieux. Rosie avait ainsi découvert que même les chiens pouvaient être jaloux !

Elle avait attendu que Kasma ait un an pour commencer les études universitaires dont elle rêvait depuis si longtemps. Que la famille vive à Londres lui avait facilité la tâche, d'autant qu'Alexius avait acheté une grande maison tout près de l'école de gestion où elle suivait ses cours.

Une fois son diplôme obtenu, haut la main et avec les félicitations du jury, son mari avait voulu qu'elle travaille avec lui. Au bout de quelques semaines passées à s'entendre dire à chaque instant ce qu'elle devait faire ou ne pas faire, Rosie avait compris que si elle continuait à collaborer avec Alex, leur mariage n'y survivrait pas.

Elle s'était donc tournée vers son grand-père, avait appris de lui tout ce qu'il convenait de savoir sur la gestion d'une chaîne d'hôtels, et tous deux avaient formé une équipe de choc jusqu'au jour où Socrates s'était retiré. Rosie l'avait alors remplacé.

Son grand-père se leva à son entrée.

— Tu es belle comme le jour, ma chérie ! s'exclama-t-il. Et si rayonnante. Ah, comme j'ai eu raison de jouer les entremetteurs avec Alexius et toi !

— Que veux-tu dire ? demanda Rosie en haussant un sourcil. Tu parles de ce rendez-vous organisé, dans ta suite, à Athènes ?

Son grand-père eut un petit sourire entendu.

— Cela a commencé bien avant. Sans moi, vous ne vous seriez jamais rencontrés ! Quand j'ai vu pour la première fois la photo que m'avait envoyée le détective chargé de se renseigner sur toi, je t'ai trouvé une telle ressemblance avec ma pauvre épouse que je me suis pris à espérer que tu n'avais pas hérité seulement de ses traits. Or Alexius avait besoin d'une femme ayant les pieds sur terre, capable de lui donner un foyer et une famille ; pas d'une de ces beautés stupides qui ne s'intéressent qu'aux apparences comme celles qu'il fréquentait alors. L'idée m'est venue de vous mettre en contact, tous les deux. On verrait bien ce qui en sortirait.

Rosie le dévisagea, ahurie : jamais elle n'aurait imaginé que Socrates les avait ainsi manipulés depuis le début.

— Tu dis la vérité ?

— Avoue que vous faites un couple idéal, rétorqua son grand-père en guise de réponse. Parfois, il faut savoir prendre des risques, vois-tu.

Elle sourit, l'oreille tendue cependant, guettant le bruit de l'hélicoptère qui lui ramènerait l'homme qu'elle aimait. Il était en retard. Bientôt, une ribambelle d'appareils privés se succéderaient pour décharger les invités n'ayant pas prévu de venir sur l'île en bateau.

— Veux-tu que je te serve un verre en attendant l'arrivée de vos amis ? proposa Socrates.

— Non merci.

Elle voulait d'abord trinquer avec son mari. Elle avait une bonne nouvelle à partager avec lui.

Alexius, contre toute attente, avait découvert qu'il adorait être papa. Il s'occupait à merveille de Kasma, savait l'intéresser mais aussi l'éduquer. Cependant, durant leurs premières années de mariage, ils avaient eu une vie trop remplie pour songer à avoir un second enfant.

Or, depuis quelque temps, le rythme avait ralenti. Ils passaient plus de temps à Banos où, sous la houlette de Rosie, la grande maison avait été modernisée, sans perdre pour autant son aspect si romantique. Elle s'était efforcée de lui donner une âme et il y faisait bon vivre, à présent. C'est là que tous trois passaient leurs vacances, et une bonne partie de leur temps libre quand ils n'étaient pas en voyage aux quatre coins du monde.

Le bruit de l'hélicoptère brisa le silence, arrachant Rosie à ses songeries.

— Va vite accueillir ton mari, lui dit Socrates avec malice. Je vois que tu ne tiens déjà plus en place, et il adore que tu ailles à sa rencontre.

Déjà elle était sortie de la pièce et courait à travers la véranda pour se précipiter sur la pelouse, où le gros hélicoptère venait de se poser. Alexius en sortit et le cœur de Rosie bondit, comme chaque fois qu'elle le retrouvait : il était si grand, si beau... Et il était son mari ! A elle, rien qu'à elle !

— Tu es en retard, lança-t-elle, taquine.

Alexius eut un petit rire amusé.

— J'ai dû repasser par Athènes pour récupérer ton cadeau, expliqua-t-il. Vous êtes fabuleusement élégante, madame Stavroulakis.

— Je peux l'être ! Cette robe est fabuleusement chère, et je ne parle pas de la rivière de diamants...

— Apprendras-tu un jour à accepter un compliment sans faire de commentaires ? l'asticota son mari en l'entraînant dans la maison.

— J'ai bien peur que non.

A peine étaient-ils dans le grand hall que Baskerville surgit de la bibliothèque en poussant des petits aboiements, avec l'intention manifeste de s'attaquer au pantalon d'Alex. Mais celui-ci le prit de vitesse en grimpant les escaliers quatre à quatre.

Rosie le rejoignit dans la chambre. Il la prit alors dans ses bras pour l'embrasser éperdument. Puis, s'écartant d'elle, il l'interrogea du regard, un sourire carnassier et sensuel aux lèvres.

— Eh non, dit très vite Rosie, nous n'avons pas le temps. Les premiers invités ne devraient pas tarder.

L'air penaud, Alexius se déshabilla en vitesse pour passer sous la douche. Tout en s'activant, il lui racontait ce qu'il avait fait pendant son absence, qui il avait vu, comment il avait traité tel ou tel problème. Au fil des années, il avait perdu cette réserve qui le rendait jadis si distant, si insaisissable. Désormais, il partageait tout avec Rosie, qui y voyait une preuve supplémentaire d'amour.

— Heureux anniversaire de mariage, *agape mou*, déclara-t-il quand il fut habillé. Merci pour ces cinq années de bonheur que tu m'as données. Ton cadeau t'attend en bas.

— Le mien est ici, répliqua-t-elle en tapotant son ventre encore plat.

Son mari plissa le front, perplexe. Soudain, ses merveilleux yeux gris prirent un éclat incroyable en même temps qu'il comprenait.

— Tu es enceinte ?

— Oui, confirma Rosie avec un grand sourire. Je ne l'ai pas encore dit à Socrates. Je voulais te réserver la primeur.

— Oh ! ma chérie ! s'exclama Alexius en l'attirant dans ses bras. C'est merveilleux, magnifique !

Il l'aurait couverte de baisers si Rosie ne s'était pas dégagée.

— Pour une fois que je suis maquillée ! protesta-t-elle en riant. Tu ne vas pas gâcher tous mes efforts, Alexius Stavroulakis.

Ils descendirent main dans la main. Dans le grand vestibule, Kasma regardait avec curiosité un panier ajouré et fermé, de forme oblongue, tandis que Baskerville jappait et aboyait, tout excité.

— Ton cadeau, ma chérie, déclara Alexius en s'agenouillant pour ouvrir le panier.

Il en surgit un minuscule chihuahua blanc, qui se mit à courir et bondir dans tous les sens en jappant. Puis, découvrant Bass, il s'immobilisa devant lui pour japper de plus belle ! Bass, déconcerté, chercha refuge sous une console, où il se fit plus petit encore qu'il ne l'était naturellement.

La scène fit rire tout le monde de bon cœur.

— Je me suis dit qu'il était temps que Baskerville comprenne les bienfaits de la vie de couple, expliqua Alexius. Peut-être sera-t-il moins agressif envers moi quand il saura à son tour ce qu'il faut endurer quand on a une épouse.

Rosie éclata de rire. Elle se jeta dans les bras de son mari, tandis que Kasma regardait avec adoration le petit chien blanc qui remuait énergiquement la queue.

— Je t'aime, murmura Rosie à l'oreille de l'homme de sa vie.

[illegible] vous offre un [illegible]
de l'aventure sentimentale

[illegible]